その孤島の名は、虚（きよ）

角川文庫
22208

目次

A lily of November is fairer far as a clarinet player.

序章

晩春、五月。

夜になると、やや、さわやかな風が吹き渡った。けれど、それはどこか肌に纏(まと)わりつく様で、いよいよ夏のにおいを感じさせる。

——四階建ての校舎の、四階。

吹奏楽の、パート練習のさなか。ほぼ真西の夜空が見えた。水星と金星と木星とが、日の入りのグラデーションのなかで、あざやかな直列を描いているのが分かったほどだ。

といっても既に現時刻、午後九時四〇分。吹奏楽部としては、めずらしい時間ではない。もう惑星の饗宴(きょうえん)は消えた。代わりに獅子座のあの『獅子の大鎌(おおがま)』が、双子座を襲って、そのまま海へ飛びこんでゆきそう。晩春の夜はとっぷりと暗く、校舎四階『3-8』の教室では、蛍光灯が、そこはかとなくうら寂しい。学校の蛍光灯というのは、わざとうら寂しいものを発注しているのだろうか？

遠雷(えんらい)みたいに響き渡っていた、今日いちにちを締めるホルン・パート恒例(こうれい)の重奏もすっかり消えた。ちなみに今夜は『サウンド・オブ・ミュージック・メドレー』。彼女等の縄張りである正門前の広い芝生ではなく、どうやら3－4にいたようだ。もう撤退を始めているだろう。わざわざ自分達だけのアンサンブル用に楽譜を書いている所がすごい。あと『アフリカン・シンフォニー』『オーメンズ・オブ・ラブ』も彼女等の得意技である――

潮時だ。

私はクラリネットにスワブを通しながら、パート練習に励んでいた七人に言った。スワブというのは、あまり端的に言いたくはないが、端的に言えば唾とり布である。木管のなかをストンと拭ける様に、錘がついている。

「よし、一〇時も近い。夜練は終わりにしよう」

「もう一度だけ、Eからの支離滅裂な動き、合わせてみませんか、中島先輩？」

……私が二年生の時は、三年生のしかもパーリー（パートリーダー）への口答えなどありえなかった。どれだけ胸のなかで絶叫していようと、だ。いや、先輩から物を訊かれるまでは、自分から勝手なことを喋る、という文化も絶対になかった。そうしたことの改革を始めたのは、確かに私達の学年だけれど。

自分の頃の経験を踏まえると、学年としては二年生が最も反抗的、あるいは少なくとも面従腹背になる。何故なら、一年生は、いわゆる吹奏楽強豪校の『体育会系しごき』へ適応するので精一杯、とても上へ反抗する余裕などないから。そして私達の学校、東京都立吉祥寺南女子高等学校（吉南女子）は、柏市立柏、埼玉栄、愛工大名電、大阪府立淀川工科、精華女子――等々の超名門と、どうにか肩を並べることができる吹奏楽の伝統校、らしい。

　そうした超一流弱だからだろうか。あるいは、共学でないというハンデを克服するためだろうか。体育会系しごき、生活態度の叩きこみ、挨拶の励行、理不尽なまでの上意下達を、むしろ超一流校以上に厳格に、実行してきた。『貴女たちの為なのよ』という真実がなければ、ブラック企業さんも吃驚の人権無視である。それはそうだろう。甲子園球児に人権なるものが存在しない様に、普門館メンバーに人権も情け容赦も、恋も受験勉強もないのだ。ましてクラリネット奏者は、親指のサムだこに激痛を走らせながらも、下唇の内側からダラダラ血を流しながらも、断じて弱音を吐いてはならない過酷な稼業（？）である。何故、ダラダラ血が流れるかは説明しない方がいいだろう。

　だから。

　もし私が、先代のパーリーだった関川先輩だったら。

懲罰と威嚇のため、いま口答えをした波越鳴美さんをギラリと睨みつけ、淡々と判決を言い渡したろう。そう、内心の燃え猛る激昂は表さず、だ。

『そうね、まだ時間も体力もありそうだから、波越さんは階段ダッシュ、頑張ってくれる？　あとの娘は楽器を片付けて撤収。もたもたしない』

……その関川先輩は、三年生の十月で引退した。だから、吹奏楽部最大派閥・クラリネット御家芸の『多数決』で、私がパーリーになった。パーリーなど厄介で面倒なだけ。部長・副部長なら、いちおうは名門校だし、吹奏楽コンクール、コンテスト等の結果もついてくるから、内申の旨味がある。入試の面接のアドバンテージも。ところがパーリーなんてものは、『クラリネットってどんな楽器なんですか？』と訊かれるくらいが関の山だ。それどころか、やっぱりパパから買ってもらったんですか、という最低最悪の冗談もままあるとか。一歩間違えば立派なセクハラである。

　要するに、パーリーは。

しきたりを遊泳するスキルを獲た二年生と、しきたりで溺死しそうな一年生とを纏め上げて当然。上手くゆけば皆のおかげ、派手に玉砕すれば顧問の激辛指導が待っている——という、大人でいう中間管理職みたいなものなのだ。正直嫌だったが、頼まれたら断れないのも私の弱い所である。私はちょっと自慢のポニテを微かに震わせながら、あっ前髪ぱっつん切り揃えないと、などと考えながら、リタルダンドで言葉を紡いだ。またちょっと自慢だが、私は黒髪に自信がある。イラッときたときに髪のことを考えるのは、自制するときの癖だ。

「そうねナミ、もう少し頑張ってみたいけど、吉南女子名物、神隠しに遭っても面倒だしね」

「ここ一〇年間は被害がありません、中島先輩。それに3-3のトロンボーンも、3-2のトランペットも、まだまだやる気みたいですが」

「ナミ」

——私の女房役、やはり三年生の永澤夏子がぴしゃりと言った。自然なワッフルが入ったセミロングは、性格のキツさをカバーするのに役立っている。といってもそれは外見だけで、喋ることには独特の棘があるのだが。

「あなたも吉南女子の吹部に二年いれば解るでしょ。

　クラリネットにおいては、友梨の指示は絶対。たとえあなたが二年生でありながらファーストに抜擢されたとしても、友梨はただいまこの瞬間でさえ、あなたをコンクール選抜メンバーから落とすことができるのよ」

「御言葉ですが先輩、私は正規の部内オーディションで、ファーストを——」

「新二年生の御言葉はいらないわ、特に吉南女子の吹部ではね。

　さあ、とうとうそのトロンボーンも撤収に入った様だし、顧問が出張だからって練習時間を守れないとあらば、そう特にクラリネットがチンタラしているとあらば。それこそ友梨、私、あなた。ファースト三人もろともに、ハープとウインドチャイムへコンバートされてしまうわよ。撤収!!」

　　はい、お疲れ様でした!!

　ユニゾンでの挨拶は基本だ。それも腹筋とスタッカートとアクセントを利かせた奴が。一年生の娘がフォルテシシモで、二年生の娘がフォルテで挨拶をすると、店仕舞いを開始する。波越さんはメゾフォルテだった。ガーリーで落ち着いた彼女のワンレングスが、私のポニテとたぶん一緒の理由で震える——

波越鳴美。

吉南女子初の東大理Ⅲ現役合格が確実視されている超優等生だ。理Ⅲ、ということから解るように、お家(うち)はお医者様である。今年の後期には、駄目押しで生徒会長くらいはやるだろう。そういう、まあ、やりづらい後輩ではあった。

（それにしても夏子、『ハープとウインドチャイム』はよかったわね）

——もちろん夏子の言葉には諧謔(かいぎゃく)があった。今度の夏のコンクール——私達が全国大会『ゴールド金賞』を狙うコンクールの自由曲にも課題曲にも、ハープとウインドチャイムが出る幕はない。つまり、荷物運びと応援と歓声要員へのコンバートというわけだ。

ここ3－8にいたセカンドの娘(こ)ふたり（三年の菜花子(なかこ)と二年の苗原(なえはら)さん）、サードの娘ふたり（三年の奈々(なな)と一年の那須谷(なすたに)さん）、E♭クラの娘ひとり（二年の奈良橋(ならはし)さん）が、学校との取り決めで認められた二二時〇〇分に校門を出られるよう、猛烈に片付けを終え、3－8を離れてゆく。一階の音楽室・音楽準備室目指して無論、波越さんも。

現時点で、クラリネットのコンクール選抜メンバーは、ファースト三人、セカンド・サード二人ずつ、そしてE♭クラがひとり。年次でいえば三年生が四人、二年生が三人、一年生がひとり。もちろん、まだ月単位で時間はある。そのあいだに第二次・第三次のオーディションが実施されるし、またそうでなければ、クラリネットの席もすべて埋まらない。私としては、まあ、ありえないことだけど、八月までにここが共学になり、クラリネットに三分の一ほど男子が入ってくれれば万々歳なのだが——

おんな、というイキモノは、難しい議論は抜きにして、おとこの眼があるのとないのとでは、立ち居振る舞いはおろか、生き方まで変えるからだ。もっとも、それはおとこの方こそ顕著だろうけど。だって同世代なら、圧倒的におとこの方が幼いから。

そんなことを考えていると、永澤夏子が私の背をぽん、と叩いた。

「友梨、今日もお疲れ様。菜花子も心配そうに見てたよ」

「パーリーは、やっぱり夏子が適任だよ。私、どっちかっていえば、先輩方に甘えて甘えて三年まで来ちゃったから」

「その論理的帰結じゃない？　先輩方が友梨を陰に陽に推したのも。波越さんたちが当然、それを愉快に思っていないことも」

「は～あ、体育会系文化部、体育会系文化部といいながら、人間関係は隠花植物そのものだね。好きだ嫌いだ、気に入る気に入らない、可愛がられた虐められた、贔屓されているされていない……非道い話になると恋愛沙汰の斬った張った。ここ女子校よ？　音楽する心がひとつになるのって、コンクール本番前三分くらいなんじゃないのかな？」

「それを三日前、三週間前、三箇月前にするのが友梨の仕事!!　でも今日は撤収よ」

——時間は無駄にできない。それは私達の躯に染みこんでいる。時間が守れない者、整理整頓ができない者、挨拶がきちんとできない者に、美しい音楽はできない。私達がこれを確信するに至ったのは、そういう理論に基づいてそう躾けられたから、だけではない。むしろそうした実践を嫌々重ねるうちに、本当に、音楽が変わってきたからだ。躯で記憶したことは、絶対に忘れはしない。

というわけで、時間は無駄にはできない。私達はふたりで3-8の教室をチェックし始めた。ここは、名前そのままに、三年八組のホーム教室。夕方から夜は誰もいないので、吹奏楽が植民地にしているだけだ。したがって、明日、三年八組の担任が怒り狂ってうちの顧問にねじこむ前に、机はきちんと整頓し、忘れ物がないかを確認し、黒板を使っていれば使う前より綺麗にし、消灯を確認し、そして何より、ゆかの唾をどうにかしなければならない。吹奏楽部の人間ならば、自分のはおろか、他人の唾だって気にはしなくなるが、普通の生徒はそうはゆかない。

というか私達が感覚異常なのだ。麻痺、といってもいい。

例えばクラリネットというのは、シンプルに言えば縦笛型なので、吹いた息の水分が、そのまま下に落ちるのである。御陰様で、制服のプリーツスカートの中央あたりは直撃弾を喰らってかぴかぴになったり、染みとは言わないまでも黒く煤んでしまうのだが、意外に知られてはいない事実なので、例えば吉祥寺の街の男子に欲情されることはない。

いずれにせよ、3-8の生徒も、他人の唾がゆかに溢れていると知れば、吹奏楽部出入り禁止を訴え出るかも知れないだろう。いや、その可能性はむしろ高い。しかもそれは、クラリネットにかぎらず、3-3を植民地にしているトロンボーンも、3-2のトランペットも一緒である。

「どうして一、二年に掃除をさせないの、友梨？」

「今夜の夜練は特別だよ、夏子。顧問が泊まりの出張でいないからって、ちょっと長くやりすぎた。あの娘たちはこれから音楽室と音楽準備室の掃除があるんだし、鍵当番も」

「それは情け？」

「……強いていえば、理屈、かな」

「分担した方が合理的だと？　でも吹奏楽の生活指導は、理屈を超越したところにある。友梨も私も、二年間以上、それを躯に叩きこまれてきたわよね。後輩は北風で鍛える。関川先輩も守ってきた伝統よ」

「いきなり全開、じゃあ特に一年の那須谷さんが吃驚するよ。まだ入学して二箇月なんだから。夏子の言いたいことは解る。私は甘いわ。でも最初から鬼軍曹じゃ、最後まで『またキレてるよあの先輩』で終わりじゃない？」

「いい、友梨？　コンクール選抜メンバー。既に二年生が三人入ってるのよ。一年の那須谷さんが加われば、もう半数を占める。

クラリネットの御家芸が多数決だってこと、まさか忘れてはいないわよね？」

クラリネットは吹奏楽において最大派閥。他のパートに対しては圧倒的に強い。だがそのプレッシャーが内側に働いたときは、熾烈で隠微な権力闘争になりかねない。

「それならそれでもいいわよ夏子。クーデターの後はぜんぶ夏子に委ねて、私は譜面の真っ黒な連符と格闘するから。おお、そこにこそクラリネット奏者、朽ちて悔いなし」

「当然、そのケースもシミュレイションしてはいるけれど、それだと友梨、あなた懲罰として、それこそ顧問にハープ行きを命令されるわよ？

　今ならまだ大丈夫。

　二年生を煽動しているナミを叩けばどうとでも。裏から言えば、時間が過ぎれば過ぎるほど、クラリネットはおろかサックス、フルートまで友梨の敵になりかねない」

「……あの娘は上手すぎるのよ。才能がある。私達ふたりより、ずっとね」

「それは認める。個人レッスンまで受けているしね。

けど、だから甘やかして御機嫌をとっておくの？」

「違うわ……あの娘の自信と傲慢には、『早弾きの菜花子』をぶつけるのが一番なのよ」

「菜花子を？」

「菜花子の超絶技巧の真実。ナミがそれを理解できたとき、音楽的にも、人間的にもあの娘は成長できる。だから私、菜花子にはまだ実力を出さないでって、特にナミには見せないでって、こっそりお願いしているの。次のオーディションで、ナミのプライドをこてんぱんにしてしまうまではね。

　そして私、菜花子にお願いしたの。

　菜花子はセカンド志望だけど、無理矢理、次のオーディションで、ファーストに挑戦してもらうことにした。もちろん菜花子の本意じゃないわ。菜花子、本当にセカンドの方が好きだし。でも実力としては全然問題ない。そう、夏子が内心で舌を巻いているとおり。あのナミと比べても遜色ないほどに」

「あら……意外な策士ね、友梨？」

「ナミだって莫迦じゃない。そろそろ気づき始めている。音楽的には、あの大人しい、人形みたいな菜花子に全然敵わないのかも知れない――って。だから今、ナミは菜花子を嫉妬しているし、尊敬しているし、ものすごく悔しがっているし絶望を感じてもいるの。だからイライラしているの。そしてそれこそ、ナミが一皮も二皮も剝けるチャンスなの。

　それに、記憶に無い？　これ、この前までの二年生いちばんの跳ねっ返り、すなわち永澤夏子さんを昨年六月、完膚なきまでに黙らせた秘策なんだけど？」

「さては、関川先輩に泣きついたな、友梨？

　友梨は先輩に泣きつくの、得意技だから」

「だから夏子、もうちょっとだけ我慢して。だって、私だって、パートリーダーとして、合奏ちゅうに一時間二時間立たされて顧問から集中攻撃されたくないもの」

「……ひとりで、かかえこまないのよ」

「ありがとう」

「さて、私達も撤収しましょうか――それこそ神隠しに遭っても詰まらないし」

「確かに」

――吉南女子名物、神隠し。

まさか神様のスケジュール帳に載っている訳でもないんだろうけれど、この吉南女子では、文字通りの神隠しが定期的に起こる。きっちり一〇年置きに。二〇年前も、一〇年前も御丁寧に発生した。それも、必ず、校舎の建物ごと中の生徒を消滅させるという力業である。端的に言えば、学棟ごとどこかへ吹き飛んでしまう……いや、吹き飛ぶのか四散するのかお散歩に出るのか分からないけれど、基部だけを残して建物が消えてしまうのだ。当然、学棟にいた女生徒も消息不明になる。確か十人以上、持っていかれるとか。そして、警視庁さんや吉祥寺警察署さんの必死の努力にもかかわらず、消息不明になった女生徒は誰一人、発見されていない。

一〇年前の騒ぎは、小学生だった私の記憶にもある。

犯罪なのか天災なのかテロなのかも解らないままに、集団下校や保護者のパトロールが行われ、マスコミの報道車が井ノ頭通りや吉祥寺通りに溢れた。ただ半歳が過ぎ、一年が過ぎると――校舎は綺麗に新築され、刑事さんは聞き込みに来なくなり、制服のお巡りさんも交通違反の方に熱心になり、マスコミは興味も示さなくなった。今、残っているのは、気の毒な女生徒のリストと、その御両親のどうしようもない無念と、そして、一〇年置きに校舎を新築しなければならない東京都と武蔵野市の渋い顔、だけである。

とても悲しいことだけれど、最後の神隠しから一〇年が過ぎていては、仕方の無いことなのかも知れない。入学説明会で私は不謹慎な期待をしたけれど、学校からは一切、神隠しの説明がなかった。学校としては、もちろん後ろめたくはあるのだが、これから優秀な生徒を確保するための説明会で、怪談というか怪奇現象の説明なんかしたくなかったんだろう。吉祥寺エリア——武蔵野市・三鷹市以外の人は、もともと興味がなかったり、すっかり忘れていたりするから……

いや。

例えば碑文ひとつ作ろうとしない私達在校生、卒業生も、同罪というか共犯なんだろう。一〇期二〇期違うと全然知らないし他人に近いとはいえ、だからといって無関心でいいという言い訳にはならないし。そう、無関心が、行方不明の先輩にとって一番悲しいだろう。

「ねえ友梨、考え事なら学校の門を出てからにして」

「あっ御免、夏子」

「もう金管の音、消えているし」

「金管って片付け楽なのかな？　いつも逃げ足、速いよね？」

「全然分からないわ。吹いたことないもの。友梨もそうだよね？」

「うん。まあでも、楽器の構造とかより、パーリーの統率力の問題かも知れないね」

「まあ木管のイメージより、遥かに熱血っぽいしねー」

……私は中学校の頃からクラリネットだけを吹いてきた。だから木管の人間関係、というのは骨身に染みているが、金管の人間関係、というのはどうも解らない。

例えば3-4で、夜練をしていたホルン。金管と木管の音色を両性具有みたいに響かせることのできる、めずらしいというか異様な楽器である。なんと『木管アンサンブル』に堂々と出演するくらいだ!! ましてこのホルンという楽器、言ってみれば裏稼業の職人用。楽譜のどこにもぐっているのか指揮者もよく分からない煉獄で、『ノバシ・キザミ・アトウチ』に徹している楽器。端的には縁の下の力持ち、歌を教えられなかったカナリアなのだ。人数が多くはないのでクラリネットほどの脅威にはならないが、その分、内部分裂とか権力闘争からは無縁なので、団結力と発言力には、無視できないものがある。もっとも、内部分裂や権力闘争をするほどの楽譜ではない、のかも知れないが……いずれにせよその結束の分、周囲には極めて理解されにくい。絶対にいなくてはいけないのだが、いてもよく分からないのである。ましてクラリネットの私には全然分からない。クラリネットはオーケストラでいうヴァイオリンであり、歌うことと激しく動くことが宿命だから。このあいだホルンの楽譜を見せてもらったとき、『十六小節休み』の記号を発見して、興奮して寝付けないほどのカルチャーショックを憶えたほどだ。そんなのクラリネットの楽譜にあったら印刷ミスである。いずれにせよ、総じて牧歌的ながら、いったん怒らせると手に負えないというか執拗い。

他方で3-2を縄張りとしているのは、ほぼ純血のトランペット軍団といっていい。すなわち、トランペットのファースト・セカンド・サード・コルネット各二人ずつだ。

そしてこの人達が純血主義をつらぬくのには、理由がある。誰が首席奏者になるか＝誰が美味しいソロをもってゆくかで、血で血を洗い、本音で本音を洗う激闘を展開するから。こちらはパート内だけで戦争する理由が腐るほどある、というわけだ。

さっきの草食系ホルンが『やったあ!!　五曲ぶりに旋律が来た!!　ホルンの神様ありがとう』というメンタリティだとすれば、トランペットの猛獣は『このソロも、あのソロも、そのスタンドプレイも当然自分!!』『他の楽器のみんな、トランペットを支えてくれてありがとう!!』という、トランペット至上主義に染まってしまっているのである。これは、楽譜の責任が六〇%、本人の性格形成の責任が三〇%、脳内分泌物質の変調の責任が一〇%、とされる。ただし、こう説明するだけだと脳天気なガキ大将主義者になってしまうが、トランペッターが不思議と嫌われないのは、目立ちたいというシンプルな欲望を、断じて隠さないその無邪気さによるところが大きい。反対に、『アトウチだけしたいです』『主旋律は恐いです』『ソロを経験したことがありません』などというトランペッターがいたら、病院を勧めるべきだろう。個人差はあるけれど、純粋でにくめないのが、トランペットだ。

「音を聴いてみると、ホルンもトランペットも撤収はやいね、夏子？」

「私達が最終便みたいよ、友梨。テューバもユーフォも、トロンボーンも聴こえないから」

――私は、3-8の窓から夜空を見た。

それこそが。

私達の不思議な旅路の始まりを告げる鐘だとも知らず――

「ね、ねえ夏子」

「どうしたのよ」

「ま、窓。3-8の窓が、おかしい」

「窓の拭き掃除まで私達の責任じゃ――」

永澤夏子もまた凍りついた。ふたりの口が、ぱっくり開いて。

オーロラ。

地球の夢だと、誰かが言っていた。確かに。なんて幻想的で、まるで夢幻のよう。命を与えられた生きた虹。嘆息が出るような色の饗宴が、今、3-8の窓から夜空いっぱいに見える。しかも、何て巨大な……

私は無意識に起ち上がった。普段は絶対にしないことだが、譜面台に衝突してクリアファイルやタオルごとそれを倒す。セーラー服の胸ポケットからは、リードが落下した。マウスピースの振動に欠かせない葦のへら、クラリネット奏者の命。そして夏子は何とクラリネットのケースとチューナー、メトロノームをがらがらと落としている。言わずと知れた吹奏楽者の命綱だ。

「ち、地球温暖化で、極点が下りてきたのかな……チューナー、電池ごと吹っ飛んじゃった」

「夏子のクラリネット、大丈夫？」

「ちょっと様子、見ないと」

　しかし。

　夏子がクラリネットのケースを開けたその刹那、不思議な戯曲は第二幕に入った。

「な、夏子!!」

「友梨!?」

　顧って思えば、ふたりは、それぞれのセーラー服姿に生じた異変を、壊れた鏡のように見凝めていたに違いない。だから、私は目撃した。夏子の躯が制服ごと、天井へ浮かび上がってゆく所を。私達の顔は一緒の高さにある。ということは、私自身もまた、蛍光灯が磁石になったみたいに、教室のゆかを離れてぷかぷかとしているに違いない。いや、瞳の位置がどんどん上がっている。上へ上へと、ゆっくり加速しているのだ。夏子の落としたメトロノームもいよいよ浮上を始め、夏子が壊したチューナーが電池を零したまま、それぞれ私達に続く。もちろん、クラリネットのケースが不思議な浮上に加わったのは言うまでもない。

　いや。

　それだけじゃなかった。

　楽譜を満載した私のクリアファイルとタオル。倒れた譜面台。ゆかへと落下したリード。そして、芸の細かいことに、雑巾から零れたり、無意識に落としてしまっていた唾。

遅れてなるものか、と言わんばかりに、空中浮遊のお祭りに飛びこんでくる。唖は勘弁してくれないかな……

「ゆ、友梨」

「何」

「友梨、理系だったよね、これどういう現象!?」

「知らないよ!! 私、物理は寝てるか内職だし」

「微分積分が得意だって言ったじゃん!!」

「微分積分とは見るからに無関係だよこれ!!」

やがて。

ホームルームができるほどに整頓し終えた3-8の机が、椅子が。ガタガタ、ガタッと自分で気合いを入れてから、ほぼ一斉に、ゆかを蹴って、重力を無視したダンスを踊り始める。それらはやはり、ただ浮いたというだけではなく、一様に天井へとじわじわ、じわじわ迫っていた。つまりすべてが上向きの加速を、とてもゆっくりではあるけれど、開始していることになる。共学だったらスカートを押さえる所だが、そんな習慣も余裕もない。

「友梨、教室の時計、あんな速さで!!」

「びょ、秒針が……逆流している?」

「腕時計、見て」

「腕時計も……すごい、もう、分単位でさかしまに動いている」

「時間が、逆流しているってこと？」

「それはないはず、だと思う、けど……」

時間の逆流なんて体験できない。そもそも私達が浮上して浮遊していることと時間も、関係がないはず。万が一、時間が逆流したとして、それが腕時計という電池式の機械をも逆転させるかどうかは、未来永劫、分からないだろう。時計は、本当に流れている時間とシンクロして動くわけではないのだから。

「……けど、ありえるとしたら」

「ありえるとしたら⁉」

「加速度がおかしくなっている。百歩譲って、そこに時間の変調が関係している、かも。それにしたって、時計の加速度の変調と私達の動きは、全然シンクロしていない……だから自分で言っていて、到底、信じられないけど」

「加速って――」

夏子が言葉を終わらせる時間はなかった。

この不思議な戯曲は、いきなりクライマックスに入るらしい。

校舎の外の、恐いほど綺麗なオーロラ。

そこから。

三人の巨大な女性が現れて、この校舎をゆっくりと撫で、つつむように舞い始めた。

それは女神ともいえる慈愛と優美さと、残酷な決定権みたいなものを感じさせるオーロラの支配者だ。緑、白、濃いオレンジ。オーロラから生まれ出てきた幻想的な光のヒト。輝く三色の女神は、天から翔け下りた様な、頭を下にした姿で校舎に手を延ばす。女神たちの手が校舎に触れた刹那――

かっ!!

あまりにも目映い稲光。それはいわゆる稲光ではなかったのかも知れない。何かもっと、危険で残酷で容赦のないものなのかも。そう確信させる無慈悲さが、その稲光にはあった。

それでも人は、未知なるものを見凝めないではいられない。

私達が、無数の月と星と太陽、その残像が織るモザイクパターンに魂を奪われていると、脳と躯が何かを断乎として拒むように、働くのを止めた。

だから――

夏子と私は気絶した。

第1章　惑わしの島

I

……友梨!!

……夏子!!

慟哭のような誰かの呼び声。躯を大きくゆすぶられて、私は意識を恢復した。一緒に呼ばれていた夏子も。思わず周囲を眺める。懐かしの、というほどではない3－8の教室だ。ただ窓の外は夜でも夕闇でもなかった。晩春の午後三時、といった優雅さである。

優雅さから無縁だったのは、私達を呼び起こした神蔵響子と詩丘鈴菜だった。私がクラリネットのパーリーである様に、響子はトランペットの、鈴菜はホルンの、それぞれ首席でありリーダーだ。ふたりが私達の名前を呼び捨てにしているとおり、おたがい、吹奏楽の栄光とジメジメドロドロを知り尽くした三年生である。そしてトランペットの響子はもちろん（？）部長だ。

「友梨、大丈夫⁉」

「響子、私は大丈夫」あっけにとられているだけだ。「夏子は……夏子はどう？」

「心配しないで」と夏子。「友梨の心配をするだけの余裕はあるから」

「響子、私達は……

この3−8の教室で、いったい何があったの。それに、さっきまで夜だったのに」

「友梨、問題は3−8の教室だけじゃなくって」

「ねえねえ響子？」

ホルンの鈴菜は、ミディアムボブがほんわかした癒やし系で、まったりした口調が何ともいえないが、物に動じないことに定評がある。

「説明はあとよん。今は急いで出ないといけないし。友梨、夏子、ふたりとも怪我は無い？　衝撃で、どこか捻挫したり、骨折したりしてない？」

私達は大きく頷いた。そもそも痛みがあったら真っ先に泣きついている。少なくとも私は、だが。それを察してか鈴菜が言う。

「じゃあ、響子、いくわよん」

「了解っ」

吹奏楽は、くどいが体育会系文化部である。腕立て腹筋マラソン階段ダッシュが日課。さすがに背筋は今でも意味が解らないが、ともかく、蚊弱い乙女じゃいられない。トランペットの響子が私を、ホルンの鈴菜が夏子を何の苦労もなく背負うと、たちまち3−8の教室からダッシュして逃げ去った。逃げ去る？

そのとき、私の鼓膜を、どの楽器でもない音色が襲った。ぎいい。ぎいいぃ。ぎぃ。

　そして廊下に出て初めて分かった。それは、コンクリートが悶える音だ。鉄筋コンクリートの校舎には大きな断裂がはしり、なんと３－８を出たばかりの四階廊下は、二〇度以上も傾斜している。教室側が低く、廊下の流し・ロッカー・外窓側が高い。そして、コンクリートの苦悶がクレッシェンドしていることから、少なくとも廊下側のロッカーがこちらに襲い掛かってくるまで、もう五分を要しないだろう。地震？　地盤沈下？

　響子と鈴菜は金管どうしの呼吸だろうか、実に手際よく流しの水道台に躍り上がり、そのまま流しの上の窓を開けると、ローファーとは思えない機動性で校舎から脱出した。えっここ四階なんだけど、とツッコミを入れる暇もなく。逆に、スカートのままだよ、というツッコミは入れる必要がない。第一にここは女子校である。第二に、私達の運動能力だったら、どんな角度でもスカートのなかをブラックボックスにしておくことができる。それでも響子と鈴菜は体力の限界に達したか、校舎の外壁を駆け下り（え？）そのまま落着した牧草地みたいな所でブレスを大きく乱しながら転がると、『あぶなかった～、ばたん、きゅう』と効果音までユニゾンしながら、そのまま大の字になって寝倒れてしまった。ユーモア、というほどではないが、このよく解らない余裕が、いかにも金管らしい――

　私は校舎四階の窓を顧った。

　それは依然、二〇度以上、いや今や三〇度以上の傾斜を見せながら、どんどんこの牧草地の、いわば水面下に沈みつつある。そうだ。学校が土壌にどんどん倒れているから、校舎の外壁がスロープとしての角度を緩やかにしているのだ。いや、緩やかにしていたというのが正しい。現に、もうこの牧草地から校舎四階へ帰ることはできないから。スロープというかスライダーの頂点はもちろん屋上になるが、どうしても地面と垂直になってみたいのか、ますます傾斜を強め、コンクリートが破壊されてゆく音と一緒に、どんどん遠ざかってゆく。どうやらこの牧草地はちょっとした丘のようで、どういう理由があるにせよ、学校は今、その傾斜にぐらぐら、ぐらぐらと立っているらしい。そうあたかも、カップのソフトクリームにストローを突き刺したみたいに。そして微分積分を使うまでもなく、校舎は沈めるところまで沈みきるか、あおむけにバタリと倒れ尽くすか、あるいはそのいずれもの動きをたどるだろう。

「……響子、訊いていい？」

「訊くだけならタダよ、友梨」

神蔵響子はやっと上半身を起こすと、その、いかにもなお姫様カットのロングを手櫛でぱぱっと整えた。ペットなどという外向的な楽器をやっているから意識されないが、実は、銀座の一等地にオフィスをかまえる弁護士先生の愛娘である。生活に不自由がないらしいところをみると、もちろん民事でバリバリ儲けている事務所に違いないわ、と夏子が教えてくれたことがある。私は一般常識に疎いから……

「何が起こったの？」

「現象だけなら、どうにか答えられるわ。

私達がいた四階建ての校舎、つまり、一階に音楽室があって、友梨たちがたぶん縄張りの3－8でパー練していたあの校舎が、ちょっと散歩に出たらしいのよ」

「なら私達の練習が、よっぽど退屈に思えたのね……それで、どこへ？」

「ここへ」

　校舎が散歩に出た。

　まさか……いや、確かに今年は……でもまさか私達が？

「春うららかな牧草地っぽいけれど、ここはどこ？」

「私の知らないどこか」

「鈴菜」と夏子。「鈴菜の知らないどこか、でもあるのね？」

「そうよん」

「鈴菜のホルンも響子のペットも、たぶん皆、一階にいたはずよね？」と夏子。「四階の私達のこと、思い出してくれてありがとう。本当に、ありがとう」

「ちょうどクラの菜花子たちがねえ、あのとき一階に帰って来てたから、すぐに確認できたの」と鈴菜。「上にいるのは友梨と夏子だけだって。まさか一、二年にレスキューさせるわけにもいかないわよねえ。だからとにかく響子と一緒に四階まで上ったの。てへぺろ」

「てへぺろは意味不明だけれど、あれはディズニーリゾートも吃驚だったわね、鈴菜」と響子。「よくよく考えてみたら、これだけ倒れたんだもの、最初から四階窓を破って突入した方が安全だったわ。ま、みんな生きているから結果オーライだけど」

「……鈴菜、クラリネットの娘は」ここで私は言葉を自制した。事はクラだけで終わる話じゃなさそうだ。「クラの娘をふくめ、この校舎にいた娘はみんな大丈夫なの？」

「大丈夫。私の記憶がまだ確かなら友梨、校舎の気紛れなお散歩が始まったのは午後九時五〇分過ぎ。そのとき友梨と夏子以外の全員は、一階の音楽室にいたわ——帰宅していない娘、という意味だけれど。すなわち

（B♭クラリネット×五人）＋（E♭クラリネット一人）　六人
（ホルン×四人）＋（アルトサックス×二人）＋（テナーサックス二人）　八人
（トランペット六人）＋（コルネット二人）　八人

の二二人は総員、無事よ」

「ホルンとサックスは」と私。「一緒に夜練していたのね、鈴菜？」

「そうよん。ホルンとアルト／テナーサックスは、従姉妹みたいなもんだから」

「これで友梨と夏子が加わったから」と響子。「B♭クラ＋二人で、ちょうど八人×三班の二四人になった」

「みんな怪我とかは？　一階にいたんでしょ？」

「それが不思議なほど無いわ。それは鈴菜、私達もそうだし——」

「——友梨、あなたたちだってそうだよねえ？」

　まだ信じ難いけれど、校舎そのものが動き出して、丘の斜面に突き刺さり、そのままのけぞって倒壊しようとしている。なら、突き刺さったときにかなりの衝撃があっても不思議じゃない。それが、怪我なしとは。あの謎の空中浮遊が関係しているのだろうか。

「響子、いい？」と夏子。「動いたらしいのは、音楽室のある校舎だけなの？」

「確認したかぎりではね。私達の吉南女子には校舎が四棟あるでしょ？　でも動いたのは、私達が馴染みにしている四階建て一棟だけよ。それ以外の建物は、少なくとも見渡す範囲には、お引っ越ししていないわ」

「状況がよく解らないから、ほとんどが仮定の話になるけど……」と夏子。「……でも確実なのは響子、こういうことね。

　第一、私達がいた校舎は移動した。第二、その校舎には二十四人の生徒がいて、みんな無事である。第三、これまでのところ、他の校舎も生徒も発見されてはいない」

「そのとおりよん夏子」と鈴菜。「あと、私なら第四を提示するけどなあ」

「つまり？」

「第四、理由も原因も現状も位置情報もまったく不明なままである——かな？」

　詩丘鈴菜がホルンらしい、余韻のある言葉を紡いだ刹那。

　耳を蔽いたくなる轟音が炸裂して。

　私達は、一緒に動いてきた校舎が、とうとう力尽きて卒倒し、バッタリ寝入ったのを知った。

Ⅱ

――牧草地、山頂近く。

山頂、といってもまさか七〇〇m、一、〇〇〇m級の山岳じゃない。私が何故か大好きな牛が牧歌的に草を食んでいそうな、登りにちょっとだけ汗をかく程度の、可愛らしい丘である。私が進学したいと思っている北海道なら、幾らでもこんな公園があるだろう。しかし、夕暮れにはまだ時間があったのに、見渡すかぎり、牛はいなかった。もっとも、校舎が壊れ去ったあの轟音。どこかに隠れてしまったのかも知れない。牛を、クラリネット総員の数ほどは隠せる大きさ広さがありそう。ここは、そんな丘だった。

――そして、私達四人が山頂を目指しているのには、理由がある。

「丘のてっぺんに、校舎が？」と夏子。「それは私達の学校の奴じゃなくって？」

「二階建ての、木造校舎よ」と響子。「私達の学校ではありえないわ」

「なんにせよ」と鈴菜。「拠点があるのは、いいことよん」

「そこに総員、集まっているのね、響子？」

「そうよ友梨。というか、他に安全な場所を捜す余裕がなくて。丘のてっぺんなら視界がいいし。夜はやっぱりリスクが大きい」

——そういえば時間の感覚が狂っている。本当なら、そろそろ御風呂で私の十八番『カリフォルニア・ガールズ』、レ・ミゼラブルの『ワン・デイ・モア』を歌っていてもおかしくない夜中だ。いや、牛パジャマを着ている頃かも知れない。牛も大好きだが、色なら白と黒で決まりだ。

「ねえ、友梨」

「どうしたの、響子」

「友梨、牛が好きだったよね？」

「……そうだけど、突然なに？」

「それはねえ」と鈴菜。「たぶん、友梨が呼んじゃったんじゃないかなあ、って思っちゃって」

それは、いや、それらは、私が顧るより先に啼いた。

モォ〜〜〜

そして私が顧ったとき、四頭と確実に瞳が合った。角こそ鋭そうだが、白と黒の斑が可愛い、ユーモラスな牛だ。私はこんな縫いぐるみを二桁ほど、部屋に飾っている。しかし、こんなに立派な角が残されている牛も、めずらしい。

モォ〜〜〜

モォ〜〜〜

モォ〜〜〜

「そんな」私は響子と鈴菜と夏子を見た。「ついさっきまで、牛なんて一頭も」

「それは正確だわ」と響子。「さらに言えば、ついさっきまで、鼠一匹いなかった」

「大丈夫だよ響子、鈴菜。牛は優しくて臆病な動物だから、下手に刺激しなければ」

その刹那!!

四頭の牛の瞳がたちまち真紅に染まって、親の敵か子の敵か、前世の因縁か後の世の災いか、数mしか離れていない私達に突進してきた。そんな莫迦な!!

「ありえないよ!!」私達も遁走せざるをえない。「生物学的にも物理学的にも絶対に!!」

「だったら新しい生物学的・物理学的理論が必要なのよ!!」と夏子。「残された時間は秒単位しかないけれど!! あんな角に刺されたら!!」

「鈴菜、どう見ても持ってないけど楽器隠してないよねセーラー服の下とか!?」

「見たまんまよん友梨、マッピだけならあるけど、楽器がないと牛追いも郵便配達もできないわあ。それに牛飼いのホルンはアルプホルンでフレンチホルンじゃないしい」

「御託は止めるか天国でやって!!」と響子。「でもこれどこまで逃げればいいの――」

しかし、莫迦を言いながらさすがは吹部である。日頃のマラソンで鍛えた健脚。私自身も体育そのものは嫌いだが、マラソンとなると血が滾る。どの運動部ともタメを張れる自信があるからだ。それは、真面目に体力づくりをやってきた吹部の人間なら誰でもそうである。律儀にも響子・鈴菜・夏子・私ひとりずつへ、まっしぐらに驀進してくる五〇〇kg以上は確実な角つき肉塊。それらから、泣き言を零しつつ一目散に逃亡できているのは、まさに体育会系文化部の面目躍如——けど私達はそう遠くない木造校舎なるものを目指して疾駆している。また当然のことだが登り坂だ。そしてマラソンと短距離走は御託を並べるまでもなく異なる。横一列で駆けに駆ける響子・鈴菜・夏子・私の顎は確実に上がってきた。しかも、牛の歯軋りというか鼻息というか、とにかく憤激を感じさせるコミュニケーションツールは、顎が上がるのに比例して、ますます私達の後頭部に肉迫しつつある。おかしい。牛追い祭りだったとしても、四人の人間を、四頭の牛が執拗に、個別に追跡するだなんてありえない。誰が怒らせたにしろ、綺麗に四人と鬼ごっこするなんてことは、何かの強い目的か知恵でもないかぎり、ありえない——

「校舎のなかに飛び込むわよ!!」

響子が絶叫したその刹那。

気の抜けた私はあざやかに転び。

そして見た。

丘の上の校舎の陰。黒いシルエットがこちらに何かを照準するのを。

まさか、銃?

吹奏楽の誰が、銃を持っているというの——?

だあん!!

だあん!!　だあん!!

——気が付くと、私達は四人とも突っ伏していた。勢いでごろん、とあおむけになると、四頭の牛が丘の斜面を逃げ下りてゆく姿が見える。誰かは分からないけど、殺しはしなかったんだ。もっとも、アメリカ映画で観るショットガンみたいな音だった。もし四頭の牛を殺すつもりだったなら、その正面を疾駆している私達も無事ではすまなかっただろう。いずれにしても、私は牛を怨まなかった。それよりも不思議さが勝った。

　——もし怒っていたとするなら、あの四頭の牛は、私達の何にああまで激怒していたんだろうか？

Ⅲ

「はいこれ、友梨、夏子」

「響子、何これ？」

「どう見ても林檎でしょ」

　響子は率先して林檎をはむりと嚙んだ。どうやら安全なようだ。夏子と私もそのまま嚙む。とても甘酸っぱくて、疲れが癒された。気が付くと鈴菜はもう芯まで食べている。

「これ誰か持っていたの？」

「樹に生ってたのよぉ」と鈴菜。「私達は毒味役よん」

「うぐっ」

「大丈夫大丈夫」私の背をぱんぱん叩く響子。「私、もう二個食べているから。お腹壊すならもう壊しているから」

——夏子と私が救出された地点から丘をまっすぐ。丘のてっぺんに、レトロな木造校舎はあった。確かに二階建て。ブッシュ・ド・ノエルでいえば、真横から観察している状態になる。窓の数からして二階に五教室、一階に五教室、左右両端に階段。レトロな木造校舎といっても、屋上はコンクリート校舎の様に水平だ——いや、それは実は正確ではない。このブッシュ・ド・ノエルは、まるで吉祥寺駅の南北自由通路でどこかのおばさんと激突して箱ごと落っことしてしまったみたいに、ぐしゃりとつぶれている。一階部分はほとんど被害がない様に見えるけれど、二階部分はその屋上と一緒に、綺麗にへこんで湾曲していた。二階の五教室は、使えなくはないが、長居するのはリスキーだろう。ただ、校舎の白ペンキはかなりの歳月を感じさせる年季モノで、新しい衝撃が加わらないのなら、これ以上はつぶれもせず壊れもせず、ただ歳を刻んでゆくだけのようにも思われた。

ブッシュ・ド・ノエルの左右両端には、本来なら、屋外通路で他の校舎と連結していたはずの、一階開口部があった。昇降口がないので、左端の入口から、ローファーのままレトロな校舎に入ってゆく——その開口部はしかし、辞書数冊分もの厚みがある鉄扉で閉鎖できるようになっていた。一般論として、木造校舎に、こんな仕掛けはいらないだろう。まさか、激怒した四頭の牛対策じゃあるまいし。

……校舎に入ると、かなりの音量で大勢の声が聴こえた。それは、悪い予想どおりでもあった。

何も無いって、じゃあここは一体どこなのよ!! 私、親が迎えに来ているのよ。車のガソリン代まで出せって言われているのに、外泊で雲隠れだなんて……

パートリーダーがそろっていなくなるなんて無責任じゃない!? 日頃の大口は何なのよ、仕切って吉祥寺に帰すのが役目でしょ!?

あたし夕方から、何も食べてない……

ねえ、まさかこれ、噂の神隠しじゃないの?

こんな、お手洗いも使えない様なところで……

それよりも銃声よ、誰かいるのよ、それが私達を誘拐したのよ

もうじき日が暮れるわここ。その前にどうにか帰らないと

どこをどうやって帰るっていうのよ。執拗いようだけど何も無いのよ、道も無い!!

階段を無視して進んだ最初の教室、1－10という白墨のクラス書きがある教室に、二〇人の生徒が固まっている。私達が入ると、悲鳴に近い私語はぴたりと止んだ。もちろん、それは条件反射に過ぎない。不安と混乱のマグマは、ちょっとしたきっかけで大噴

火しかねない。そして、この状況では当然だ。私だって叫びたい。

その二〇人のうち、最初に駆け出して私を抱き締めたのは、クラ三年の棗菜花子だった。菜花子は私と中学から一緒だから。そして菜花子が絶叫する。

「友梨‼　心配したのよ、すごく……だって友梨音楽室にいなかったから……」

「ごめんね菜花子……」と私。「……あとクラのみんなにも謝るわ。サックスや金管のみんなにも。私達、3－8で油、売っていたから。心配かけて本当に御免なさい」

「生き残りがたくさんいればぁ」と鈴菜。「できることもふえるわぁ。歓迎すべき事態よ。それでっと、そこで派手に泣いているのは誰？」

「あっ、ごめん鈴菜、私の責任」蹲って号泣しているのは、クラ一年の那須谷さんだった。私は教室の隅の彼女に近づいて。「ナナ、皆一緒よ、大丈夫……落ち着いて」

「な、中島先輩、わた、わた、私……もう、だ、駄目です‼　だってここは」

「駄目じゃない」

「駄目なんですっ‼」

那須谷さんは私の差し出した手を思い切り弾いた。それは、私にとって信じられないことだった。一年生が三年生のパートリーダーを、という意味でも信じられなかったが、そもそも那須谷さんは、そう、喩えは悪いが波越さんの対極にあるような、大人しく素直な娘だったから。

「せ、先輩は、し、知らないいん、ですかっ」

「知らないかも知れない。けど、私達が大丈夫なことは知っているわ、ナナ」

「全然知らないじゃないですか‼　私の、わ、私の叔母が、に、二〇年前に……二〇年前に、吉南女子から神隠しに遭ったんです‼　それから、ど、どうなったか、それは御存知ですよね⁉　まだずっと、ゆ、行方不明じゃないですか‼　二〇年もですよ‼　私達は、ぜ、全然、だ、大丈夫じゃあ……大丈夫なんかじゃない……ひどい……」

うわああ。うわああ。

私は那須谷さんが入部してから、これだけの声を上げるのを聴いたことはなかった。

そして――

ばたん。

悪いことは重なるもので、誰かが体育座りのまま、あざやかに真横へ卒倒して失神した。人が失神するのを見るのも初めてだ。那須谷さんの発言が、よほど刺激的だったのかも知れない。トランペット二年の風村さんだろう。考えてみれば、このなかに一年生の、トランペット二年の娘たちが急いで介抱し始めたのを見ると、やはり一年生はたったの二人。しかも入学・入部したばかり。中学生と変わらないのだ。その那須谷さんと風村さんが激しく混乱してしまうのは、むしろ自然だろう。私はまったく量的に自信の無い両胸へ那須谷さんの顔をぐっと押さえ付け、その髪を何度も何度も繰り返して撫でた。号泣が泣訴に、泣訴が痙攣にどうにか変わってゆく。もちろん那須谷さんのことが一番心配だが、クラリネット発の号泣・失神大会は絶対に防がなければならないし、『神隠し』なる言葉をこれ以上蔓延させられては正直、困る。

――そして、失神していた風村さんが虚ろな瞳をどうにか開いたとき。

「響子、ちょっといい？」

すっ、と起ち上がったのはトランペット三年の神薙佳純だった。佳純は響子と一緒に、ファーストを務めている。ガーリーというよりは怜悧な三つ編み。リムレスの薄身な眼鏡が時折、純黒の髪を映して、それはそれは理知的な印象を与える。佳純は入学以来、学年一桁、いや五位以内から、総合点でも科目別でも、転落したことがない秀才だった。このハードな吹奏楽部を三年まで続けながら、だ。それがどうしても音大にゆくというから、神様というのは悪戯好きだと本当に思う。だが、佳純の音は極める音、孤高を目指す音だ。反対に、響子の音は満ちる音、裾野を延ばす音。私は佳純を、心から上手いと思うけれど、どこか切なくてどこか苦しい。表現が問題だけど、鉋で削っている様な……神薙佳純がもう少し自分にも他人にも緩やかだったなら、トランペットのパーリーは佳純で決まりだったし、部長すら佳純以外には考えられなかったろう。もっとも佳純自身は、そんなものに興味ないだろうけれど。

「今し方、銃声――の様なものが聴こえたんだけど？」

「佳純、それは私も……私達四人も、聴いたわ」

「誰がその銃を撃ったの？」

「確実に言えるのは、私達四人ではない、ということよ――当然ここにいた二〇人でもない、そうよね佳純？」

「当然よ。第一に、総員がこの1－10にいた。第二に、女子高生に銃器はあつかえない。するとと第三に、ほぼ必然的ではあるけれど、第三者が存在することになるわね響子？」

「ちょっと頭の回転速度、落として。私達が聴いたのはまさに佳純が言った『銃声の様なもの』であって、銃声にはかぎられない。と、いうことは」

「それが人為的なものであるとも断定できない――そういうこと？」

「まさにそれが私の強調したいことだし、それを確かめる行為の優先順位は、低い」

私は、牛追い祭りに強制参加となった響子・鈴菜・夏子には、『黒いシルエット』のことを説明していた。それが恐らく、ショットガンの様なものを使っただろうということも――そして当然のことながら、響子はその情報を伏せておく決断をした。鈴菜も夏子も私も同意した。それはそうだろう。オズの魔法使いよろしく、いきなり意味不明な場所に飛ばされた。いや、『飛ばされた』のかどうか、その真偽はまだ解らないけれど、現実に今いる場所だけでもショッキングである。まして、どう考えても今晩はここで眠らなければならない。そこに『ショットガンを携行した謎の人物』というガジェットを導入したら、それが二〇人のなかで、どんな化学反応を起こすか分かったもんじゃない。特に、人間関係が複雑怪奇な吹奏楽においては……

「いいえ、優先順位は極めて高いわ響子、私見ながら」と佳純。「私は必ず最悪の事態を考えて行動する様にしている。第三者も脅威なら銃器も脅威、銃器を持った第三者は最大級の脅威よ。しかも例の、気の早い、私達への暑中見舞いのことを考えればね」

（……私達への暑中見舞いって何だろう？）

「三年生で夜の歩哨を立てる」と響子。「そもそも校舎の鉄扉は閉ざしておく。警戒は、飽くまで内側で行うようにする。ねえ佳純、解るでしょう、今は私達のターンじゃないわ。情勢が解るまで、守りに徹するべきよ」

「それには合意してもいい……

でもあなたたち、ひょっとしたら、発砲者を目撃してはいない？」

「……だとしたら生きていると思う？

見渡すかぎり動くものはない。発砲者が標的としたならそれは私か鈴菜か友梨か夏子か、その組み合わせでしょ？　そして身を隠せるところがあるとでも？」

「確かに。充分に理解したわ。御免なさい愚劣なことを言って」

「パー練でも言ってるでしょ佳純。私は意見は大歓迎よ、責任を伴うものならね――

それでは」

ぱん!!　響子がいよいよ部長として手を拍った。

「何ができるかを考えるためにも、情報を整理しないといけないわ。シイ、クミ。丘周辺の様子を教えて。それから塩狩さん、四倉さん。この校舎の状況はどうだった？　最後に波越さん、奈良橋さん。私達の校舎から回収できたもののリスト」

「はい、部長」

答えたのはトランペット二年の香椎加奈子さんだ。一緒の学年の上郷久美子さんと、さっそく神蔵響子部長の命令で、偵察に出たらしい。響子はこういうあたり、頭の回転もはやいし、段取りをつけるのも上手いし、どんどん仕事をふる。もっとも二年生をチョイスしたところに、若干の妥協が見え隠れするけれど。先月入部したばかりの一年生じゃあ、『はい』という返事のイントネーションだけで、響子の憤激が炸裂しかねない。きっとその返事は恐怖と躊躇でピアノかピアニシモ、ヴィブラート付きになるからだ。だがその場合、響子が激昂するとしても、それは吹奏楽部においては、別段意地悪でも不合理でもない。返事がない、返事が小さいというのは、吹奏楽部においては七つの大罪のひとつである。

ちなみにこの二人だけ『シイ、クミ』と愛称なのは、私が自分のパートの波越さんをナミ、と呼ぶのと一緒の現象である。さすがに一緒の楽器を朝六時過ぎから夜一〇時までやっていて、後輩を『○○さん』と猫撫で声で呼んでいるとしたら、それこそ統率力に問題があるだろう。他方で、他のパートの後輩を愛称で呼ぶことは当然あるけれど、接する時間がまちまち↓どうしても程度の差ができる↓どうしても『派閥』になる↓後輩どうしが険悪になる↓演奏にまで支障が出る↓辞める辞めないの話になる↓こりゃ大変だと三年が介入すると必ず大紛争にまで発展する。これがお決まりのパターンだ。渦中にいるのが一年生だと、利害が一致しやすい三年＝一年連合軍と二年枢軸が世界大戦を――

いや、止めておこう。

吹奏楽の人間関係は、地雷の花が沼沢地に数多、咲いている様なもの。語り始めたら合宿しても終わらない。ともかくも、シイこと香椎さんが説明を始めた。

「この校舎を中心に、だんだん半径をひろく採って、丘の様子を調べました。それなりに高度があるので、東西南北の様子が観察できてもおかしくはなかったんですが……陽炎なのか春霞なのか、靄のようなものが立ちこめていて、丘の裾の先に何があるのかは、ハッキリ確認できませんでした。すみませんでした」

「人工物は？」

「少なくとも、この丘にはありません……この山頂校舎と私達のコンクリ校舎の残骸をのぞけば、ですが」

「山裾の先は、地面が続いている感じかしら。それとも例えば海とか」

「はい、部長」と上郷さん。「海の音、川の音といったものは聴こえませんでした。時折靄が薄くなるんですが、その先には建物か、森林みたいなものがあると思います」

「信号とか交差点とか駅とか、本来、私達が遭遇しているはずのものは？」

「はい、先輩」香椎さんの声が沈む。「まったく見当たりません。あるとすれば靄の先ですが、仮に発見できたとして、どのみち異常な事態ということには、変わりないかと……」

「情報の判断は後でする。他に特異なことは？」

「あ、あの、それが……」と香椎さん。「……蜂に、襲われてしまいました」

「ハチ？　あの、くまのプーさんをやたら襲撃するあの蜂？」

「はい。それも、スズメバチだと思います。私と上郷さんは、丘を探索しながら、水や食糧がないかと思って、木や木陰を調べてまわりました。この丘はほぼ一面の牧草地ですが、時折、あまり背丈のない樹が生えています。

そして何本目かの樹を、調べていた時なんですが……」

「ハッと香椎さんと気付いたら」と上郷さん。「大きな蜂の巣がふたつ、あったんです。私達セーラー服のままなんで、危険だし、刺激しない様にすぐ立ち去りました。そうしたら……立ち去って数歩してから、突然、たくさんのスズメバチが襲い掛かってきて。でも説明したとおり、巣なんて遠くからちらりと確認しただけで、触るどころか近づいてもいません。それなのに……」

「私達ふたりを、猛烈な勢いで襲撃してきたので」と香椎さん。「まったく理由が解らなかったんですが、とにかく必死で逃げました。さいわい吹部だったので、どうにか逃げ切ることができましたが、たくさんいて、恐かったです」

……私は鈴菜と夏子と、それからこっそり響子と視線を交錯させた。

似ている。

四頭の牛と、二つの蜂の巣。私達の運動能力がもう少し劣っていたら、死んでいた可能性もうじゃうじゃある。それに、蜂というのも規則的な生活と動きをするものだ。接近すらしていないのに、ハンターよろしく攻撃を仕掛けてくるなんてありえない。ただ、だからどうだというのか。この丘の自然動物は、極めて好戦的——くらいの結論しか導けない。

「……逃げ切れてよかったわ」と響子。「事情が解るまで、探索も大人数で、それなりの支度をしてからゆくべきね。危険なことをさせてしまって、御免なさい」

「いえ、響子先輩、実害はなかったので」

「これからもない、とは断定できないわよ。でもありがとう。四番ホルンの塩狩さんと——あ、四倉さんはテナーサックスホルンはどうだった？　四番ホルンの塩狩さんと——あ、四倉さんはテナーサックスか」

「はい、部長」と塩狩紫織さん。やはり二年生、中堅どころである。「四倉さんと一緒に、一階と二階を調べました」

「二階建てで確実なのね？」

「あ、はい、すみません先輩。ここは二階建てです。もともと校舎棟のようで、一階に五クラス、二階に五クラス。あとは階段で終わりです。屋根裏の類もありません。最初に発見した物品をのぞいて、誰もいませんでしたし、何もいませんでした。ロッカーや物入れは、まるで誰かが漁ったように空っぽで……ただ……ねえ四倉さん？」

「うん、塩狩さん。あの、神蔵先輩、１‐８の机のなかに、唯一、こんなものが」

「これは」手渡された響子が素で驚く。「吉南女子の校章じゃない。制服に着ける奴」

「ああ、成程ねえ」

「……鈴菜、何が成程なの？」

「ぜんぶの報告が終わってから言うわあ」

「ホルンはマイペースね……」

「あの、あと、神蔵先輩」と塩狩さん。「この校舎の一階中央、1‐7の窓先の、ちょっとした庭なんですが、そこに井戸があります」

「井戸」

「それは林檎の樹に蔽われた井戸で、林檎がたわわに実っていました」

「私達が毒味した林檎ね？」

「あっ、はい先輩。それはその、本当に、あの」

「あなたたちは食べた？」

「……は、はい先輩、食べていません、誰も」

ホルンの塩狩さんは微妙な表情をした。さすがに誰も、自分の現在地すら分からないのに、そこではいどうぞ、と出された林檎は食べないだろう。だから塩狩さんの表情は、『そんな無茶しません。ですが、無茶していただいてありがとうございます』と翻訳できる。

「あはは、いいわよそんな罪悪感、感じなくても。たまには命を懸けないと、部長だなんて偉そうに過ぎるから――でもまだ食べないでね。私達に変調があるとしたら、もうちょっと時間が掛かるかもだから」

「はい!!」

総員のアインザッツが揃ったのには、ちょっと笑えた。というか私も実験台なんだけど。

「他方で、水はまさか飲んだりはしていないわね？」

「はい部長、それは厳しく注意していただきましたから」

「ああ、そういえば、水道管はどう？　流し台と、あと、大事なのはもちろんお手洗い」

「管がつながっていない様です。生きている水道はひとつもありません」

「まあ、予想どおりね――どうやらこのレトロな校舎も、私達のコンクリ校舎とあまり変わらない末期をとげた様だから。ただ、罷り間違っても、まだ井戸水は飲まないように。まずは林檎だけでも、天のマナと言わなければならないわ。そして誰も人がいないなら、極論、お手洗いの問題は重大じゃなくなるしね……あとはクラの波越さんと奈良橋さん。私達の校舎から搬出できたのは？」

「日頃から、自分は捨てても楽器は捨てるなと躾けられているもので」

「ナミ」私は義務的に注意した。「返事はきちんとして。パートの姿勢が疑われるわ」

「誰もが自分の楽器、楽譜、譜面台等々はこのとおり救い出せましたが、あとは私物しか。せめて化学準備室とか家庭科室が一緒の棟だったら、もう少し実用性が確保できたんですけど」

「私はリストを作成しろと言ったはずよ」響子が鋭くいった。「私物だとか実用性だとか、そんなことはあなたが判断しなくてもいい。

指示以外のことはね波越さん、無事、三年生の春を迎えられたならどうぞ勝手にしなさい。今は総員分のリストを三〇分以内に提出して――

返事は!?」

「……はい、解りました、部長」

「ねえねえ、波越さん？」

「何です詩丘(しおか)先輩」

鈴菜の瞳がひと刹那(せつな)、燃えた。あからさまな生返事(なまへんじ)をしたのが波越さんでなく、ホルンの誰かだったなら、この癒(い)やし系詩丘鈴菜といえど、ただではおかなかっただろう。しかし私は知っていた。鈴菜は、他のパーリーの仕事には極力、介入しないおんなだ。無論このケースでいえば、ナミの躾(しつけ)は私の仕事である……そして鈴菜は無駄なカロリー消費も望まない。まあ、鈴菜の肉感的な頰(ほほ)と二の腕のダイエットのためには、波越さんへ激烈に気合いを入れた方がよいと思うのだが。しかし最大の責任者は私で、何を言う権利もない。

「このゴールデンウィークに、新歓(しんかん)のバーベキュー・パーティをやったわねえ？」

「……そうですね」

「アウトドアに必要なものが、音楽準備室に残っているかも知れないわあ」

「御言葉ですが、一階は崩れて瓦礫だらけです」と波越さん。「それに、熊が出ますし」

「熊ぁ？」鈴菜の口がぽかんと開いた。鈴菜には天然の愛嬌がある。「それはあ、あの、やったら蜂に襲われる……」

「……ハニーハントのプーさん、みたいな愛くるしい奴じゃありませんでしたね」

「波越さん」と響子。「それは最優先で報告すべき情報だと思うけど？」

「幸か不幸か、私も菜摘も背しか目撃しなかったので。校舎を逃げるのに精一杯でしたし」

「どこで目撃したの」

「吉南女子の、あの瓦礫の校舎のあたりです」

「何頭？」

「目撃したかぎりでは、二頭」

「で、幸か不幸か」響子の言葉にはかなりの棘があった。「襲撃されはしなかったと」

「瓦礫を撥ね上げては、何かを捜しているみたいでしたね」

「もし、発見されていたらどうなったと思う？」

「確実に殺されていました」波越さんはしれっと断言した。「かなり興奮していたので。ですから、それなりの体制を整えてゆかないと、アウトドアグッズの回収は」

「ねえ友梨ぃ」

「なに鈴菜」

鈴菜はこれ以上波越さんとコミュニケーションするのは、カロリーの無駄どころか神経伝達物質の無駄だと割り切ったようだ。パートリーダーの私に訊いてくる。

「人選はクラに任せるけど、回収できるものがないかあ、挑戦だけでもしてくれない？」

「……解った」

「御言葉ですが、中島先輩、熊ですよ？」

「そこはナミ、あなたの意見どおり、体制を整えてから安全最優先でやる。でも、それは絶対に必要なことだと思うから、挑戦しないという選択肢は、ありえない。鈴菜、それでいいなら」

「もちろんよお」

……しかし熊までいるのか。瓦礫を撥ね上げるくらいだから、パンダよりは大きいだろう。しかし、まるで意思を持っている様な。何故と言って、野生動物の類が襲い掛かってくるのは私達、吉南女子の生徒そのものか、その存在していた建物なんだから。しかも、至近にいる生徒の人数に対応した歓迎の仕方——私達は歓迎されざる客、なんだろうか？　でも、するとあの黒いシルエット、ショットガンの人物は？

「みんな、ちょっといい？」

はい、部長!!

腹筋とアクセントの利いた響子の声に、私達は自然と合奏モードになる。すなわち、どの様な指示も聴き漏らさない態勢に入る。私も思わず鉛筆を握りそうになった。

「あえて思考停止してはいるけれど、私達はそうせざるをえない事態に追いこまれている。明日、救助されるかも知れないし、五十歳になっても救助されないかも知れない。救助が期待できるのなら、無駄な体力の消耗を控えるべき。救助が期待できないのなら、この丘とこの世界の謎を積極的に知るべき。もちろん私は、部長として、この二十四人が家へ帰れるようベストを尽くすわ。しかしそのためにも、生き残る算段をする必要がある。衣食住を確保して、リスクを最小化する必要がね。おんなにはおんなの都合もあるし。

　そのために。

　これからは部活以上に、私の指示にはしたがってもらう。それから重要事項については、ちょうどパートリーダーが四人いることから、ホルンの詩丘鈴菜、クラの中島友梨、テナーサックスの志築冴子、そしてペットの私、神蔵響子が合議して決める。それぞれのリーダーは、ちょうどパー練をしていた七人三班を動かす。だから実際に動くときは冴子、悪いけど、鈴菜の下に入って頂戴」

「もちろんよ。そんなことに執拗らないわ、響子」

「有難う冴子、救かる――

　いい？　サヴァイヴァルで全滅の危機に陥ることがあるとすれば、それは自分がいちばん賢いと思っている莫迦が総員を出し抜いて、いちばん愚かな選択を実行するからよ。吉南女子の吹部にかぎってそんな莫迦はいないと思うけれど、総員の生き残りのために、今後は絶対にパートリーダーと、私の指示にはしたがうこと。いいわね⁉」

　はい、部長‼

「取り敢えず飲料食料を確保してから、ここの地理地勢を把握する——独りで生き残ろうとする者がいると、総員が死ぬことになるわ。さっそく手持ちの飲食物を洗いざらい整理して。飴玉ひとつ、チョコレートひと欠片から飲み止しのペットボトル一本まで、確実によ」

　はい、部長‼

不穏分子もそこそこいた。名指しすらできる。二年生たちの個人情報なら彼氏遍歴さえつかんでいる三年生の私達は、誰が叛乱予備軍かは知り尽くしているから。しかしこの状況で敢然、火中の栗を拾った響子に公然と叛ってもメリットはない。嫌な言い方だが、責任を響子に、あるいはパーリーにおっ被せてしまった方が気が楽である。響子が責任をとってくれるかぎり、このよく解らないサヴァイヴァルをいったん受容しよう。それが総員の公約数のように思われた。だから返事の声量もまあ、我慢できる閾値を超えている。響子は差し当たり満足し、いよいよホルンの鈴菜に先の『成程』なる言葉の説明を求めようとした。しかしさすがの神蔵響子も、返事の声量が違う閾値を超えてしまっていたことには、当然ながら、気が付かなかった。そもそも、吹奏楽の返事の声量は、ばかでかすぎるのだ……

「それで鈴菜、さっきの校章の話だけど」

「あらあ、それはねえ」

Ⅳ

「きゃあ――――!!!!」

誰の悲鳴かは分からなかった。ものすごいユニゾンで、ほとんどトゥッティだったので。そうした譜面がピアニシモを指定してくることはまずない。その例に漏れず、やっぱりフォルテシモ、いやスフォルツァンドだった。つまり、いきなり全開だ。

そして、私自身も。

ものすごい勢いと力で黒板に叩きつけられる。衝撃と痛みに呼吸が止まる。はっ、とお腹に力を入れ直したとき、1‐10の教室は既に阿鼻叫喚のるつぼとなっていた。巨大な鞭、いや消防車のホースみたいなものが、二十四人の女生徒を壁やガラス窓にバンバンとぶつけ、思いっ切り廊下に撥ね飛ばし、あるいは蠅叩きのように、教室のゆかに撲ちのめしている。その、斑模様の螺旋の渦。それは、みんなの絶望的な悲鳴に狂喜乱舞しつつ、クリアファイルも譜面台も楽器ケースも、そして教室の後ろに片付けられていたレトロな机と椅子も――そう教室内の何もかもを擦りつぶし、撚りつぶし、巻き壊しては吹き飛ばしていった。外窓のガラスも廊下側のガラスも、いや引き違い戸さえ、割られるわ破られるわ。

――大蛇だ。

こんな大きな蛇は日本にいない。

鞭だのホースだの、そんな形容ではなまやさしすぎる。弾力を持った電柱、自在に動く土管だ。胴回りは余裕でユーフォニウムほどある。しゅうう、というあの蛇独特の破裂音とともに鎌首をもたげると、頭がガツン、と一階天井にぶつかり、蛍光灯のガラスがさんさんと零れ落ちるくらい。だから、全長一〇mは確実だ。繰り返すが、こんな大蛇は日本にいない、はず……

晩春の牧歌的な午後に、いきなり洗濯機へと投げこまれたような私達。

しかし、破壊が物理的なステージであるうちは、まだしあわせだったと言えるだろう。

「那須谷さん!!」

「中島先輩!!」

それは直視できない残酷さだった。クラリネット一年、サードの那須谷成実香さんの躯は、何と二重にも、大蛇のおどろおどろしい模様に巻きつかれている。衝動的に大蛇の鱗にとりついた私は、二秒もたずにもう一度黒板へ叩きつけられる。そしてとうとう、恐ろしい音――

ぶちり。

那須谷さん――!!

私の絶叫は、もう声になってはいなかったろう。人の躯が、人の躯があんなにあっさりと……

私。

大丈夫だって。大丈夫だって那須谷さんに約束したばっかりなのに……

大蛇はすぐさま那須谷さんだったものを離すと、あおむけに気絶していた女生徒を、まるでアイスクリームでも舐めとる様に口に入れるや、顎を使うのももどかしそうに、ああ、丸飲みにしてしまう。ひとり、またひとり。

……そしてどこにも動く生徒の姿はない。

私は何も考えられずに、1-10の教室を飛び出した。引き違い戸はもうない。すぐに廊下だ。そして、廊下には……

私をさらに絶望させるものが。

そう。

大蛇は一匹ではなかったのだ。

廊下左手を見る。那須谷さんとおなじ。腰から真っ二つにされた娘がひとり。この娘は、アルトサックス三年の静子。四宮静子。そして私を威圧する様に、悠然と首を延ばしている大蛇の下顎からは、学校指定のソックスと、ローファーが……つまり上半身いやそれ以上を既に飲みこまれた娘の姿がハッキリ見えた。もう駄目だ。御免。泣きながら自分に言い訳して廊下右手へ。道半ばで大きく蹴躓いた。誰かの躯に。それが気絶している娘……だったらどんなによかったろう。また、それが誰だか分かったら、仲間としてどんなに良心が咎めなかったろう。だが、私はその娘が誰かとうとう分からなかった。首が裂きちぎられていたからだ。そのまま腰から廊下にへたりこむ。すると、右手奥から、じりじりとセーラー服姿が退がってきた。そこに感じる私以上の責任感と無力感。それは……

「きょ、響子」

「よかった友梨、無事だったのね」

「みんな、みんなが……」

「まだよ!!」

「でも」

釣られるように私は響子が見ているところまで視線を上げた。ああ、やっぱり。そこにもまた一匹、瞳を赤黒く光らせる大蛇が。異様ともいえる嫌らしい舌が、既に下半身を飲みこんで離さない女生徒の躯を、美味しそうに嬲っている。

「そんな……加絵が……」

「脱出するわよ友梨。さっきと一緒。流し台の方の窓から校舎外に出る」

「で、でもみんなが……加絵が!!」

「加絵はもう救からない!!　吉南女子吹奏楽を全滅させるわけにはゆかない!!」

……三番トランペットの上園加絵。呼び捨てにしているとおり、一緒の三年生だ。同じペットの佳純——神薙佳純が摩擦を許さない氷だとすれば、そこからも水蒸気を立ち上らせることができる、トランペットのムード・メイカーだった。そしてサードを務めている彼女は、ひょっとしたらハイトーンの美しさでは響子にすら勝っていたかも知れない。ファーストとサードは、公約数が多い。響子と加絵は、楽器を離れてもそういう存在だったのだ。その響子の言葉は、悲痛を過ぎ越して壮烈だった。

「さあ友梨」

「駄目だよ響子……は、挟まれた」

じり、じり。

じりじり。

廊下の両端から侵攻してきたと思われる大蛇二匹は、とうとう口の獲物をすべて飲みこむと、確実に私達と、廊下で気絶している娘たちとの距離を詰めてきた。

ばあん。

引き違い戸の木枠ごと廊下に躍りこんできた、あの教室内の一匹がそれに合流する。

それに弾き飛ばされてきたのは。

「鈴菜!!」

「友梨ぃ!!　響子ぉ!!」

「他の娘は!?」

「教室の娘はほとんど気絶しているだけ!! だからこっちに誘き出したのぉ……って、三匹は、ちょっと、卑怯だよねえ……」

私達は三人で背中合わせになる。

大蛇は三匹で焦らすように地を舐めてくる。

もう、流し台の窓から脱出することもできない。

「響子」と鈴菜。「今だから言うけどぉ、響子のトランペット、色っぽかったわあ」

「縁起でもない!!」

私はこれからも言うわよ、どうして鈴菜はあれだけ練習して音外すのよ!?」

「私……最後に牛ステーキをレアで、食べたかったなあ……葡萄屋とか……」

その刹那――

ぱぱん!!

ぱぱぱぱん!!

ぱぱぱぱぱ、ぱぱん!!

ぱぱぱぱぱぱん、ぱん!!

あまりにも率然と、あちこちから銃声が響いた。このテンポとリズムは拳銃やショットガンじゃない。機関銃という奴だ。戦争映画そのものの――

どこか弾数を惜しんだような、丁寧な銃撃が、どのくらい続いたろう。

丁寧といっても、それは三匹の大蛇の首を跡形もなく弾けさせるほどの破壊力だった。

恐怖と驚愕にただ唖然としていた私達三人の直近で、吉南女子吹奏楽を蹂躙しつくした大蛇たちは――まるでガソリンが切れたみたいにストンと崩れ、痙攣さえしなくなった。

V

――窓や、窓だったものからは、夕暮れのオレンジが射し始めている。

私達三人はまだ立てないでいる。

優に三分は過ぎた頃、私は、自分の瞳を疑うものを見た。

ある意味、大蛇なんか問題じゃない。

「きゃああああ‼」

真っ先にフォルテを出したのは、私だ。響子は凜然と、鈴菜は泰然と、新たに現れた登場人物たちを、キッと見凝めている。いや、私にはそれが『登場人物』なのかどうかすら解らなかった。少なくとも、私は高校三年生の今になるまで、こんな『存在』と出会い、あるいはこんな『存在』を見聞きしたことがなかったからだ。ただ、その『登場人物』三人が、私達に突きつけている機関銃三挺には、圧倒的な物質のリアルがあった。逆に、物質のリアルがまるでなかったのは……

「サッキ来タ女生徒カ？」

「……私は神蔵響子。吉祥寺南女子高等学校の三年生です」

三人は、シルエットだった。まるで影を織る粒子がそのまま人の形をとったよう。だが平淡でも平面でもなく、紙片の様でもスクリーンの様でもないそれはヒトだった。そう、それがヒトであることは、少なくともヒトと一緒の形をしていることは、直感的に解った。けれど、そこには私達のような肉ある人間のリアルがまるで感じられないことも、また事実だった。そして、黒は闇を、影は夜を連想させる。影の粒子でできたヒト、というのは、これも直感的に、本能的に、異様で恐ろしかった。

真っ黒い、ヒト――

夜練の後、暗い夜にふと浮かぶ、見知らぬ誰かの影。それが本能的にどれだけ恐いか。そして今、私の眼の前では、闇でできたヒトが、純黒の人影が、意思を持って動いているのだ。いきなり影に語り掛けられたら、誰が平静でいられるだろう。少なくとも私は尻餅をついたままだ。お手洗いが遠い生まれつきであることを神様に感謝したい、心から。

「吉祥寺南カ。皆ソウカ？」

「……私は名乗りました。あなたがたも名乗って下さい」

「アナタタチノ味方ダト考エテホシイ。ソレ以上ハ、同行シテクレレバ話セル。ソレニ」

「それに？」

「二晩三晩モスレバ、我々ヲ恐怖スル理由モ無クナル。何故ナラ、我々ハ、オナジ属性ヲ持ツ仲間ダカラダ。鏡像ヲ見テ恐怖スルコトハ、今後ハ、アルマイ」

その声はしっとりとしていたが、機械で上手く合成したかのように音色がなかった。男性の声とも女性の声とも言えない。現実的な異星人、というのが突飛だけどぴったり。

「危機を救っていただいたことには感謝します。ですが、ここはどこですか？」

「急イデ動カナケレバナラナイノダ」

「私達には時間が必要です。仲間が大勢、倒れていますから」

「心配スルコトハナイ。我々ガ救護ショウ。ジキ、モウ少シ人数モ集マル」

「待って頂戴」鈴菜の叱責。「廊下の先!!　誰を動かしているの!?」

私は鈴菜の視線を追った。さっそく、他のシルエットに搬送され始めているのは——

「夏子じゃないの!!　あなたたち夏子をどうするつもり!?」

「黙ッテ我々ニ着イテ来テクレナイカ？　皆、一緒ニ。気絶シテイル娘ラハ、我々ノ仲間ガ担架デ全テ輸送スル。太陽ガ出テイルカギリ危険ハ無イ」

「私達みんなを連れ去るつもりなの!?　とにかく夏子を離して、下ろして!!」

「友梨、黙ってお願い」響子は私を瞳で制した。「せめて理由を教えて下さい。でなければ判断もできません」

「アナタタチハ皆、殺サレル。ソレハ我々ノ不利益ニモナル」

「誰に、殺されるの？　また野生動物？」

「アナタタチノ命ヲ必要トシテイル敵ガ、危険ナ敵ガ、ココニハ大勢イルノダ」

「そのわりに、あなたたちは四人しかいないけれど？」

「議論ノ時間ハ無イ‼」

二人のシルエットが機関銃の銃口を私達の頭にむけた。ひとりが天井に威嚇射撃をする。

「オマエタチ三人ハ、残リタイナラ残ッテモイイ。

ダガ他ノ女生徒タチハ、絶対ニ……」

「絶対に、誘拐しようというの？」と響子。「もし私達がそれを拒否したら、どうするというの？」

「……生キテイレバ全テハ明確ニナル‼ モットモココデ死ニタイノナラ、我々ハ」

シルエットたちの機関銃がぴくりと蠢動した刹那——

ぱん、ぱん、ぱん‼

呆然としている私。背から拳銃を出しシルエットたちの脚を撃った響子。すぐさま機関銃をもぎとり蹴り飛ばし、それを強奪する鈴菜。

「友梨、機関銃を取って、はやく‼」

「ケ、拳銃ダト……奴等ノ仕業カ……ウ、ウウ……」

「挨拶がきちんとできない人達に」機関銃をシルエットの腹部にむける響子。「仲間や後輩を売り渡すことは、部長の名に懸けてできないわ。ただし、理由も意味も解らない誘拐を諦める——というのなら、もちろんちゃんとした自己紹介のあと、話し合いをしてもいい。その証拠に今、命に関わる怪我などは、断じてさせていないはずよ」

「コ、後悔……スルゾ……」

「御心配ありがとう。

ならあなたたちは、頭を吹き飛ばされて死んだ後でも後悔できる？」

「騙サレルナ……コノママデハ、必ズ、騙サレル……林檎ヲ、食ベテハ……」

「きょ、響子。ちょっと、ちょっとだけ待って」

林檎？

私は恐る恐る、右手を直近のシルエットに差し延べた。夕焼けに浮かぶ私の右手。それは知らないうちに、確実に私のものではない血潮にどろりと濡れている。私は様々な意味で声にトレモロを掛けながら、苦痛に悶くシルエットへ、ゆっくりと右腕を延ばしていった。握手でも何でもいい。とにかく敵意の無いことを、示したかったから。

「林檎って、私達が食べた、あの井戸の林檎のことですか？」

「ヤハリ、食ベタノカ？」

「食べました」

「――――――」

「まさか、毒林檎とかですか」

「……ソレハ、モウイイ」

「ええと、あの、よく解らないけれど。

響子は、友達思いだから。まして、あんな脅迫みたいなこと、言われたら……

確かに、拳銃はやりすぎでした。それは、謝ります。

けど私には、あなたたちが、私達を本当に殺すつもりだったとは、思えないんです」

「友梨、悪いけれど」響子の声は液体窒素みたいで。「これだけは保証するわ。さっき拳銃を撃たなければ、友梨、鈴菜、私の三人は、確実に機関銃で細切れにされていたわよ。だって私、目撃したんだもの。引き金に指が掛かるのを。鈴菜はどう？」

「響子が正解よん」

「……最初の出会いは残念だったけれど」何故だろう、私は次第に落ち着いていた。疑問にならない不思議なもやもやが、私の脳と舌とを動かしたのかも知れない。「私達は、あなたがたと戦争をする気がありません。だから、連れて行くというなら、まず私を、その、招待してもらえませんか？」

「やめて友梨!!」

「響子、私、このひとたち、とても大切な気がするの。まだ直感だけど、言っていることも動きも、襲撃者にしては変だもの——

続けます。意識のない女生徒を勝手に搬送するのは、やっぱり保護でも救護でもなく、誘拐と呼んだ方が正確です。だから、意識のある私が最初に」

それは、右手がシルエットの肩に、胸に触れようとした時だった。

「ヨセ!!」

「えっ？」

「サ、触ルナ……我々ニ触ルナ!!　オマエタチ三人ハモウ穢レタ……用ハ無イ!!」

シルエットたちの撤退は速かった。私が見ていたかぎり、私達と会話していた三人は、いずれも太腿か脛に銃弾を受けたはずだけれど。どうやらその痛みより優先すべき『何か』が確実にあるようで、武器を諦め、私達の身柄を諦め、脚を懸命にひきずりながらレトロな校舎を離脱してゆく。タイル貼りのゆかに落ちた血は――やはり黒だ。黒い液体。とても触ってみる気にはなれないけれど。

「友梨ぃ――――!!」

「な、夏子っ」

しまった。私達と会話していたシルエットは三人だが、既に鈴菜が、廊下の先にもうひとり、発見していたじゃない。そしてそれこそが最後のひとりだと、響子が確認していたじゃない。私だけが莫迦だ。

――ほとんど瞬間的にしか見えなかった。

だが、とうとうその無傷のひとりが、廊下でさっきまで気絶していた夏子を背負うように、誘拐し去ってしまったのだ。焦ってそれを追おうと機関銃を手に駆け始めた私を……しかし鈴菜が断乎として抱き止めた。そのとき、私の鼓膜に残った夏子の絶叫。

口にしては、駄目
ならこの人達とは、まだ――

「離して鈴菜、どうしてよ⁉　機関銃で私達を殺そうとしたのは確実なんでしょ。今度は夏子が何をされるか。私が和平しようって頼んだのに拒否したんだよ。とにかく離してっ」

「友梨」ぱん。響子のビンタはスナップが利いている。「夏子は、大丈夫よ」

「どうして響子にそれが解るの⁉」

「殺す予定なら、ここですぐ殺していたはずだから」

「でも、変なことに……そう例えば、人体実験に使うつもりかもよ⁉」

「その可能性は否定しない」

「だったら‼」

「聴いて友梨。私は奪還作戦を否定しないわ。ただ、勝算のない特攻は認めない。さいわいにして、私達は、夏子の犠牲で、機関銃三挺を獲たわ。それから黙っていたけど、この校舎の入口に、そう1－10側の入口に、親切な誰かが拳銃三丁と手榴弾一二発を用意しておいてくれたのよ」

「そ、それが、さっき撃った拳銃？」

「そのとおり。その三丁は、発見したとき友梨がいなかったから、私と鈴菜と、クラ代表として菜花子が預かっている。ちょっと物騒なシナリオになりかねないものね。手榴弾は、さらに物騒なシナリオになりそうだから、鈴菜の楽器ケースにまとめて保管した」

「ああ、鈴菜のホルンのケース、鍵が掛かるものね」

「これは差し当たり、遭遇戦をやるならなかなかの装備よ。もちろん――解るわね？」

「――もちろん、吹奏楽部員の意識がもどって、集団戦ができるなら」

「そのとおり。取り敢えず私見だけど、今晩は休んで、明日から強行偵察に出る。私はこれが夏子を救う最短のルートだと思うけど、友梨はどう？」

「……御免、響子、私パーリーなのに錯乱して。恥ずかしい。

でも響子、やっぱりちょっと、武器が少ないと思う。強行偵察＋人質奪還だから。少なくともあの『シルエット人』は、もう、救護どころか中立ではいてくれないだろうし、しかもあの『シルエット人』が恐れる敵すらいるんだよ。あと、好意的中立と考えられなくもないけど、私達に拳銃と手榴弾をくれたグループがいる。それぞれの実態も関係も解らない。最悪、三正面作戦だって、夢物語じゃない」

「だったらあ」鈴菜はしれっと言った。「盗みに入れる武器庫もたくさん――でしょ？」

おとぼけホルンも、やるときはやるのだ。実は吹奏楽でいちばん音域が広いしなあ。

さらに実は、音域第二位にはクラリネットが入るのだが、しかし――

この情勢で攻めだなんて。人間としての音域では、私は到底鈴菜に敵わないようだ。

けれど。

シルエット人の言葉。

夏子の言葉。

禁断の言葉——禁断の果実。
そんな連想が浮かんだけれど、ピースが圧倒的に足りない。いや、このパズルは完成するのかどうかすら分からない。正解も真意も、だから当然、解るはずがなかった。

6

——スコール、と言いたくなる様な、夕方の驟雨が三〇分ほど。

激しいな、と思っていたら意外なほど綺麗に止んだので、パーリーを中心に、三年生六人で『物資回収班』を編成して、墜落した吉南女子のコンクリ校舎にむかった。

もうじき日が没する。

大蛇の襲撃でたくさんの娘が怪我をした。怪我だけですまなかった娘もいたけれど、生き残った者は、彼女たちの分までサヴァイヴする義務がある。この不可解な状況から脱出し、生きて真実を持ち帰る絶対の義務が。だから私は、積極的に志願した。班編成が結局、三年生のみとなったのは、当然、倒壊したコンクリ校舎では命の危険が想定されるからだった。もちろん、大蛇、猛牛も恐ろしい。だから神蔵＝詩丘＝中島の三人で、機関銃と拳銃を携行していた。響子は武器の使い方に自信があるようだったが、そしてそれを念の為、五人総員にレクチャーしていたが、どうして一介の女子高生にそんな技能があるんだろう？

　ともかく、銃器を全て惨劇の木造校舎から撤去してきたことには、当然、意味がある。残されたメンバーによる不測の事態をふせぐためだ。吹部の部員たちは、阿鼻叫喚の後の絶望と、そして虚脱と嗚咽の中に残されている。衝動的に楽になろうとしたり、衝動的に他人多数を楽にしてしまったり――というパニックは充分予想されると言わなければならない。しかも彼女等には、大蛇の死骸を外へ出しておくという仕事も与えられていたから、精神衛生上不安定な要素は、排除しておいた方がもちろんいい。そもそもんな仕事を与えているのも、余計なことを考えさせないという、精神衛生上の配慮だ。ただ響子は純粋にみんなの気持ちを考え、鈴菜は食糧をとりまとめておくことを考えていたのだが――

――着いた。

丘の斜面に不時着したと考えざるをえない私達の校舎。丘の頂上からさしたる距離は無い。

　そしてもう一度、総員でじっくり観察してよく解った。このなだらかな丘。吉南女子のこの学棟は、ちょうど丘の頂点を一直線に目指しつつも、カップのソフトクリームにストローが刺さる、そんな形で、ずぶりと丘の中腹に突入したらしい。もちろん一階部分からだ。倒壊する前は、当然、一階から四階が一列にまとまっていた。だから、その校舎の縦ラインがまだ生きているものと想定し、その直線を一階側から牧草地へどんどん延ばしてゆくと、何と丘の頂上にぴたりと行き着く。すなわち、丘に刺さったストローは、底面からどんどん直線を延長してみれば、丘の頂点と綺麗にぶつかるのである。ほとんど誤差がないことから、これには、何かの意味があるように思われた。

　また、どこから、と言えばいいのか、その出発地はまだ解らないが、ともかくも丘の頂上目掛け落下したコンクリ校舎は、この牧草地の地盤では自分を支えられなかった。無論、衝撃もあったろうし、地盤が強ければ激しく反発しただろうから、それこそストローみたいに綺麗に刺さることは、そもそもありえなかったに違いない。万が一、これが人為的なものであれば話は違ってくるが、私の知るかぎり、人為的にそんなことができる科学力を人類は有していない。いずれにしろ結論として、コンクリ校舎は、丘には突き刺さったものの安定することなく、のけぞるかたちで大きく倒れた。もし丘をむいている側を前半身とするなら、後半身からそのまま卒倒する様にバタリ。四階部分の後頭部から、一階部分の踵まで、見事に引っ繰り返っている。

　だから、現在、私達の校舎は、ゆか側と天井側が垂直の壁になっていた。さらにいえば、各教室の外窓側がゆかに、つまり地面に接している形になる。すると最も侵入しやすい箇所は、天井になっている廊下側の窓の群れだが、これは『入りやすい』というだけで、『アクセスしやすい』という訳ではもちろんない。瓦礫とガラスと鉄筋が剝き出しになっている今、夕焼けの空を見上げている廊下側の窓まで上るのは、ひと苦労どころか二次災害のおそれがある。しかもそこは今、天井なのだ。校舎内に入れたところで、瓦礫などをつたって地面側、すなわち教室の外窓側に下りられるという保証もありはしない。

――ただ、好都合なことに、セーラー服でジャングルジムをする必要は無かった。

校舎一階のいわば根元（ねもと）の一部が、斬り落とした様に、いや、もぎとった様にぱかりと口を開けていたからである。校舎はあおむけに卒倒しているのだから、一階根元の断面はすなわち足の裏であり、私達に対して綺麗に垂直である。『入りやすい』上に『アクセスしやすい』。よくよく観察してみると、衝撃にもかかわらず、左腕・右腕に当たる校舎両側では、二階・三階・四階の非常階段すべてが生き残っており、外扉は吹き飛んでいるか、ぱこんと開いているかのいずれか。これらも『入りやすい』上に『比較的アクセスしやすい』と考えられた。既に二階も三階も四階もなく、バタリと倒れて、すべて一階になっているからである。

「一階部分に土や泥がほとんどない」と響子。「まさにコンクリをスパッと斬った断面図だわ。校舎が引っ繰り返っているから、中身はぜんぶ校舎外窓側に落下しているけれど」

「箱入り英和辞典が、お尻から突き刺さってえ、裏表紙Zの側――つまり外窓側・山頂校舎の反対側を下にして仰向（あおむ）けに倒れた。ま、そんなところねえ」と鈴菜。「そして箱の底、ううん、辞典のノンブルの位置くらいまでがあ、ギロチンに掛けられたみたいに裁断されているわ」

「けれど鈴菜、気づかない？　これ、前後左右にボキリと折れたんじゃないわ。まるで、そうね、大根を引っこ抜くみたいに、上へ綺麗に千切られている。だって鈴菜の言う『お尻』、すなわち一階基部の断面、切断面には、前後左右への偏りが無いもの」

「そうねえ、もちろんギザギザは激しいけれど、前後左右に平均的だものねえ。一方向に折れたのなら、とてもこうはゆかないわあ。けれど不思議なことに、その一階から零れ落ちた物はなさそうよん。ぷかぷか浮いてたのかしらあ」

「そしてその一階だけでなく、多少のアトラクションを覚悟すれば」と響子。「二階・三階・四階へ入ることもできそうね。友梨はどう思う？」

「もうすぐ夜だし、私達は照明器具を持っていないわ。校舎には確か非常用の懐中電灯が壁に掛けてあるけど、この衝撃だし、すっかり頼りにするのは、危険だと思う。長期戦にはしたくないけど、そして速く二階以上の捜索もしてアイテムを手に入れたいけど、今は取り敢えず音楽室と音楽準備室にしぼろう。激変しているけど普段からよく知っているし、そもそも二階以上のノーマルな教室からは、あまり収穫が期待できないから」

「優先順位をつける、ということね」

「あと響子」と私。「特に音楽準備室は、奥が音楽教官室になっているから、いってみれば職員室も同然よ。しかも入りやすい一階にある。総員で捜せば、かなりの確率で、努力は報われる、はず」

「賛成しまーす」

二番ホルンの東雲紗英がちょこんと挙手をした。一番ホルン、鈴菜の名女房役だ。鈴菜が十六小節以上の休み、木管としては耳を疑う数字の休みをカウント間違いしないのは、紗英が腕に縒りを掛けた左肘鉄を喰らわせているからとか。ハーフアップがよく似合う、縁の下の力持ちホルンの中の、縁の下の力持ちだ。ホルンのセカンドというのは、白鳥の水面下の水掻きを電動アシストするような、サックスなどとは異次元の性格形成をしなければならないパートである。

「顧問の休憩室兼仕事場でもあるから、ガサリ甲斐があるしねっ——佳純は？」

「実行あるのみ」

「つまり賛成？」

「世間話の時間は無いわ」

……響子と一緒にファースト・トランペットを務める佳純は、紗英とは真逆だ。ここで真逆というのは、楽器による性格形成の力をまったく受けていないという意味だが。クラリネットは三十二分音符とかで真っ黒になった譜面に興奮する様になるらしいし、サックスは一発勝負好きの博奕屋で、必ずトランペットを喰ってやろうと野心を燃やすものだし（恐らくサックスとトランペットは、スポットライトと観客の喝采を主食にしている）、そのトランペットは『吹部の王子様』『吹部の王女様』を自認してやまない。ところが佳純は、そのトランペットの栄えあるファーストを射止めているにもかかわらず、職人芸で魅せても自分は魅せない、見せないのだ。主食は論理だと揶揄される佳純。ただ、その佳純がトランペットを愛する情熱だけは、論理などでは測れない。佳純は音大志望だから。ひょっとしたら、強豪・吉南女子吹奏楽部でさえ、自分の全力を出すフィールドではないと割り切っているのかも知れない。だとしたら、佳純は、ひょっとしたら、私以上に、手段を選ばず家に帰りたがっている——のかも知れなかった。そう、私は絶対に家へ帰る、絶対に。私は運命を信じる。私がこんなところに導かれたのは、客死するためではありえない。この真実を私の言葉で語るべく、絶対に生還を果たすためだ。それは私の夢、願望、そして言葉を選ばなければ野心、というだけではない。いまだ行方不明の、神隠しに遭った先輩方への、何よりの思い遣りではないか？　そう、生き残った者には、選ばれた義務があるのだ。

「なら総員一致ね。私達の縄張りがどうなっているか、すぐ確認に入りましょう」

部長である響子の音頭で、私達は校舎の底、校舎のお尻からかつての一階へ突入していった。瓦礫はどうやら、既に落ち着いている。また水平移動がほとんどだから、危険も消耗もあまりなかった。そもそもこれ、地震ではありえないのだし。そして学校がすっかり寝入ってしまった以上、地震も余震もないのなら、崩落物に注意する必要はほとんどない。しかも御丁寧なことに、誰だか解らないけれど、校舎の底を廊下より上のラインでキレイに切断してくれていたので、一階の教室はまるで屋台のように眼前に並べられていた。もっとも、陳列されているのは、瓦礫そして室内のありとあらゆるものの土砂崩れだけれど。

——音楽室に侵入するのはわけない。音楽準備室も一緒だ。

私達は怪我をしないように、二人掛かり三人掛かりで倒壊したり横転したり圧壊したりしたものを取り除き、あるいは選り分けてゆく。こんな状態で、破傷風などはやっぱり恐い。私は、一緒に音楽教官室の冷蔵庫をターゲットにしていた響子に訊いてみた。

「ねえ響子。響子はこれ、何だと思う？」

「このオズの魔法使い現象のこと？」

「どう考えても私達、校舎ごとどこかに吹き飛ばされているよね？」

「こんな証拠が眼の前にあったら、そう思わざるをえないわね」

「竜巻みたいなものかな？」

「原因は分からないし、考えても正解は出ないわ。それはむしろ、それこそ冴子の領分かもね。冴子は筋金入りの文学少女だし、女子高生にしてあの横溝賞に投稿して、何と二次選考まで通過しているくらいだから。そうでしょ？」

「確かに。これが小説だったら、そしてあと一週間程度もいれば、大傑作になるかもね」と私。「家に帰れなければ、横溝賞の大傑作どころか、牛や熊に読んでもらうしかなくなるけれど――いずれにしても、そう、これが小説だとしたら、まだ世界設定も解らないし、あるいはこれがノンフィクションだとしたら」

「むしろ数学ガール、中島友梨の出番でしょうね。

　いずれにせよ正解はまだ出ない。だけど」

「だけど？」

「どうすべきかを考えることは、できる」

「……響子の考えは？」

「もう知っているわね。この地には、第三者がいる。発言から考えて、定住者よ。そして私達がオズの魔法使い現象に遭遇したことも知っている。確実に。それも口調で解る。だとすれば。

　最優先目的のひとつは、定住者に説明させることよ。定住者が正解を知っていることは、絶対に間違いないんだから。すべてはその正解が獲られたとき、また組み立てればいい。まだ個人練習すら充分にできていないのに、だから作曲者の意思なんか解るはずがないのに、いきなり全体合奏を始めたって四小節続かないわ。まして楽譜に欠損があるときは――」

「だからまず、楽譜を完成させるのね」

「定住者にもパートがあるみたいだしね。謎のシルエット人、それらが敵として恐怖する者、そして私達に、どういう意図か、武器を提供したグループ……先ずはそれぞれの歌を、唱ってもらう必要がある。そう私は思う」

「……けれど、少なくともシルエット人には、もう敵意がある」

「あれは正当防衛だった。後悔はしていない。私は死ぬ訳にはゆかないから」それは私もだ。そしてきっと、響子よりそれを恐れている……激しく。「けれど、違う方法があった、かも知れない。拳銃を突きつけるだけで、話し合いに持ちこめたかも知れない。

少なくとも、シルエット人はシンプルな虐殺者ではなかったから……」

「交渉の余地は、まだあるかな？」

「奴等は夏子を誘拐したわ。だから、すべては、最優先目的のいまひとつを達成してから。すなわち夏子を奪還してからよ」

私はちょっと黙った。響子は責任感の強すぎる娘だ。夏子が拉致された。それもまた自分自身の大失態だと考えているはず。そう、命に代えても奪い返すと決意しているはず。だから、響子にしては信じられないほど、情報収集も情報分析もまだ、甘いのだ。それは、響子の発言を解析してみればすぐ解る。

……こうなると。

シルエット人との交渉の余地は、響子が部長であるかぎり、ほとんどゼロに近いだろう。ファースト・コンタクトのとき、響子と一緒に佳純がいれば。私にはそれが悔やまれてならなかった。そして響子が、シルエット人の発言を、分析しているようで徹底的には理解しようとしていないことも、悔やまれてならなかった。それをきちんと読解すれば、『私達が絶対に犯してはならない禁忌があること』も、あるいは、『夜になればまた事態が変わること』も、充分予測できるから――

（そして、それ以上に重大なこと）

誰もが意識しているのに言語化しないのか。あるいはこの異常事態にすっかり忘れているのか。あまりにも重大な問題について、危機感を見せていない。それは、恐らく、私達吹奏楽の部員特有の問題。

（この状況は、爆弾を抱えている様なもの――

奇しくもこんな編成でサヴァイヴァルとは）

クラ、ホルン、ペット。

かくも綺麗に、パートごと三班の編成になってしまっている。これは、不味いのだ。

楽器はどうでもいい。違うパートが、くっきり分かれる形で同一行動を強いられる。

これが不味い。これが、予定されているレクリエーションだったら、絶対にこんな班編成にはしないだろう。各パートごと単独で動かすか、学年別にするか、まったくランダムに組むはずだ。何故か。

吹奏楽において、パートの壁ほど頑強なものは無いからだ。

それは校風、部風によって違うだろう。けれど、一般論としてはかなり妥当するはず。現に木管の私は金管のことが全然解らないし、金管奏者でリード楽器が吹けるというのは極めて例外的。それぞれが、全く違う個性を持つ楽器のスペシャリスト集団である以上、タコツボ的になるのは必然だ。そしてコミュニケーションの問題が無い『個人練習』を除けば、『パート練習』は基本、まさに同じ楽器でやるものだし、そこで徹底的にパートの音楽を練り上げて『合奏』に臨む。

ところが興味深いことに、吹奏楽の全体練習というのは、基本、年がら年中、座る場所すら変わらない。パートごとに位置が定まっているのだ。そういう部活が他にあるのだろうか？　例えばホルンは必ずトランペットの前だし、クラリネットは必ず指揮台の直前である。

『パート練習』で濃密な関係性を練り上げた各パートは、『合奏』においても、一緒の布陣、一緒の位置で何時間も何時間も楽器を吹くわけだ。そして合奏であるパートの完成度が悪かったり、あるパートの娘の練習が足りなかったら、パートリーダーの責任になるし、パート全体が、他の楽器に対して赤っ恥を掻くことになる。こうなると、よく言われる様に、本番三分前、出場三分前以外は団結もへったくれも無い。帰属心はパートにあり、バンドそのものには、あまりない。想像できない――イメージできないのである。そもそも他のパートが何をやっているのか、興味すらないというケースも多い。例えばトランペット奏者は、クラリネットの誰かの楽譜など見ない。精々、音楽的に絡みがあるときに、時折一緒に練習をする程度だ。そもそも譜面台なんかはパートごと管理するし、パートによっては磨き液や潤滑油、差し油まで共有していることもある。それぞれの楽器棚が、そもそも不可侵の領土だ。後生大事に色々な『おたから』を秘蔵しているパートもある。

（そのセクショナリズムが、何を生むか）

くだらないことで戦争になるのである。もちろん顧問がいる合奏中は我慢する。しかし、それ以外の時に、例えばトランペットのパーリーが『ホルンのあそこのノバシ、ちょっと音程悪いよねー、わんわん鳴っているよねー』などと軽い気持ちで言うと、ホルンのパーリーが『でもペットは皆、喉を締めすぎる癖があるから豚を絞め殺したハイトーンだよねー』と返し……やがて応酬は楽譜全体、メンバー総員に及び、楽器の片付けも忘れて大口論になって一週間は会話しなくなる、などというのは決して大袈裟ではない。特に、このケースで言えば、もしトランペットのパーリーが、ホルンの一年生を窘めたとなると、ホルンのパーリーは烈火の如く怒る。怒らざるをえない。自分の可愛い後輩に対する不当な攻撃であることは無論、自分の指導力・音楽性に対する不当な挑戦だからである。『他パートの後輩批判』は、タブー中のタブーなのだが、ついやってしまうことが多い。

（パートとは、つまりそれぞれが、マフィアのファミリーみたいなものだ）

だから、音楽性以外の火種もわんさかある。サックスの二年生がトロンボーンの一年生を虐めた。それぞれのパーリーが義侠心で仲裁に入った。ハイ戦争。講和は絶対に失敗してパートごと、パーリーごと決別である。はたまた。クラリネットの一年生が三年生に可愛がられ過ぎていて、クラリネットの二年生が気合いを入れた。見かねたフルートのパーリーが、楽器を越えて、クラリネットの二年生に気合いを入れた。ハイ戦争。学年・パート・役職入り乱れての世界大戦となる。『揉め事の仲裁』もタブー中のタブーなのだが、そこは体育会系といえども文化部、口と腕がむずむずして黙っていられない——こんな情勢がわんさか転がっているのだ。ちなみに吉南は女子校なので『色恋沙汰への干渉』はあまり無いが、共学ではこれも全部員規模の最終戦争になりかねない、タブー中のタブーである。

そして。

そうした戦争は、コンクール前で身心ともに疲労困憊だとか、演奏会が続いて唇がバテバテだとか、やたら遠征があって長距離のバス移動が重なるとか、要するに余裕が無いときに口火が切られるもの。それはそうだ。シンプルにイライラするから……

「ねえ響子、今の、私達の編成なんだけど、パートごとだよね？」

「そうね、クラ、ホルン、うち」

「何かのきっかけで、変なことにならなければいいけど……」

「……心配しすぎよ。遭難しているんだもの。さすがに喧嘩している余裕は無いはず」

「でも遭難……ううん、そうね。ただ、綺麗に分かれすぎるものだから、つい」

——私は、予想していたよりはすんなり露出した冷蔵庫の扉を開け、中身を確認する。周りの安全を確認しつつ響子が続いた。その響子の認識は、予想していたより遥かに甘い。佳純なら理性で、鈴菜なら本能で、このリスクを察知するのだろうけれど。いずれにせよ、そんなリスクで生還できなくなるのは、私にとっては耐え難かった。けれど、それを響子に言っても、どうやら仕方が無い。私は話題を変えた。

「……最優先目的は響子、まだあるの？

さっきは、夏子のことと、定住者に説明させること——って言っていたけど」

「もちろん。そしてそれこそが、最大にして最重要の目的」

「すなわち？」

「お葬いを、することよ」

――私達三年生六人がいよいよ『懐かしの』校舎を撤収するとき、もうすっかり日は暮れていて。

そして脚はとても急いでいた。闇が恐ろしいというのもあったけれど、意外に、戦利品があったからだ。

麦茶の二ℓペットボトル×六（音楽教官室・冷蔵庫）
ティーバッグ×一ボックス（音楽教官室）
インスタントコーヒー×二瓶（音楽教官室）
ガスコンロ×一（音楽教官室、燃料あり）
薬缶×一（音楽教官室）
カップ、グラス×六（音楽教官室、大破・中破を免れたもの）
ライター×三（音楽教官室）
救急箱×一（音楽準備室）
家庭用常備薬セット×一（音楽準備室）
飴玉一kg×五袋（音楽準備室）
チョコレート×一口サイズ五袋（音楽準備室）

空のペットボトル相当数（音楽準備室、屑入れ）
懐中電灯×一（廊下）

「定期演奏会用のスポットライト、五機、準備室にあったわよ」と佳純。「二機は割れて、ぐしゃぐしゃに潰れていたけれど」

「三機生き残ったのは、奇跡的ね」と響子。「けれど、発電機が無ければオブジェだわ」

「使えれば、恐ろしいほど明るいから、皆、安心するのにね」

「あとは、まだ個人の鞄やバッグがあるしい、サヴァイヴァル上重要な物品もありそうだけど」と鈴菜。「明るくなってからでいいと思うわあ。それにい、いくらパーリーだからって」

「そうね鈴菜、非常事態だけど、個人の所持品だから」

そしてもちろん、死者の所持品に触れることは、誰もが語らず望まないことだった。

少なくとも、私はそう信じていた。

Ⅶ

――丘の上、レトロな二階建て校舎。

響子が指示してあったとおり、みんな、反対側の端の1－6へ避難している様だ。避難といっても、例えば大蛇は校舎の両端からも、いや教室の窓からも平然と侵入してくる。だからこれは、純粋に、最もひどかった殺戮の場から逃れたに過ぎない。それでも暴動の跡かと思わせるような1-10より、せいぜい廊下側の窓しか破壊されなかった1-6の方が、よっぽど精神衛生上、優れているだろう。とても難しかったけれど、『謎の第三者』シルエット人の説明もしておいた。喋っている側がどこまで理解していたか、そして、聴いている側もどこまで本気にしたか、かなり怪しかったのだが。恐らく聴いている側は『真っ黒い服装の襲撃者』くらいのイメージをつくっているのだろう。それでいい。世界には知らなくてもいいことがあるというし、それが正しいなら、あのシルエット人の詳細こそそれだろう。要するに、第三者、謎の『ヒト』に警戒心を持ってくれれば、それで充分だ——

だけど——

何故火が使えているのだろう？

1-6の窓だけは、とっぷりとした闇夜のなか、焚き火の様なもので赤々と照らされている。それは私の注意を呼んだが、他方で、その私自身すら、その火に安堵しているのも確かだった。

物資回収班の六人は、1-6側の開口部から木造校舎に入った。新たな避難所の引き違い戸を開けると、吹部の仲間が、木製の椅子と机とを燃やした、ささやかなキャンプ・ファイアーをかこんでいる。しかし、部長が教室に入って皆をぎらりと睥睨したのに、私語と囁きが止まらないなんて、私の知っているかぎり、吉南女子ではありえないことだ。天変地異レベルといっていい。パートごと、くっきりと三つの島に分かれているのも気になる。それぞれが峻厳な孤島で、厳しい波濤の壁が見えるようだ……

「この火はどうしたの？」

　部長である響子は即座に口を開いた。しかし、たちまち無数の質問に攻め立てられた。

これはもう、世界の終わりレベルといっていい。先輩から発話されないのに後輩が勝手に喋り掛けるなど、いちおう強豪校である吉南女子では、緊急集会か査問会か、あるいは、そんなもの無いけど懲罰房・営倉入りに値する規律違反とされてきた。

「外の様子はどうなんですか」

「住民と話はできましたか」

「街と連絡はとれたんでしょうか」

「救助がまだ来ないのは変です」

「そもそもいま何日の何時なんですか？」

「ヘリコプターとか見えないんですか？」

「怪我の応急手当は？　お薬は？」

「そもそも下山した方がいいんじゃないでしょうか!?」

「こんな恐いところにいられません!!」

「この校舎にいたら大蛇でも熊でもいいですけど殺されてしまいます!!」

「明るい内に麓に下りればよかったのに!!」

「携帯もスマホも通じないなんて今時ありえます⁉」

「そもそもこの建物に入ろうっておっしゃったのは、三年生の先輩方ですよね⁉」

「私達の校舎を離れたのがいけなかったんじゃないですか⁉」

集団心理か、メゾフォルテはフォルテシモまでクレッシェンドしていた。フォルテシシモ、フォルテシシシモになるのは時間の問題――

――そこで一喝したのはしかし響子でなく、教卓を蹴り倒した佳純だった。ばあん。どん。あざやかな終止線が引かれる。

「ウチの吹部は幼稚園児の集まり⁉

情けない、恥を知りなさい!!」

「で、ですが、あんなにたくさん殺されて……」

「これはやっぱり、あの、神隠し……」

「暫定的に三年生を代表して断言しておくわ」と佳純。「瓦礫の崩落で頭を柘榴にしたいなら、元の校舎へどうぞ。止めはしない。夜間に地図もコンパスもライトもなく下山するのは愚の骨頂。大蛇だろうが熊だろうが、今は武器があるから脅威じゃない。この木造校舎以外に、雨露がしのげる所は現在、発見できていない。私達以外とのコミュニケーションはとれていない。携帯もスマホも通じなかろうと、物理的に地球のどこかである以上、必ず私達は発見される。もちろんコミュニケーションも下山も安全な避難所も検討する。当然でしょう、救かりたいのは皆一緒なんだから。

でも冷静に考えなさい!!

どう考えても十二時間すら経過していないのに、今から浮き足立ってどうするの!!

日本アルプスで遭難しても、三日四日、一週間の我慢ということはありえるわ。そういうとき、どんな人が耐え抜き、どんな人が生還する!?

少なくともパニクって幼稚園児に退行した女子高生ではないわね。繰り返すわよ。物理的に地球のどこかである以上、それが何泊になるかは別論として、私達は必ず救かるのよ。口を開けてピーチクパーチク餌を待っているのではなく、知力気力体力を尽くして生き残り、発見される術を講じればね。

吹奏楽の合宿だって二泊三日はやっているでしょう。覚悟を決めなさい!!

──私達は有利なのよ。

私達は自衛隊も吃驚の規律を誇る体育会系文化部、しかも体力持久力なら運動部顔負けの吹奏楽部よ。もっと自分達に自信を持ちなさい。数日の我慢でしょう。家に帰りたいと本当に願うなら、もう一度強く意識しなさい。私達は普門館の常連、吉南女子の吹部。救助されるわね？　まさに救助されたとき──そう、当然のことだけど私達は救助されるわね？　まさに救助されたとき、涙と洟と涎に塗れて吉祥寺に帰るか、不屈のサヴァイヴァーとして威風堂々と凱旋するか。

数日の精神力が、私達生涯の評価を分けるわ。私達の先輩と後輩の評価も。

解らないことは、考えなくていい。解るべきことだけ、皆で、考えればそれでいい。

——だから、覚悟を決めなさい」

佳純の冷徹な言葉は、しかし確実に、パニックを鎮めた。確かに異常事態ではある。だが、そこを思考停止するとすれば、私達は大阪に一泊二日の遠征にゆくなんてザラだし、ウチは女子高だから残念ながら経験がないが、野球部が甲子園にゆくとなればもちろん連泊して着いてゆく。夏休みには二泊三日や三泊四日の合宿もする。そしてそもそも、朝の六時過ぎから夜の一〇時まで、家になんか帰ってはいないのだ。土日祝日も楽器漬け。それが、まだ十二時間も過ぎていないのに、家に帰れないと泣き言をいうのは、考えてみれば面妖なことだ。この異常事態の原因はやがて解るだろう。ここがどこかも。少なくともどんな所かも。それまでは、考えなくていいことは考えない。理不尽なことへの耐性は、顧問の、精神的に追いこんで追いこんで追いこむ熱血指導で、すっかり出来上がっているのが吹奏楽者。まして、ここにいるのは、夏のコンクールのオーディションを通過した、一応、エリート・メンバーである——

自信満々の佳純の言葉が総員を宥めたのを受け、部長の響子が言葉を発した。

「佳純の言うとおり、覚悟を決めて。私達パーリーや三年生も、皆を家に帰す覚悟を決めているから。それも、できるだけはやく。それは、絶対に、信じてほしい」

はい
皆の返事は微妙にずれたが、それは躊躇というか不安であって、反感や敵意ではなかった。それを確認した響子が話題をもどす。

「それで、この火を着けたのは誰？」

「は、はい、神蔵先輩!!」起ち上がったのは香椎さんだ。ペット二年の。「私が着けました」

「シイ、あなた実はアウトドアの達人？」

「はい、それが、その……」

「いいのよ加奈子――私が、手榴弾を一個、使いました神蔵先輩」

「なんですって？」

平然と答えたのはホルン二年、サードを務める獅子ヶ谷翔子だった。怜悧なボブに、意外なほど似合う愛らしい唇。物憂そうな、気怠げな表情と喋り方ながら、再び意外にも帰国子女であり、英語フランス語は教師顔負けだ。フランス語の先生などいないけど。あとは噂しか知らないが、井の頭線なら神泉、大江戸線なら東新宿がホームグラウンドという――知らない方がしあわせです――ある意味で優秀なハンター、らしい。

「私の楽器ケースは、詩丘先輩とおなじ型ですから」と獅子ヶ谷さん。「手榴弾をひとつ、お借りして」

「そういうのを借りるとは言わないんじゃない？」

「詩丘先輩は、さばけた方ですから」

「……ショウコ」

さすがの鈴菜も苦笑を殺しつつ窘めたが、獅子ヶ谷さんはますますしれっと続ける。

「野外の牧草地に、机と椅子を積み上げ、爆破しました。当然、吹き飛びますが火も残ります。あらかじめ割っておいた木材を薪にして、火を移し、憩いのひとときを御用意しました。また大蛇が来ても、私達は機関銃でお出迎えできませんものね？」

「あっははは、上出来よぉショウコ、確かにこれしか解はないわあ」

「鈴菜っ、どうしてもう、ホルンはこう身内に甘いの!!」

響子は今後の自衛のためとはいえ、手榴弾の使い方をレクチャーしておいたことを、激しく後悔したに違いない。しかし響子は、こう見えてミリタリー女子高生なのだろうか？ 確かに映画なんかでは、単純にピンを抜くだけみたいだけど。また、いくら殺傷目的じゃないと言ったって、火を起こすのに平然と武器を使う獅子ヶ谷さんも、まあ、図太いものだ。

「響子、まずは座りましょうよお」鈴菜もまた飄々と。「野生生物が襲ってくる以上、夜になったら火は不可欠。私達が日没までに帰ってこなかったのはミス。それは、ショウコに理があるわあ」

「だからって手榴弾なんて!! 人殺しの道具なのよ。それは最終手段だとあれほど」

「そう、ショウコ。私があなたを懲罰するとしたらそこよん。あなただったらあ、最終手段どころか、物資回収班が出発する前にこの手段を考えていた——そうでしょ？」

「もちろんです、詩丘先輩」

　ここで鈴菜の音色と、私の体感温度が急降下した。鈴菜は、ドラマチックなおんなだ。

「次、この手の謀み、私に事前相談しなかったら、ファーストにコンバートするからね」

「けれどそれは」

「返事」

「はい、先輩!!」

……鈴菜は豪快にハイトーンを外すが、客観的に言って、都内有数のホルニストだ。そもそも、わざとB♭シングル管などを使っているなんて、ウィーン・フィルかベルリン・フィルのファーストくらいのものだから。ということは、その鈴菜が認める獅子ヶ谷さんの腕前も、相当なものということになる。そういえば鈴菜、言ってたな。あの娘私より才能あるけど、徹底して基礎練サボるからあ、嫌がらせでファーストにしてやろうかと思っているのよお。

　しかし。

　鈴菜がきちんと躾をした以上、私もまた、しっかり締めておかなければならない。

「ナミ」

「はい、中島先輩」

「この焚き火には、あなたも一枚、嚙んでいるわね？」

「……はい、先輩」

「ちょっと間違ったらあなたが死んでいたのよ。もっと自分を大切にして。ここは学校じゃない」

返事を強いて求めるのもプライドの高い波越さんには屈辱だろう。この問題はこれでいい。私は違う確認に入った。というのも私は、響子ですらあえて指示できなかったことを指示していたからだ。私の意思で動かせるクラ二年の三人、波越さん、苗原（なえはら）さん、奈良橋さんに。クラ二年は総員、健在だった……クラ二年は。

「ナミ、ナエ、ナラ」

　はい!!

「終わったの？」

「はい、中島先輩」波越さんの返事がよい声量だったのは、ひょっとしたらさっきの譲歩が利いたのかも知れない。「できるだけのことをして、1-10に安置しました」

「ナミ、あなたたち三人で？」

「二年の生き残りが手を貸してくれました。残っておられた先輩方も」

「そう……二年の皆（みんな）、ありがとう」

　はい!!

「ちょっと友梨、あなたまさか」

「響子。きっと、たぶん……こういう時には、たくさん仕事があった方がいい」

「だからって、後輩にそんな」

「響子、友梨が正解よ」と佳純。「私達には、私達自身を終わらせることのできる武器がある。それを忘れてはいけないわ。異様な集団心理をふせぐためには、異様さに馴(な)れさせるか、思考停止に導くしかない。友梨のプランはあらゆる意味において妥当だった」

そう。

私達には手榴弾がある。そして仲間が殺された。

ギリシア時代じゃあるまいし、私はヒステリーが女特有の、あるいは女に親和性(しんわせい)があるものだとは絶対に信じない。けれど、集団ヒステリーは信じる。吹奏楽をやってきて、コンクールでも、定期演奏会でも、そして緊急集会でもそれを実感してきた。まして今、集団自決のガジェットは、適当な鍵しかない楽器ケースのなか。しかも現に開けられている!!　二人一個ずつ――でも余裕があるだろう。もちろん、そんなには必要ないだろうけど。

だから私は波越さんたちに指示した。遺体を集め、できるだけ綺麗(きれい)にして、適切な教室へ安置するようにと。埋葬(まいそう)などする必要は無いから、穴を掘るなどの重労働の必要もまた無い。埋葬などできるはずがない。誇張(こちょう)をこめて言えば、ここは違う惑星も同然の地なのだ。仲間は生きていようと死んでいようと地球－日本－東京へ帰るべきであり、異星(いせい)に埋めるなど残酷すぎる。誇張をはぶいても、救助が来たらいろいろな手続もあるし、最終的には御両親などが引きとるべき。刑務所の拷問(ごうもん)じゃあるまいし、遺体を扱い、穴を掘り、埋めたらまた掘り返すなんて不必要なばかりか一生もののトラウマだ。さいわいこの気候は、酷暑というわけではない。冷暗な教室に動かして寝かせてあげて、顔からだを清めてあげて、ヒトとして眠っている姿に整えてあげればいい。身内のナミ、ナエ、ナラにだけ頼んだけど、当然、二年生が自発的に手を貸すこともまた予想していた。女は群れる。

「……友梨。それは私達、三年生がやるべき仕事よ？」

「響子、私達三年生がすべきことは」佳純は私以上に容赦なかった。「頭脳労働であって、肉体労働ではない。あなたは艦長なのよ。モップ掛けをする艦長だなんて、自己満足の塊か嘲笑の的にしかならないって、理解しなさい」

「佳純、それは違う……」

「まあまあ、まーまー」すかさず鈴菜がトランペット二人を座らせた。「ねえショウコ、林檎」

「え」

「総員分、もいであるんでしょ？　あなたのことだもの。

それから薬缶が手に入ったわよん。井戸水を煮沸して湯冷ましの水を飲みましょう。よかったら紅茶と珈琲もあるわ。カップの類は少ないけど、おたがいの唾も平気な吹奏楽だからあ、そこはそれで。嫌なら楽器や楽器の管を——あ、ミュートもあるか——使ってもいいけど、生水より危険な気もするわねえ」

学校を出て、久々の爆笑が響いた。特に金管は、入り組んだ管のなかが魔窟だろうから。危険度は怪しい林檎どころの騒ぎではない。というか自殺だ。

「とにかく!!

夜食にしましょ。響子、衣食足りて礼節を知る。ガス欠じゃあ何の希望もないわあ」

Ⅷ

鈴菜は正しかった。

喉の渇きを癒し、温かいものを飲み、甘酸っぱい林檎を食べていると、脳が休まる。私達は九〇分ほど火をかこんで憩った。時計の時刻はきっとデタラメでも、九〇分計るのは難しくない。誰も喋る娘はいなかったけれど、休符の力というのも、音符同様に重要なのだ。特に、支離滅裂な騒動に巻きこまれ、絶叫し疲れた女子高生にとっては。

――しかし。

現実から逃げ続けていることも、またできない。

いつしか思い思いの姿で微睡もうとしていた私達を呼び覚ましたのは、しかし予想していた響子ではなく、悲鳴だった。悲鳴？　焦って起ち上がる。でもどこから？　誰が？

（きゃああああ――――）

ディミヌエンドしてゆくから、ますます分からない。

「きょ、響子今の悲鳴!!」

「反対側から聴こえたわ――1-6を離れているのは誰？　あと鈴菜、出撃準備!!」

「りょーかいっ、ほらショウコ!!」

何と鈴菜は既に機関銃を携えて教室を出るところで。ほとんど無理矢理獅子ヶ谷さんを引っ張ってゆく。そのあいだに急いで確認が行われた。生きて動いて食事をしていた娘のうち、今現在この教室にいないのは、冴子だけだという。テナーサックスの志築冴子。確かに時々、誰もが野趣あふれる形でお手洗いには立っているのだが、その様子はうとうとしていて思い出せない。冴子はそもそも、ずっとこの教室にいただろうか？

(かげがあ――――)

……鈴菜たちが1-6へ帰ってくるまでの時間は、恐ろしく長く思われた。それでも、そう、私達は現実から逃げ続けられはしない。活躍の機会がなかったのか、とうとう一発の銃声もしないうちに、中途半端な位置で止まっていた1-6の引き違い戸が、ぴしゃりと開いた。それが吉南女子のセーラー服姿でなかったら、響子の機関銃でボコボコのメタメタにされていただろう。

「いないわ……」と鈴菜。「……窓が、窓枠ごと外れていた」

「どこ？」

「……1-10の教室よ響子。私の責任だわ。私が油断していたの」

「鈴菜、意味が解らないんだけど」

「どの意味？」

「窓の意味と、あなたの責任の意味」

「……冴子は私に言ったのよぉ、ホルンとサックスは組んでいたし、取り敢えず私の下に入るって一緒に決めたから」

「だから、何を言ったの」

「1－10の教室に行ってえ、亡くなってしまった娘に、飲める水を含ませてやりたいと。当然賛成したわあ。そもそもパーリーとしては同格だし。それに冴子、何だか全然食欲もないほど緊張していたし――けれど危険だからあ、機関銃を持ってゆくようには言ったの」

「現実には？」

「持って行ってない。そして恐らく、教室の窓から誘拐（ゆうかい）された。だから私の責任。私がせめてショウコを護衛につけていたら。ううん、私自身も一緒に行っていたら」

「落ち着いて鈴菜。あなたらしくもない。飽くまでも理屈としては、様々な心理状態によって、自分から失踪（しっそう）した――というケースもあるわ。そのケースにおいては、すぐ捜索隊を編成しないといけないけれど、緊急性は少しだけ落ちるし、それに責任論なんかよりは」

「駄目。それはない」鈴菜は瞳を落としたまま断言した。「ゆかに、これが落ちていた」

「……万年筆？」

「国内最高峰の文具メーカー『アリマ』の逸品よぉ。一〇万円以上はする。作家志望の冴子がこれを落とす……ううん、自分から手離すことなんてぇ、絶対にありえないわ」

冴子は確か、権威あるミステリ文学賞の、横溝賞受賞寸前まで行っていたという、すさまじい文学少女だ。惜しくも二次選考通過だけで、受賞は逃してしまったけれど、冴子の友達から聴いたところでは、この賞なら、二次選考を突破すればそのまま文壇デビューも充分ありうるらしい。だがそれを選ばなくても、次、あるいはその次には必ず受賞できるだろう――というのが、ミステリ界隈の一致した評価だそうだ。そして、この激烈苛烈な吹奏楽人生の中で、激烈苛烈に睡眠時間を削っているのだろう。来月、再来月にはその『次』の作品を書き上げてしまうはずだ、とも聴いた。冴子は容姿も、可憐とは言えないが美人に入る。そして現役女子高生。最高峰の文学賞。私はクラリネットと微分積分と牛のことしか解らないが、それが少なくとも冴子の人生を大きく変えることくらいは理解できたし、少なくなければ、大ブレイクして、高校生・大学生にして生涯年収くらいは手にすることができる、ことも予想できた。

それが神隠しに遭い、なおかつ、遭った先で誘拐されてしまうとは。

どうして遠くない未来に無限の栄光が待っている冴子がこんなことになり、帰っても帰らなくても世界に影響のない、平々凡々な私が無事なのか……

「窓ガラスが割られたの？」

「それは分からないわぁ響子。さんざん、大蛇さんが好き勝手した後だから。ただ一枚だけ、窓枠ごと外れていたのよぉ。そこ以外の窓ガラスを抜けたとしたら血塗れになるだろうし、まして現実に冴子は１‐６にいない。だから、その窓枠から出たかぁ、引き出されたと考えるしかないわねえ」

「悲鳴は聴こえた？」

「恐らくここよりはクリアに」

「それは文言、だったと思うんだけど」

「そうねえ、誘導したり断定したりしたくはないけど、危機的だから言うわあ。影が、と絶叫していた可能性が高い」

「誘拐者は見た？」

「無理。街灯ひとつない真の闇よぉ。それに、誘拐者がもし」

「そうね。誘拐者ももしそうだったなら、ますます何も目撃できないわね」

そこへ凛然と、佳純が指摘を始めた。おなじトランペットの響子と対峙する形になる。

「例の、シルエット人ね？」

「確定的じゃないわ、佳純」

「私は蓋然性の高さを問題にしているの」

「……ならそうであるとして、佳純は何を提案するの？」

「戦争準備」

「勘違いしないで響子。私は今、最も大切なのは休息だと思っている。だから手短に終わらせたい。今晩の戦争準備はふたつ――先ず生存者のリストを作成したいの」

「神薙先輩、御言葉ですが」波越さんが言った。「明日のお葬いのときの方が」

「私、神薙先輩と違って」獅子ヶ谷さんが言った。「寝る前に友達の死を確認するのは、ちょっと」

「なんですって？」

「ナミ!! 獅子ヶ谷さん!!」

「いいのよ友梨」と佳純。「波越さんと獅子ヶ谷さんの言うことも当然だわ。さぞかし、私が機械仕掛けの鬼悪魔に見える娘も多いでしょう。けれど冷静に考えて。ここは周りに何もない建物いえ小屋よ。悲しいことだけれど、シルエット人による二人誘拐、大蛇三匹によるすさまじい犠牲は、今後の教訓として活かさなければならないわ。

だから第一。今現在、誰が生き残っているのかを明確にする。ここで、冴子以前に、夏子もまた誘拐されてしまっている――これはもう総員が知っているわね？　そんなとき、闇夜を厭わずまた野生動物が襲撃してきたら？　はたまた闇夜に紛れてシルエット人とやらが侵入してきたら？　私達は、誰がいて誰がいないのか、あるいは、誰がいたのに誰がいなくなったのか、すぐ明確になるよう準備しておかなければならないのよ。

そして第二。班編成をしっかりして、交替制で警戒員を立てるべきだわ。もちろん、睡眠時間は大切だから、警戒員の数は少なくせざるをえない。でも、極論見張りは最小限でいいのよ。私達は吹部、私達にはさいわい楽器がある。異変があれば、楽器で総員を起こせばいい。これは防御を主として考えているけれど、もう少し積極的な意味も当然ある。私達には機関銃、拳銃、手榴弾だってあるのよ。シルエット人なり他のグループなりがこれを奪還しに来る可能性は捨て切れないし、そうなったら武器は死守しなければならないし、あわよくば――そう、あわよくば捕虜を獲ることだってできるかも知れない。武器を守ることと、情報源を確保することのメリットは、今の立ち位置さえ分からない私達にとって、強調しても強調し過ぎることはない。

もし異論がなければ、リスト作成と警戒員の割り当て。今晩すぐに始めたい」

「佳純、あなたはいつも正論を言うわ」と響子。「だけど、皆の体力が正論についてゆける訳じゃない。皆の理性が正論の残酷さに耐えられるものでもない。

だって仲間が死んだのよ？　それも今日、この昼間よ？　まして正確なリストを作成するっていうのは、それはつまり」

「響子、想像したくないのは解る。でもこんな生活が長期間にわたったら？　実は、最も体力に恵まれているのは今なのよ。過去を顧らないとすればね。

よって、決を採るべきだわ」

「ならパートリーダーの鈴菜、友梨、さえ……」

「違うわ響子。冴子はいないし、それ以前に総員の決を採るべきよ」

「そんなルールは吉南女子の吹部にはないわ」

「これが吹奏楽ならね。そして残念だけど、違うのよ。これは生存劇よ。お代はすべての命。だから、命を懸ける総員が自分の意見を表明すべきだし、また表明する権利がある」

響子と佳純はいつしか起ち上がり、たがいに見凝めあっていたが——

私には正解が明らかな気がした。だから勝手に、すべての娘に訊いた。

「このなかで家に帰りたい人は？」

「友梨っ、それは卑怯な質問……」

響子が睨むその視線の反対側で。

火をかこんでいる娘すべての手が上がった。確かに卑怯な質問だった。手を上げない娘がいるはずないし、問題を擦り換えている。正しい問いは、『今晩これから仲間の死体を確認したい人は？』なのだから。しかし、それもまた卑怯である。当然否決されるからだ。最初の手が上がらないのに、多数が獲られるはずもない。そして、実は本当の判断能力はたった三人にしかないのだ。大蛇に襲われ、かつ、シルエット人と直接会話をした響子・鈴菜・私にしか。なら、真っ当な多数決をするだけ時間の無駄である。その意味で、私は、シルエット人を体験していないのに、最も合理的な解に行き着いた佳純を今まで以上に尊敬した。特に武器についての洞察はすごい。実際、シルエット人は弾数を抑えていた感じだった——

「……御免、響子」

「友梨って、時々、いきなり型で大胆なこと、するのよね……」

「響子の優しさが、結論として新しい犠牲を生んでしまったら。私はそれが本当に恐いの」そのとき響子は顳(こめかみ)に当てた拳銃を迷わず撃つだろう。「だから響子、お願い。私達は戦える集団になっていなければいけないの。響子に戦わせるんじゃなくって、みんなで」

「……鈴菜は？」

「むしろ殴(なぐ)りこみたいわあ。けどアジトが分からないからあ、友梨と佳純に賛成」

「菜花子、紗英、和音(かさね)は？」

　クラリネット、ホルン、トランペットの三年生は、いずれも大きく頷(うなず)いた。代表するように菜花子が言う。

「後輩を家に帰す。それが吉南女子三年の、絶対の正義だって友梨が確かめた。だから佳純に賛成する。

　それにこれ、響子と佳純の喧嘩(けんか)じゃないし。そうでしょ響子、佳純？」

　緊迫していたふたりは、ようやく嘆息(ためいき)のような笑みを零(こぼ)した。そう、敵は外にいる。人は危機のさなかにいると、まだ姿の見えない敵より、すぐ傍(そば)にいる味方に苛(いら)立ちをぶつけてしまうものだ。もっとも私達の敵は、どうやらすぐ傍を跳梁跋扈(ちょうりょうばっこ)しているみたいだけど。いずれにしても、戦争に負ける側が陥(おちい)る王道をわざわざ歩くことはない。響子の意志、佳純の理知、どちらも私達には欠かせないものだ。

「決まったわね――」響子はメゾピアノをフォルテに上げた。「――トランペット。楽器を用意して。機関銃を集めて。この校舎の周りを動いて警戒するわ。二班に分かれます。指示をするからすぐ集まって。クラリネット。筆記具と紙をとにかく集める。生き残った仲間のリストを四部、亡くなってしまった仲間のリストを一部、それぞれ作成して。同時に警戒員のローテーションを考えて、できるだけ速く皆に示すこと。クラは非武装になるけどトランペットが守るわ。そしてホルン・サックス。厳しいこと。1―10で死亡確認をして。拳銃はホルン・サックスが持つ。懐中電灯がひとつしかないから、誰かここに残って炬火を作る。できたらどんどん持って行く。

さあ、始めるわよ」

――私達クラリネットは、リストとローテーション作成が仕事。

死亡確認を聴くまでもなく、私自身が目撃した犠牲者も少なくないが、ホルンからの連絡は、予想以上に悲しいものだった。とてもリストのタイトルなんて決められず、付けられない。なお、ここに載せるリストは私かぎりの、内々の残酷なもの。他に四部作成したリストには、犠牲者をそもそも記載してはいない。まして犠牲者だけのリスト一部は、もちろん帰れたときのための用意だけど、ボールペンが動かないほど書くのが苦しかった。誰も歓ばないそれは死神の、悪魔の爪痕だ。

リスト

【クラリネット】5人

三年　中島友梨(1st. PL)、~~永澤夏子(1st.)~~、
　　　棗菜花子(2nd.)、~~中立尭奈々(3rd.)~~
二年　波越鳴美(1st.)、苗原南友佳(2nd.)、
　　　奈良橋菜摘(E♭)
一年　~~那須谷成実香(3rd.)~~

【ホルン+サックス】4人+0人

三年　詩丘鈴菜(1st. PL)、東雲紗英(2nd.)、
　　　~~志築冴子(T.Sax. PL)~~、~~四宮静子(A.Sax.)~~、
　　　~~汐留さやか(A.Sax.)~~
二年　獅子ヶ谷翔子(3rd.)、塩狩紫織(4th.)、
　　　~~四倉紗也(T.Sax.)~~

【トランペット】5人

三年　神蔵響子(1st. PL. BL)、神薙佳純(1st.)、
　　　甲斐和音(2nd.)、~~上園加絵(3rd.)~~
二年　香椎加奈子(2nd.)、上郷久美子(3rd.)、
　　　~~上砂楓(Col.)~~
一年　~~風村かすみ(Col.)~~

══════は死亡確認
〰〰〰〰〰は生死不明

私達は、元々、パーリーをトップにした三つの班だった。班はそれぞれ八人ずつで編成されていた。それが、ホルン・サックス班とトランペット班は確定的に三人の犠牲者を、クラリネット班は二人の犠牲者を出した。また、クラリネット班とホルン・サックス班は、行方不明者をそれぞれ一人ずつ出している。

結論として、このレトロな校舎に存在するのは

（クラリネット班五人＋ホルン班四人＋トランペット班五人）＝一四人

となり、八人×三班＝二四人だったのが、たちまち一〇人を失ったことになる。

――また一〇人減らない内に、警戒員の割り当てを、考えなければならない。

ただそれは、リスト作成そのものより、遥かに単純で感情を動かさずにすむ仕事だった。何故なら、機械的で倫理観に関係ない上、パズルとしては悩み所のないものだったから。というのも、生き残ったのが確認されているのは一四人、しかも三年生・二年生が同数で七人ずつなのだ。二年生だけで警戒をさせるのは不合理だから、三年＝二年のペアがひとつのユニットになる。この際、パートの壁は崩してもいいだろう。生き残りが1-6の教室で寝るとして、警戒員が二人・ワンユニットだけでは、機関銃があっても恐い。四人・ツーユニットにして、ワンユニットは機関銃を持った校舎周りのパトロール。もうワンユニットは、1-6の外窓（野外）と内窓（屋内廊下）の陰に隠れて見張り。見張り組はトランペットと、いちおう拳銃を持って、異変があったらそれこそ野球の応援歌でもフォルテシシモで吹き鳴らせばよいのだ。『狙いうち』でも『海のトリ

トン』でも『さくらんぼ』でも何でもいい。ああ、私達クラリネットは、トランペットよりサックスを携行した方がいいかも。少なくとも私はリード楽器以外は吹けないから。いずれにせよ、所詮、古い時代の木造校舎。パトロール組が駆けつけるのに三〇秒を要しない。そしてパトロール組が機関銃で何をするかは、語るまでもないだろう……

「菜花子、どうだろう？」

「うーん、そうねえ……」

超絶技巧の菜花子はその貴重な人差指を唇に当てた。いつしか私と菜花子が、クラ三年の総員になってしまっている。夏子は生きていると信じているが、少なくともここにはいない。ただ、菜花子は大人しくて引っ込み思案だけれど、自分に妥協することのない、芯の強い娘だった。二年以上音を重ねていれば、それくらいは嫌でも解る。

「……編成はいいと思う。ただ、ツーユニット四人を徹夜させるのは、体力面で問題があるし、その……万が一長期戦になったらじわじわ効いてくる、かも。それだったら」

「それだったら？」

「ひと晩で、フォーユニット八人、動かした方が、いいかなって」

「どういうこと？　八人徹夜させた方が、もっと不利だと思うけど。しかも過半数が警戒側だなんて、議論が逆立ちしている感じもするし……」

「違うの友梨。誰も徹夜はしない。警戒側はいつも四人だけ。一〇人は眠れる。

あっ御免、きちんと説明するね。

夜を一〇時～翌二時の四時間、それから翌二時～六時の四時間に分けて、（パトロール＋見張り）＝（二人×二組）をどちらか一方の四時間だけ、担当してもらうの。だから二時で交替。前半組はそのまま寝るし、後半組はそこで初めて起きる。私達、まだ十代だから、時々睡眠が四時間減っても、そんなに体力は消耗しないわ。鍛えているし。でも徹夜は厳しいと思うの。翌日、おまわりさんの非番じゃないけど、寝たり休んだりして、危険な面があるかも知れないし。だから」

「そっか、四時間だけの分担だったら、翌日寝つぶしちゃうみたいなことはなくなる。八人をふたつに分けるだけだから、実働の警戒員はいつも四人だけで、私のプランと全然変わらないんだね」

「あと、時計合わせが必要だと思う。私、できるかぎりの娘に確認したんだけど、誰の時計も、そう、あのとき、何故か逆回転とかして正確な時間が分からなくなってしまっているから。今は時計回りに、普通に動いてはいるけれど……友梨のもそうでしょ？」

「あ、確かに。もう時計じゃないね、時間測定機だよ。でもどうやって合わせよう？」

「響子のことだから、警戒は今晩から始めるわ。そうしたら、後半組のトランペットが、日の出と一緒に曲を吹けばいいと思う。それを取り敢えず、私達の六時に決めてしまうの。そうすればまた、共通時間ができる。警戒の時刻も正確になるし、分散行動も採りやすくなる」

「す、すごいね菜花子、アイデアがぽんぽん、ぽんぽんと。吃驚だよ本当」

「そんなことない。私こそ、パーリーの友梨に文句つけてばっかりで……」

「ううん、ありがとう菜花子。これで響子に説明しよう。

でも、どうしてそんなにテキパキ考えられたの？」

「……私、実は……父親が警察官だから」

「あ、そうなんだ、知らなかったよ、格好いい!!」

さすがにそれは音を重ねても解らない。確かに菜花子は生真面目(きまじめ)すぎ。それは解るけど。

「そうでもないよ。お小言がいつも職務質問だもの」

「菜花子みたいな優等生でも、お父さんに怒られたりするの？」

「昨晩もがっちり」

「またどうして？」

「門限破り」

「あっ」それは宿命だ。「昨日の夜練(よるれん)、合奏で時間ギリギリまでやったから」

「いわく……若い娘(むすめ)が、独りで、自転車で、夜の一一時に帰ってくるなんて何事だって。井(い)の頭(かしら)公園のあたりだって、凶悪事件が起きているんだぞって。それに三年生だろうって。普通の部活は春で引退するんじゃないのか、受験勉強もせずに何遊んでいるんだって。

でも遊んでいるっていうのは非道(ひど)いよね？

だからそれこそ勉強も放り出して、二時間も大喧嘩。父は朝がとても早いから、もうそれきり」

「それは……ううん、菜花子、だからこそだよ。それは神様が菜花子に、絶対に家へ帰れって言っているんだよ」

「……顔も見たくないと朝は思っていた。けど、こんなことになってみると」

「こんなこと、そんなに続くはずない。だってここ地球のどこかに決まっているもの。それに、そんなお父さんなら、今頃、警視総監に直訴してでも大捜索隊を組んでくれているよ。変な言い方だけど、私、かなり安心した。菜花子のお父さんが、菜花子を諦めるなんて、絶対にありえないから。しかも、この門限破りは絶対に怒られないよ。校舎ごとだもの。昨晩のことも帳消しになって、きっと仲直りできる。だから」

「ありがとう友梨、いつも優しいね」菜花子は最初、震えた様に、しかし最後には確乎として語り始めた。「あとちょっとだけ甘えて、喋っていい？」

「大丈夫だよ、全然大丈夫。帰りのロケットには、まだかなり時間の余裕があるみたいだから。『塔の上のラプンツェル』が三回は観られるかな」

「そ、そうだね」私達は微妙な微笑みをかわした。「遠征のバスで、友梨、食い入る様にあれ、観てたわね——友梨、黒髪がすっごく綺麗だから。私、ずっと羨ましくて……御免、そうじゃないわ。

私達、注意しておかなければならないことがある、と思うの」

「っていうと？」

「父から聴いた話よ……ねえ友梨、警察署が暴徒に襲われたり、大震災に見舞われたとき、命はともかく最優先で守らなくちゃいけないもの、何か解る？」

「えっ何だろう、銀行じゃないからそんなにお金はないだろうし、郵便局じゃないから手紙もないよね。あっ、犯罪者さんが留置場に入っている、けど……それは守るというか、むしろ逃がさないのかなあ。御免、もう思いつかないや」

「拳銃と、無線機よ」

「あっ、武器」

「刑事もおまわりさんも拳銃を持っているから、当然、警察署にはたくさんの拳銃がある。例えば吉祥寺署だって、三〇〇人以上の警察官がいるから。そんなものが堰を切って流出したら、たちまち周りはニューヨークかリオデジャネイロかヨハネスブルグになってしまう。だから拳銃だけは、どれだけ籠城しても死守するって言ってた」

「成程……」

「言い換えると、武器は絶対に流出させせないし、絶対に手離さない、ということ」

「あっ!!」私はやっぱり頭が悪い。「だから、私達の拳銃、というのは」

「機関銃が手に入ったのは、偶然。シルエット人との紛議の成り行きだから。

でも拳銃と手榴弾は、わざと流出されているわ。このことから解るのは――」

「――ここをニューヨークかリオデジャネイロかヨハネスブルグにしたい誰かがいる」

「シルエット人は絶対、武器を手離そうとはしなかった。そして私達の拳銃に、本当に吃驚していた。もちろん、シルエット人たちの本意は解らない。けれど、私達を積極的に戦わせようなんて、絶対に考えてはいないよ。

神様は言葉を乱してヒトを混乱させ戦わせた。そして、武器をわざわざ流出させるということは、やっぱり私達を混乱させ戦わせるため──友梨、私はそこにとても嫌な悪意を感じるわ。百歩譲って私達を守りたいというのなら、姿を見せているはずだもの」

「ひょっとしたら、私達、もう何かの罠に嵌まっているのかもね」

「その誰かと、その悪意。それにいちばん気を付けなければいけない」

「響子とも相談して、武器の管理と扱いのルールをしっかりしなきゃ。そのときは菜花子、またいろいろ知恵を貸してくれる？」

「そんな、私は……」しかし菜花子は解ったようだ。この情勢での遠慮は、みんなの命を危険にさらすということが。「……うん、解った。あまり役に立たないけど、一緒に考えさせて」

「ありがとう菜花子」参謀としては、菜花子は、佳純に匹敵する。「あっ、あと、無線機っていうのは？」

「実はおまわりさんにとって、拳銃と無線機はおなじくらい大切なの。無線機は組織全体の耳であり口だから。誰かが無線機をなくすとね、一週間だろうが二週間だろうが休み返上だろうが、見つかるまで捜索する、それほどのもの」

「そっか、悪い人に盗まれると、情報がだだ漏れになっちゃうんだね、作戦とか動きとか」

「そう、情報」

「え」

「裏から言うとね、友梨、警察は自分の手の内を絶対に漏らしたくないの。作戦、動き。それもそうだけど、そもそも実態を秘密にしておくことで、敵に対する優位を守る。情報は、秘密は武器になるの。私達がシルエット人の奇襲(きしゅう)を恐がっているのは、まさにシルエット人が、秘密を武器にしているから。私達は、訳が解らない状態に置かれているから」

「……だから、シルエット人の情報を集めよう、ってこと？」

「ううん。

拳銃の話と実は一緒。

拳銃はわざわざ使える様にプレゼントされた。

神様は言葉を乱してヒトを混乱させ戦わせた——

だから。

もし情報という武器を平気で私達に委(ゆだ)ねる誰かがいるのなら、それもまた、悪意あるものよ」

絶対に注意しなくちゃ、いけない。

——私はこんなにも断言する菜花子を初めて見た。

IX

『ハトと少年』が朗々と鳴り響き、私はハッと飛び起きた。

……やはり残念ながら、自宅じゃない。

そしてこの1－6の教室の上から、スタジオジブリも吃驚のトランペットが。この音は、響子だ。吹部にいれば、当然のこととして楽器の聴き分けはできるし、そこそこの年季を積めば、その楽器は誰が吹いているのかすら、聴解できるようになる。歌声にひとつとして一緒のものが無い様に、たとえおなじトランペットの響きであろうと、奏者が違えば、ひとつとしておなじ音色はないからだ。まして神蔵響子のトランペットの、何と凜々しいことか。この決意にあふれた音からして、ひと晩じゅう重い機関銃を携えて歩哨をしていたことは、疑うのも莫迦莫迦しい。

(響子……徹夜してくれたのね。
でも最初から飛ばさないでって、あれだけ頼んだのに)

昨晩。

リスト作成と警戒員の割り当てが終わり、おそらく丑三つ時、誰もが就寝の態勢に入った。明らかに午後一〇時からの前半シフトは終わっていたから、警戒員は後半組だけだ。そして最初の警戒員に名乗りを上げたのは、神蔵響子であり、しかも割り当てを無理矢理『神蔵＝香椎』の、たった二人だけにしてしまった。私は『中島＝波越』『詩丘＝獅子ヶ谷』の四人と書いたにもかかわらず、だ。

いかにも響子らしい。

というのも、真っ先に範を示すべきは部長、と考えたのだろうし、最初の晩くらいクラとホルンには休息してほしい、と気遣ったのだろうし、朝が遠くない以上四人は必要ない、と割り切ったのが見え見えだったから。そして決意した響子は絶対に譲らない。

1－6で躯を横にしたとき、隣でごろごろしていた鈴菜が『カレーライスの支度をする艦長』とぽつりとつぶやいたのが、印象的だった。

――教室の外窓から空を見上げる。成程、明るい。まさに太陽が顔を出し終えた刹那だろう。

「中島先輩」と二番クラリネットの苗原さん。「時計合わせです。お願いします」

「あっ」

いつにもまして見事な『ハトと少年』に聴き惚れていた。菜花子の提案が採用されたのをすっかり忘れている。太陽が出たこの瞬間、トランペットが鳴ったこの時刻をもって、私達は『午前六時ジャスト』とすることを決めたのだった。急いで時計の竜頭を引き、回す。ふと見ると、誰も、当然ながら熟睡などできなかった様で、教室じゅうが時計合わせを行っていた。

「おはよう、みんな」

　おはようございます!!

　響子はまったく演技のない爽やかさで教室へ入ってくる。アインザッツとアクセントの見事な返事は、普段の朝練とまったく変わりがない。そう、思わず楽器ケースを開けようとした娘がちらほら、いたくらいに。

「佳純、友梨、鈴菜。総員無事ね？」

　誰もが頷いた。自分のパートは既に四、五人である。瞳でひと撫ですれば点呼の必要はない。そして警戒員だったトランペットの香椎さんが、林檎、飴玉、チョコレートそして湯冷ましの水を配り始めた。同級生の上郷さんが急いで手伝う。気配り屋の響子のことだ、夜が白んできた頃から、ささやかな朝食の準備を始めていたのだろう。

「あとでまた紅茶と珈琲を淹れるわ。ここまでの時点で、体調が思わしくない人はいる？　いたら正直に申告して。この状況では、些細なことも命獲りになるから。さいわい、私達のコンクリ校舎から救急箱も薬も回収できたから、それなりのことはできる。隠す必要はないし、誰も見捨てない――

　大丈夫？」

　はい!!

「解った。でも今後ますます注意して。特にパート内の仲間の様子に。異変は細大漏らさずパートリーダーに報告すること。たとえ本人が反対しても密告すること。繰り返すけど、私達はお互い、誰ひとり見捨てない。それこそが最優先だから。この点いいわね？」

「はい!!」

健気なほど意気軒昂な返事。若干の例外はあったがいつものことだ。すぐに響子は鈴菜と私を両翼に呼び、食事をしながらでよいからと注意しつつ、総員に扇形を採らせた。吹部の演奏隊形は扇形なので、これは私達にしっくりくる。

「これから今後の予定を検討します。

ここがどこか。私達の身に何が起こったか。それらは考えるだけ時間の無駄。けれど、吉南女子の校舎が一棟、まるまる消滅した以上、私達行方不明者の捜索が徹底的に、執拗に行われていることは、絶対に確実な事実よ。外部からの救援は、間違いなく開始されているし、誰も私達のことを忘れてはいない。私達は、そのことに希望を持っていい――」

「神蔵先輩、よろしいですか」挙手したのはホルンの獅子ヶ谷さんだ。「例えばこれが竜巻である、と考えたとき、そもそも校舎が発見されなければ、私達の捜索もまた、始まりようがないと思いますが？　墜落箇所すら分からないのですから」

「和音、どう？」

「それはないわ」

……トランペット三年の、甲斐和音が綺麗なソプラノで答えた。確か一四六cmだっただろうか、女子にしても小柄な、嫌味のない幼さのある美少女だ。カチューシャがトレードマークなのだが、いつもにこにこ微笑んでいるだけで、滅多に口を開かないから、クラでいうところの菜花子より目立たない。まして響子と佳純のいるパートでは。しかし、吹部以外での評価はある意味、響子と佳純を圧倒差で突き放している。何せ和音は、ミス吉祥寺女子高生の部の、二年連続覇者なのである。この女子高生の街でだ。自分で応募するタイプには到底見えないんだけど……いずれにしろ、近隣市区に数ある高校、とりわけ男子校がこぞって文化祭に呼びたがる逸材というか異才。御陰様で、吉南女子の吹部——特にパーカッションは、パーカッション名物『あっ本番なのにあれ忘れた』を恐怖する必要がない。和音に頼めば必ず無償でどこかの学校が貸してくれるからである。また楽器屋さんも優しくなる。指導員さんもよく来てくれる。そうした実利がなければ、女の嫉妬のどろどろさんで、和音は十七歳の誕生日の前に、井の頭池の泥の底に沈んでいただろう。

……しかし響子は何故、ここで和音を指名したんだろう？　その響子が続ける。

「和音、それはどうして？」

「遺体が総員分確認されるまでは、警察も消防も自衛隊も、捜索を断念できないから」

「ありがとう和音。ゆえに獅子ヶ谷さん」響子はいった。「私達が生きて呼吸をしている以上、遺体が出るはずもなく、捜索は終わることがない。追加質問はある？」

「楽観的というか、所要時間の問題が無視されてい——」

「ショウコ」

「——質問はありません」

「なら続けるわ。私達は見捨てられてはいない。他方で、まさに今指摘があったように、救助がいつになるかは分からない。すなわち、私達はいつまでここにいなければならないのか分からない。そして初日から経験しているとおり、ここでは衣食住の安全が確保されているとは、必ずしも言えない。

　したがって。

　現在地の調査をします。

目的は三つ。第一に、仲間と衣食住の安全を確保すること。第二に、救助者との連絡を試みること。第三に、不確定要素についての情報を集めること」

「いいですか、神蔵先輩」

「どうぞ、波越さん」

「不確定要素、というのは何でしょうか」

「現在の所、①ほぼ確定しているのはシルエット人。②想定されるのは拳銃の真の所有者。③危惧されるのはシルエット人のいう敵。④理解が困難なのは不可思議な野生動物。この四ね」

「具体的に、どうやって情報を集めるんですか？　それぞれ武装していたり、存在自体が凶器だったりするんですが。私、残念ながら医者の娘なんで、怪我人があまり出るのは困ります。それとも最初から赤十字や白旗を掲げておきますか？」

「ナミ」

「いいのよ友梨。波越さんの指摘にも理由があるわ。

情報を集める、といっても波越さん、こちらから積極的に侵入してゆくつもりはない。

少なくともそれを目的とはしない。飽くまで目的一（衣食住）、目的二（連絡）を達成してゆくなかで、無理のない範囲で実態を知る。これが私の考えよ」

「ナミ、それに私達には機関銃が三挺、拳銃が三丁、手榴弾が一一発もある」と私。

「戦争を仕掛けるのでなければ、自衛力としては充分すぎる。お釣りが来るわ」

「賛成」

「和音？」

「あっゴメン友梨、続けて」

「ですが中島先輩、私、いきなり狙撃されたりするのは、かなり嫌ですね」

そのとき発作的に大笑いしたのは、佳純で。

「あははは、あっは、ねえ波越さん。友梨は後輩思いだから、あなたの舌がちょこまか動くのを黙って見ているし聴いているんでしょうけど、響子と私はどちらかといえば短気よ。その私達があなたを機関銃で撃ち殺さないのだから、まさか見ず知らずのシルエット人があなたを撃つわけないでしょう？」

「佳純やめて」と私。「ナミも冷静に考えて。私達を殺そうとする誰かがいるのなら、私達は今日の朝日を見ることができた？　夜襲して火を放てばいいじゃない」

「……殺人者の事情はそれぞれですよ？」

「じゃあ寝てれば？」

「佳純ってば‼」

「佳純も友梨もやめて」と響子。「そして波越さんも、最後まで話を聴いて。

　私達は、ちょうど三班に分かれられる。それぞれの人数もほぼ一緒。パートリーダーで相談したんだけど、クラ、ホルン、ペットの三グループに分かれて、それぞれが機関銃その他で武装して――機関銃がちょうど三挺というのは意味深よね――この牧草地の外側、靄の晴れないエリアを探索する。私、さっき起床のトランペットを吹いたとき、大まかに分かったの。靄の内側のこの牧草地は、ほぼ真円になっているわ。シイ、クミ。あなたたち昨日偵察に出たわよね。そんな感じは受けなかった？」

「はい、先輩」香椎さんのいい声。響子が羨ましい。「確かに、靄の直前まで裾を下りたとき、白いものが円弧を描いて取り巻いている――気がしました。久美子はどう？」

「うん、加奈子、私も感じた。それに、いつも頂上の校舎が見えていたけど、靄からの距離がほとんど変わらなかった、気もする」

「この校舎から四方を眺めても分かるけど」と響子。「この山頂を中心に、一様に、なだらかに裾が下りている。傾斜の角度もほとんど変わらない。それを前提とすれば、牧草地は真円か円にかなり近い形をしている――と仮定してもいいと思うの。

だから。

もし四個班を編成できたなら、太陽から割り出して東西南北にそれぞれを出発させたい。けど私達は……現在のところ……十四人。三人だけの班を編成するのは、さすがに危険。やっぱりパートごとの三班が適切。そして時計でいえば、そうね、例えばそれぞれ二時、六時、一〇時の方向に出発して、靄の先を調査すべきだと思う。もちろん真北が零時よ」

「カマンベールを三等分して」と二番ホルンの紗英。「ナイフの入るラインを進もう、ってことね」

「まさしくそういうこと。どこまで進めるか確認してもいいし、特徴的なものがあったら周辺を調べてもいいし、ナイフのラインから左右に動いてもいい。でも注意して。せっかく貴重な人員を分散させているのだから、捜索範囲の重複は避けたいし、目印をきちんとつけて迷子にならないようにしてほしいし、できれば地図を作成してほしい」

「こうしたらどうかしら」と佳純。「二時へ侵攻した班は、ナイフのラインを外れるとすれば左側にだけ外れる。六時の班も左側へ。一〇時の班もそう。それで鉢合わせの可能性はかなり減るわ――迷子になる可能性は激増するけど」

「どう、和音？」

「クラとホルン。身長が一五〇㎝の人はいる？」

どういう趣旨なのか解らなかったけど、すぐに確認され、すぐに答えは出た。私達クラでは菜花子が、ホルンでは二番の紗英が、それぞれジャスト一五〇cmか、一五一cm弱。

「よかった。菜花子と紗英の二、〇〇〇歩は一kmよ」

「和音、あと方角の調べ方もお願い」

「真っ直ぐな木の枝を捜して。一mはいらない。垂直に地面に刺して。影の先に印をつける。一五分過ぎたらまた影の先に印。二点を結べば真西と真東を結ぶラインになるわ。そうすれば当然、北も南も分かる」

……誰もが思わず黙っていた。和音がこれだけ喋るのも異例なら、ミス吉祥寺の和音がこれだけ実戦的なおんなだとは、誰一人思っていなかったからである。しかし、距離も方角も、道具なくしてそんなにカンタンに割り出せるなんて。響子が地図を作れと指示したときは無茶だと思ったけれど、慎重に行動しさえすれば、無理どころか作らない方が怠慢だ。さらに、私は思った。ひょっとしたら、トランペットが武器の扱いに精通しているというのは、和音が必要な知識を持っているからではないか？　何故、という謎は残るけれど。

「そして、時間を決めておきましょう」と響子。「出発は午前九時。帰着は必ず午後四時」

「鈴菜、お弁当持っていかないといけないねっ」と紗英。「鈴菜は燃費、悪いから」

「いよいよ蛇ステーキ、かしらねえ。牛を狩ると友梨が激怒するわよねえ」

「最後に三点。

ひとつ。これは波越さんの疑問への回答になる。調査への参加は強制しない。最終的な班編成は、パートリーダーに一任する。やっぱり、危険があることは疑いのない事実だから。そして参加せず残ったところで、何の不利益もないわ。それは部長の名誉に懸けて保障します。

ふたつ。武器の使い方については、トランペットから充分レクチャーしてあるから心配はいらない。けれど逆に、私達は人殺しじゃないことも忘れないで。できるかぎり最小限の威嚇に使って、住民であれ野生動物であれ、不必要な殺傷は絶対に避けること。それはトラブルを避けるためでもあるし、弾薬を無駄遣いしないためでもあるし、そして何よりも、私達が武器に無感覚になってしまわないようにするためよ。

締め括りに。

どのパートがどこへ行くか。これは単純に、指揮台から近い順にする。すなわちクラが二時の方向へ出発。ホルンが六時の方向に出発。ペットが一〇時の方向に出発。質問は？」

ありません!!

「午前九時まで休憩のあと、パーリーの判断で出発」

はい!!

――こうして私達は、いよいよ牧草地を離れることとなった。

だから、午前九時ジャスト。

　さっそく確認された方角を基に、私達クラリネット班五人は二時の方角（東北東）へ。もちろん三班同時に、山頂の木造校舎を起点として、牧草地の丘を下り始めていた。残留希望者はいない。波越さんと獅子ヶ谷さんは残るかと思ったけど、考えてみれば機関銃も拳銃も木造校舎からなくなるのだ。響子なら、手榴弾はちゃんと残留者に委ねたと思うけど、仮に二年生の一部が同調したとして三、四人だけ。しかも使い回しがいいとはいえない手榴弾だけで留守番をするというのは、大蛇事件を考えても、あまりぞっとしないだろう。

　――牧草地は、どこまでもなだらかに、どこまでものっぺらと、白い靄まで下っている。


「あ、あの、中島先輩」

「どうしたの、ナラ？」

「う、うしろ、なんですけど」

　モォ～。

　モォ～。

　ほぼ五角形のフォーメイションを組んでいた私達の真後ろ直近。

　ブレーメンの音楽隊よろしく、五〇〇kg超の威風堂々たる牛が、第六の班員としてノソノソついてきている。まあ、あの音楽隊はロバ・イヌ・ネコ・ニワトリだけれど――

　そして一四人の誰もが、昨日の牛追い祭りのことを、知っている。当然このクラの皆も。だんだん歩調が速くなる。そして四人分の視線が、私の機関銃に収斂した。

けれど……

モォ〜。

モォ〜。

「普通に歩いて」と私。「菜花子、拳銃は使わないで」

「中島先輩、敵はかなり油断してますから、先制攻撃をした方がいいと思います」

「ナミ、あの声を聴いて。あの脚どりを見て。私達を襲うつもりは全くないわ」

「先輩が牛好きなのは知っていますが、襲うつもりになってからでは全滅です、絶対」

「ナエ、機関銃、預かって」

「は、はい先輩」

「菜花子、歩数を忘れないで。ナラはそのバックアップ」

「はい、先輩」

私はクラ班の進軍を止めると、何と一緒に止まった、これぞ牛という白と黒の斑模様があざやかな巨躯へ、ゆっくりと歩み寄った。間違いない。昨日の牛の一頭だ。立派な角の形に見憶えがある。しかし、あれだけ赤く燃え猛っていたその瞳は、まるで転校してしまった親友に再会したかの様に、キラキラ、キラキラと青く輝いている。これは、甘えのサインだ。

——私はそのままスローな動作で、牛の頬に触れる。そして、ゆっくりと撫でた。

モォ〜‼

モォ〜‼


べろべろと手ごと手首ごと舐められる。これも甘えのサイン。しかもすごく御機嫌だ。

「みんな大丈夫よ。私達と友達になりたいみたい。頼めばソフトクリームを作ってくれるほどにね」

「どういう心境の変化よ」と波越さん。「いっそのこと牛車でも作ります？」

「取り敢えずミルクスタンドの開店だけお願いして、先を急ぎましょう」

私としては牛と戯れている方がいいのだが、牛も牧草地から失踪することはないだろうし、残念ながら菜花子の歩数カウントが狂ってしまう。その菜花子は不思議そうだ。

「友梨、でもどうして……また違う牛なの？」

「ううん、昨日の牛」

「だったら変よね……襲われた友梨は、顔も髪型も服装もまったく一緒のはずなのに」

「私達が知らない内に、何か怒らせる行為をしてしまったのかも知れないわ。あるいは、取り敢えずテリトリーが侵されて不愉快だったとか。引っ越しの挨拶品もないのかってね。さあ動こう。まだ牧草地さえ出ていないから」

　クラ班は進軍を再開した。牧歌的な声を上げながら、牛は楽しそうに着いてくる。菜花子にはああ言ったけど、いちばん不思議に感じているのはきっと私自身だ。昨日と今日。確かに私は何も変わってはいない――変わってはいないはずだ。それがこの豹変ぶり。牛と友達になれたのは嬉しいけれど、今ほど牛語を理解したいと思ったことはなかった――

そして、私達はとうとう白い靄までたどりつく。なるほどミルクホワイトというか、霧にしては色が濃く、霞にしては質感がありすぎる白いヴェール、白い壁だ。視界ゼロとは言わないが、五m離れれば顔は見えないだろう。

「友梨、いま山頂校舎から二、〇一七歩」

「ありがとう、菜花子」すると、丘の上から綺麗に一kmか。「ナミ、地図に落として」

「はい、先輩」

楽譜を入れるクリアファイルは、バインダの代わりになる。まだ使う必要はないが、譜面台はカンバスと物差しの代わりになる。指示を書き入れたりする鉛筆・消しゴムは当然、カラフルなペンを数多そろえていない吹部の娘はいない。楽譜そのものの裏は白紙。紙は幾らでもある。野外ではないにしろ浄書をするときは、管楽器のあらゆる管が雲形定規になる。体育会系文化部の、文化部の方の側面がかなり役立っているのだ。運動部では、充分な文房具とともに遭難するのは、ちょっと難しいだろう……遭難しないのがいちばんだけど!!

「ナエ、方角をキープする」

「はい、先輩」

苗原さんは裁縫用具から針を採り出すと、譜面台に鉛筆をくっつけるためのマグネットホルダーでそれを擦り始めた。紙コップに湯冷ましの水を注ぎ、切ったメモ用紙を浮かべ、そっとその針を載せる。磁石での擦り方も、針の載せ方も、甲斐和音直伝だ。こうすると、何とその針はゆっくり動いた末、真北を指すのである。この靄の壁のなか、コンパスも無しに確実に二時の方向へ直進するのは、とても難しいから——

「真北、固まりました、先輩」

「それが零時だから、紙コップに時計の目盛りを入れて。二時を正確に書いて」

「はい、先輩」

——支度はできた。

　こんな怪しげな、何か出てくる感丸出しな靄のなかに突っこむのは嫌だが、どう考えてもこの牧草地には吉祥寺へつながる駅もバス停もなさそうだから、この白い壁の先へ活路を求めるしかない。

　モォ〜……

　顧れば、牛がどこか心配そうに鳴いている。というか、白い靄から一〇m程度、確実に距離をたもち、そこから絶対に動こうとはしていない。

「中島先輩、牛は」と奈良橋さん。「靄の外へは出ないみたいですね」

「たぶん、スズメバチも大蛇も」と波越さん。「この牧草地がテリトリーなのよ。だってあの脚の止まり方は、どう見たって不自然だもの。上機嫌だったのが不安げになっているし」

「ナミ」と私。「吉南女子クラリネットのモットーは？」

「……『前へ!!』」

「なら出発。いいわね？」

　はい!!

　二年生三人組の、条件反射的なよい返事を号砲に、私達は靄へ靄へと突っこんだ。先頭は私。殿が菜花子。五角形のフォーメイションを一列縦隊に変えて、方位を誤らないように、障害物に激突しないように、そして何より脱落者を出さないように、戦争映画も吃驚の緊張感で白の闇を突破してゆく。傾斜は、牧草地と変わらない。ゆったりと下りている。

「中島先輩、微妙に右です、ほんの気持ち——あっ、行き過ぎ」

「ありがとうナエ。遠慮しないで。どんどん修正して。永遠に回転したくないから」

「はい、先輩」

「ねえ友梨、ミストって映画、観たことある？」

「やめてよ菜花子」菜花子には天然な所がある……「まだITの方が可愛げがあるわよ。今の歩数は？」

「山頂校舎から二、一八八歩——二、一九二歩——」

　まだそんなものか、と嘆息を吐きそうになったとき。そしてまた、菜花子が二、二〇〇歩をコールしたとき。

さああ。

ぐおん。

……まるで重力が風になって吹き過ぎたみたいな不思議な感覚。何か、確実に質感のあるものを通過した感覚。音もなく、匂いもなく、抵抗もなければ触感もない。しかし、私の躯は間違いなく、あたかも吹出口のないエアカーテンをくぐった様に、説明しがたいものを突破した。そして瞬きを終えると、嘘みたいに白い闇は消失している。眼前には——

私は絶句した。

海が見える。戦慄するほど美しい海が。瑠璃色の、どこまでも優雅で、けど深い海が。

水平線が見える。そして海には何も無い。何も。対岸もなければ島もない。岩すらない。唯一の例外——やや沖合に浮かぶ真白な灯台をのぞいて。それはとても背丈のある、とても綺麗な灯台だったけれど、まじまじと見るまでもなく、孤立していた。連絡する道も橋もなく、気軽に泳いでゆける距離でもない。方向的には、真北にある様だが……

だが。

海に絶句した私は、さらに呼吸を失った。息をするのも忘れるほど、啞然とした。

私達は二時の方向をむいている。

それが、綺麗に境目となっているのだ。ホルンの紗英が言っていたこと、そのままに。

紗英は比喩を使った。カマンベールにナイフを入れると。そのナイフのライン上を動くと。ナイフのラインは、円を三等分するのだからY字になる。だからこそ私達はY字の二画目、右肩になるラインを突破してきた。そしてそのラインこそ、なんとまあ、眼前の景色を見事に二分する中心線になっていたのである。

　遠景として、もう言ったとおり悠然たる大海原。

　そして近景は――

　左手すなわち零時へむかう方向には、象牙色の砂をした目映いビーチ。女子高生には到底縁のない、高級ビーチリゾートを思わせるトロピカルな砂浜と椰子の木々。サンベッドがないのが惜しまれるほどだ。また右手すなわち四時へむかう方向には、ヨーロッパの古都を思わせる様な、石畳と白亜に風格がある、でもどこか沈鬱な市街。いや、沈鬱という表現はちょっと違う。寂しく落ち着いてはいるが、鬱々としてはいないからだ。そして何故、鬱々としてはいないかというと、沈んでいるどころか、輝いているからだ。

　でも何が？

「友梨、あの街、屋根も石畳も、ううん、窓枠や街灯みたいなものまでが……」

「……まさか、本当にエメラルドの都とか？　でも、エメラルドってすごく脆いはず。屋根だの煉瓦だの石畳だのに使えるはずない」

「中島先輩、ここは一〇mの大蛇が出現する所ですから」と波越さん。「常識は、働かせるだけ無駄なんじゃないでしょうか」

「翡翠、じゃないかなあ……」と奈良橋さん。「……すごく綺麗な。それこそ中島先輩がおっしゃった様に、エメラルドみたいな所もありますけど」

「そうだね、だって乳白色が混じっていたり」と苗原さん。「緑のマーブル模様になっていたり。言われてみれば、翡翠っぽい感じ」

　象牙の海岸と、翡翠の市街……

「ナエ、私達が二時の方向をむいているのは絶対だね？」

「はい先輩、絶対です。即製コンパスについては、甲斐先輩が保証してくれています。進行方向はずっと確認していました」

「ありがとう。菜花子、歩数をもう一度確認していい？」

「山頂校舎から、そうだね、白い靄の壁まで二、〇一七歩。現在地まで、つまり壁を抜けるまで二、二〇〇歩」

「すると、丘の上から靄ゾーンまで一km、靄ゾーンが一〇〇m。一・一kmでビーチと街のエリアに入る、ことになる」

「棗先輩、ちょっと数字が綺麗すぎません？」

「ナミっ」

　私は語気を荒らげかけたが、菜花子は怒るという感情をどこかに置き忘れてきた様な娘である。

「うん、そうなのよナミ。私の数え間違いかも知れない。だって自然の地形にしては、まるで何かの模型みたいな数字ばかりなんだもの」

「いえ、棗先輩」と奈良橋さん。「私、中島先輩に指示されていましたから、歩数のバックアップ、してました。一、二歩は違いましたが、一〇歩違うことはありえないです。棗先輩の数え間違いではないと思います」

「ナミ、常識は無駄だと言ったのはあなたよ」と私。「それに、眼の前の景色を見て。こんなことが、自然発生的に起こると思う？」

私はさっき『眼前の景色を見事に二分』と表現した。そこに一切、誇張はない。二時のラインを境目に、右は石畳の市街、左は砂浜の海岸。これ以上なくクッキリと、スッパリと、いきなり切り換わっているのだ。まるで苺ショートとチーズケーキを扇形にくっつけた、そんな感じで、突然『種類』が変わっているのである。このケースではもう『世界』と言った方がよさそうだけど。いずれにしても、これ以上作為的な景色はない。

「中島先輩、片方は街ですよ？　海岸に街をつくった人が、このラインでスッパリ街を切ったんでしょう」

「世界にそんな街があるならお目に掛かりたいけど、取り敢えず一度家に帰ってからのこと。だからナミ、地図はどんどん描き加えて」

「ねえ友梨、下りてみる？」

――私達は中心線に立っている。山頂校舎からの傾斜は、続いている。角度も変わらない。そして私達のすぐ右側はなだらかな石畳が続いたあと、パリのアパルトマン風の街区になり、私達のすぐ左側はなだらかな砂地が続いたあと、椰子の林になっている。

「海岸線までの距離を測ってみれば、また、綺麗な数字になるかも知れないし……」

「そうね菜花子。いずれにしても動かなければいけない。そして、作戦としては、どの班も左に侵攻することになっている。だから、下りてビーチをどんどん進みましょう。ただし、菜花子やナミの疑問ももっともだから、まず海岸線まで突き進むことにする」

「すみません、中島先輩」と苗原さん。「二時のラインを使って下りるべきだとは思うんですが、ラインぎりぎりまで建っている建物も、ラインぎりぎりまで生えている椰子もあります。ちょっとだけなら大丈夫ですが、観察するかぎり……多すぎて直進は無理だと思います」

「そうね、チョコチョコ左右に動くのがいちばんよくないしね。ここは素直に、山頂からの二時のラインは諦めて、ビーチ側の斜面を下りましょう。ちょっとだけ左に平行移動すれば、距離を測る分には大して問題ない。ただし、二時の方角だけは一緒に。頼むわね、ナエ」

「はい、先輩」

　私達は中心線から左へ移動し、ビーチの領域に入って傾斜を下り始めた。セーラー服で歩くのはどこかもったいないビーチ。椰子の樹林は立派だったが、そんなに密集してはいない。海岸線まで直進するのに、チョコチョコ右往左往する必要はない。そしてローファーが踏む、象牙色の砂の細やかで心地よいこと。海水浴場などとは雲泥の差だ。ゴミが無い。石や礫すら無い。プライヴェートビーチだと言われても、何の疑いも持たないだろう。そして椰子の林を突破すると、太陽が惜しみなく輝かせる砂と、太陽を惜しみなく照り返す海が、あきれるほどあざやかな浜辺へ——そして波打ち際(ぎわ)へ、苦もなく到達できた。

「菜花子、いま何歩?」

「ビーチエリアを下り始めた所から再カウントして、三、九九一歩」

「決まりだね」

「そうだね友梨」菜花子はほっとした様に。「二㎞だよ」

靄(もや)ゾーンの外側は、二㎞のベルトである可能性が高い。そして、この謎の地が極めて不可思議な、恐らくは人為的に創られたものであることも。それにしては規模が大きいけれど。建設された新手のテーマパークが倒産したか、そもそも開業できなかったか。ビーチと市街という組み合わせから、そんな想像もしたくなるが、見捨てられたにしては綺麗すぎるし、テーマパークにしてはメッセージ性がなさすぎる。プレートひとつ無いなんてありえない。

いや。

今は考える段階じゃない。パズルのピースを集めてくる段階だ。それに、こんな時に変だが、クラだけろくな偵察(ていさつ)もしてこなかったとなれば、伝統ある吉南クラの恥になる。

「綺麗なところだから、椰子の木陰(こかげ)で御飯(ごはん)にしよう。休憩(きゅうけい)したら、ビーチを左側に突っ切る。

ここまで危険はなかったけど、第三者がいることを忘れずに、油断しないでいこう」

　はい‼

「あと、新鮮なお刺身が食べたかったら、たぶん釣れるよ」

爆笑が起こったのは、ありがたかった。人は笑いながら絶望できないし、喧嘩できない。

　だから。

この爆笑の時点で、今晩の大混乱を想像できた娘は、そう、誰もいなかったろう。

X

私は理系だけど、世界史は好きだ。むしろ物理が嫌いなので、その時間は世界史の内職になる。そして世界史のなかでは、キリスト教の宗教史を興味深く感じている。

どこが、というと。

例えば、かつてカトリックは、イスラム教徒よりもプロテスタントを激しく憎悪したこと。例えば、カトリックとプロテスタントは、一緒の聖書を読んでいるのに、解釈の違いで何万ガロンの血を流しあってきたこと。例えば、カトリックとプロテスタントは、一緒の神様を信じているのに、お互いを悪魔だ魔女だ異端だ等々と罵倒しあってきたこと――

これらは。

仲間内の諍い、近親憎悪こそが果てなくエスカレートすることの証拠。考え方や信じるものの近い人々こそが、絶滅するまで戦うことの証拠である。お互いをよく知り、大切なものを分かち合い、一緒の言葉で語ろうと努力する——つまり、解り合おうとする徹底的な熱意のある集団こそが、鰯の頭のようなことで道に迷い、道を異にし、とうとう絶滅収容所を作り合うのだ。そして再び対話のテーブルに就くまで五〇〇年、一〇〇〇年。すごい遠回りだ。しかも出発点は純粋すぎる善意である。山川の世界史資料集に格言が載ってたっけ。地獄への道は善意で舗装されているって。

——午後九時三〇分。

吉南女子吹奏楽部・遭難編成組十四人は、その『遠回り』の一〇分の一も生きられはしないけど、まさに歴史を地で行く大混乱のなかにあった。

「私達は二周したのよ⁉

この脚で歩いて、この眼で見てきたの。絶対に間違いない‼」

「二周している内に記憶が錯乱したのよ。景色が変わる都度、地図に落としなさいよ‼」

「カンタンなことじゃん。

必ず左に動くって約束を守らなかった、それだけの話だって‼」

林檎のフルコースで夕食を終えた私達クラ班、ホルン班、ペット班は、さっそく情報と地図とを突き合わせながら、私達がいるこのどこかの全体像を解明しようとしたのだけれど——

こんなことになるとは、まさか思いもしなかった。事実、最初は全然問題なかった。

三個班の確認した地理には、整合性があったから——いや、『まだ』あったから。

これは重要なポイントなので、整合性があったことを、まずまとめておこう。

結論1　ここは島である。

（理由）クラ班、ホルン班、ペット班すべてがこの地を少なくとも一周した。この地の周囲はすべて大海原で、灯台ひとつ以外、見渡すかぎり岩ひとつない。

結論2　この島は孤立している。

（理由）海岸に橋などはないし（そもそも渡す先もない）、浅瀬になっている所も、潮が引けば道になりそうな所もない（そもそも渡る先がない）。

結論3　この島は三つの円から成り立っている。

（理由）まず山頂校舎からすぐ確認できる牧草地が円である。牧草地は白い靄で区切られているので、山頂からその輪郭を見渡せば分かる。そして山頂校舎から二時のライン（クラ）・六時のライン（ホルン）・一〇時のライン（ペット）で牧草地を下りた三班すべてが、白い靄までは一㎞と計測している。すなわち、第一の円は半径一㎞、この内側が牧草地、この中心が山頂校舎となる。同様に、三班すべてが白い靄のゾーンは幅一〇〇ｍと計測している。またペット班は独自に（響子の主張で）零時・三時・九時すなわち真北・真東・真西の幅も計測した（真南は六時の方向で、ホルン班が既に担当している）。結果はすべて一〇〇ｍ。すると、合計六箇所で（確実にコンパスを使いながら）計測された白い靄ゾーンの幅が、すべて一〇〇ｍということになる。変わった六角形だという可能性も、あるいは円に近いが歪みがあるという可能性も考えられはするが、第一の円が真円である以上、また無作為に選んだ地点の幅がすべて一緒である以上、白い靄ゾーンの外側のラインは真円と考えるのが常識的である。すると、第二の円が描ける。第二の円は半径一・一㎞、その中心はやはり山頂校舎、そして第一の円と第二の円に挟まれたベルト状、ドーナツ状の図形が、白い靄ゾーン（すべて幅一〇〇ｍ）となる。

　また同様に、三班すべてが白い靄ゾーンの外側から海岸までは二㎞

と計測している。そしてこちらは第二の円より判断がカンタンだ。視界が利くからである。視界が利くからこの二㎞のベルトがほとんど幅を変えないことが眼で見て分かる上、幅を測定したいと思い立った地点で、たやすく距離が調べられる。三班の測定回数は分からないが、海岸線が真円であることは、疑う方が難しいと言えた。だからこれが第三の円である。

結論4　この島は真円である。

（理由）改めて書き起こすまでもないけれど、第三の円＝真円＝海岸線である。

結論5　この島は、円によって三つのゾーンに分かれている。

（理由）第三の円である海岸線によって、島は島として成立している。そこから第二の円である靄（もや）の外側までが、幅二㎞のベルト地帯・ドーナツ地帯である。面積的には、このドーナツ地帯が島で最も大きい。だから『メインベルト』と呼ぶことにした（後で言うが、複雑な理由もあったので）。メインベルトの内側には、白い靄ゾーンがあり、これも幅一〇〇ｍのドーナツ地帯である。この島のゾーンとしては最も狭（せま）く、壁のような役割を果たしているといえよう。これは特段の問題なく

『ホワイトウォール』と呼ぶことにした。もう説明したとおり、視界ゼロに等しい。私達が山頂校舎からメインベルトも海も見られなかったのは、ホワイトウォールが決して消えないし、薄れないし、動かないからである。

そのホワイトウォールの内側には、丘になっている牧草地がある。これは山頂校舎を中心とする半径一㎞の、まんまるのエリアだ。これには問題がなさすぎたので、呼び名を考える必要すら誰も指摘しなかったほどだ。もし問題があるとすれば、まずは凶暴な野生動物だが、不思議なことにホルン班・ペット班も今日は懐かれて困ったほどだという(クラ班は牛さんと解り合えた。ちなみにホルン班はゴリラに、ペット班は猪に激しく慕われたらしい)。したがって整理すると、この島は、『牧草地』『ホワイトウォール』『メインベルト』の三つのゾーンで構成されている、こういうことになる。

結論6　この島の直径は六・二㎞、外周は一九・五㎞、面積は三〇・二㎢である。

(理由)牧草地の半径一㎞＋ホワイトウォールの幅〇・一㎞＋メインベルトの幅二㎞で、島の半径は三・一㎞。ここからは電卓アプリを叩いてしまったが、半径rが分かれば当然、結論は出る。面積はちなみに私達の学校がある東京都武蔵野市の三倍、そして女子高生の聖地渋谷区の倍くらい。

結論7　この島に公然と住んでいる人間はいない。

（理由）クラ班・ホルン班・ペット班とも、誰にも遭遇しなかった。人の家と言えるものもない（正確には違うが、また後で）。田畑もゴミ捨て場も火を焚いた跡も見つからない。牧草地には確実に誰も住んでいないし、ホワイトウォールに住むのは不便極まりない上『公然』じゃない。『公然と』この島に住むというのなら、だから残されたメインベルトに、最低でもテントとかログハウス（海の家でもツリーハウスでもいいけど）がなければおかしいのである。そうしたものが無い、という点では、三班の意見は一致した。

……そう、この結論7まではよかったのである。事情から、和気藹々とはゆかないけれど、こんなことになってから初めての建設的な作業だったし、パズルのピースを埋めていくような、前向きな、気持ちの盛り上がりがあった。確かに、地図ができたところで、救助につながらなければハッキリ言って自己満足なのだが、みんなで団結して達成感を獲る、その自己満足は生き抜く力になるかも知れないから。だから、結論7までは本当によかったのだ。

しかし、地図を作成する上でいちばん重要なのは、面積的にも地勢的にも、やっぱりメインベルトである。どの班もそれが解っていたし、しかも、救助につながるきっかけがある場所となると、メインベルト以外にはまず存在しない。だから当然、クラもホルンもトランペットも、鵜の目鷹の目で観察し、それぞれ『この半分でも基礎練習に熱意をこめたなら……』と思えるほどの（私自身にも言えるけど）詳細な地図をお土産に引っ提げてきた。だがしかし。

地獄への道は、熱意と真摯さで舗装されている――

引き金を引いたのは、まったく悪意のない佳純の言葉だった。

「これでシルエット人のアジトが分かったわね。

機関銃を愛好するほど文明的な生活をしているんだから、人間かどうか知らないけど、ミュージックアプリ使いながらGメール打ってても驚かないわよ」

「え？」

素で吃驚したのは私で。あまりに莫迦な顔をしていたんだろう。あの怜悧な佳純が、反対に口をぽかんと開けてしまい。私は響子と鈴菜をきょときょと見る。けれど響子と鈴菜も、いや、トランペットもホルンも、あきらかに佳純の側に立っているのが解った。わずかに安心したのは、顧って見たクラリネットが総員、怪訝そうに佳純の口を――依

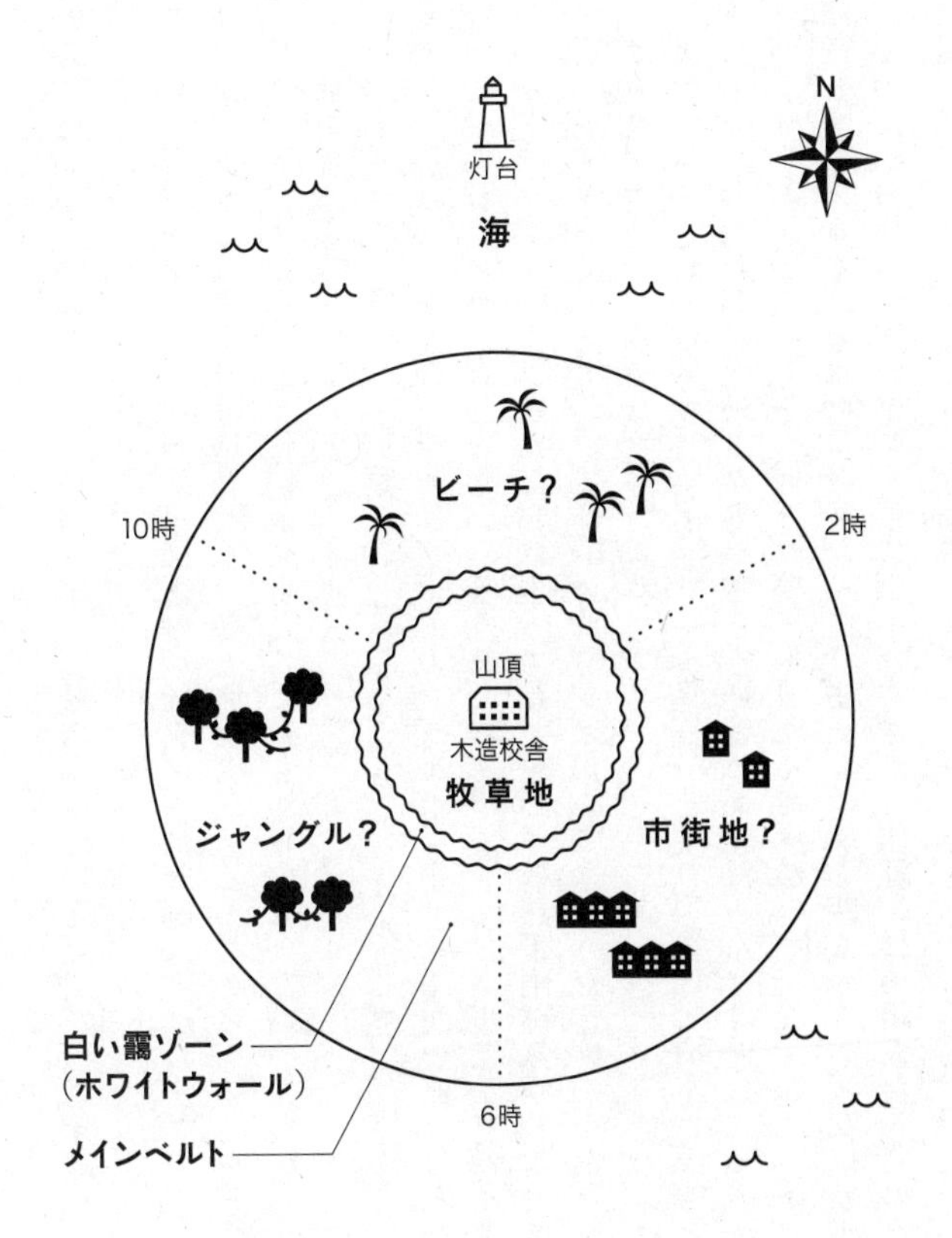
N
灯台
海
ビーチ？
10時
2時
山頂
木造校舎
牧草地
ジャングル？
市街地？
白い靄ゾーン
（ホワイトウォール）
メインベルト
6時

然としてぽっかり開いているその口を――見凝めていたことだ。なら三年の私か菜花子が訊くしかない。

「やっぱりジャングル？　ペット班はあのジャングルに分け入ったの？」

「まさか。あそこは食糧調達地でしょ。御立派な街があるんだから、アパルトマンの屋上階いちばん隅とか地下とかに隠れている。これしかないじゃない」

「ご、御立派な街……でもそれは……」

「ちょっとまって友梨ぃ」と鈴菜。「ジャングル、ジャングルってあの椰子林のこと？」

「まさか。違うよ。あんなビーチリゾートのプライヴェートプールの飾りみたいな奴じゃないよ。あれ、スカスカじゃない。そうじゃなくって、マンゴーとかパパイヤとかバナナとかドラゴンフルーツがたわわに生ってた、思わず『熱帯雨林気候!!』ってグラフまで思い出しちゃいそうな、クラーレの吹き矢が飛んできそうな、カーキ色とオリーヴドラブ色のドロドロ密林だよ」

「シルエット人をいつ襲うかはともかく」と佳純。「これで食糧と清水と美容と健康の心配は無くなったわね。ていうかさっさと吉祥寺に帰りたいんだけど」

「えっジャングルってそもそも何？　夢でも見たんですか？」

躊躇せずツッコんだのは獅子ヶ谷さんで。まあ、ホルン四人のうち彼女以外が固まってしまったから仕方が無いが。そして獅子ヶ谷さんと佳純。この組み合わせのまた絶妙なこと。

「ゆめ……」そして佳純は頭の回転が速すぎる。「……ゆめ。夢ねえ。成程」

「何が成程なんでしょうか先輩」

「鈴菜。あなたたちホルンのルートだと、まず街を通ったはずよね。だのにジャングルを見ていない。とすると結論はこうなるわ。あなたたちは島の探索どころか、そのまま街で寝ていたか、自分達だけで生活必需品を漁っていたかのいずれかよ。

　どちらが夢を見ていたんだか――

　鈴菜、あなたのところのお獅子さんは有名なハンターなんだから、それこそジャングルでベンガルトラでもマレートラでも調達して来させなさいよ」

「……そうですね、神薙先輩には無理でしょうね。食べ甲斐のある大きさの虎はオスですから」

「あなたオスでもメスでも食べてるんじゃない。知っているのよあなたの戦歴。

　鈴菜、吹奏楽の指導っていうのは、生活指導が筆頭に来るってこと解ってるパーリーさん？」

「その言い方はすっごく棘があるわねえ佳純ぃ」重ねて、ホルンの団結力はすさまじい。

「まずホルンが島を探索しないで昼寝していたなんてえ、あの賽の河原を越えてきた私達に対するど派手な挑戦状だけど、あなたの舌の生活指導がなってないのは知っているからあ、私と紗英の分については、まあ見逃してあげてもいいわ。

　けれどねぇ佳純、私はねえ、ウチのショウコとしおりんのこと公然と侮辱されて、ハイそうですか御免なさいって黙ってる様なおあ姉さんとは、ちょっと違うのよぉ。だいぶ違うと言ってもいいわ。ええかなり違うと言ってもいいわ。

この島にあるのは『市街地』『ビーチ』『石切場』だけ。そうよねえしおりん、？」

「はい、詩丘先輩」

四番ホルンの塩狩さんが答える。ガーリーなショートカットの、これまた目立たない娘だ。だが、鈴菜がこの娘にバトンを渡したことには理由がある。塩狩さんは吉南女子吹奏楽、唯一無二の渉外係なのだ。彼女は、一度出会ったら人の顔と名前の組み合わせを絶対に忘れない、驚異的な観察眼の持ち主なのである。

これは縁あって応援にゆく近隣校の野球部との関係でも、定期演奏会のチケットを売りさばく関係でも、新入生を無理矢理勧誘する関係でも、合同練習で他校のキーパーソンと上手くやる関係でも、吉南女子吹奏楽部にとって無くてはならない能力。当然、それは佳純も知っている。というか他人に関心の無い佳純は、実は、塩狩さんの意外なコミュニケーション能力を、畏怖している所があった。鈴菜はその塩狩さんを指名した。

——つまり鈴菜、怒ったな。

「あの、私達ホルンは、六時のラインで下りて、街に入りました。あっ、もちろん昼寝なんてしていません。誰もしていません。そしてそのまま、神蔵先輩の指示のとおりに、左へ動きました。いえ、左回りに、この島を一周しました」

「あら。どうして一周したって解ったのかしら？」

「黙って聴きなさいよお佳純。街の出発点でパリっぽい建物のガラス割っておいたのぉ解った？」

「あっ、あれは鈴菜の仕業、いえサインだったのね」響子が思わず口を開いた。「かなり真剣に確認したけど、割れていたのはあの一枚だけだったから、不思議には思った」

「あの、響子？」と私。「きょ、響子も街を通ったの？」

「……さっき佳純が言ったとおりよ？」

　これで決まりだ。トランペットは市街地を通った。ホルンもそう。証言が一致している。そして重大な問題。少なくともホルンは島を一周している。おなじ割れ方をするガラスなんてありえないから、街から出発して街に到着したのは確実。そしてこの島は真円なのだ。だとすれば、メインベルトは三分割されていて、そこにジャングルなどないことになる。

「あの、すみません、というわけで、一周しました。詩丘先輩のおっしゃることは、正確です。それで、あの、もう少しだけ、偉そうに付け加えます。すみません。

　メインベルトの話です。

　ホルン班が、一周して、それぞれ方角を確認した結果、島はYの字の線で、三つの地域に分かれています。右下、つまり六時〜二時が『市街地』。上、つまり二時〜一〇時が『ビーチ』。そして左下、つまり一〇時〜六時が『石切場』となっています。ただしこの『石切場』というのは平淡で、賽の河原みたいな、青く寂しい、石の荒野のことですが。

　私達は、それを確認しました」

「ほらあ、しおりんがこうも断言しているのよぉ佳純？　少女漫画みたいなその眼鏡、ポリシングクロスで拭いたりしてない？　ポリッシュ着けたら削れちゃうわよお？」

「一周したならジャングルを通ってないのは変じゃない絶対!!　それに人の身体的ハンデを云々するなんて最低だわ!!」

「ま、まって佳純も鈴菜も」私は焦って。「塩狩さん、ひとつだけ教えて。灯台は見た？」

「見ました、中島先輩。ビーチですね、真北」

　クラリネットの見たビーチと、ホルンが見たビーチは一緒。ホルンはだからサボってなんかいない。だけど、でも……

　私が頭をかかえていると、俄然、鈴菜が佳純へ砲撃を再開した。

「なら佳純の大好きなジャングルってどこにあったのよお？」

「あなたの可愛い可愛い塩狩さんをお手本にさせてもらうと、左下よ。ホルン御一行様が青く寂しい石切場だとか夢で見た左下はジャングルなの。私も偉そうに付け加えさせてもらうと、蝸牛班がのたまった順番で、メインベルトは『市街地』→『毒沼』→『ジャングル』なのだから」

「かっ、蝸牛ぃ？」確かにホルンの形は……「洒落の利いたこと言ってくれるじゃないのっ、この三〇分でバテバテのカラシ明太子唇どもが。じゃあ訊きますけどぉ、どうして一周したって解ったのよぉ？」

「二周よ」

詩集でも売るかの様なソプラノで和音が言った。さすがの鈴菜も毒気を抜かれて。

「に、二周？」

「そう」

「……あの、私から説明します」

トランペット二年の香椎さんが気を遣った。和音は数を喋らないから……そして香椎さんはメモを採り出した。その理由はすぐに解った。

「私達トランペット班はまずそのジャングルに下りたんです。私達は、紫織が——塩狩さんが言う左上の始点から動き始めたので。そこで甲斐先輩が方角を確認しました。確かに一〇時の方角でした。これを、ジャングルと市街地のライン（六時）、市街地と毒沼のライン（二時）でも行ったのは、言うまでもありません。

でもこれだと、手製コンパスが狂っていたり、日が射さなかったりしたらお仕舞いです。

ですが甲斐先輩は、人間は分速約八〇ｍで歩くものだ——ということを御存知でした。しかも、敢えて海岸線を離れない様に歩かれていたんです。そして一周したと考えられる地点で、海岸線が一九・四六八㎞だと計算されると、今度はジャングルの海岸線を歩き切るのも、市街地のそれと毒沼のそれを歩き切るのも、それぞれほとんど一緒——一時間二一分前後、おそらくそれプラス一秒弱だと確認されたんです。すると海岸線の距離は、やはりそれぞれ六・四八九km前後。

私、本当に吃驚しました。甲斐先輩って——いえ、すみません。とにかくこの六・四八九kmを三倍すると、一九・四六七km」

な、成程、吃驚するわけだ。思わず、kmとmの換算を混乱するくらいに。

「ご、誤差一m……」

「そうです、中島先輩」

「それじゃあもちろん、和音が歩く速さっていうのは」

「一定です。メトロノームか電子チューナーを持っていたら証明できていたでしょう」

「と、いうわけよ鈴菜」ホルンの塩狩さんに腰が引けていた佳純が、俄然、攻勢を掛ける。「私達は正確な方角と正確な距離で知ったのよ。メインベルトは綺麗に三等分されていて、それは『市街地』『毒沼』『ジャングル』だとね。それでも理解しないというなら物証もあるわ。綺麗にはしたつもりだけど、ほら、黒い毒沼のヘドロと、カーキのジャングルの土。ローファーに残っているから御覧なさいな。ビーチだの石切場だのでは、とてもお土産にできない代物よ。しかもトランペット、五人分ある。

それとも鈴菜、ホルンは市街地でサバイバルナイフと医療品を漁るのに夢中で、他のエリアには興味が無かった？」

「さ、サバイバルナイフと医薬品ですってぇ？」

「そうよ友梨」と佳純。「サバイバルナイフは四人総員分、今でも腰に隠して差しているはず。医療品は専門のキットを頂戴してきたはず。湿布（しっぷ）、包帯、殺菌消毒剤、解熱剤、鎮痛剤、止血剤、輸液、抗菌薬、抗生物質、抗ウイルス剤、睡眠薬、整腸剤、点滴セット、注射器等々をそなえた——そう、私達の学校から回収した救急箱とは比較にもならない非常用医療キットを手に入れてきたのよ。

いつ説明してくれるのかと思って、トランペットは敢えて黙っていたんだけどね」

……ホルン四人はあきらかにびくりとした。二の句が継げないほどに。

「鈴菜」

「友梨」

「佳純の言ったことは本当なの？」

「私達がナイフと医療品を手に入れた、というのは本当よ友梨」と二番ホルンの紗英。「市街地にはそういうものがあるの。人は誰も発見できなかったけど、物はある。でも佳純の口調と想像は間違っているわ。ホルンは何もそれらを独占しようとしたんじゃなくってね」

「医療品はどこにあるの？」

「……１‐10に置いてある」

「わざわざ遺体を安置している教室に置くなんて」と佳純。「そういうのは『置いてある』んじゃないでしょ？『隠してある』んでしょ？　それにナイフの説明なんて真っ先にすべきじゃないの。たまたまトランペットのシイとクミが目撃していなければ、説明するどころかそれこそ寝首を」

「佳純」と響子。「やめて」

「神薙先輩、なら、その加奈子と久美子――香椎さんと上郷さんは」とクラ二年の波越さん。「どうして、それを目撃できたんですか？」

「うっ」

……今度はペット五人があきらかにびくりとした。響子と佳純の視線が下へ落ちる。

「ねえ加奈子、久美子。あなたたちは探検の後1－10の教室に入った、そうよね？」

「鳴美、それは」

「どうしてクラの私にそれが分かるか教えてあげようか？　ウチの中島先輩は、後輩に遺体の面倒を見させるのが好きだから、メインベルトの探索で採ってきたリラの花を、死んでしまった娘に手向けてこい、捧げてこいって指示があったのよ。だからクラ二年の私、南友佳、菜摘は1－10に入った。まさか医薬品が隠されているとは思わなかったけれど、今度はホルンでなくトランペットがおなじ思考方法で隠したものはすぐに見つかったわ――すなわちシャンプーにリンス、ボディソープに石鹸、洗顔料に歯ブラシ人数分。ここでは金塊より貴重なこれらの品々、それこそ戦利品として総員に説明がないのはおかしいんじゃない？」

「鳴美、まだ数はたくさんあると思う」と香椎さん。「それにトランペットも、まさか隠すつもりじゃなくって」

「隠すつもりじゃないならこの1－6でお店開いたらいいじゃない」と波越さん。「どうして1－10なのか、これはホルンもそうだけど、正解を喋りましょうか？　遺体安置所には誰も好き好んで立ち入らないから、でしょ？

幸か不幸か、中島先輩が厳しいクラリネット二年三人組は別論だったけどね？」

「だから鳴美、数はまだ幾らでも……」と上郷さん。「トランペットはただ……」

「トランペットもホルンもただ、生き残りのために薄汚いことを開始しただけよね」

「ナミ、それはもういい」と私。「建設的じゃない。例えば備品の管理なんかはパートごとにしてるじゃない」

「けれど中島先輩、クラリネットだけあきらかにコケにされてますよ？　私達が仲間のために手向ける花を採ってきた一方で、ホルンとペットは仲間を悪用して重要物資を隠していたわけですから」

「私達だって、その市街地なるものに行き着いていれば、おなじことをしたかも知れない。そしてナミ、ここで『おなじこと』というのは、『第三者から貴重な物品を守る』ということよ」

「――御自分でもまさか信じておられないことは、喋らない方がよいかと思いますけど？」

「信じることに決めたの。だからその市街地なるものにとても興味がわいてきた。響子、鈴菜。地図を出し合いましょう。この島は、『何がどこにあるか』を取り敢えず措けば、地理的には難しいつくりをしてはいない。三班の地図を対照して、議論を詰めるべきよ」

――ただ、何をやっても悪い方へ悪い方へと急加速することがある。この私の提案がそれだった。ホルンもペットも物品を隠した。それはよくないことだ。譜面台やポリッシュじゃないし、楽器棚に入れたわけでもないし、まして状況が状況だから。けれど、そこを追い詰めても殺し合いになるだけだ。いつもの癖が、吹奏楽者としての癖が出ただけだと割り切ればすむ。それに、市街地なるものに深刻なほど興味があったのは事実。パーリー三人は地図を出し、回しあった。

これが大失敗だった。

私はここで、地図なんかより、あることを、確認すべきだったのだ。すなわち……

『実際に通り過ぎはしなかったけど、ホワイトウォールを越えたとき、ラインの右側に、景色だけは見えたゾーンがあるよね？　クラリネットだと、まさに『市街地』がそれなんだけど』

そして、これを言わなかったことが、地図なんか確認したことが、私達の分裂を駄目押ししたのである。

「市街地とビーチと石切場よぉ!!」

「市街地と毒沼とジャングルですってば‼」

鈴菜が佳純に怒鳴ると、佳純が鈴菜を全否定した。

昨日からの疲労、心労、衝撃、苦悩。躯と心へのダメージ。空腹。睡眠不足。そうしたものが、私達の理性を歪めている。鈴菜も佳純も同級生で仲間で、しかもおなじ金管奏者である。まして一緒に過ごす時間は、吹部だと、親兄弟より確実に多い。いくらパートの壁が頑強だと言っても、普段なら景色がどうだなんて下らないことで喧嘩なんかしないし、どちらもすぐに『明日また太陽の下で確かめればいい』『取り敢えず市街地があるんだから他はどうでもいい』と考えるはずだ。ほとんど幼稚園児の陣取り合戦になってしまっているのは、あきらかに精神状態が退行しているから。しかし、そんなことを言っている私も、頭がぼんやり重い一方で、『おかしい不思議だ解決したい片を付けないと眠れないどちらの指摘も間違ってるクラリネットの名誉の問題』みたいにキンキン心が尖っている。そしてその尖った錐の先端へ今、あざやかに、ホルン二年の獅子ヶ谷さんの言葉が突き刺さった。

「クラリネットからは、やはりジャングルとかいう妄想以外、意味のある発言がないみたいですが？　このクラの地図も、右下部分が空白ですし」

「獅子ヶ谷さん‼」菜花子が怒った。久々に見た。本当に久々に見た。「私達には私達の意見がある。ただ、今のあなたたちに聴かせようとは思わない」

「棗先輩でも激昂なさるんですね。ちょっと恐いです。ですが、何故聴かせていただけないんでしょう？　指を三本しか使わない楽器の奏者たちには、莫迦莫迦しくて話せませんか、超絶技巧の棗先輩？」

「聴かせないんじゃないわ」

「じゃあ何なんです」

「自分で耳を塞いでいる人達に、何を語れというの？　どちらも正解かも知れないし、どちらも誤りかも知れない。でもこれは裁判？　それともディベート？　ホルンだってペットだって、毎日毎日いちばん近くに座っている癖して、たかが地図ごときでどうしてそこまで仲間を貶めるの？　喋るだけ喋って、あとは耳を塞いで。

　クラリネットは、私が代表して言うけど、こんなことに勝訴したくない。みんなで家に帰らなければならないのに、帰りは飛行機にするか新幹線にするかで殺し合う人達とは、話をしません。だから寝ます。おやすみなさい」

「卑怯よ菜花子」

「……佳純？」

「当ててあげましょうか。クラリネットの答えもまた、全然違うのよ。でもそれを喋らない。何故？　みんなで家へ帰るには、無事に帰るには、あらゆるルートを検討しないといけないいんじゃない？

　たかが地図ごときですって？

　地図ひとつ読めない人達とどうやって一緒に帰るのよ!!　それに、おかしいわ。みんな必死で観察してきた情報を共有しているのに、クラリネットだけ黙秘だなんて」

「佳純」響子が言った。「もういい」

「よくないよ響子。私は部長である響子の代わりに言っているつもりよ？

それにジャングルの有る無し、市街地の有る無しは死活的な意味を持つわ。だってジャングルには、主として果物だけど豊富な食糧があるし、市街地は敵のアジトかも知れない文明的な施設の集まりなんだから。私達が無事に過ごせる避難所になるかも知れないんだから。私達が物品を持ち帰ったのは、そのことを証明するためなのよ。

……いい、菜花子。

あなたは御家庭の事情でよく知っていると思うけれど、人が黙秘をする理由はふたつしかない。徹底して無知なのか、隠すことに利益があるか。さあ、あなたたちはどっち？」

「いい加減にして!!」

「そうよ、いい加減に喋りなさい友梨。あなたパーリーでしょう？　脚を棒にしてきた仲間に貢献しなさいよ。それとも市街地以上に素敵な避難所を見つけたの？　少なくともクラ五人は生き残れるような？」

かっちーん。

「冗談じゃあないわ。私達が何だか知らないけど隠して独占して生き残る？

はあ？

ふざけんなよ。自分の浅知恵を他人に押しつけるなっての。よくもそこまで見損なってくれたもんだわ」

「ちょ、ちょっとやめて友梨」菜花子は一転、泣きそうで。「もう黙ってお願い……」

「市街地だか毒沼だか知らないけど、いや違うわ、距離だの磁石だのガラスだの渉外係だのそんなのどうでもいい。クラリネットはあんたたちに油を注ぎたくないから黙ってきた。それがコソドロだの裏切り者だの言われたら、ナミ・ナエ・ナラに対して立つ瀬が無いわ。それにそこのホルン!! 妄想ですって? それからそこのトランペット!! 卑怯ですって? 菜花子が甘く出ればつけあがって。こちとら和平を提案しているのに、よくもアサガオから唾ぶっかける様な真似してくれたわね。もうこれ以上クラリネットを侮辱するようなら、ロードローラーでペタンコにしてスワブにして上管のレジスターキィに引っ掛けてギザギザに穴を開けて――」

「友梨」

「何よ響子⁉」

「――和音と塩狩さんに謝って」

「ごめん、できない」

「あなたはこれに責任の無い二人を侮辱したわ。それはあなたらしくないことよ」

「まず佳純から謝るべきね。特に菜花子に、だけど」

「友梨、強情はらないで、お願いよ……私達のことはいいから。みんな忘れましょう」

「そうですよ先輩」と獅子ヶ谷さん。「クラリネットが、理由は解りませんが収穫ゼロ。これ、少なくともホルンは許しますから。ですよね詩丘先輩？」

「このガキっ、上等じゃないの、あんたたちが収穫してきた――」

情報を引き出すための挑発と気付いたときは、かなり遅かった。一枚上手だ。

「――市街地なんてありはしないわ。あるわけない。あったら救助に来てくれるじゃない校舎飛んできた時に。常識で考えなさいよ。またあの美容師からいいもの貰ってラリってんの？

地図に書いたとおりこの島は上が『ビーチ』、左下が『ジャングル』、右下が」

「右下が？　どうされました？」

右下は……

「言えない」

「友梨」と響子。「この状況で、何を隠すの？」

「隠すつもりは」

「『ビーチ』、『ジャングル』、そして？」

「……許して、響子……言葉が過ぎた……謝るから」

「知らないはずはない。ならば私も部長として、疑わざるをえなくなる。この島には、確実に第三者もいるのだから。そしてもう、八人の命がこの島で奪われているのだから。

私達吹奏楽者が、そう、朝も昼も夜も休日もいつもいつも音を重ねてきた吹奏楽者が十四人集まって、地図一枚できない。あなたはたかが地図と言った。それは違う。これは象徴なのよ。私達の絆が惑わされていることの。そしてもちろん、私達の瞳が惑わされていることの。だってありえないのだもの。ありえないことが起こっている。ならば、私は知らなければならないわ。謎のすべてを。あなたの言葉を。私達がこの惑わしから逃れ、生き残るために。

友梨、訊くわよ。

クラリネットは市街地の代わりに何を見たの？」

「墓地よ」

第2章　ガウス・アルガンの島

I

ホルン四人はあざやかなアインザッツで起ち上がると、何と楽器を携えて1―6を一列縦隊で出て行ってしまった。くどいが、ホルンの団結力はすごい。次いでトランペット五人が、同様に楽器を採り出すとスタスタと立ち去ってゆく。

――やがて、二階の教室から、いや屋上からだろう、いきなりフォルテシシモで『宇宙戦艦ヤマト』が聴こえてきた。本来、ホルンの旋律というものは少ないのだが、鈴菜が編曲して、旋律だろうが副旋律だろうがキザミだろうが、そうホルン御家芸のグリッサンド（取り敢えず『ぱおぱお吼える』こと）だろうが何でもありの楽譜にしてあるのだ。何の為か。怒りの表明とストレス解消のためである。アサガオが後ろ向き、木管の響きが出せるという優しげな楽器だけれど、そこはやっぱり金管だ。いくぞ、というときの爆発力はすさまじい。吉南女子には本来ホルンが八人いるから、ホルンを怒らせた時のこの悪癖は、誰もが辟易するほど骨身に染みていた。

するとやはり二階の教室から、闇夜を斬り裂くトランペットの強烈なトゥッティが。

今度は屋上ではないだろう、屋上にはホルンがいるのだから。こちらは怒れるトランペット名物『燃える闘魂』である。お腹に響くというより鼓膜と脳に突き刺さるこの感じは、今、トランペットが音楽的表現よりも感情的表現に重きを置いていることを意味していた。ホルンもトランペットも、顧問がいるときはこんな莫迦なこと、絶対にしないのだけど――

　１－６に何となく残されてしまったクラ五人。そのうち、苗原さんが訊いた。

「中島先輩、私達もスタンバりますか――『キューティーハニー』」

「うーん、確かに、ハートがちゅくちゅくしちゃってるけどね」

「駄目」と菜花子。「あれだけ吹いて寝れば、明日は元通りよ。私達からも挑発したら、感情的に、取り返しのつかないことになるわ」

　吉南女子クラ怒りの表現は、ナエが指摘したとおり『キューティーハニー』である。爆発力では金管に負けるが、旋律に絡む三十二分音符のノリで圧倒するよう編曲してある。クラリネットは、唖然とするほど細かい音符で楽譜が真っ黒になっているのを、かぎりなく名誉に思うパートであり、スカスカの金管の譜面などとは競べものにならないという自負がある――

　といっても、私は、そして恐らく私達は、キューティーハニーが何なのか知らない。それはホルンでもペットでも一緒だろう。宇宙戦艦ヤマトが何か、燃える闘魂が何か知っている現代の女子高生がいたら年齢詐称だ。何故、私達がこうした曲を、顧問に隠れてテーマソングにしたり感情表現に使っていたりするかというと、答えはカンタン、野球の応援の定番ソングだからである。主として響子の領分だが、『ゴッドファーザー愛のテーマ』を、朗々としたファンファーレにしてしまう現代の女子高生というのも、すさまじい。

「菜花子の和平論が正しい、かな」と私。「私としてはガンガンに吹いて、わざとリードミスで嫌がらせしたい感情を殺し切れないけれど──」

「友梨」

「──この時点では、クラが最も道徳的に問題がない。どう言い繕っても、ホルンとペットが貴重な物品を独占、ううん、貴重な物品についての説明を省略しようとしたのは事実だから。ペットとホルンはすっごい険悪になっている。クラとしては、どちらにも敵意がないことを行動で示して、講和条約のあっせんをするのがいちばんだと思うわ」

「まあ、私達がリラの花しか採れなかったのは」と波越さん。「ただ市街地が見つけられなかっただけ──という結果論なんですけどね」

「不思議よね」と菜花子。「ありえないもの」

「証拠品があそこまで呈示されていますからね」

「メインベルトが、二層になっていたりするのかしら……」

「棗先輩、それは考えにくいと思います」と奈良橋さん。「メインベルトは幅二㎞で、ビーチも墓地も見透しが利きました。ビーチと墓地については、海岸線からホワイトウォールまで、すべて一様でそれだけです。一瞥しただけで、市街地なんか、絶対にありえないと言えますし、そもそもホルン・ペットが言う市街地が二層構造だったなら、徹底的な神蔵先輩も、あの観察眼の紫織も、見落とすはず、ないと思うんです」

「私も菜摘に賛成します」と波越さん。「幅二㎞のメインベルトが分割されていればすぐに分かったはずです。だからメインベルトの三分の一ずつは、それ以上分割されていないひとつの地域なんです。実際、Yの字右下の『市街地』はホルンとペットにこの上なく捜索されているはずなのに、その癖、『市街地』以外のものがそこにあったというコメントがない。だからメインベルト三分の一を構成する、幅二㎞の『市街地』とかいうベルトには、まさに『市街地』しかなかった――こういうことになります」

「最大の問題は」と私。「私達クラリネットだけが、その市街地を見ていないってことだけど」

「友梨、正確には違うわ。私達は市街地を見てはいる」

「うっ、それは確かに」

そうなのだ。やっぱりあのとき指摘しておけば……

最初にホワイトウォールを突破したとき。二時の方向。私達は確かに見た。左手に象牙色のビーチ。右手に翡翠の市街地……そして、ホルンとペットが指摘し地図にも描いている市街地は、まさにその位置にあるのだ。けれど、しかし。

「棗先輩、先輩のおっしゃるとおりです」と苗原さん。「私達はホワイトウォールを抜けた高台で、市街地の姿を確かに見ました。しかし、それだけです」

「実際に歩いてみたら、そこは市街地どころか」と奈良橋さん。「ある意味、真逆の意味を持つ墓地でした。広大な、メインベルトを埋め尽くす十字架の群れでした」

……私達は『ビーチ』から『ジャングル』を抜けて、その墓場に行き着いた。赤い、大理石調の、そう翡翠みたいに乳白色が混じったりしている十字架の墓標。整然と並んでいたのがかえって恐ろしく悲しかった。西欧風の、白い墓石と赤い墓標。動くものは烏や鷗だけ。それがビーチまで延々と続くのだから堪らない。優しいライラック――リラの樹の花がなかったら、どれほど戦慄したことだろう。そしてさっき奈良橋さんが指摘したことだけど、延々と続く墓地である以上、極めて見透しがいい。『ジャングル』と『ビーチ』に挟まれたエリアが市街地をふくんでいた、などというのは、少なくともクラ五人にとっては御伽噺である。

だから、私は、最初に高台から見た翡翠の市街地というのは、目の錯覚か、蜃気楼の類だと思いこむ様にはしていたのだが……だから思い切って切り出せなかったのだが。

「だから友梨、私は、ホルンもペットも取り敢えず『ないもの』を見たことは見た、そう思うのよ」

「あの地図によれば」と私。「方角を優先して、順序を無視すると、それぞれが通過したのは――

ホルン　『市街地』－『ビーチ』－『青い石切場』
トランペット　『市街地』－『黒い毒沼』－『ジャングル』
クラリネット　『赤い墓場』－『ビーチ』－『ジャングル』

ということらしい。つまり、ホルンはジャングルを見ていないし、ペットはビーチを見ていないし、そして私達クラリネットは再論だけど、市街地を見ていない。

「でも友梨、私達は少なくとも高台で見たわ」と菜花子。「ビーチと市街地の境界を。あれはちょうど二時のラインだった。

もし、一緒の現象がホルンにもペットにも起こっていたのだとすれば」

「そういうことこそ話し合うべきだったのにね……そうだよ菜花子、六時のラインでホワイトウォールを突破したホルンは、高台からは『ジャングル』と『市街地』の境界を見たはずだし、一〇時のラインでホワイトウォールを突破したペットは、高台からは『ジャングル』と『ビーチ』の境界を見たはずだよ。

だって、高台から見る分には、『発見できなかったものが見えた』はずだから。私達は発見できなかった市街地を見た。同様に、ホルンは発見できなかったジャングルを見たはずだし、ペットは発見できなかったビーチを見た、これがどうやら、規則性らしいから」

……宇宙戦艦ヤマトと燃える闘魂はフォルテシシモのダ・カーポで続いている。今晩ちゅうに再会議を開くのは絶対に無理だろう。ただ、昏と躯をバテさせてくれれば。遭難している以上、比較論に過ぎないけれど、昨晩よりは快眠できるだろうし、みんなで寝坊して頭がスッキリしたら、響子と鈴菜のことだ、きっと理性をとりもどしてくれるに違いない。

「あの、中島先輩、棗先輩」と奈良橋さん。「まったくの想像なんですけど……」

「どうしたのナラ？」と私。「この際だから、何でも教えて」

「私は、直感なんですけど、この島は『市街地』－『ビーチ』－『ジャングル』の三つのエリアでできている、そう思うんです」

「理由はある？」

「あ、あの、単純な多数決なんです。すみません。『墓場』『毒沼』『石切場』には、それぞれ一票しか入っていないので。二票入っている方が、実態に近いのかなあ、なんて」

「でも菜摘、私達は」と波越さん。「現実に、実際に『赤い墓場』を見て感じて通過しているわよ？」

「うん鳴美、それは絶対にそうだし、私も『赤い墓場』はあるって信じているけれど、でも『黒い毒沼』『青い石切場』は論外だと思っているでしょう？　ホルンとペットが私達の体験を信用しないのも、私達自身の感情を顧れば、理解できないことじゃないわ」

「だとしたら菜摘、解決する方法はただひとつよ。今度は十四人総員で島を一周、いや二周する。考えてみれば、下らないことで大喧嘩したもんですね、中島先輩？」

「そのプランは私と菜花子で、響子と鈴菜に提案してみるよ――もちろん明日だけど。それに、大喧嘩の原因で下らなくないものは、たぶん無いわ」

「なら友梨、今晩はこれからどうする？」

「警戒をする」

「え？」

「クラリネットは戦争をしない。私がとうとう煽っちゃった面もあるから、自戒をこめて言うんだけど、あんな風に、解り合わないために楽器を使っちゃ駄目だよ。それに現在の所、ホルンとペットが和解する可能性はほぼゼロなんだから、少しでもその可能性を上げる努力をしたい」

「それが警戒？」

「うん、菜花子。そもそも警戒員の割り当ては、昨晩後半から『私＝ナミ』＋『鈴菜＝獅子ヶ谷さん』の四人だったよね？　それを『響子＝香椎さん』がぜんぶ身代わりで引き受けてくれたわけで。これは立派だなあと誰もが思ったはず。だから、クラがそうやって、皆のために動いている姿勢を示せば、ホルンだってペットだって親の仇どころか吉南吹部の大事な仲間なんだから、きっと心を動かしてくれるに違いないよ。動かしてくれないとしても、この調子じゃあ例えばシルエット人に襲撃されたとき、全滅も考えられちゃうしね」

「けれど中島先輩」と波越さん。「今晩はきっと、ホルンは人出ししませんよ？」

「それは確実ね。鈴菜のあのグリッサンドを聴けば解るわ。だから今晩は仕方ない、警戒員四人は諦めて、二時までが『私＝ナラ』。六時までが『菜花子＝ナミ＝ナエ』。それぞれ機関銃の流動警戒だけにしましょう。見張り員を確保するだけの人数がいないから」

「二人だと危ないよ友梨」

「ここはパーリーぶらせて、菜花子。これはもう決めたわ。

既に一一時半近い。二時までは二時間半しかない。襲ってくるなら確実な寝込みを狙うはずで、あの金管狂想曲は確実に島じゅうへ響いているから、二時までに襲撃される可能性はかなり低い。他方で、それ以降六時まではリスクが大きいよ。だから後半組が三人。しかも打撃力のあるナミを入れているわ」

「打撃力――中島先輩、それは評価されていると思っていいんでしょうか？」

「このサヴァイヴァルにおいてはね――さいわい、機関銃一挺と拳銃一丁は、昼間のハイキング以来、各班が管理している。私達も持っている。使い方は教わった。炬火を準備して、すぐに開始しましょう。菜花子、無理かも知れないけれど、ナミとナエと一緒に、できるだけ睡眠を、無理なら休息を摂っておいて」

「へ、変な言い方だけど、頑張るわ」

「ナラ、準備ができ次第、校舎の外のパトロールを始めましょう」

「はい、先輩」

II

――午前零時を、ちょうど回った。私達の腕時計の、すなわち『吉南女子時間』で、だけれど。ホルンとペットの怒り狂っていたコン・フォーコはいつしか終息（しゅうそく）し、二階の教室に懐中電灯や炬火（たいまつ）の明かりがちらほら見える。やはり、因縁（いんねん）の1-6には帰らない様だ。まあ、今晩かぎりのことだと思うけど。

私とナラ――奈良橋さんのクラリネットコンビは、私が機関銃で、奈良橋さんが拳銃で武装しながら、時折休憩（きゅうけい）を入れながら、この山頂の（島頂の？）木造校舎の周囲をパトロールしている。

「……あの、中島先輩、いいでしょうか？」

「どうしたのナラ？」

「不思議な、島ですよね」

「そうだね……自然にできた島だとは、到底思えないね」

そもそも真円の島、というのが胡散臭（うさんくさ）い。歩いたかぎりでは、海岸線が真ん丸である。百歩譲（ゆず）ってそれは我慢してもいい。世界には真円の島があるのかも知れないから。しかし、『三重の真円によって構成されている島』『Yの字で綺麗に三等分されるラウンドケーキの島』『重要な距離が必ず区切りのいい数字の島』なんて、絶対に自然発生することはないだろう。メインベルトは必ず幅二㎞。ホワイトウォールは幅一〇〇ｍジャスト。私達が今いるこの牧草地だって、半径一㎞の真円である。誰かが創らなければ、ありえない。

「先輩、私、ちょっと気懸かりなことが」奈良橋さんは歩きながら。「勘違いかも知れないんですけど……」

「吉南女子クラリネットのモットーは？」

「前へ!!」苦笑する彼女。「じゃあ言います、話半分で聴いてください。ホルン班は『青い石切場』を、トランペット班は『黒い毒沼』を、そして私達クラリネット班は『赤い墓地』を見ました。これが一票しか入っていない少数派の意見ということは、さっき言いました」

「うん。そして『市街地』『ビーチ』『ジャングル』は二票入っている多数派で、だから、実はこの三つこそが実態なんじゃないか――これがナラの意見だったね？」

「はい、そうなんですが、実は気懸かりなのはそこじゃないんです。各班の作った地図によって、『一票組』のあるとされる位置は、それぞれ説明されていますよね？」

「そうだね。『青い石切場』はカマンベールというかラウンドケーキの左下、『黒い毒沼』は上、『赤い墓地』は右下に描かれていた」

「ところが、その、それぞれの箇所に二票入ったエリアというのは……」

「左下は『ジャングル』、上は『ビーチ』、右下は『市街地』。これが二票組だね」

「……お気づきに、なりませんか？　それぞれを比べてみて」

「あっ——‼」

「そうなんです」

「まったく対照だ。まず『石切場』は青くて『ジャングル』は土色のカーキ。『毒沼』は黒くて『ビーチ』は象牙色。『墓地』は赤くて『市街地』は緑……反対色だ。でもそれだけじゃない。ジャングルの命が無くなったら、賽の河原みたいになる。ヘドロがもう流動しない毒沼は、命ある海の満ち引きと真逆。そして墓地は、都市の人間の終着駅。支配している色もそうだけど、意味としても、それぞれ対極にある」

「突拍子も無いこと、言ってもいいですか？」

「吉南女子クラリネットのモットーは——」

「すみませんすぐ言います。すなわち色彩的にも、地理的にも、意味的にも、実はそれぞれ同じものの違う見え方……なんじゃないでしょうか。一〇〇%見え方が異なる、というのは、常識では考えられませんが、この『コインの裏と表』には、何らかの関係があるし、それはむしろ、この島の謎を解くヒントにな」

突然の絶句。

「ヒントにな？　どうしたのナラ？」

私は左隣の奈良橋さんを見た。その、激しく吃驚したような顔。私と視線が合って、それから自分の左胸に瞳が落ちる。私の眼もおなじコースをたどった。

そこからは、棒の様なものが生えている。棒？

「な、中島セン、パイ……」

どさり。

「な、ナラ、ナラ‼　どうしたの、しっかりして‼」

奈良橋さんが真横に倒れたので、見えてしまった。私にはその棒の全体像が理解できてしまった。奈良橋さんの左胸をあざやかにつらぬいた、それは鉄製の矢だった。そして奈良橋さんの唇からヴィヴィッドな血のラインが流れ始めたとき、感覚として、奈良橋さんは既に喋ることも動くことも――いや生きることができないことも理解できてしまった。

私は機関銃を構えてくるくると三六〇度回転しながら。

「みんな、みんな起きて、下りてきて――‼　ナラが、ナラが大変なの‼」

――午前二時四五分、1－6。

今晩の内に総員が再会できたのはいいことだった。ただし、奈良橋さんのことが無ければ、だが。真っ先に駆けつけてくれたクラリネットの三人と一緒に、周りを警戒しながら奈良橋さんを1－6に動かし、私達も校舎に退避すると、陸続とホルン・ペットの娘たちが殺到してきた。そして既に三〇分以上ミーティングをしているわけだけれど、この事態を受けて、この状況で、建設的な意見を出すのはダライ・ラマでもマザー・テレサでも無理だったろう。確かに私達は初日、十人の仲間を奪われた。でもそれは、殺人について言えば、野生動物の大暴れによるもの。悔しくて悲しいが、怒りの矛先をむける相手は実際上、いなかった。だが、今度ばかりは違うのだ。奈良橋さんは確実に、ヒトか、ヒトの能力を持っている存在に、事故でも何でもなく、意図的に殺されたのである。

論争にもならなかった。もう、罵倒合戦みたいなものである。

「このなかに、疑われても仕方の無い人々が」と佳純。「確実に存在するわよね、ねえ鈴菜？」

「それはまさかぁ、私達がナイフを持っているから――なんて単純で単細胞な理由からじゃ、ないわよねえ佳純？」

「もちろん違うわよ鈴菜。だって凶器はナイフではないもの」

「じゃーあ確実に疑われても仕方が無い人々って？」

「だって市街地から収穫してきたのがナイフだけだなんて保証は無いじゃない。現に医療品だって盗んでいるしね」

「ホルンはボウガンなんて知らないわよお!!」

「さあどうだか。和音、シイ、クミ。トランペットとしては恐くて堪らないわよね？」

「ちょっとお!! パーリーの響子も一緒の意見なの!?」

「……意見は保留する。というかまだ無いわ。今は確認だけしたいの。ホルンは市街地から武器を回収した。そのなかにボウガンはあったの？」

「無いわよう。知りもしないわあ」

「四人の誰かが隠して持ってきたとか」

「それはない」美しいソプラノ。泰然自若。ペットの和音だ。「ボウガンは隠せるサイズじゃない」

「だったら鈴菜、発見だけしたということは？」と響子。「ナイフと一緒に、とか」

「してませんー絶対にしてませんーあったら獲ってくるわよー」

「……それも合理的な意見だわ」

「何言っているのよ響子!!」と佳純。「まさに発見したから獲ってきたって自白じゃない!!」

「いい加減にしないと緑青塗れのドロドロ唾でリンスしてあげちゃうわよお」と鈴菜。

「まさにそのロジックがあ、これはトランペットの陰謀かも知れないって証拠でもあるんじゃない」

「はあ？」

「ナイフを回収できた人がボウガンも発見できたならあ、アメニティグッズを回収できた人もまたあ、ボウガンを盗んでこられるんじゃないですかあ」

「それは公平ですね」

「なっ――ナミったら!!」と私。「取り敢えず黙って!!」

「御言葉ですが中島先輩」とホルンの獅子ヶ谷さん。「私にもすごく公平に思えます」

「そうよお。妥協に妥協に妥協を重ねても、ボウガンを持っている可能性があるのはあ、ホルンもそうだけど、ペットもじゃないのよお」

「あの、詩丘先輩、本当にごめんなさい」とペットの上郷さん。「私達トランペットには、その、菜摘を――奈良橋さんを殺す、どんな理由もないと思うんですけど……」

「上郷さん、それを言うならホルンにこそ無いわよぉ、どうして吉南女子吹部の仲間を殺さなきゃあいけないの？」

「鈴菜」

「なあに、響子？」

「奈良橋さんが撃たれた時刻、ホルンはどこで、何をしていたの？」

「2-6で四人とも寝てたわよん。トランペットはあ？」

「私達は2-10。五人ともそう、寝ていたわ」

「どちらも証明はできませんよね」と獅子ヶ谷さん。「可能性は誰にもあった――黙りを決めこんでいるクラリネットにも」

「……獅子ヶ谷さんそれどういう意味かな？」

「中島先輩、言葉通りの意味です。御説明だと、二時からの警戒員だった棗先輩、鳴美、南友佳は1-6で寝ていたそうですから、ホルン・ペットと事情は変わりません。まして奈良橋さんが撃たれたとき、傍にいたのは中島先輩だけですので――

以下省略します、恐いから」

「なら喋らなければいい。だけどねあなた」

「駄目、友梨、話を続けては」

「菜花子、この挑発はゆるせないわ。だって私達は吹部仲間の内でもさらに仲間よ。一緒の楽器を吹く仲間。何故、私達がナラを殺さなければいけないの？」

「……クラリネットは、吹奏楽最大派閥よね？」

「そうだけど佳純、それが？」

「一般論として、女の最大派閥がどんな内部事情を携えていたかを考えると、ね」

「お話にならない」

「あのう、いいかしら？」二番ホルンの紗英が挙手した。「ヒートアップしているみたいだけどねっ、この謎の島には、複数グループに分かれる第三者がいる――このこと、皆忘れてはいないかしら？」

「私もそれは充分、考慮に入れなければいけないと思う」我が意を獲たり、と響子。

「何故かというと、やっぱり私達には動機が無いもの。凶器も無い、と断言したいところだけど、また無意味な論争になるからそれはペンディング。奈良橋さんを殺して私達に何のメリットが？　何も無いわ。集団力が削がれるだけ損。まさに紗英が言ったように、第三者が――決して好意的とは言えない第三者がいるのだから」

「響子、家に帰ってからでは殺人はできないわ、絶対に」と佳純。「けれど、この極限状態を利用すれば――」

「佳純、証拠は」

「それは……ないわ」

「確たる証拠の無い発言は、これから禁じます。いいわね⁉」

はい
しかしその返事のメゾピアノは、とても吉南女子吹奏楽とは思えない蚊弱いもので。

「現時点でハッキリしているのは、奈良橋さんが射殺されたということ、これだけよ」

「だから響子」とホルンの紗英。「善後策を考えないといけないわねっ」

「カンタンなことよ紗英。

第一、武器はすべて一括管理して、個人保有を許さない
第二、昼夜を分かたず警戒態勢をとる
第三、十三人がひとつの教室で一緒に暮らす
これだけで、奈良橋さんのような痛ましい犠牲は回避できる」

「私反対します」

「ナミあなた‼」

「中島先輩はパートリーダーですよね？　クラリネットの仲間があきらかに謀殺されて、『これからは注意しましょう』みたいな提案をされてハイそうですねと黙って賛成するんですか？　菜摘の次に私が殺されてもそういう態度をつらぬかれるんですか？」

「だ、だけどナミ」

「神薙先輩がどう邪推しようとかまいませんが、私達は知っています、私達は『市街地』なんかに行かなかったし、その存在すら知らなかったということを。そうです、様々な物品が回収でき、あるいはもっと大事な秘密があるかも知れない『市街地』、これを知らないのは私達クラリネットだけなんですよ。現にホルンとペットはよからぬ謀てをしているじゃないですか。自分達だけ歯磨き使おうだなんて些末な謀てもふくめて」

「ちょっと駄目ナミ、そこまで言っては」

「私は神蔵先輩のルールを守っているだけです。確たる証拠がある発言ですから。ホルンとペットは市街地のメリットを知り、市街地のメリットを利用しています。それをクラリネットだけに黙っていたのも事実で、証拠云々以前の話ですよね？　そして何も知らなかったクラリネットの、何も知らなかった菜摘が殺された。トランペットも後ろ暗い以上、神蔵先輩だって『これからはこういうルールで――』なんて言える御立場でしょうか？

いえもっと言いましょう。もしこれが東雲先輩のいう第三者の襲撃なら、何故ボウガンの矢は一本だったんですか？　シルエット人ならシルエット人でいいですけど、少なくともシルエット人は四人いますよね？　おまけに機関銃まで持っていた。それが私達を虐殺するつもりなら。一緒に歩いていた、そう歩哨として警戒をしていた中島先輩を殺さないのは絶対に不合理です。事実、中島先輩がすぐに悲鳴を上げられたので、十四人、いえすみません、十三人がすぐ集合できたし、人数の力が発揮できる様になった。敵からすれば、『なってしまった』ことになりますね。これが第三者の襲撃なら、歩哨は鏖殺し、そのまま校舎内で寝ている十二人も鏖殺しのはずです。

いいですか、第三者には、暗殺なんてことをする必要性がないんですよ」

「御免、鳴美」トランペットの香椎さんが言った。「すると鳴美は、犯人は十三人の内の誰かだって、こう断言するんだね？」

「そうよ加奈子。常識で考えてあきらかじゃない？」

「すると、トランペットの私達も容疑者なんだね？」

「理論的には、そうなるわね」

「ちょっとまって、鳴美」とホルンの塩狩さん。だんだん二年生戦争になってくる。

「当然、その容疑者には、私達、ホルンの四人も、入るんだよね？」

「理論的にはね、紫織」

「だったら、鳴美とは、一緒にいられないわ。そうよね加奈子？」

「紫織の言うとおりよ。人殺し呼ばわりされてまで一緒に暮らす必要はない」

「みんな落ち着いて!!」と菜花子。「ナミは可能性を、理論的な可能性を言っただけよ」

「すると棗先輩は」と獅子ヶ谷さん。「鳴美の理論を受け容れるわけですね？」

「受け容れるとか容れないとか……ねえ上郷さん、二年生の意見がこんな風になっているけど、あなたは？　あなたはまさか私達が分裂すべきだなんて考えないわよね？」

「……棗先輩、私は……私は十三人が団結すべきだと思っています。

けれど、恐いのも事実です」

「何が？」

「クラリネットに誤解されて、その……例えば復讐、されるとか」

「そんなこと絶対に」

「……棗先輩」

私はここで絶望を感じた。いよいよ悲痛な声を発したのは、うちの、クラの苗原さんだったから。

「仲間は疑いたくありません。でも鳴美は正しい。これまでの議論で、どうして菜摘が殺されなければならなかったのか、ホルンもペットも真剣には考えてくれませんでした。そして鳴美は仮説を立てた。私は、それに賛成はしないけど、否定できない重みがあると思いました。だったら、ホルンもペットも、真剣に反駁しなくちゃいけなかったと思います。まして、武器を隠したりしているわけですから……でも、言っていることは、容疑者にされた、不愉快だから出てゆけ、こういうことです。これでは菜摘が浮かばれません。いえ、ホルンとペットのなかで、菜摘の遺体に手を合わせてその死を葬んだ人がどれだけいますか？」

「だったらナエ」菜花子はこれ以上なく蒼白で。「あなたも、まさか」

「ホルンとペットが容疑を晴らしてくれなければ、平然とつきあうのはもう無理だと思います」

「となると二年生で、残ったのは私ですね？」

「ああ、あなたはいいよ」と私。「獅子ヶ谷さん」

「何故です？」

「あなたクラリネット犯人説じゃない。意見を聴くまでもないわ」

「ありがとうございます中島先輩。

そうすると、クラの鳴美＝南友佳、ホルンの私＝紫織、そしてペットの加奈子＝久美子。六人の満場一致で、共同生活は破綻――となりますが」

「勝手が過ぎるわよ獅子ヶ谷さん!!」と響子。「誰が二年で決を採れと言ったの!!」

「しかし響子先輩、ほぼ半数を占める二年生の意志はこれであきらかですから、先輩方にも態度をハッキリさせていただかないと困ります」

「認めません。十三人は共同生活をします」

「私は反対する。和音はどう？」

「佳純、よしなさい!!」

「殺人云々は解決しようがないわ」と和音。「分散には賛成。島を知ることにもなる」

「ホルンはどうなの、鈴菜、紗英？」

「ショウコとしおりんがもう決めているんなら、私達はそれを尊重するわあ佳純」

「ホルンはいつも一枚岩ってことね――最後にクラ。友梨と菜花子は？」

「ねえ佳純、よく考えてお願い。離れ離れになって私達、生きてゆけると思う？」

「菜花子は響子派ね。友梨はどうなのよ」

「私は吹部の仲間がナラを殺したとは絶対に考えない。

　それでも皆（みんな）、意見を変えないの？」

……無言。

「なら仕方ないわね。クラの安全はクラで守るわ。それがパーリーの義務よ」

「響子、結論は出た」と佳純。「三年生七人。共同生活派は二人。分散派は五人。総会という形にしたところで、分散派が一一人になるだけ」

「私達は、この決定を、必ず後悔することになるわ」

「それでも響子、この決定を実行しない後悔より遥（はる）かにマシよ」

「……ならこれだけは命令させてもらう」部長として、と響子。「牧草地は、当然この木造校舎をふくめ中立、いえ共同地帯にする。井戸も林檎も校舎の使用も自由よ」

「成程（なるほど）、優しいわね響子。真水すら手に入らない班もありうるから」佳純がいった。

「なら私も温情ある提案をひとつ、するわ。

当初からある武器は公平に分配する。すなわち機関銃と拳銃は各班一ずつ。手榴弾は、そうね、ホルン三に、クラとペットが四」

「佳純ぃ、そのホルン三っていうのは何かな？」

「あなたたち怪しげなサバイバルナイフ持ってるじゃないの、それ見逃すだけでも大妥協ってものよ——加奈子、できた？」

「はい、神薙先輩」

「佳純、シイに何をさせたの」

「籤引きの籤を作らせた」

「籤引き——」

「この島のメインベルトは綺麗に三等分されている。その実態がどうかは混乱しているけれど、カマンベールの上・左下・右下に分割されていることは確実。そして情報から、どの班も『市街地』を希望するでしょう——しかし、それは不公平になる。

　だから、籤引きよ。

　この三本の紙縒。引いて開けばどこが領土になるか教えてくれるという段取り。もちろん作成したトランペットが最後に引かせてもらうわ。どう鈴菜、友梨？」

「かまわないわよん。

　そして友梨、確かに私達は奈良橋さんを葬むこと少なかった。お詫びにもならないけれど、そしてこんな結論になって残念だけど、せめて一番籤はクラに譲るわ」

クラリネットの私が引き。

ホルンの鈴菜が引き。

残された一本を佳純が開いた。

……クラ『上』、ホルン『左下』、ペット『右下』。

そのまま夜を徹した私達は、山頂校舎を離れ、それぞれの地にむかった。

領土、とはよく言ったものだ。

領土があれば、必ず戦争になる。

III

私達クラリネット四人は、山頂校舎から真北を目指した。一㎞歩いてホワイトウォール。一〇〇m歩いて視界が開ける。前方に広がるのは――広がるのは――

誰もが危惧していたことは、現実にならなかった。そこは私達の記憶を裏切ることなくビーチで在り続けていたからだ。トランペット班の言うことが真実なら、私達は黒い毒沼で生活しなければならない破目になっていた。

象牙色のビーチ。

真北には灯台。

トロピカルな椰子の木が、あるいは空たかく、あるいは本棚程度に生えている。

……けれど、それだけだ。

「毒沼とか石切場とか、あの墓場は論外として」と波越さん。「ビーチはかなり苦しいですね」

「御免みんな。私、籤運よくないみたい」

「ナミ、やめなさい」と菜花子。「メインベルトは広いわ。とにかく実態を知りましょう」

四人は意気消沈とは言わないけれど、輝く砂が恐ろしいほど綺麗なビーチを、黙々と歩き始めた。私達が幻（？）しか眼にしていない市街地と比べれば、ビーチには安全な家、雨露をしのげる家もなければ、かなりの備蓄があるらしい武器も医療品もない。他方で、ジャングルと比べれば、ビーチには椰子の実・ココナツ・魚介類くらいしか食糧がないし、海の幸は獲るのが大変。そもそも真水が無い。これがジャングルだったら、かなりの確率で清水が湧き出しているだろう。野生動物がいるからだ。建築材料にも事欠かないし、天然の洞窟があることだって夢物語じゃない。ところがビーチには、スカスカとは言わないが、どちらかといえば疎らな椰子の林しかないし、湧き水もなければ井戸もない。しかも体力を奪う酷暑。セーラー服では意外に――というかかなり厳しい。

これらを要するに、まともな選択肢っぽい『市街地』『ジャングル』『ビーチ』のなかで、ビーチは圧倒的に不利なのだ……

島の三分の一を歩き終えて。調べ終えて。

（あ、木陰とベンチはあるか。ささやかすぎる恩恵だけど……

　ここで本が読めたらなあ）

　私は何故か本の匂いが好きだ。あれば落ち着くのだが、このビーチで本を入手するのはあの難曲、『中国の不思議な役人』より難しい。取り敢えず私達は椰子の切り株に座りながら、今後どうするかを検討し始めた。万事、積極的な波越さんが口火を切る。

「まず家をどうするか、ですね。昨日みたいにスコールがありますから」

「牧草地は中立地帯――じゃない、共同地帯だから」と私。戦争用語っぽいのは危険だ。

「牧草地に墜落した吉南女子の校舎も共有だよ。音楽室の机が無事だったら、それを四つ、ここへ動かそう」

「音楽室の机――あの、教会にありそうな長椅子ですか？」

「うん。あれならヒト一人寝られてお釣りが来るし、さいわい椰子の葉っぱは腐るほどあるから、斜めの屋根が葺けるよ。葉をそれなりに重ねれば防水できるし、それを椰子の林に置いておけば、スコールはしのげるんじゃないかな。砂浜に置けばサンベッドにもなる」

「あの、中島先輩、どうにか灯台に入れないでしょうか？」と苗原さん。「かなり有利になると思うんですが……」

「うん、ナエ、私もそう考えた。でも二km以上の遠泳になりそうだし、泳ぎ着いたとして、扉があるかどうかも、あるとして開くのかどうかも分からない。体力が恢復して、ビーチでの生活基盤が整ったら遠征してみる――くらいの考え方が安全だと思うな」

「友梨、飲み水はどうしよう?」

「最悪、山頂の井戸から汲んでくればいいよ菜花子。やっぱり共同地帯なんだから。でも、容器があっても水は重いから、一㎞以上は大変かも知れない。だったら、やっぱり音楽室というか音楽準備室に行って、パーカッションが使っているビニールシートを借りてくればいいよ」

「ビニールシートをどうするの?」

「いたってシンプル。砂浜にそれなりの広い穴を掘って、綺麗にビニールシートを被せる。このトロピカルな島にはスコールがふるから、そのビニールシート池には雨水が貯まる。あまり雨が少ない様だと水が澱んで危険だけど、南国の島っぽいから、最初から心配することは無いんじゃないかな」

「中島先輩、食糧はどうしましょう?」

「それも心配することないよナエ。椰子の実は転落事故が社会問題になるほどすぐ落ちてくるから、木から落とすのは難しくない。吉南女子の校舎からコンクリや鉄筋は手に入る。だから固い椰子の実を割ったり、穴を開けたりできる。中身はスポーツドリンクっぽいココナッツジュースが一ℓ。肉の部分はわさび醤油でいけるほどイカの味がするらしいよ。それに落ち着いてきたら、灯台の探索とあわせて、フィッシングに挑戦してみてもいいと思う。でも、いきなり魚は上級編かも知れない。先ずは波打ち際で、生態を観察しながら貝類を捜そう」

「友梨、すごいねえ」と菜花子。「全然知らなかったけど、アウトドアの達人？」

「あ、いや、それは、耳学問で」

トランペットの和音がこっそりレクチャーしてくれたとは言い難かった。他の娘、例えば佳純は別論として、和音はクラもホルンも敵視してはいない。彼女は秘かに教えてくれた。もっと島のことを知る必要があるし、山頂校舎は防御陣地としては脆弱すぎる。分散した方が、生存率が高くなる。喧嘩離れだと知れば、第三者も油断する等々――

（何者なんだろう、あの娘）

「でも、中島先輩」

「なに、ナミ？」

「やっぱりありましたね、市街地。翡翠の市街地」

「ナミ、それはまだ分からないわ」と菜花子。「ビーチとの右の境界線から、市街地らしきものが見えただけよ」

「でも、位置関係は合ってます。ホルンとペットが地図に描いたとおりに」

「それは確かに……そして、ジャングルもまた実在したわね。ビーチとの左の境界線の先に」

もし市街地があるのなら、私達が通った墓場はどうなっているのだろう。私は殺されてしまった奈良橋さんに、まだあの美しいリラを手向けていないことを思い出した。赤の墓場をあざやかに飾っていたリラの樹の花を。しかし、それを今ここで話題にする気には、どうしてもなれなかった。

「中島先輩、棗先輩、できれば市街地へ入ってみたかったですね」

「南友佳、それは危険よ」と波越さん。「神薙先輩の剣幕だったら、いきなり蜂の巣にされても不思議はないもの。市街地の特産品は、どうやら豊富な武器らしいから」

「ナミ、佳純だってもちろん莫迦じゃないし、響子がついているわ。滅多なことはさせないと思う。けれど、取り敢えず私はナミに賛成する。みんな疲れているし、混乱しているし、家に帰れるかどうかも分からない。分散居住するっていうのは、良い悪いはともかく多数決の結果なんだから、当面は他のテリトリーを侵害して、刺激するのはよくない」

「それにいつか気付くわ」と菜花子。「こんな戦争ごっこは莫迦莫迦しいって」

「それが最上のシナリオ。そうでなくとも、私達が魚介類を輸出することができるようになったら、交易ができるわ。市街地やジャングルで新鮮な魚は食べられないし、魚醤だって商品になる。相互依存経済が確立すれば、戦争なんてやっていられなくなるはずよ。

だからナミ、ナエ。しばらくはビーチリゾートを満喫しましょう。衣食住の段取りがついたら、みんなで泳がない？」

「だって中島先輩」と波越さん。「水着も何もありませんよ？」

「いいじゃん下着か裸で。どうせスコールが来たら、服ぜんぶ脱いで天然のシャワーだし」

「こ、困ります!!　こ、心と——いえ心の準備が」

「そんなこと言ってナエ、私より胸、大きいじゃん？」

「そういう問題だけじゃないですから!!　先輩だってそうでしょう!?」

　みんなで爆笑したその刹那(せつな)、私達は違う意味で飛び上がった。だっていきなり背後から——

「あら〜、もう喧嘩しちゃったの？　それ、歴代最短記録よ？」

「誰っ!?」

　私は切り株を起って後方に機関銃をむけた。菜花子も焦(あわ)てて拳銃を翳(かざ)す。

「銃を下ろして。アタシは戦争に来たわけじゃないわ」

「誰だか分からないのに銃は下ろせない」と私。「この島の人？」

「アタシのこれ、何だか解る？」

「……き、機関銃」

「アタシは背後を獲(と)っていたわ。指をちょっと動かすだけであなたたちは全滅——だったはずでしょ？」

「……ならせめて、あなたが誰なのか教えて」

「アタシはおシマ」

「お、おシマ？」

「安心して。敵じゃない。敢えて言えば、このビーチの管理人みたいなもの。あなたたちが撃たないなら、アタシはあなたたちを歓迎するわ」

「……解った」

「友梨⁉」

「菜花子、拳銃を下ろして」

「……う、うん」

相手は一人。こちらは四人。相手は機関銃を持っているが、奇襲してはこなかった。登場したのは真っ昼間。しかも、銃を捨てろとも言わなかった。ただ下ろせと言ったのだ。よほどの度量と観察眼がなければできることじゃない。結論。この人は敵じゃない。

「これでいい？」

「ありがとう。お友達は久しぶりよ。あなたたちも、訊きたいことたくさんあるでしょ？」

――私はその『おシマさん』を改めて見凝めた。

艶消しの黒い、しっかりしたTシャツ。カーキとオリーヴドラブの迷彩ズボンに肉厚のブーツ。カーキとオリーヴドラブ、この二つの色は説明が難しいが、取り敢えずカーキはジャングルの泥っぽい茶、オリーヴドラブは自衛隊さんのどっぷりした緑としておこう。腰の剛毅なベルトにはサバイバルナイフと拳銃ホルスター。機関銃用だろうか、金色の銃弾が、肩から襷掛けに――バッテンに下げられている。頭は短く刈りこまれ、形としては縦長のダルマを思わせる精悍な顔では、髭の剃り跡が青々と輝いていた。いや、これだけだったらそれこそレンジャーさんか何かだ。でも『おシマさん』のある意味ユーモラスなところ、したがって私がこの人を攻撃できなかったその特徴は、何と言っても、ビューラーでも使っているのかとツッコミたくなる見事に乙女チックな睫と、ほんのり加減させたアイシャドウ、そしてあきらかにリップクリームではない唇の色だった。しかも外見は、四十歳代。

そう、所謂オカマさん……言うならばミリタリーオカマさんだ。

「あら友梨、何その眼は～？　オカマを見るの初めて？」

「そ、それは初めて、だけど――なんで私の名前知ってるの!?」

「こんな島、こんなビーチよ？　あれだけ大きな声で喧騒いでたら嫌でも聴こえるわよ。だから来たのアタシ」

「す、するとひょっとして、おシマさんはこの島の先住民さん、なんでしょうか？」

「先住民かあ。そうね～、もう三〇年は暮らしている勘定かしらねえ」

さ、三〇年!!

あの動じない波越さんをふくめ、クラ四人総員が文字どおり飛び上がった。

その反動だろうか、私のお腹がぐぅ～、きゅるきゅると派手な音を立てた。うう、朝練でも夜練でも、時折クラリネットより大音量で鳴るこのお腹。女子高生は燃費が悪い。

「あらあら、昨日からろくな食事もしていないんでしょ？　いらっしゃい、お腹いっぱい食べさせてあげる」

「おシマさんは、このビーチにお住まいなんですか？」と菜花子。「私達メインベルトを――このビーチを懸命に調べたのに、お家（うち）なんか、どこにも」

「事情があるのよ。それも追々説明するわ。ついてきて」

……いきなり殺されて食糧にされる心配は無さそうだ。私は他の三人とアイコンタクトをしてから、とっとと歩き始めたおシマさんを追い掛ける。彼女……彼は、少し離れたところで椰子の林に入っていった。

「おシマさん」

「ん？」

「日本語が通じるみたいなんで、自己紹介します。私達は東京にある――」

「――吉南女子（きちなんじょし）の生徒さんでしょ」

えっ。

「ど、どうしてそれを」

「吹奏楽部、みたいね」

「そ、そうです。私達は吉南女子吹奏楽、クラリネットパートの四人です。私はパートリーダーの中島友梨、こちらは三年の東菜花子（なつめなかこ）、この二人は二年の波越鳴美（なみこしなるみ）と苗原南友佳（なゆか）です」

「気に入ったわ」

「え？」

「きちんと自己紹介ができる娘は、オカマの人権を尊重するものよ」

よく解らないまま、私達は椰子の木立の密度がやや濃くなった樹林に入っていた。灯台が見えなくなるほどに茂っている。そして、苔むした切り株が、幾つか。おシマさんは直径三〇㎝くらいの切り株をどんどん無視すると、一瞥したところ三本の椰子の間に隠れている六〇㎝くらいの切り株の直前で、止まった。隠れていると言っても、ちょっと注意して見ればすぐ発見できる程度の隠れ方ではあったけど。

「椰子で六〇㎝はちょっと目立つからね～。

友梨っぺ、この大きな切り株、ちょっと動かしてみて」

「ゆ、友梨っぺ……わ、解りました」

私は求められるままその大きな切り株をぐっと押した。微動だにしない。逆方向からまた押してみた。結果はおなじ。引っ張ったり上から押さえたり――無駄だ。動かない。

「他の娘も試してみて――ね、座ったり押したりしただけじゃ、絶対に動かない」

ところが。

おシマさんが切り株の根をぱちん、ぱちんと操作すると、まるで何かのハッチの様に、切り株は根元からぱかりと開いた。

「機械仕掛けの椰子の根、というわけ。さあどうぞ。階段が狭いから気を付けて」

Ⅳ

――とにかく食べた。

魚介類ばかりだったけれど、焼き魚、煮魚、お刺身、雲丹にハマグリ、あら汁。御飯がほしくなるが、さすがにビーチでは無理っぽい。それでも林檎ダイエットを始めていた私達にとって、温かい普通の食事は、何よりの心遣いだった。しかも、食後にはココナツミルクのプリン（成程、牛がいたから作るのは難しくはない）とハーブティ。

「あの、おシマさん、このハーブティは何ですか？」

「ああ友梨っぺ、それは椰子の葉茶よ。中東ではポピュラーなのよ」
や、椰子の葉茶。でもハーブティとして違和感はまったくない。丁寧に淹れてくれてあるので、鎮静効果が出ているみたいだ。

「おシマさん」と私。「私達を殺さないでくれて、ありがとう」

「莫迦言わないで。こんな所で女同士殺し合って、何の意味があるのよ」

おシマさんと私達。クラとホルンとペット。女同士。いろいろ言いたいことはあったが、取り敢えず飲みこんだ。

――ここは、地下壕。

切り株（フェイク）のハッチから急勾配の階段を下りると、いやかなり下りると、そこはまるで核シェルターだった。周りはコンクリートで蔽われているし、生活必需品はこれでもかと備蓄してあるし、太陽光発電で何と電化製品まで使えるし、武器弾薬の類も私達女子高生十三人なら一〇回全滅させてなおお釣りが来るほど取り揃えてある。真水はスコールを濾過したものの備蓄があるし、もしスコールがなかったら、焚き火をガンガン焚けばいいそうだ。ガンガンに。この孤島では、狭い世界の気流が派手に乱れるのか、かなりの高確率で勝手にスコールを呼んでくれるとか。

私達はおシマさんが果物の昼食を摂っているあいだにも、彼女を質問攻めにしていた。以下、『彼女』で統一してしまおう。しかしその彼女・おシマさんは何故か馴れている様子で、まるで質問の趣旨を知り尽くしているかの様に、一を訊けば一〇まで、徹底的に答えてくれた。

「明るいですね、ここ!!」と私。「蠟燭が作れるんですか？」

「オリーヴランプの方が面倒がないわ。蠟燭よりまぶしいほど明るいし、オイルと芯があればいいし、オリーヴの実は腐るほど獲れるし、オリーヴオイルなんてすぐ採れるから」

「おシマさんは、何故この島に来たんですか？」

「友梨っぺたちと一緒よ。吹き飛ばされてきたの。アタシの手製カレンダーが正確なら、三〇年前にね。あっ、女性に歳を訊くのはいけないことよ」

「吉南女子を御存知のようですが、それはどうして」

「吉南女子の隣にね、今はどうか知らないけど、大学があったのよ。アタシの両親が、そこの研究者だったの。学者」

「でもおシマさん、大学生の歳……じゃあ……その、なかったですよね？」

「うーん、誘導尋問っぽいけど、まあいいか。アタシ、小学生だったわ」

「吹き飛ばされてきた、というのは？」

「ここ、シェルターっぽいでしょ？　実はこれ、大学の研究棟の一部だったの」

「それじゃあ、ひょっとして、その研究棟ごと」

「アタシの両親は数学者だったんだけど、ある晩のことよ。母親は帰宅していて、父親がどうしても泊まりこみしなきゃいけなくなった。そこで母親は、父親に着換えとか洗面道具とかを持ってゆくついでに、アタシと一緒に外食をしてしまおうと思ったのね。だから自動車で大学に乗り着けて、研究棟にアタシと入って——

後は友梨っぺたちと一緒の経験だと思うわ。突然、備品が持ち上がったり時計が逆回転したりして、とても強いけどとても変な感じのする衝撃を受けたら、研究棟はこのビーチに墜落していた、ってわけ」

「それからずっと、この島で？」

「そうね、父親は九年前に、母親は六年前に死んでしまったけれど。でもアタシ、当初は小学生だったでしょ？　教育が受けられたのは本当、救かったわ。それに両親は山岳部カップルで、サヴァイヴァルのノウハウを知っていたから。あと自家発電機とか、太陽光発電とか冷蔵庫とかコンロとかは、もちろん三人が生き残る上でとても貴重だった。幾つかあった消火器は、むしろ武器といえた。他の部屋にはマグネシウムリボンさえたくさんあったから、当初、着火には重宝したわね」

「研究棟は、最初から地下に埋まってしまったんですか？」

「もちろん違うわ。それだったらアタシたち生き埋めだもの。三〇年の間に、すっかり砂丘の下に隠れてしまったの。でもそれは好都合だったわね。この島はそれなりに物騒だし、隠れられたり立て籠もれたり、物資を盗まれずに保管できたりすれば、生き残るのに有利だから。あの切り株の入口も、アタシのお手製よ。

何せ水なら飲料水タンクがあるし、スコールを自然に濾過できるから、食糧の調達以外、することがないの。だから、このシェルターの改良が日課みたいなもんだったのよ」

「……あの、おシマさん」と菜花子。「この島が、その、物騒だっていうのは、つまり」

「あら？　ええと、あなたはナカちゃんね。

ナカちゃんたちも、もう遭遇したんじゃない？」

「まさか、シルエット人のことでしょうか？」

「シルエット人――ああ、影族たちのことね。でもそれだけ？」

「はい、島で会ったのはシルエット人と、まさに今お会いしているおシマさんだけです」

「この島には、現在の所、三種類の住民がいるのよ」

「そうよナカちゃん。第一の種類は、影族たち。第二の種類は、光族たち」

「さ、三種類、ですか」

「光族」

「会えば分かるわ。第三の種類は、あなたたち吉南女子の女子高生と、アタシよ」

「おシマさん」と苗原さん。「シルエット人──影族たちは、複数いたみたいですが」

「ナエちゃん、だったっけ？　そのとおりよ。影族たちは、最近死んでいないのなら、七人いるはず。光族たちは、同様の前提で、九人いるわ。どっちもこの島に嫌われているから、例えば怒り狂った野生動物に殺されるリスク、アタシ達より高いの」

「この島に嫌われている……？」

「あなたたちも、最初は野生動物の襲撃を受けたりしたんじゃない？　あれが続いているのよ。まあ、必ず襲ってくると解っていれば、確実に自衛するし、武器はワンサカあるから、そうそうカンタンには死にゃしないと思うけどね──あのヘンテコな奴等も」

「どちらも、ずっと、嫌われているんですか？」

「どちらも、ずっと。ただ野生動物の動きを観察していると、影族たちの方が、光族たちよりも、激しく嫌われている感じもするわね」

「影族や光族は、この島のどこにいるんですか？

　実は、永澤先輩っていう私達クラリネットの先輩と、志築先輩っていうサックスの先輩が、その、シルエット人に誘拐されてしまったんです」

「ナエちゃん、誘拐されたのは二人だけ？」

「あ、はい、二人もですけど」

「それから襲撃を受けたりは？」

「ありません」

「……なら威力偵察か、情報収集ね。だって二人で充分なわけ、ないから」

「そうすると」と私。「もっともっと、必要だと」

「わるもんにとってはね、友梨っぺ」

「わるもん？」

「あまりにも童話的だから、おかしくて笑っちゃうかも知れないけど、アタシは大真面目だからよく聴いて。光と影。彼女等は、激しく敵対しあっているわ……ただ先にナエちゃんの質問に答えると、光族はジャングルに、影族は市街地にアジトを持っている。そしてお互い、隙あらば相手を全滅させてやろうと目論んでいる」

「それは何故です？」

「あなたはナミちゃんだったわね。ナミちゃん、その苛烈な闘争の理由というのは、怨みからよ」

「怨み」と波越さん。「どんな？」

「彼女等はそもそも――」

「すみませんおシマさん。あれは女なんですか？」

「あら御免なさいナミちゃん。何せ、歴史的経緯というと大袈裟だけど、それなりの因縁話だから、説明の切り口が難しくって——そう、光も影も、すべておんなよ。もっと言えば、どちらも元々は女子高生、さらに言えば、どちらもあなたたちの大先輩よ」

「ええっ」と私。「それじゃあ、吉南女子の」

「しかも吹奏楽部員のはずよ。直接、双方向のコミュニケーションをしていないから、分析の結果だけど」

「どうして」

「あなたたちと一緒よ。吉南女子の校舎ごと墜落してきた。アタシたちが島に落ちたのは三〇年前だって教えたわよね？　影族たちが飛ばされてきたのは二〇年前、光族たちが飛ばされてきたのは一〇年前。そして今回のあなたたち。どうやら、吉南女子周辺では、一〇年サイクルでこの現象が発生するらしいの。

あっ、今は便宜上『影族』『光族』と説明しているけど、もちろん墜落当初はあなたたちと一緒の、ヒトの姿をしていたわ」

「ひょっとしてもしかして、あの牧草地の、島の中心の木造校舎というのは……」

「あれは光族たちの、一〇年前の校舎」

「シルエット人の、二〇年前の校舎は？」

「一〇年前の、つまり現存する校舎につぶされた上、風化したり資材にされたりして跡形も無いわ。やっぱり木造校舎で、しかも二〇年前の奴だもの」

「すみません、まだ序の口だと思うんですが」と菜花子。「整理すると、二〇年前と一〇年前、吉南女子吹奏楽の女生徒が、校舎と一緒に墜落してきた。二〇年前の大先輩は今はシルエット人で、一〇年前の先輩は、見ていないから解らないんですけど、今は光族である。そして、シルエット人と光族は、怨みによって激しく敵対している」

「そのとおりよナカちゃん、頭いいわねえ～。

　そしてナミちゃんが訊いたわね、その怨みとは何かって。

　まあいいもんとわるもんだから、いつかは戦争になっていたでしょうけれど……最初は協力的だったのよ、アタシも隠れて観察していたからよく解った。『二〇年前組』は、途方に暮れていた『一〇年前組』に島のことを教え、生きてゆく術を教え、乏しい物資を分け与え、共存共栄を目指した。でも、とある重大な問題をめぐって、ふたつの集団に亀裂が生じた。いいもんには悪意が無かったけれど、わるもんにとって許されないことをした――

　さてそこからがわるもんよ。徹底して報復をする傍ら、いいもんが奪っていったものを、今度は自分達が独占しようとしたらしい。そのために、いいもんを襲撃する様になった。それ以来、いいもんとわるもんはもう不倶戴天の敵――あなたたちのいうシルエット人がお友達を誘拐したというのなら、それはこの争奪戦の一幕としか考えられないわ。わるもんも、もう手段を選んでいないから、かなり焦っているんでしょうけれど」

「おシマさん、シルエット人が争奪戦までしている、その資源というのは？」

「友梨っぺ、それは、昨日まではアタシだった。今はもう、あなたたちよ」

「私達の何なんですか？」

「血」

「血……？」

「アタシ、この三〇年間で一度だけ、そう六年前のことなんだけど、油断しちゃったことがあるの。満月の浜辺で漁をしている時だったわ。いきなりわるもん数人に襲撃されて、薬品で眠らされて、奴等のアジトに拉致された。

そこで何をされそうになったと思う？」

「血を」と波越さん。「抜かれそうになった？」

「そのとおりよ。市街地で手に入れたんでしょうね、注射器もあったし輸血キットもあった。ううん、そもそも、市街地にはちゃんとした病院・研究所の類まであるの。そこだけは、まだ生きているとすれば、自家発電装置があるくらいの本格的な施設よ。

でもいずれにしろ、アタシの近くに医療器具を置くなんて無謀そのものだわ。あんな姿だから直撃は難しかったけど、眼や頸動脈にダメージを与えた上、隠しとおせていたマルチパーパスナイフで縄を切って、三、四人無力化してからどうにか逃亡した。ま、死んではいないはずだけどね、わるもん」

「とすると、おシマさんが光とも影とも交流しないのは」

「血を抜かれるなんて真っ平だし、そもそも奴等の殺し合いに興味ないし、もっと言えば帰る意欲がないからよ」

「それはつまり」と菜花子。「日本へ、家へ帰るつもりがないということですか？」

「若い頃は違ったわ……

でもねえナカちゃん、アタシこんな絶海の孤島で三〇年生きているのよ？　今更、三〇年後の日本に帰っても、まさかＯＬになれるわけないしね〜」

「お、ＯＬ……」

「うん。

もっと本当のことを言うとね、独り暮らしになってから、それまでできなかった、やりたかったけどできなかった、おんなとしての生き方ができるようになったから。だから、現実の日本よりは、この島の方がたぶん、人生楽かなあって。オカマ差別は、特にアタシみたいなオカマの差別は、どれだけ時代が過ぎても、あんまり変わらないだろうから」

「あの、ふたつ、教えて下さい」と菜花子。「まず、ここは絶海の孤島なんですか？」

「正確には違うけど、そう考えても結論は変わらないのよ」

「……よく解りませんが、近くに大陸があるとか、そんな話は」

「ナカちゃん、ビーチから灯台が見えるわね？」

「は、はあ」

「あれは丁度(ちょうど)、この島の真北から二㎞の位置にある。そして、この二㎞というのが島の絶対的な領域なの。この島の中心が木造校舎なのは知っているわね？　そこから三・一㎞先が海岸線だということも」

「はい、それは調べました」

「その海岸線から二㎞の真円が、この世界のすべて」

「えっ」

「そうなの。ここは日本でもなければ海外でもないし、ましてアタシ達が暮らしていた世界でもない。ここは閉じた世界。物理的な方法では絶対に脱出できない、閉じた空間なの」

「そ、それは、どうやって解ったんですか？」

「ナカちゃんの気持ちはよく解る。けれど真実なの。何故証明できたかといえば、光族も影族も、そしてアタシも舟を出したからよ。それはそうよね。家に帰りたければ、こんな孤島からとっとと逃げ出すべきだもの。ちなみにアタシは遠泳も試みたけど――

舟が進めたり、泳ぎ続けたりすることができるのは沖合二㎞地点まで。そこからは、どれだけ漕ぎ進めたつもりでも、泳ぎ続けたつもりでも、絶対に島の海岸線へ帰ってきてしまう、絶対に。といっても信じたくはないでしょうから、アタシが隠してあるボートを使って、船出してみるといいわ。どの方角へ何度アタックしても、必ず海岸線に帰ってきちゃうから。あの絶望感と徒労感は、すごいわよ～」

「空間が、閉じている……」

「アタシは両親と違って学者じゃないから、それが正確な表現かどうかは知らないけどね。どのみち島から二㎞以上離れられないのなら、絶海の孤島と一緒。さっきの言葉はそういう意味――それでナカちゃん、もうひとつの質問っていうのは？」

「あ、はいおシマさん。確かおシマさんは、自分が光族とも影族とも交流しないのは、帰りたくないからだっておっしゃいました」

「そのとおりよ」

「だとすると、光族と影族は、帰りたいんですか？

いいえ、帰る方法があるんですか？」

「ある。だから戦争をしている」

「えっ」私は吃驚してばかりだ。「ど、どうやれば……どうすれば帰れるんですか⁉」

「――アタシの両親が数学者だったって話はしたわね、友梨っぺ？」

「は、はい」

「両親はまだ小さかったアタシを元の世界へ帰そうとして、様々な研究や実験をした。そして父は父の遺言を残し、その死後かなり経って、母は母の遺言を残した――

父の遺言から説明するわ。

この世界は自分達の世界とは完全に隔絶している。ひょっとしたら、ここは『マイナスの世界』なのではないか」

「マイナスの、世界……」

「といっても反物質とか、反粒子が日常的に対消滅している世界でもない。だってここ、牛さんが長閑に草を食べている牧歌的な世界（光族と影族にとっては猛牛狂牛だけど、それは措くわ）、ううん、アタシ達がいた世界とまったく変わらない世界に見えるんだもの。それにそもそも対消滅だなんて言ったら、こんな島、林檎の種ひと粒未満の対消滅で跡形もなく消え去っているはずよ。原子力の一、〇〇〇倍のエネルギーが発生するんだもの。あるいは、ここで物理法則がさかしまに働くわけでもない。時間が逆流することもない。

でも。

絶対にアタシ達のいた世界とは接しないし、連絡をとることも脱出することもできない――

ここで。

友梨っぺ、マイナス一個の林檎って、想像できる？」

「うーん、無理です」

「どうして？」

「私達は数直線の、0より大きい世界に生きていますから。言い換えれば、私達が現実世界で認識することができるのは、数直線の右側部分、しかも0以外の部分です。ところが、マイナスの世界は数直線の左側部分。それは私達の理屈の世界。だから私達は0個の林檎を想像することすらできないし、ましてマイナス一個の林檎だなんて」

「あらすごい、友梨っぺ理系の人？」

「うーん、なんちゃって理系、なんですけど」

「でもそのとおりなのよ。アタシ達が現実世界にいる以上、数直線の右側にあるもの、例えば一〇〇個の林檎、三挺の機関銃——等々しか認識できないわ。

　けれど父はこう考えた。

　何らかの拍子で、自分達が、数直線の左側に跳躍してしまったのなら——そのときは——」

「そのときはマイナス一個の林檎が見える」と私。「でも私達が既に数直線の左側にいる以上、それはマイナス一個の林檎とはいえず、まさに一個の林檎としか感じられないはず——マイナス人にとってのマイナス一個の林檎は、すなわち私達にとってのプラス一個の林檎とおなじだから。

　あっ、だから御父様は」

「そう、ここが数直線の左側の世界だと仮定したら、瞳に見える世界は世界のままなのに、どうしても元の世界へ帰ることができない理由が説明できる」

「けれど、それがマイナスの世界、数直線の左側の世界だというのは想像に過ぎませんよね？」と波越さん。「理論的には、どんなパラレル・ワールドでもいいような気がしますが」

「最初、父はおなじ疑問を持っていたわ、ナミちゃん」とおシマさん。「でもやがて、吉南女子の女子高生たちが墜落してきた。二〇年前、最初の時のことよ。最初はアタシ達とおなじ、ヒトの姿をしていたわ。それが影族になり、あるいは光族になった。父が秘かに観察を続けた結果、その変貌の原因というのが」

「血液だった？」

「そうよナミちゃん、仲間どうしでの輸血だったのよ。誰かが大怪我をしたときのね」

「具体的には、ヒトの姿からどう変貌したんですか？」

「わるもんになった」

「輸血された人が、ですよねもちろん」

「そう。そしてそれを知った二〇年前の女子高生たちは、自分達で血液をやりとりして、すべてあの姿に変貌した」

「それがマイナスの世界とどう関係してくるんですか？」

「女子高生たちは、すべておなじ世界から来た。つまり、おなじ属性を持っている。それが、血液をやりとりすると一目瞭然で属性が変わる……

符号が一緒で、掛け合わせたら属性が変わるのは？」

「マイナス──符号が一緒だという前提なら、マイナス×マイナスしかありえない」

「そうよ友梨っぺ。ということは、女子高生たちの属性は既にマイナスだった。それが、掛け合わせることによってプラスになった。だから外貌が変わった。わるもんにね。そして、その意味を自分達で理解した」

「というと？」

「マイナス属性の世界で、プラス属性になれる。したがって、道さえ開ければ、プラス属性の世界、すなわち数直線上の右側の世界へ帰れる。家に帰れる」

「成程（なるほど）――あれ？　でもおシマさん、種族はもう一種類、いますよね？」

「ああ、いいもん。いいもんは、さらに輸血をしているのよ」

「自分達でですか？」

「ううん。新しい女子高生――一〇年後に墜落してきた女子高生と」

「ちょっと、こんがらがってきました。二〇年前の大先輩は、ええと、相互で輸血をしたからわるもんに変貌したんですよね？　これがステップ一」

「そうよ」

「で、また一〇年後に、今度はヒトの姿をした女子高生から輸血を受けた。これがステップ二」

「そうなるわね」

「すると、いいもん＝二〇年前組の属性は既にプラス、わるもん＝ヒト＝一〇年前組の属性は、さっきの前提からすれば墜落してすぐにマイナスだから――いいもんは、またマイナス属性にもどっちゃいますけど。プラスとマイナスである以上、もうプラスにはなりえません」

「そこが知恵の使い所よ。父は女子高生たちの様子を盗み聴いて、そのパズルを解いたわ。といっても、あきれるほど単純なものだったけれど——マイナス×マイナスはプラス。だとすれば、今度は、マイナス属性の血を持っている二人の、別々の女子高生から、必要量×二の献血を受けて、それらを混ぜ合わせればいいのよ。そうすればそれはプラス属性になる。その輸血を受ければ、プラス属性にさらにプラス属性を加えることになり、よりプラスの血が濃くなる。

ただこのあたりで、当然というか、二〇年前組と一〇年前組とで、利害の違いから、大きな諍いになった。必要量の多さも問題なら、計算上、どうしても皆が一緒の状態になれないというのも問題だったらしいわ。結論として、いいもんの姿とわるもんの姿、あの二種族の姿に固定され、もう一〇年も戦争をしているのよ——といっても、直接、衝突してドンパチできるわけじゃないし（絶対に直接接触しようとしないわね）、行動が大きく制限されているから、アタシにとってはほとんど危険はないけどね」

「どうして直接戦争できないんですか？　行動の制限と関係あるんですか？」

「ああ、憶えておくといいわ友梨っぺ。例えば影族、あなたたちの言うシルエット人ね、あれ真っ黒じゃない？　本当に真っ黒なのよ。だからかも知れないし、他にも理由があるのかは解らないけど、日が没すると行動できなくなるの。反対に、光族は、まあ今度会えば分かるとおり、日が没さないと行動できない。昼と夜。光と闇」

「いいもんとわるもんは、だから、接触できないんですね」

「払暁と黄昏の、ごくわずかなシンクロ時間をのぞいてはね。それはこの島のルールよ。

絶対に接触できないわ。したいとも思っていないでしょうけど」

「あの、おシマさん」苗原さんが挙手した。「難しくて、まだ解らないことがあるんです。教えて下さい」

「どんとこい、よ」

「まず、整理すると——例えば私が必要量の血液を、例えば中島先輩からもらうと、プラス属性のわるもんになる。さらに二倍量の血液を（例えば『東先輩一』対『鳴美一』のカクテルですけど）もらうと、いいもんになる。いいもんは、最もプラスの属性が、いわば濃い」

「うん、そういうこと」

「そうしたら……本当にプラス属性が濃いと、プラス属性の世界に帰れるんでしょうか？」

「ナエ、こういうことじゃないかしら」と菜花子。「友梨も言ったけど、数直線上の右側の世界では、マイナス属性のものは存在できない。もし存在できたとしても、対消滅するかも知れない。だから、道をどう開くかは分からないけど、まず自分達をプラス属性にしておくのが、必要条件だ——こういうことじゃないかしら」

「はい、東先輩、それは解ります」と苗原さん。「でも、だからこそ解らないことがあります。プラス属性の世界でマイナス属性のものが存在できないのなら、そもそも、この世界でプラス属性の血を持つこと、それを濃くすることもまた、不可能なんじゃないでしょうか？」

「あっ……それは、確かに」

ここでおシマさんは、苗原さんを吃驚したように見凝めた。そして、しみじみと言った。

「あなたたち、本当に賢いわ……そしてナエちゃん、憶えている？　アタシの父は父の遺言を残し、そして母は母の遺言を残したと」

「あっ、はい」

「母は、父が死んでからずっと、父が立てた仮説に疑問をいだいていたの。父が観察した事実は正しいわ。さっきナエちゃんが纏めてくれた、光族と影族になる方法、特にその血液量……けれど、どうしても克服できない難点。それは対消滅の問題であり、もっと一般化すれば数直線を跳躍する問題よ。もし、この『マイナスの世界』というのが『反物質の世界』と一緒だとすれば、プラスの血液を生成したその時点でこの狭い世界は吹き飛ぶ。まるごと。他方で、この『マイナスの世界』というのが『数直線の左側の世界』を意味するだけだとすれば、反物質でできてはいないから対消滅の問題は解消できる。けれど、数直線の左側（マイナスの世界）に何故プラスの血液が存在できるのか、まったく説明できない。マイナスの世界では、プラス一個の林檎は認識できない。当然、プラス七〇〇ccの血液も認識できるはずがない。

でも、血液を媒介として、現実に、『ヒト』から、光族と影族は生まれている。

だとすれば、父親のモデルは修正する必要があるのではないか——

ひょっとしたら、ここは父親の考えた『プラスとマイナスの世界』ではないのではないか。

そして。

何を思ったか、母は研究成果を携えて、牧草地へ行って呼び掛けたの。いいもん、わるもん両陣営にね。この世界の実像が解った、諍いを止めて皆で協力しようと——

……その母は。

このビーチの波打ち際に、瀕死の重傷を負って打ち上げられたわ。黄昏のことだったから、どちらの陣営の仕業かは未だに分からない。まあ確信はしているけれど、証拠がない。でも本当の問題はそんなところにはないの。本当の問題は、母がその死に際に、アタシに言ったこと——

数直線から、離れるの……ここは、ガウス・アルガンの島……

たったこれだけ。

母の命に、もう少しだけ時間があればねえ」

V

「おシマさんには、心当たりがないんですか？」と私。「ガウス・アルガンの島」

「全然。人名だとは思うんだけど、奴等に訊いて回るわけにもゆかないし、墜落のときに研究室の本は四散してしまったし。ガウスが数学者だってことは解るけど、ガウス・アルガンとなると、別人なのか、そもそも人名じゃないのか。アタシ母の死から六年間ずっと考えたけど、正直、お手上げよ」

ガウス。言わずと知れた数学の超巨星。だからこそ、仮にガウスのことを指しているとしても、ガウスが名を残したどの数学分野のことを指しているのかは特定不可能。おまけに、ガウスのフルネームはカール・フリードリッヒ・ガウスである。

「おシマさんは」と波越さん。「復讐を、考えなかったんですか？」

「まあ、最初はね」

「今は？」

「……難しい質問だわ」

「武器は、たくさんありますよね」

「ナミ」と私。「それはあなたの問題じゃない」

「武器といえば」と菜花子。「ここは比喩的な『絶海の孤島』ですよね？　どうしてこんなに現代的な武器があるんでしょう？」

「ああ、それはカンタンよ」とおシマさん。「島が作るから」

「し、島が？」

「父も母も、解明していた。疑ってもいいわ。けれど事実よ——

　この島は、異物を排除する強い意志を持っている。島に染まる者は生かし、島に叛う者は殺すし、殺し合わせる。そのために、どれだけでも武器は生まれるわ。裏から言えば、いま現在、島には異物がたくさんいる――ということでもあるわね。もちろん全滅するまでは、生かさず殺さずで、水も食糧も与えれば、ある程度の生活必需品も用意してくれる。もちろん、それぞれの地域に見合ったものを、だけれど。そこも島の邪悪な意図なのよ」

「私達は、島にとって異物なんですか？」

「正確には、違う」

「えっ」

「最初の方の話にもどるわ。あなたたち、野生動物に襲われたことは？」

「大蛇と蜂と牛に、思いっ切り襲われたことがあります」と私。「だけど、そういえば――初日だけでした。二日目以降は、むしろ皆、すごく懐かれて」

「残念だけど、それは、島があなたたちを異物とみなさなくなったからなの」

「そ、それじゃあ、私達は『島に染まった』っていうことですか？」

「これも両親の研究成果みたいなものよ。この島で、現実のヒトの姿を採っている者は、島に攻撃されたり排除されたりすることはない。例えばあなたたちや、アタシね。これを裏から言えば」

「光族と影族は」と苗原さん。「島に邪魔者扱いされている。殺し合いをし、殺し合いをさせられている」

「と、考えられるわ。ただ島の邪悪な意図がなくても、いずれ殺し合ったでしょうけどね」

「おシマさんさっき、学校が——女生徒が墜落してくる現象は、一〇年サイクルだって教えてくれましたよね？」

「そうよナエちゃん」

「もしそれも島の意志だと考えたとき、何故、島はわざわざ殺し合わせるために、吉南女子の女の子を呼びよせるんでしょうか？」

「御免、それは解らない」とおシマさん。「この島の考えていることは、現在の所、アタシには解らない。けれど、ほら、あなたたちだってもう喧嘩離れしちゃってるでしょ？　女どうしの集団っていうのは、ほら、そういうものなのよ。それにしてもあなたたちの決裂は早かったけどね、一〇年前組・二〇年前組の戦いに比べたら」

「き、吉南女子の先輩たちは、けっこう、共同生活を上手く続けたんですか？」

「最初の組——正確にはアタシが知っている最初の組、二〇年前組はね。だって一〇年前組が落ちてくるまでの一〇年間、諍いなし分裂なしで暮らしてゆけていたんだもの。まあ、でも一〇年前組が出現してからは駄目ね。どちらのグループも、まるで坂道を転げ落ちるように、戦争へと突入してしまったわ」

「おシマさん」と私。「ひょっとして、平和な一〇年間というのは、最初の先輩方がまだヒトの姿だった一〇年間ですか？」

「――あら、言われてみればそうね。

うーん、記憶がハッキリしないけど、グループ内の輸血でわるもんに変貌したのは、そう、精々、九年目か一〇年目のはずだから……まだあのわるもんの姿じゃなくって、ヒトの外貌をしていた時代、その一〇年間になるはずよ」

「すると、その一〇年間は、島は二〇年前組の先輩を攻撃してはいなかったことになりますか？」

「たぶんそうだわ。だってヒトの姿のままだったんだもの。内紛も分裂もなかったし」

「ヒトの姿だと異物じゃない。けど、光族・影族は異物――

確かおシマさん、光族は九人で影族は七人、っておっしゃいましたよね？」

「最近、誰も死んでいなければだけどね、友梨っぺ」

「異物が一六人。結果論ですけど、私達現代の吉南女子の生徒は一三人。最初、墜落してきたときは二四人でした。もし、島が異物とのバランスをとるつもりだとしたら。まあ、ザル勘定ですけど――」

「あら、それは新説だわ!!　父も母も着想しなかったアイデアよ!!」

「おシマさんから見て、現実的な仮説だと思いますか？」

「……友梨っぺ、それはもう少し議論を詰めてみないと何とも言えないわ。でもアタシが友梨っぺ鋭いと思うのは、島の意志ってものをとても能動的に考慮に入れていること。

だって、島が女生徒を誘拐してくるサイクルは必ず一〇年、ここには絶対に偶発的じゃない意図が感じられるわよね？　そして何故、いつも吉南女子あるいはその近傍から誘拐するかといえば、たぶん、そこにしか超常の力を使えないから。

では何故、島は一〇年おきに超常の力を及ぼせないのか？　もしかしたら

「異物との関係で、島のバランスをとるため——」と私。「——かも知れない」

「ですが中島先輩」と苗原さん。「もし島が吉南女子とつながる超常の力を発揮できるなら、邪魔者はとっとと、プラスの世界ならプラスの世界へ追い出せばいい気もします」

「ナエ、いい指摘だね。でも反対側から考えると、あれだけの、校舎の一棟をまるごと島に呼びよせる力を使えるのに、現実には、異物を追い出せていない。しかも、武器を与えて殺し合わせるとか、野生動物に襲わせるだなんて婉曲なことをしているのは、異物に対抗するヒトは誘拐できても、異物を排出する力はそもそも無い——こういう風にも考えられるわ」

「そうすると、その……『私達が帰る手段もない』。ひょっとして、こうなってしまうのではないでしょうか……」

「あっおシマさん、それがいちばん大事なことでした」と私。「さっき、光族と影族のお話で、自分をプラス属性に変える、それが家に帰る必要条件じゃないかって説が出ましたよね？　ちょっと訊くのも恐いんですけど、だったら——

十分条件はなんなんでしょう？　おシマさんはそれを御存知ですか？」

「御免(ごめん)ね、友梨っぺ……それは、どうやったら元の世界への出口が開くか、という質問よね。それは当然だわ……けれど、重ねて御免なさい、アタシはそれを知らない。両親はアタシを家へ帰すために、それこそ必死で研究をしたわ。だけど、その必要条件すら証明できずに死んでしまった。だって父親の、いわば数直線理論を、母親は『ガウス・アルガンの島』理論で超えようとしていたところなんだから。まして、自分の属性を変えるだけでなく、どうやったらこの閉じた島の扉が開くのかなんて、とても……しかもアタシときたら、光族と影族が邪魔くさいのはともかく、衣食住の心配がないし、さっきは誤魔化(ごまか)していたけど、要するに両親の死後は堂々とオカマやれるもんだから、もう定住の意志を固めているしね。だから両親の研究に興味を持っていないし、記憶であれこれ喋(しゃべ)っているだけだし、帰るための努力をしたことがないのよ。本当に御免なさい」

「そうすると」と波越さん。「私達も、この島の現在の記録でいえば三〇年、そして恐らくは死ぬまで、この半径三・一㎞の孤島で過ごすわけですね？」

「アタシは諦(あきら)めているから何とも言えない。けれど光族も影族も諦めてはいないし、この島には不思議な謎がたくさんあるわ。あなたたち十三人だって言っていたわね？　もし十三人が戦争なんかしないで団結して、その謎を解き明かすことができたなら──

アタシは扉が開くと思うわ。

だってここ、イカレているけど不合理の世界じゃないもの。父も母もそれは確信していた。この島にはこの島の、合理的なルールがあると。だから、挑戦することをやめないかぎり、それが一年か三〇年か九〇年かは分からないけれど、必ず扉は開くわ。だって、扉を開く道を進んでいるんだもの。その道を断念したときがナミちゃん、本当に道に迷ったとき、アタシと永劫を暮らすとき、ここがあなたたちの世界だと確定するときよ」

「だったら先ずと私。「もっとこの島を知らなければいけないですね。謎の毒沼とか墓場とか」

「あら、もう惑わしの洗礼を受けたのね」

「おシマさんは、やっぱり御存知なんですね、島の万華鏡」

「自分達で体感して、体得するのがいちばんだから、あまり理屈で説明しないわ。だから、光族・影族対策をどうするか、そして分裂してしまった仲間をどうするかをきちんと考えた上で、よくよく島を動いて御覧なさい。

大事なこと。

第一条、混乱したら山頂の校舎に帰る。第二条、混乱したら時計回りで帰る。

これで野垂れ死ぬことはないわ。これだけは確実に憶えておいて」

「あの、おシマさん」菜花子は意を決した様に。「教えて下さい」

「なあに、改まって？」

「おシマさんは私達に、とても貴重な情報をたくさんくれました。だから私達も、生きてゆく希望がわいてきました。でも教えて下さい。何故、これまで縁も所縁もなかった、行きずりの女子高生に、こんなに親切にしてくれるんですか？」

……私は思い出した。菜花子の話。拳銃と無線機の話を。だから菜花子の警戒を理解した。けれど、おシマさんはあっけらかんと。

「もちろん、お願いがあるからよ」

「どんなことですか？」

「……アタシが生き残れているのも、両親の御陰。両親はアタシを元の世界へ帰すため、死に物狂いで島の謎を解こうとした。しかも母親は、惨殺されてしまった。そしてアタシは、両親が見たらきっと吃驚するような、おんなとしての人生を送っている。

どんな意味でも親不孝な、アタシがどうするかは別論として。

父親と母親を元の世界に帰してやりたい。

……これ、ふたりの眼鏡。

これをアタシの家のお墓に入れてあげたいの。

もう解っちゃったわよね？

アタシがあなたたちにお願いしたいこと。元の世界への出口を開けて、家に帰って、この眼鏡をお墓にとどけてほしいの。正直、あなたたちはアタシより有利な地点にいる。人数的にも有利だし、光族・影族それぞれに、結果として接近することになるから。軽蔑して。

アタシがあなたたちに救いの手を差し延べたのは、そういうエゴからなの。いわば取引」

「やってみます」

「友梨、そんな安請け合いは――」

「菜花子、どのみち私達は元いた世界に帰る。絶対に。それもはやく。だから私達は謎を解く。それはおシマさんとは極論関係ないよ。私達のしなくちゃいけないことだから。だから扉は開く。それならおシマさんの御両親の眼鏡を持って帰ることなんて、お願い事のうちにも入らないよ。

おシマさん。

偉そうな言い方ですけど、契約成立にしたいと思います。ですから、私達のお願いも聴いてください」

「もちろんよ!!」

「ビーチはいちばんサヴァイヴァルが難しい所。真水がないし、私達には魚が獲れません。スコールをしのぐのも大変。そして、これは予測なんですけど、ビーチでは武器は採れませんよね?」

「御明察よ友梨っぺ。武器の名産地は、島のルールで、市街地だけ。もちろんこのシェルターには充分な備蓄があるけれど、これは市街地を押さえている奴等が動けない時間帯に、時々トラップで死にそうになりながら、長い時間を掛けて集めたものなの。ジャングルでもビーチでも武器は収穫できない。島が武器を生やすのは市街地だけ」

「解りました。

それではお願いなんですが、私達をこのシェルターで暮らさせてください。そしてできれば、一緒に漁をしたりして、一緒に御食事したいんです。どうですか？」

「……もっと大事なこと、あるんじゃないの」

「えっ、というと」

「若い娘が埃だらけで!!　蜂蜜リンスインシャンプーと牛乳石鹸があるから、はやくシャワーを浴びていらっしゃい!!　あ、炭フェイスウォッシュもあるから。剃刀はね、昔、スケバンが二枚重ねで凶器にしていた様な、栞というかカードというか、とにかく一枚ペラの両刃剃刀しかないから、間違えて自殺したりしないようにね!!」

スケバンというのがよく解らなかったけど、とにかく四人から歓声が沸き起こった。

VI

——石畳の市街地というのは、どこか陰鬱だ。

佳純、和音、香椎さん、上郷さん、私。

トランペットの五人はクラ・ホルンと決別すると、山頂校舎から南東へ下りた。ホワイトウォールを越えれば、そこは欧州の石の街。ただし、屋根・石畳・窓枠・街灯、いたるところが緑の宝石で飾られた不思議な住宅街だ。エメラルドがこんなに巨大になれるはずはないし、乳白色(にゅうはくしょく)が混じっていたり、大理石(マーブル)模様になっている石もあるから、翡翠(ジェイド)だろう。クラの友梨は、このエリアには『赤の墓地』があると言っていた。だから心配しなくもなかったが、メインベルトを見渡すかぎり、墓地など影も形もありはしない。ただ、友梨がそんな悪趣味な冗談を言うとは、私には思えなかった。それに『緑の街』と『赤の墓地』。即興(そっきょう)の冗談にしては、対照が綺麗(きれい)すぎる。

近場から確認してゆく。アパルトマンの入口はどれも開放されていて、勝手に入る分には手間がなかったけれど、どれもこれも人の気配がまるでない。あたかも、この街そのものが壮大な模型(もけい)であるように——そう、壮大だ。この孤島は外周一九・五㎞。この市街地のエリアは、海岸線で言えばそのうち六・五㎞を占め、メインベルトの三分の一に展開している。かぎられた壺中(こちゅう)の天地(てんち)とはいえ、五人で捜索をするには手に余る大きさだ。しかも、欧州のアパルトマンの例に漏れず、必ず階数が五階も六階もある。

——六棟の捜索を終えて、私達は結論に至った。

住むには理想的なエリアである。雨露(あめつゆ)がしのげるどころか、高級マンション街といっていいほど。すぐに使用できる居室、すぐに使用できるベッドは無数にある。マリー・セレスト号の市街地版のようなものだ。いないのは住民だけ。

いや、違う。

あの不思議な船のケースでは、温かい食事に飲物がそのまま遺棄(いき)されていた。しかし、この翡翠の街にはそれがない。アパルトマンの一階、欧州でいう地階はブティックであることも多いし、事実、この街にも商店、アーケード、パサージュが存在しているけれど、商品はほとんど無い。衣服も化粧品も装飾品も書籍も電化製品も。いや、それはいい。問題なのは、パンもミネラルウォーターもチーズもサラミもケーキもサンドイッチも缶詰も——要するに水と食糧が全く無いことだ。あるのは機関銃、拳銃、ライフル、サバイバルナイフ、包丁、日本刀、手榴弾、ダイナマイト、ボウガン、斧——まだまだ列挙しきれない武器の類だけだ。もちろん、必要以上の弾薬も。どういうことだろう？

——私達は十字路の角に位置するアパルトマンを選び、その最上階・六階の角部屋で、取り敢えず善後策を練ることにした。

「響子、悪い報せよ」と佳純。「インフラは全滅」

「すると水も？」

「御立派な翡翠のバスルームがあるのに、どういう嫌がらせかしらね。水道という水道はすべて死んでいるし、電灯も蛍光灯もあるのに電気は点かないし、御立派なシステムキッチンは火が使えない。当然、冷蔵庫もただの箱よ。電気水道ガスすべて駄目」

「なら当然、期待していた電話もインターネットも」

「それらはもっと悪いわ。だって影も形も無いんですもの」

「『市街地』籤はすなわち衣食住のうち『住』しか当たらない籤だったのね」

「有り余る『武器』を別論とすればね。

セーラー服を洗濯して、アイロンまで掛けられると期待していたんだけど」

「和音(かさね)」と私。「どう思う?」

「セーラー服?」

「違うわよ」思わず苦笑した。「武器しか無いこと」

「不利ではないわ」

「というと?」

「乾いた燃料が幾らでも確保できる。私達は元々着火物を持っている」

「でも和音」と佳純。「水も食糧も無いのよ?」

「スコールがある。資材も多い。濾過(ろか)装置(そうち)はカンタンに作れる。煮沸(しゃふつ)も二十四時間できる」

「食べ物は?」

「狩ればいい」

「ジャングルもビーチも敵地よ」

「それは認識を異にするけれど」と和音。「牧草地は共有。野生動物を狩ればすむ」

「そうそう獲物(えもの)があるかしら。

それに救助がなく、長期戦になったら絶滅することだって――」

「長期戦にはならない」

「何故?」

「交易が成立するからよ。ジャングルからは清水と果物と薬草が。ビーチからは魚介類と塩と魚醤が」

「私達には何も無いのよ？」

「武器があるわ。燃料もね」

「武器と燃料……」

「生木では満足な煮炊きはできない。そして肉と魚介類を効率的に獲るとしたら、銃と爆薬は垂涎の的になる。さかしまに肉と魚介類が輸入できれば、雨露に影響されないキッチンで加工できる。その料理は再輸出できる」

「敵対する理由は無い」と私。「そういうことね和音？」

「一年、ううん、一箇月喧嘩している方が余程難しいわ」

「クラリネットはどう思うかしらね」と佳純。「奈良橋さんが殺されているから」

「犯人を検挙すればいい」

「――それこそ大戦争の引き金になるんじゃない？」

「ならないわ佳純」

「どうしてよ」

「犯人は私達十三人ではないから」

「だ、断言するわね和音……まさか、シルエット人が犯人だと？」

「この島にはシルエット人以外の第三者がまだいる。私達はそれを調べる」

その刹那、窓から見張りをしていた香椎さんと上郷さんが悲鳴の様な声を上げた。

「か、神蔵先輩!!」と香椎さん。「し、シルエット人です、十字路に立っています!!」

「シイ、何人いるの？」

「二人です」

「何でしょう、あれ……」と上郷さん。「……白い布。ひょっとして、白旗？」

私は窓枠に駆けよった。見間違えようがない。この真昼に真っ黒な影。姿形はヒトだが、ここまで純黒だと、どうしても生理的な恐怖感が先に立つ。だが二人並んだシルエット人は、そのひとりが、確かに旗竿の様なものを掲げている。躯とのコントラストが絶妙なその旗の色は、純白だった。ここで、シルエット人は日本語を解する。だとすれば私達と一緒の常識が通用すると考えてよいだろう。そして常識的に考えて、白旗は和平か降伏である。

「ここにいるのは、分かっていたのね」

「私達」と和音。「尾行されていたわ」

「な、ならどうして」

「対処できる距離だったし、対話したいのなら興味がある」

「……これからは教えて頂戴」和音は頼りになるのだが、訊かれなければ説明をしない娘だ。「武器は持っていそう？」

「ナイフは隠していても分からない。けれど銃器は隠していない。腰の位置が違う」

「なら狙撃の可能性は、無いわね？」

「あれが囮でなければ。けれど、狙撃するつもりならシイとクミは死んでいる」

「この上なく了解」

私は背丈のある、両開きの窓を開けた。そのまま白旗にむかって声を上げる。

「私達に用があるの!?」

「話シ合イタイ」

「何を!?」

「元ノ世界へ帰ル方法ニツイテ」

「……あなたたちはそれを知っているというの!?」

「ヨク知ッテイル」

「どうして私達にそれを教えようというの!? 仲間を誘拐までしておいて!?」

「我々ハ敵対スベキデハナイ。協力コソガ、唯一ノ正解ダ。ソノ証拠ニ」シルエット人はふたりとも両腕を高く掲げた。白旗も意志の様にいさぎよく上がる。「我々ハ武器ヲ持ッテハイナイゾ、吉南女子ノ神蔵響子」

「あなた……最初の日に、私達の前に現れた人……」

「ソシテ、アナタタチガ武装シテイルノモ、知ッテイル。ダガ、ソノ武装解除ハ一切、求メナイ。丸腰ノ我々ハ、全権代表トシテ対話ヲシニ来タノダ。ソモソモ、我々ガ張リ巡ラセタ罠ヲ解除シテオカナカッタナラ、神蔵響子、アナタタチハ、ソノアパルトマンノ玄関デ爆死シテイル。

ココハ、我々ノ領土ダカラナ。

ダカラ、コレカラ、ソコへ行ク許可ヲシテホシイ。神蔵響子、コレハ、アナタガタノミナラズ、我々スベテニトッテ、死活的ナ問題ナノダ。

話シ合イノ結果ガ不満足ナラバ、ソコデ、我々ヲ射殺シテモカマワナイ。頼ム」

私はトランペットの四人を顧(ふりかえ)った。

「佳純？」

「いいわよ。ただし、巫山戯(ふざけ)た真似をしたらすぐ蜂(はち)の巣にする。いいわね響子？」

「ギリギリの判断をしてくれるというのならね。和音は？」

「賛成」

「シイ？」

「家に帰れる方法が本当にあるのなら、この機会は大切だと思います。賛成です」

「クミは？」

「……必死さを感じます。少なくとも、戦争をするつもりはないと思います。あ、だから賛成です、神蔵先輩」

私は窓から承諾(しょうだく)の旨を大声で告げた。

シルエット人が、アパルトマンに入ってくる。階段を上るズルズルとした足音が、六階まで聴こえる気がした。

Ⅶ

――アパルトマン六階の、ダイニングルーム。

シルエット人が肉、魚介、果物のサラダ（香草、ハム、チーズ、オリーヴ等々入り）を用意してくれている。和音がまったく執拗りなしに平らげると、燃費の悪い女子高生たちはたちまちボウル二鉢ずつを食べ終えてしまった。戦闘意欲満々だった佳純でさえ。そして、食後には御丁寧にもアイスティーが供された。私達の誰もが毒死しなかったのは、言うまでもない。

「サゾカシ、大変ダッタロウ」

「まだ混乱してはいますが……」と私。「……きちんとした食事ができたのは何よりです。飲物も。御好意にはとても感謝しています。ですが」

「解ッテイル」

差し当たり白旗を掲げていたのをシルエット人A、手ぶらだったのをシルエット人Bとしよう。どうやら上位者らしいそのシルエット人Aが言った。

「我々ガ何者ナノカ解ルマデハ、トテモ安心デキマイ。ソレハ当然ノコトダ」

「それならば」と佳純。「ストレートに。あなたたちは何者なんですか？　人間ですか？」

「あの、それじゃあ」と上郷さん。「つまり、その……そのお姿は」

「長イ、長イ話ニナル」

「かまいません」と私。「私達は情報と真実に飢えています」

「アナタガタハ」とシルエット人A。「吉祥寺ニアル、吉南女子ノ吹奏楽部員ダナ？」

「……夏子から、聴き出したのですか？」

「確認ハシタ」

「夏子は、冴子は無事なんですか!?」

「永澤夏子ハ確実ニ無事ダ、名誉ニ懸ケテ保障スル」

「なら冴子は!?」

「頼ム、神蔵響子、我々ニマズ説明ヲサセテクレ。質問ハ後刻ドレダケデモ受ケヨウ」

「……約束ですよ」

「理解シタ。サテ、アナタタチハ吉南女子吹奏楽部ノ部員。シカモ神蔵響子、アナタノ学年ハ、吉南女子・六八期ダト推測スルガ、ドウカ」

「そ、それは確かに……私と佳純と和音は六八期生、シイとクミは六九期生ですが、しかし何故そんなことを」

「単純ナコトダ。必要ナ事実ハ二ツ。

コノ島ハ一〇年ゴトニ生贄（イケニエ）ヲ求メル。ソシテ私ハ、吉南女子・四八期ダ」

「えっ」

「そ、そうすると」上郷さんの声が上擦った。「神蔵先輩たちの、二〇年先輩‼」

「ソノトオリ」とシルエット人Ａ。「ソシテ私ハ部長ダッタ。楽器ハ、フルートダ」

「私ハ同行者ノ一学年後輩ダ。トロンボーンノ、セカンド奏者ヲシテイタ」

「だったら、元々、その」香椎さんは驚愕を隠さずに。「いわゆる、女子高生」

――アハハハ、アハ。

シルエット人はＡＢともに爆笑した。それは、心の底から出たノスタルジーであり、慟哭でもあった。だが、歳月によって濾過されたある種のユーモアが、私達の距離をぐっと縮めたようにも思えた。

「マサシク、マサシク」とシルエット人Ａ。「二〇年前ノ女子高生ダカラ、既ニイワユル、オバサンダガナ」

「ダガ、ココデハ時ノ流レガ違ウ」とシルエット人Ｂ。「マシテ、コノ姿ニナッテカラ、我々ノ外見ニ変化ハナイ。実ハ食事ノ必要モ無イカラ、ダイエットモ不要ダ。元ノ世界ヘ帰ッテモ、二十歳代デユケルカモ知レン、アハハハ」

「それで、お茶も飲まれないんですね……すみませんが、当時の顧問の先生は」

「富田先生ダ。神蔵響子、アナタノ時代デモ、マダ現役カ？」

「バリバリのガンガンに」

――アハハハ、アハ。

「イヤ、失礼シタ。デモコレデ、我々ガ何者カハ理解シテモラエタト思ウ」

「信じます。

そしてこれまでの非礼、特に拳銃を使ってしまったこと、お詫(わ)びします先輩」

私達は俄(にわか)に饒舌(じょうぜつ)になった。シルエット人も、私達も。あの佳純でさえ、先輩への礼儀からか、機関銃をすっかり手離(てばな)したほどに。そのような雰囲気のなかで、シルエット人たちは数奇(すうき)な物語を語り始めた。二〇年前、音楽室が入っていた木造校舎ごと吹き飛ばされたこと。気付いたらこの島に墜落していたこと。先住民がごく少数いたようだが、トラブル無くやってきたこと。島は、沖合二㎞のラインで空間的に閉じていること。だから、海からは絶対に島を離脱できないこと。島を探索し、捜索し、調査し尽くしてなお、ここから脱出する術(すべ)は発見できていないこと。とうとう一〇年が過ぎたある日、やはり木造校舎が落下してきたこと。生存者は悲しいことに、シルエット人同様、吉南女子の吹奏楽部員であり、その最年長者、つまり当時の三年生は吉南女子・五八期だったこと。あの山頂校舎はその生徒らのもの、つまり一〇年前に墜落してきたものであること。シルエット人たち『二〇年前組』と新たな『一〇年前組』は協働してこの島から脱出する努力をしてきたが、すべて無駄に終わったこと。そして今、私達＝『現在組』が一昨日(おととい)、落着してきたこと――

「そうしますと先輩」と私。「この島には、五八期生を筆頭とする『一〇年前組』、さえいらっしゃるのですね？　それも、私達の一〇年先輩なのですね？」

「ソノトオリ」

「まだお姿を見掛けませんが……」

「アレラハ、ジャングルニ拠点ヲ構エテイル」とシルエット人A。「チナミニ、我々ハコノ市街地ヲ拠点トシテイル。ソレゾレノ区域ガ異ナル上、アレラハ、コノ島ノルールデ、夜間＋払暁＋黄昏ニシカ活動デキナイ。他方デ我々ハ昼間＋払暁＋黄昏ニシカ活動デキナイノダ。ソシテコウナルト、必要最小限ノ接触シカシナイ」

「それぞれ、何人いらしたのでしょうか？」

「……我々ガ墜落シテ来タトキ、スナワチ二〇年前ダガ、我々ハ一二人イタ。同様ニ、アレラガ墜落シテ来タトキ、スナワチ一〇年前ダガ、アレラモ一二人イタ」

「過去形ということは、お亡くなりになった方が……」

「今日現在、我々ハ七人、アレラハ九人ニナル」

「御病気とか、事故とかですか？」

「……神蔵響子、ソシテ我々ノ後輩タチ。虚心坦懐ニ、我々ノ話ヲ聴イテホシイ。ソモソモノ発端ハ、二ツノ集団ガ接触シタ一〇年前ニ遡ル。我々ハトアル経験カラ、コノ島ニ排斥サレル方法ヲ知ッタ。ソシテ、ソレヲ仲間ノ一二人総員ニ試ミタ。結果ハ顕著ダッタ。マサニココガ肝腎ナノダガ、我々ハ、コノ島デ、影ニナル方法ヲ手ニシタノダ。イヤ、コレデモ意味不明ダロウ。モット言エバ、コノ島、コノ世界デハアリエナイ存在トナルコトニ成功シタノダ。

影、トハソウイウ意味ダ。

ソノ結果、島カラハ激シク攻撃サレルコトトナッタガ、ソレハ、我々ノ確信ヲ深メタ。スナワチ拒絶反応ナノダ。コノ世界ニイテハナラナイ存在ニ対スル、免疫（メンエキ）ガ働イテイルノダ。磁石ガ反発スル力、トイッテモイイ。我々ハ影ニナッテ、島ガ我々ヲ排除ショウトシ始メタコトヲ、体感トシテ、肉感トシテ知ッタノダ。ソシテソレハ、我々ノ期待ヲ弥（イヤ）ガ上ニモ高メタ。ソレハソウダロウ？　我々ハ島カラ排除サレタクテ、元ノ世界ニ帰リタクテ仕方ガ無イノダカラ」

「でも、実際にはここで二〇年もの歳月を過ごされてしまった」

「足リナカッタノダ、パズルノ、ピースガ。二ツ、足リナカッタ」

「そのパズルのピースとは？」

「……我々ノ既ニ亡イ仲間ニ、数学ノ、イヤ理系ノ天才少女ガイタ。オーボエノ娘（ムスメ）ダッタガ……サイワイ、コノ市街地ニハ病院施設モアル。実験施設スラアル。ソレラダケハ、今デモ稼働サセルコトノデキル電力ガ、コノ市街地ニハアル。マタ島デハ、野生動物ニモ事欠カナイ。ソノ娘ハ兎（ウサギ）デ実験ヲ重ネテ、驚愕スベキ事実ヲ発見シタノダ。

スナワチ、我々ハ、ウイルスニ罹患（リカン）シテイルノダト」

「う、ウイルスですか……？」

「コノ島、コノ世界ノ属性ヲαト置コウ。我々ハコノ島ニ墜落シタ時点デハ、恐ラク、ソノウイルス、我々ガ発見者ニチナンデ『ミカウイルス』ト呼ンデイルウイルスニ、罹患シテハイナイ。何故ナラバ、島ガソノ段階デハマダ攻撃的ダカラダ。
トコロガ、コノ島ノ飲食物ヲ摂取シタ時点デ、血液ハ『ミカウイルス』ニ冒サレ、摂取シタ人間ノ属性ガαニナル。スナワチ島ノ属性ト同一ニナル。スルト、島ハ免疫機能ヲ発揮スルコトヲ中止シ、攻撃的デハナクナル。ソレハソウダ。島ノ一要素ニ過ギナクナッタノダカラ。共存シコソスレ、排斥スル理由ガナクナル。島トシテハ恐ラク、発見・識別スルコトスラ不可能ニナルダロウ。コレガ我々ニトッテ望マシイ状態デナイコトハ、神蔵響子、モウ理解デキルコトト思ウ」

「それはすなわち、この島で生涯を生きていってよい人の、島との共生状態だからですね？」

「マサシク、ソノトオリダ。ダカラ、我々ハトアル経験ト天才ノ発見カラ、影ニナルコトヲ選択シタ。ココデ、我々ハ既ニ『ミカウイルス』ニ血液ヲ冒サレテイルカラ、αノ属性ヲ人為的ニ変エナケレバナラナイ。専門的ナ話ヲ措（オ）クト、αヲα^2へ変エルコトニヨッテ、『ミカウイルス（ガイロン）』ハ変質シ、我々ハ、ヒトノ姿ヲ捨テタ影ニナル。過程ハトモカク、ココマデハ既ニ概論シタトコロダ。

ダガ。

ソレダケデハ足リナカッタ……

天才ハ、アル程度ノ仮説ヲ立テテイタノダロウ、更ニ実験ヲ重ネテ、島ガ最モ攻撃的ニナルノハ、ツマリ島ノ免疫機能ガ最大化スルノハ、α^4ノ属性ニ対シテダトイウコトヲ解明シタノダ。

スナワチ、『ミカウイルス』ノ変質ハ、一段階ノミデハ到底足リズ、$\alpha \rightarrow \alpha^2 \rightarrow \alpha^4$トイウ属性変化ヲモタラス様ナ、三段階ノ変化ガ必要デアルコトガ、解ッタノダ」

「ふたつ、質問があるのですが先輩」

「カマワナイ。議論ガ深マル」

「それならば先輩方は、今、どの属性を持っておられるのですか？　そしてその属性変化というのは、何によって、どうやって可能なのですか？」

「我々ハ皆、α^4ノ段階ニイル」

「その方法というのは」

「……今ハ、血液ニ関ワル危険ナ人体実験ダ、トイウ説明デ見逃シテホシイ。独占スルツモリハナイ。ダッタラ最初カラコンナ秘密ヲペラペラト教エハシナイ。ダカラ、少シ時間ガ欲シイ」

「では信頼して、その点は掘り下げません」

「あの、すみません大先輩」と上郷さん。「α^4の段階に至ると、あの、その様なお姿に」

「ソノトオリ。スナワチ、マサニコノ世界ノ影、鬼子（オニゴ）トイウコトダ。ソシテ、α、α^2ノ段階ニイル者ヨリ、コノ悪意アル島カラ、サラニ激シク攻撃サレルコトニナル」

「先輩方、質問をお許しいただけますか？」佳純は長幼（ちょうよう）の序（じょ）をとても重んじる。「不自然に感じたのは、α^3の属性変化が語られていないことなのですが」

「ヨイ質問ダガ、正確ナ回答ハ誰モ知ラナイ。天才ハソレヲ教エナイママ死ンデシマッタカラ。タダシ、遺言トモイエル証言ト記録ガアル。スナワチ――

α^3ハ世界ノ終ワリ、α^3ヲ実現シタトキ、島ハ世界ゴト消滅スル危険性ガアル

元ノ世界ヘノ扉トモ全ク無関係ダ

トイウ遺言ガアル。我々ハソレヲ信頼シタシ、天才ハ、α^3ヲ経ナクトモα^4ヘ至ル手段ヲ発見シテクレテイタカラ、問題ニナラナカッタ。

我々ガ元ノ世界ヘ帰レナカッタ理由ノ一ツ、ソレガ『ミカウイルス』ノ謎ダッタ」

「先輩方、でもそれはオーボエ奏者の方が解決なさったとのことでしたが？」

「ソレニ一〇年、掛カッタ。

マシテ、イマヒトツノ鍵ハ、二〇年ガ経過シタ今デモ、ナオ未知ノママダ」

「それは、すなわち――」

「――我々ノ躯（カラダ）、我々ノ属性ハ準備ガデキテイル。ダガ、比喩的（ヒユテキ）ニ言エバ『出口』ガ解ラナイ。ドウヤッタラ『扉』ガ開クノカガ解ラナイ。『扉』サエ開ケバ、我々ハ、脱出デキル状態ニアルトイウノニ、ダ」

「非礼な言い方なのですが、二〇年間の御経験で、何か『扉』のヒントとなりそうなものは……」

「奴等ガ、独自ノ仮説ヲ立テテ実験ヲシテイルコトハ間違イナイガ……」

「すみません、先輩」と私。「奴等というのは、『一〇年前組』の先輩方のことでしょうか？」

「ソウダ」

「先程の御説明から、恐らく、先輩方とその方たちとは、属性が違うと思うのですが」

「何故ソウ思ウ？」

「生態が、いえ、生活の在り様が正反対ですから。それに、そのお姿で夜にのみ行動可能、というのは無理があります」

「……奴等ハ、α^2ノ段階ニイル」

「しかし、最も望ましいのは、α^4の段階、つまり先輩方の属性なのですよね？」

「コノ一〇年間、奴等ニハソレガ出来ナカッタ。理論ハ解ッテイテモ、出来ナカッタ」

「すみません、大先輩」と佳純。「先刻、二つのグループは、一〇年前に遭遇してから、この島を脱出するために協働していたと御説明がありました。ただ、属性も違っていますし、居住地も明確に区分されている様ですし、何よりも、その……奴等、という御言葉からして、友好関係は既に崩れ去っている、こう判断せざるをえないのですが？」

「率直ニ言オウ。我々ト奴等トハ戦争状態ニアル」

この刹那、私の脳裏に、特に友梨と鈴菜の顔が浮かんだ。戦争状態——

「それはまた、どうしてなのですか？　人数が減ってしまったというのも、まさか」

「殺シ合ッタ。我々ハ五人ヲ殺サレ、奴等ハ三人ヲ失ッタ。ソレハ……」

「……私カラ説明ショウ」とシルエット人B。「我々ハ島デ一〇年ノ経験ヲ有シテイタ。元々、オナジ吉南女子吹奏楽部デモアル。協力シナイ理由ナド、捜(サガ)ス方ガ難シイダロウ。事実、我々ハ島ノ謎ヲ教エ、島デ生キテユク術(スベ)ヲ教エ、ソシテ『ミカウイルス』ノ秘密サエ共有シタ。二四人ガトモニ元ノ世界ヘ帰レルヨウ、一致団結スベキダト考エタカラダ。

　シカシ。

　事情ハ、我々ガソウシタ知識ノ代償ヲ求メタ時ニ、変ワッタ。双方ノ同盟関係ハ、破(ハ)綻(タン)シタ」

「……知識の代償」と私。「それはいったい？」

「我々ノ実験ニ協力スルコトダ。ソレダケダ」

「その詳細を、お聴きしてもよろしいですか？」

「スマナイ。ソレハマダ語レナイ。我々ハソレデ一〇年前、大失敗ヲシテイルカラダ。ソノ実験ニツイテ説明ヲシ過ギタアマリ、奴等ニ『禁断ノ知恵ノ実』ヲ与エテシマッタカラダ。タダシ、コレダケハ名誉ニ懸ケテ誓ウ、我々ノ実験ハ絶対ニ必要ナモノデアッタバカリカ、奴等、当時一二人ノ誰一人トシテ過大ナ危険ニ陥(オトシイ)レルモノデハナカッタ。タダ、今ニシテ思エバ、我々ノ利害ヲ最優先トシテシマッタコトハ、恥ズベキ傲慢(ゴウマン)デ、独善ダッタガナ……」

「先輩方、本当に恐縮ですが」と私。「今、吉南女子吹部の部長は私です。私には、生き残っている仲間一三人の生命を保障する絶対の義務があります。先輩方の御言葉は信じますが、恐らくは人体実験、しかも先住されて知識経験のある方々による人体実験があったことを考えると、新参者の私達も、その詳細を知らないわけにはゆきません。それが危険でないとおっしゃるのなら、御説明されることに何らの支障は無いはずです」

「気持チハ解ル、神蔵響子。アナタノ危惧スルコトモ」とシルエット人A。「ダカラ、ソレヲ語ル代ワリニ、奴等ガ今、考エテイルコトヲ教エヨウ。何故ナラバ、ソレコソガアナタタチノ、ソシテ我々ノ生命ノ危機ニ直結シテイルノダカラ」

「……一〇年前の先輩方の、考えていることとは？」

「マサニ人体実験ダ。ソレモ、生命ニ危機ヲモタラス人体実験ダ。
ソシテ、奴等ガ必要トシテイルノハ恐ラク六人、上手クスレバ五人。
ソノ生贄サエ確保デキレバ、後ハ我々ゴト、皆殺シヲ考エテイル。
コノ一〇年間、耐エニ耐エ、待望シ続ケタ新シイ娘達――騙セル獲物ガ来タカラニハ、奴等ガ暴走ヲ止メル理由ナド、モウ、何モ無イノダ」

「……私達は、どうすればよいのです」

「奴等ヲ殲滅スルシカ無イ。サモナクバ我々ハ無条件デ殺サレル。宿敵ダカラナ。
ソシテアナタガタハ人体実験ノ生贄トナルカ、邪魔者トシテ殺サレル。必要数ガアレバヨイノダカラナ。

ヨッテ、解ハ一ツ——生贄ニモ死体ニモナリタクナケレバ、家ニ帰リタケレバ、我々トトモニ戦ウ、ソレシカ無イノダ」

「一緒に戦争をしろ、ということですか」と私。「だから、秘密を教えたのですね」

「一三人ノ生命ヲ保障スル、絶対ノ義務ガアルノナラバナ、神蔵響子」

「そしてそれは、先輩方御自身の利益でもある」

「全ク否定シナイ。我々モ死ニタクナイ、必死ダ、ソレダケダ」

Ⅷ

——ホワイトウォールの南西を突破する。そこはやはりジャングルだった。

気候が俄にトロピカルなものとなり、じめっとした、もわっとした空気がホルン四人をつつむ。牧草地ではさわやかだった太陽までが、ギラギラと睨み方を変えた様だった。密林の、オリーヴドラブの樹木たち。視界を緑に染めながらウネウネと腕や脚を延ばしている。泥色のカーキの大地は、迷路みたいな樹根でいっぱい。カーキの土そのものもジュクジュクしていて、ローファーに優しいとは言えなかった。まあそれを言うなら、雨林からは雫どころか罰ゲームのバケツみたいな量の水が落ちてきて、ローファーどころかセーラー服を直に襲うのだが。

しかし、ジャングルはどう考えても当たり籤である。

無数の樹木を見上げれば、マンゴー、パパイヤ、バナナ、ドラゴンフルーツ、スターアップル、グアバ、アボカドが無数に生っているのが分かる。パイナップルすら生えているだろう。そして、竹林もある。私達は皆、サバイバルナイフを持っているから、鋸刃で加工することはカンタンだ。組み合わせ、重ねればベッドができる。クッションにする大型の葉には事欠かない。また竹からは食器ができるし、煮炊きする鍋もできる。コメがあるなら炊きたいくらいだ。今のところ困ってはいないが、武器さえできる。

そして、ヒトがいない——ヒトの絶対数が少ない（？）からだろうか、野生動物は極めて無警戒で、トレッキング術を知らなくても足跡を追うことができた。駝鳥、キリン、ゾウ、虎、猪——これは、ハンティングに困らないという最大の恩恵を与えてくれるけれど、初日の今日にかぎっては違う恩恵もある。すなわち水源だ。まさか海水を飲んで生きているはずがないから、ジャングルに動物がたくさんいるということは、清流か清水が必ずあるということ。そして現実に、私達四人は、メインベルトのジャングルに立ち入ってから三〇分強で、大きな泉を発見できた。ヴィヴィッドな色をした、鶴のような鳥が、私達を目撃しても飛び去らないどころか、むしろしきりにアイコンタクトしてくる。吃驚したが、考えてみればむしろ好都合だ。機関銃も拳銃もあるのだから、肉は獲り放題。弾薬の問題もあるけれど、材料に不足はないから弓矢に鎗を用意するのは難しくない。

そして、泉の源をさらに捜してゆくと、鍾乳洞のような大きな洞窟に行き当たった。

学校の体育館二個分、いや三個分のスペースはあるだろう。この洞窟の一部から小川が流れ、ジャングルの樹林を静かに縫って、大きな泉となっているのである。

これらを要するに、ジャングルでは、衣食住の心配がほとんどないのだ。食住はもちろん、植物から服すらも作れるから。まして、トロピカルフルーツの見分け方、野生動物の足跡の特徴、食器の作り方にベッドの組み方、水源の確保方法、はては動物の肉のさばき方までメモってくれた、和音のアドバイスがある。この島に来てから、和音の隠れた技能には吃驚するばかりだけれど、敵対しているはずの私達の生存率を高めてくれていることには、素直に感謝すべきだ。あの優等生メガネ、あの理屈爆弾――佳純にはムカつきまくりだが、そして佳純を野放しにしているも同然の響子には呆れるが、魚心あれば水心。和音にだけはジャングルの食糧を産地直送してあげてもいいし、極論、パートの壁を越え、ホルンのグループに合流させてあげてもいい。私達は、島の探索で、既に市街地の様子も見ている。何故か知らないが、武器は唸るほどあった。まるでジャングルのトロピカルフルーツみたいに『都市に生っている』と言えるほど。それは市街地の大きなアドバンテージ――だが、それだけだ。スナイパーライフルやダイナマイトを食べるわけにも飲むわけにもゆかない。そして私達が観察した所、あそこには食糧どころか水源もなかった。スコールと、牧草地の井戸頼みでどれだけもつか――今に泣きついてくる。絶対に。そうしたらきちんと謝らせて、佳純には念入りに土下座させて、あんなことしてすみませんでした鈴菜さまと反省させてやるのだ。ふふふ……

あれ？

そもそも喧嘩離れの原因って何だったっけ？

……うーん、確か……そうだ、奈良橋さんだ。クラ二年の奈良橋さんがボウガンで殺されて。第三者が暗殺みたいな婉曲なことするなんてありえない、って議論になって。それでクラは当然、ペットもホルンも、『人殺しがいる』『殺人者とは一緒にいられない』ってことになったんだ。だけどなあ。今、落ち着いて考えてみると、分裂して戦争状態に入る理由なんてどこにも無かった様な。確かに吹部は、グラウンドの反対側を歩いている一年先輩にフォルテシモで挨拶をしなかったとか、練習ちゅう先輩が何も質問していないのに勝手に口を開いたとか、顧問やパーリーの指示を筆記する態度や速度に問題があるとか、まあ、実にくだらない理由で査問会が開かれる陰湿体育会系文化部だけれど、そして、奈良橋さんが殺されてしまったのは断じてくだらない理由ではないけれど——それにしても、雪山で遭難しているよりハードな状態にいるのに、領土まで決めてお互い勝手に暮らそうだなんて、普段の精神状態からすれば、くだらないこと極まりない。人殺しが万が一内部にいても、そして常識で判断できるとおり外部にいても、十三人で団結しているのと、四人－四人－五人で分裂しているのとでは、どっちが人殺しにとって有利か、誰にでも解る話だ。そして、それよりも、十三人で団結して、誘拐されてしまったクラの夏子とサックスの冴子を奪還しなければならないはず。

それが、こんなことになってしまったのは……

今の私は理解していた。何故なら今の私は満腹だから。

そう、お腹が空いていたのだ。

初日からほとんど井戸水と林檎しかなかったから……女子高生は燃費が悪いから。

落ち着いたから言えるけど、そう考えると、我ながら大人げなかった気もする。

（――しかし、佳純のあの口の利き方といったら!!）

「詩丘先輩、紅茶、入りました」

「あらあ、ありがとうしおりん」

「……お考え事でしたか？」

「そんな大したもんじゃ、ないわよん」

ぱちぱち、ぱち。

私達は宮殿にすると決めた洞窟の前で、食事を終えたそのままに焚き火をかこんでいた。着火物はある。もちろん手榴弾ではない。私達の校舎から回収できたライターだ。紗英。獅子ヶ谷さん。塩狩さん。私。

疲労は濃いけれど、一様に安心していた。少なくともジャングルには、生きてゆく希望がある。すると、女房役の紗英、実は私の手綱を握っている紗英が言った。

「反省、しているんでしょう」

「何をよぉ紗英ぇ」

「だって鈴菜は、いつまでもウジウジ怒っていられる人じゃないからねっ」

「どうだか。それに、トランペットには講和の意思なんてないみたいだしぃ～」

「ねえ鈴菜。今日明日は無理だけど、みんな落ち着いた頃、果物たくさん持ってビーチと市街地へゆきましょうよ。クラもペットも、きっと食べ物に困っているはずだもの。私達から一歩、踏み出しましょうよ、ねっ？」

「いきなり機関銃で蜂の巣、かも知れないわよお？」

「そんなわけないでしょ。それこそ殺人鬼じゃないんだから」

——第三者の不思議な声が響いたのは、その刹那だった。

「わたしたちは、あまり、さんせいできないわ——」

「誰っ⁉」

声の方へ機関銃をかまえる私。紗英が拳銃を、獅子ヶ谷さんと塩狩さんがナイフを採り出す。そして、密林の迷路から、悠然と姿を現したのは……

蜉蝣？

うっすらと光っている。薄翅蜉蝣のように透き通ったその姿は、蛍みたいにうっすらと光っている。私の機関銃の銃口が震えた。恐れから、ではない。それは啞然とするほど美しかったからだ。クリスタルガラス、というには儚すぎ、優しすぎる質感だけれど。ほぼ透明な躯は自分で光を発しているのだろうか、キラキラと輝いている。焚き火のような激しく強い光ではなかったが、それでも、ジャングルの夜にしっとりと浮き上がる、それはヒトの輪郭であり体線だった。蜉蝣の人。蛍の人。自ら輝く透明のヒト——

「だ、誰なの」

「おちついて。ぶきをおろして。わたしたちは、ぶきをもっていません」

その姿がジャングルの樹々から完全に現れる。それは二人だった。どちらもゆっくりと両腕を上げたが、たとえそうしなくても、武器を持っていないことは明白だったろう。そもそも透明なのだし、それは自身の光で浮彫にされていたし、だから躯のどこにも物を隠す余地が無かったからだ。それに、武器など携行していては、崩れ去ってしまいそうなほど繊細なシルエットである。私達はその美しさ不思議さに圧倒される形で、いずれも武器を下ろした。

「ありがとう。これから、たきびのところへいって、いいですか？」

「……まず誰なのかだけ、教えて」

「わたしたちは、きちなんじょしの、せいと」

「何ですって⁉」

「鈴菜、ねえ、来てもらおうよ」と紗英。「私、話がしたいよ」

紗英は獅子ヶ谷さんと塩狩さんをさっと見た。二年生ふたりが強く頷く。私は言った。

「私は吉南女子三年の詩丘鈴菜。四人のリーダーよ。

私は武器を離さない。それでいい？」

「かまいません。あなたがわたしたちをうつりゆうは、ありませんから」

「……ならどうぞ。大した歓迎もできないけれど」

私達四人＋謎のキラキラ人ふたりは、一緒に焚き火をかこんだ。焚き火の勢いで、キラキラ人の蛍火は薄れてしまったけれど、その、ほぼ透明な姿は——本当に透明なら何も見えない——しっかり観察できるようになった。ヒトのラインをある程度残した、おんなの姿。

「お紅茶」と紗英。「どうですか？」

「ありがとう」とキラキラ人A。「しかし、わたしたちは、いんしょくすることができないのです」

「物を食べずに生きていらっしゃるのですか？」

「わたしたちは、このしまで、ほとんどとしをとりません。また、ものをたべなくても、しにません」

「……あなたたちは、人間ですか？」

「にんげんです。みなさんと、いっしょの」

「大変失礼なんですけど、ちょっと、そうは見えない所もあって……」

「それにい、先刻、不思議なことを」と私。「おっしゃいましたね。吉南女子の生徒だって」

「そのとおりです、すずなさん、いいえ、すずな」

「————？」

「わたしたちは、きちなんじょし、ごじゅうはちきせい」

「五八期生……」と塩狩さん。「……詩丘先輩と東雲先輩が確か六八期、私達二年が六九期だから」

「私達三年生の、一〇年先輩――ということに、なるわけですかあ」

「そのとおりです、すずな」

「英語の先生は、誰でしたかあ？」

「国語の先生はあ？」

「むらかみせんせい、すがやせんせい、かねこせんせい、いそべせんせい……」

「せんがせんせい、あつみせんせい、たけだせんせい、おおやませんせい……」

本物だ。少なくとも、確実に部外者ではない。

「大変失礼しましたあ先輩方。そして、私をファーストネームだけでお呼びになったということはあ、恐らく」

「そうです、すずな、わたしたちは、きちなんじょしのすいそうがくぶいんでした。わたしは、くらりねっとでぶちょうを、こちらのもうひとりは、ゆーふぉにうむのぱーとりーだーをしていました」

「そして、一〇年後の現在、この島にいらっしゃる。ということはあ」

「いっしょのげんしょうです。わたしたちは、すずなたちと、いっしょのげんしょうに、まきこまれてしまったのです」

「そのことについて」とキラキラ人B。「ながいはなしになるけれど、せつめいさせてほしいの。いいですか？」

「もちろんです」と紗英。「夜はまだ、始まったばかりですから」

キラキラ人Bが主導的に、そしてキラキラ人Aが重要なことを付け加える形で、先輩たちの物語は始まった。そもそも、吉南女子の音楽室がある校舎付近には、不可思議な力が働いており、およそ一〇年に一度、校舎ごと、女生徒を神隠しにするという。そして事実、先輩たち五八期生のさらに前、四八期生のときも、木造校舎が派手に飛ばされて、一二人の大先輩たちが元いた世界から消失した。だがキラキラ人の先輩たち一二人はそんな与太話、全然相手にしていなかったという。ところが、まさか自分達がと思っていた矢先、当時の木造校舎——現在牧草地山頂に残っている奴ごと、現実世界から見れば神隠しに遭い、こちらの世界から見れば、ずどんと墜落してきたのだった。なるほど与太話ではあるが、私達自身もまたコンクリ校舎ごと墜落してきたこと、それらの校舎は現に残っていること、そして何よりもこの島が実在することは、認めざるをえない。先輩たちの説明は、既に充分、受け容れられるものとなっていた。

　もちろん先輩たちは、この摩訶不思議な島を脱出するべく、通信手段を捜し、派手に烽火を焚き、あるいは木材で舟を何艘も作って『救援』を求め、『出口』を求めた。だが話の展開から、いや眼前に存在する一〇年先輩たちから想像できる様に、救援は来なかったし、出口は発見できなかった。しかも驚くべきことに、この世界は空間的に閉じているとおっしゃるのだ。すなわち海岸線から直線距離で二㎞、その真円のラインが世界のすべて。そこで空間が閉じるか歪んでいるかしており、船出した舟すべては、例外なく、知らないうちに、また海岸線まで帰って来てしまうという。それがどの方角であってもだ。これは、私達の探索の手数を省いてくれる情報ではあったけれど、同時に、少なからぬ絶望感を与える情報でもあった。水平方向からは脱出できない。当然だけど私達は、鳥のように垂直方向へ逃れることもできはしない……ん？　垂直方向？

「それでは、先輩方は」と紗英。「ずっとこの、絶海の孤島で」

「そうです、さえ。ながいじかんでした。そして、わたしたちは——ごめんなさい——ことし、おおきなふあんときたいを、いだいていたのです」

「今年、つまりそれは神隠しの年」

「きたい、というのは、でぐちがひらく——というきたいです。こうしゃがついらくしてくるいじょう、それは、げんじつせかいとの、もんがかならずひらくということ。わたしたちは、それをどうにかかつようできないか、けんめいにかんがえました」

「さらにその期待というのは」と獅子ヶ谷さん。「新入りが確実にふえる、という期待」

「——ひていはしません。もし、もんがつかえなかったとしても、じゅうねんにいちどのちゃんすがかつようできなくても、これまでのぱたーんから、かならず、きちなんじょしのせいとはおちてきます。にんずうがふえれば、しゅうだんのちからが、はっきりできます。じゅうねんにいちどのちゃんすをまたなくても、でぐちを、もんをひらくほうほうが、はっけんできるかもしれません。

あなたたち、こうはいのみんなにはきのどくだけれど、はっきりいえば、そうしたきたいは、たしかにありました。

たほうで、ふあんというのは、もちろん、こうはいをまきこんでしまう、またかなしいこうはいができてしまう——というふあんであり、また、こうしゃがついらくしてくるちゃんすを、うまくりようできないかもしれない、というふあんでした。こうしゃは、ついらくしてくるのだから、もんは、そらにひらくはず。それを、どうかつようするのか……とうとう、ぐたいてきなあいであはでませんでしたし、じじつ、あなたたちの、こんくりーとこうしゃがおちてきたときも、けっきょく、なにもできませんでした」

「あの、大先輩」と塩狩さん。「質問をして、よろしいですか？」

「ごえんりょなく。わたしたちは、すでになかま——とおもってもらえませんか？」

「一〇年先輩に仲間だなんて恐縮です。詩丘先輩に怒られてしまいます」この健気な塩狩さんと獅子ヶ谷さんを足して二で割ればちょうどいいのだが……「その、やっぱり、私達の誰もが不思議に感じていると思うのですが、そのお姿というか、蜉蝣（かげろう）のような躯（からだ）は、それも島の力に関係があるのでしょうか？」

「もっともなしつもんです、あなたはしおかりさん、でしたね。

あとすこしだけ、じかんがすぎれば、わかります。なぜならば、しおかりさん、いいえここにいるすべてのみなさん。あなたたちもまた、このすがたに、かわってゆくから」

「えっ」

「せいりします。このしまにおちてきたとき。わたしたちはもちろん、ひとのすがたをしていました。いまのあなたたちと、まったくかわらないすがたを。しかし、もののひとつきもすぎないうちに、このふしぎなからだに、かわりはじめたのです。そして、じゅうねんがたったいま、すっかり、このからだにこていされてしまいました」

「こ、この島にいると、そうなってしまう――いえ、そのお姿に変貌するということですか？」

「わたしたち、じゅうににんのなかまについていえば、すべて、かくじつにそうです」

「食事の必要もなければ歳もとらない」と獅子ヶ谷さん。「むしろ便利だと思えますけど？」

「けれど、やはりかくじつなことは――ししがやさん、でしたか。このままでは、ぜったいに、もとのせかいへはかえれない、ということです。ぎゃくにいうと、これは、わたしたちが、しまのちからにとらわれている、かなしいしょうこなのです」

「何故島は」と私。「その様なことをするのかしらあ？」

「わたしたち、いぶつを、しまのぞくせいにそめるためです」

「その島の属性とは？」

「まいなす」

「マイナス……？」

「このしまは、まいなすぞくせいのしま。ぷらすぞくせいのそんざいを、ゆるさない」

「その、プラスとマイナスというのはあ、あの数学的な正と負のプラスマイナスでしょうか？」

「そのとおりです。かんたんにいってしまえば、わたしたちは、ぷらすのせかいから、まいなすのせかいに、とばされてしまったのです」

「すみません大先輩」と塩狩さん。「ちょっと、イメージがつかみにくいのですが」

「わかります。わたしたちも、さいしょ、しったとき、りかいできませんでした。でも、こうかんがえてみてください——」

キラキラ人Bは、よどみなく説明を始めた。吉南女子がある世界、私達の元いた世界というのは、プラスの世界である。数直線を引いて、0より大きいところに存在するプラス属性の世界。ところが、吉南女子のどこかは、極めて数直線の左側、0より小さい世界に近い。その理由は解らない。しかし、一〇年に一度その裂け目が開いて、プラス属性の女生徒たちを、このマイナス属性の世界へ吸いこんでしまう。もちろん、マイナスの世界だからといって、物理現象が狂ったり数学的法則が変わるものではない。つまり、私達の世界は『プラス一個の林檎はあるが、マイナス一個の林檎はない』世界であるのに対し、この島は『マイナス一個の林檎はあるが、プラス一個の林檎はない』世界なのだという。より実際的には、モノの符号・属性が異なるだけで、それにさえ目を瞑れば、元いた世界と全然変わらないのだ。しかし……

「……げんじつせかいで、まいなすいっこのりんごは、そんざいできません」

「それはそうだわ」と獅子ヶ谷さん。「もしそれが所謂反物質でできた林檎だというのなら、出現した時点で吉祥寺どころか日本ごと消滅するでしょうし、反物質でないとしたところで、現実世界では『観念上の産物』でしかありえない。ヒトの頭にしか存在できない」

「ししがやさんのいうとおりです。

　ということは、ぎゃくにいえば、まいなすせかいで、ぷらすいっこのりんごは、そんざいできません。これがどういうことか、わかりますか？　このまいなすのしまでは、ぷらすひとりのにんげん、などそんざいできないのです」

「ですが先輩、私達はまだこうしてえ、プラスの人間として、存在していますが？」

「すずな、ざんねんだけど、それはちがう。わたしたちが、けんきゅうと、けんしょうをかさねてきたけっか、むきぶつは、このせかいにはいったしゅんかん、まいなすぞくせいにかわる。そして、ゆうきぶつは、このせかいの、いんしょくぶつをくちにしたじてんで、まいなすぞくせいにかわる。もちろん、ひとは、ゆうきぶつよ」

「それはひょっとしてえ、私達のケースで言えばあ」

「おそらくは、いどみずとりんごでしょうね。

　だって、わたしたちもそれにやられたから」

……私はちょっとだけ違和感を憶えた。プラスの世界はマイナス属性を許さない。マイナスの世界はプラス属性を許さない。現実世界のどこを捜しても『マイナス千円札一枚』はありえない。それは解る。確かに、井戸水と林檎を口にする前は、キラキラ人の大先輩の説明によれば、私達は二四人のプラス人だったはずだ。無機物をたちどころにマイナス属性に変えるこの容赦のない島が、『想像でしかありえない』二四人のプラス人を認めておくのは何故だろう？　そこは超常現象だから、有機物と無機物で、属性を変化させる手数が違うのだ――と言われればそれまでだ。だが問題の本質は、獅子ヶ谷さんの指摘したとおり、二四人のプラス人がこの世界にとっての反物質だったなら、この世界は既に跡形もないはずだし、反物質でないとしても、想像の産物なのだから『見えない』『触れない』『干渉できない』はずだということだ。そう、数直線の軸のまるで反対側にいるとするなら、それが正解になるはず……

「すずな、どうかした？」

「ああ、いいえ先輩、何でもないですぅ。ちょっと頭の回転が悪いもので」

「先輩方、ちょっと不思議に思ったのですが」と紗英。「ここがマイナスの世界であることや、マイナスの世界だからこそプラス世界には帰れないこと、これらはとても説得的ですが、アイデアとしては、そうそう思いつくものではないと思うんです。だから、それは単なる仮説なのか、それとも既に実証しておられることなのか、という点が気になったのですが……」

「いいしつもんだわ、さえ。じつは、これはわたしたちのりろんではないの。わたししたちは、このせかいにおちてきたとき、それをおそわった。そして、そのしょうこもしっている」

「……想像ですが、それを伝えたのはきっとシルエット人、あの影の姿をした方々ですね？　そして、さらに想像すれば、それは先輩方以前、恐らく二〇年前に墜落してきた女子高生の人々」

「まさにそのとおり。『しるえっとじん』、なるほどね。そう、あのかげたちは、わたしたちがくる、そのじゅうねんまえに、しまにとらわれたせんぱいたち。もっといえば、おんがくしつにいた、きちなんじょしのすいそうがくぶいん」

「すると、先輩方が一〇年前に墜落してきたとき、既に一〇年、この島で生存していた遭難者の方々——吉南女子吹部の大先輩ですね？」

「そうなるわ」

「解りません」と獅子ヶ谷さん。「外見からして全然違います」

「ししがやさん、じつは、それがさっきいった、しょうこなの。けつろんからいうと、あのせんぱいたちは、かんせんしょうの、さいしゅうだんかいにある」

「か、感染症、ですか？」と塩狩さん。「あれはそうすると、病気なんですか？」

「……こわがらないで、きいてほしいの。この、まいなすのせかいは、まいなすのさいきん、またはういるすによって、しはいされている。このしまには、いりょうきかんも、じっけんせつびもあるけれど、さすがにういるすは、はっけんもかくにんもできない。

だから、なんらかのかんせんしょう、とせつめいするわね。

わたしたちは、いどみずとりんごによって、そのびょうげんたいをとりこんだ。これによって、わたしたちは『まいなす』にかんせんし、まいなすぞくせいとなった。そして、このかんせんによって、わたしたちのすがたはかわる——いま、あなたたちがみている、このかげろうのようなすがたにね。これは、わたしたちが、ぷらすぞくせいをうしなってしまった、しょうこでもある。しまにゆるされる、というめりっとと、いえにかえれない、というでめりっとの、しょうちょうでもあるけどね。

ここで。

ひとのすがたが、このかげろうにかわるように、かげろうのすがたは、あの、まっくろなかげにかわってゆく。この、かんせんしょうは、まいなすのせかいにいるかぎり、ちゆされないし、ますます『まいなす』のちからを、つよめてゆく
「マイナスの力が強まる……」と塩狩さん。「……それが、シルエット人の大先輩方」

「いちばんさいしょ、はじめてであったとき。しるえっとじんは、ひとのすがたをしていたわたしたちに、ふれることもできないくらいだった。わたしたちが、りんごをたべるまでは、せいふくしかみえなかった——といっていたほど。もちろん、わたしたちも、まっくらなよるだったし、あいては、とうめいにんげんだ、とばかりおもっていたわ。

ぷらすとまいなす、というのは、ここよ。

すうがくてきなかんがえかたが、ただしいのかどうかはべつとして、しるえっとじん

のぞくせいは、おちてきたばかりのわたしたちのぞくせいとは、まぎゃくだった。だから、ぷらすとまいなす、というひょうげんをつかったし、いまも、つかっているの」

「そうすると、一〇年前の大先輩方が林檎を食べて、『マイナス』に感染してからは、お互いの姿が見える様になったんですね？」

「わたしたちが、まいなすぞくせいに、なったからね」

「そこで、情報交換が始まったのですか？」

「それはそうよ、しおかりさん。きもち、わかるでしょ？

わたしたち、てんぺんちいで、だいこんらんしていたし、しるえっとじんのせんぱいがたも、すぐにしがいちへあんないしてくれたり、びょういんでちりょうをしてくれたり、とにかく、しんせつだったから」

「シルエット人の大先輩と一緒に、みんなで市街地に移動されたんですかあ？」

「ひろうこんぱい、だったしね」

「シルエット人の大先輩はあ、何人、おられたんでしょう？」

「それが、いっしょの、じゅうににん。すぐに、わたしたちをてあてしてくれて、いしきがないひとから、しがいちに、たんかではこんでくれたの。まして、じゅうねんかんでえた、このせかいのじったいを、ていねいにおしえてもくれたわ。だから、わたしたちは、いまのあなたたちほど、おおきなこんらんをけいけんせずに、とりあえずのげんじつを、うけいれることができたの。

でも、それが、すべてのひげきの、はじまりだったなんて……ぶちょうとしての、わたしのせきにんよ……」

キラキラ人Aは頭をかかえた。雫（しずく）が落ちたので、泣いていると分かる。肩の震えは、どう見ても悲憤（ひふん）と後悔と絶望、そして怨（うら）みだった。

「わたしから、せつめいするわ」とキラキラ人B。「しるえっとじんのかげは、かんせんしょうの、さいしゅうだんかいだって、いったわね？」

「はい、大先輩」と塩狩さん。『マイナス』の病原体による感染症の、最終段階だと」

「あの、にじゅうねんまえのせんぱいたちは、じゅうねんかん、ちょうさとけんきゅうをかさねた。とうぜん、わたしたちのしらないことを、うなるほどしっていた。これが、かんせんしょうであるということも。しぜんちゆしない、ということも。そして、さいげつがたてばたつほど、『まいなす』のやまいはおもくなり、かいふくふのうになることも。

これのいみを、わたしたちがすぐ、りかいしていたら……

じょうほうをくれて、ちりょうをしてくれて、いきかたをおしえてくれた、あのだいせんぱいたちが、なにをたくらんでいたか、りかいしていたら……」

「まさか、二〇年前の大先輩たちは」と紗英。「先輩方を何かに利用するつもりで」

「じんたいじっけんよ」

「じ、人体実験」

「ここは、まいなすのせかい。『まいなす』のびょうげんたいは、わたしたちの、いわば『まいなすのうど』『まいなすしんど』を、ふかぎゃくてきに、こく、ふかくしてゆく。これは、そういう、ふちのやまい。もちろん、『まいなす』にかんせんすれば、ほとんど、としをとらない。しょくじのひつようもない。

どういうことか、わかる?」

「この世界に永住するつもりなら」と獅子ヶ谷さん。「病でも何でもない。問題は微塵もない」

「そのとおり。でも、もとのせかいにかえりたかったら……?」

「絶望的でしょうね。プラスの世界は絶対に、そんな空想の産物を受け容れないから」

「それが、しるえっとじんには、たえられなかった。どうにかして、このやまいを、ちゆしたいとねがった。そのために、ながいあいだ、じっけんをかさねてきた。

そしてしった。

これがかんせんしょうであるかぎり、こうたいがあればいいと。もちろん、こう・うイルスやく、なんてものは、このしまのせつびでは、つくれない。でも、けっせいならば、しまのぶつりりょくでも、つくりだすことができる。そして、けっせいをつくるためには」

「ま、まさか」と塩狩さん。「新しく落ちてきた、先輩方の血や躯を!!」

「わたしたちはすぐにこうそくされて、じっけんざいりょうにされた。あやしげなくすりを、ちゅうしゃされたりのまされたり……もちろん、ちは、しぼりとられたといっていいほど、うばわれていった……にんげんのけつえきりょうって、しっている？」

「ええと、確かあ」和音のメモにあった。何故和音はこれをメモしたのかな？「計算式を省くと、概算で４ℓですね。私達おんななんで、もうちょっと少ないでしょうけど」

「どれだけしっけつするとしぬか、わかる？」

「メモ、じゃない記憶によればあ、血液量の四分の一でリーチ、三分の一で激ヤバ」

「わたしたちは、ななひゃくみりりっとるはとうぜんのように、ひどいときは、せんよんひゃくみりりっとるもとられたわ。そしてとうぜん、ふたりのなかまがころされた。そんなわたしたちは、どうにか、しがいちからとうぼうして、このじゃんぐるで、うばったぶきにすがりながら、いきてゆくことにした。

　これが、わたしたちと、しるえっとじんのものがたり。

　そして、あなたたちにとっての、しかつもんだいでもあるわ」

「……シルエット人は」まさか、と紗英。「私達にも人体実験をしようとしているのですか？」

「あれから、ずいぶん、さいげつがたったわ」とキラキラ人A。「しるえっとじんのびょうじょうも、どんどん、しんこうしている。わたしたちのけつえきからつくったけっせいのこうかは、もうないし、おなじにんげんから、おなじこうかをえることはできない。そもそも、けっせいは、わくちんのようなかくとくめんえきとちがって、こうたいそのものを、いちじてきにいれるにすぎない。さいげつがたてば、けっせいによるこうたいは、ぜったいにうしなわれる。そして、それは、しるえっとじんがとうてい、がまんできることではないの。なぜならば」

「シルエット人は帰りたい」と獅子ヶ谷さん。「私達がいた、現実世界へ」

「そのためなら、なんでもするわ。しかも、まちにまった、あたらしいちだもの」

「そうすると、シルエット人があ、私達の仲間を誘拐したのも、血清のためですかあ？」

「そうよ、すずな。

あのふたりはもう、ひどいことをされているかのうせいが、たかいわ」

「すみません、先輩方」と紗英。「今、シルエット人と、先輩方は、何人ずついらっしゃるんですか？」

「しるえっとじんが、しちにん」とキラキラ人B。「わたしたちのいきのこりは、くにん」

「シルエット人はどこに？」

「しがいち。しるえっとじんのきょてんは、しがいちよ。びょういんと、けんきゅうじょがあるから。あなたたちのなかまも、かならず、しがいちにいるわ」

シルエット人七名にキラキラ人九名。そして、経緯からして両者が激しく敵対していることには疑いがない。各個撃破(かっこげきは)なら制圧するのは難しくない——一三人の仲間が団結していさえすれば、だが。いや、それにまして今ひとつ難問がある。

「あの、先輩方。私達ぃ、市街地ものぞいてみたんですけどぉ、あそこ、武器が無尽蔵にありますよね？」

「しまのちからよ。あそこでは、ぶきがくだものみたいにとれるわ。しるえっとじんの、つよみね。ただし、わたしたちも、きかいあるごとに、ごうだつしてきているから、せめいってきても、いっぽうてきなぎゃくさつには、ならないわ」

「侵入できるんですかあ？」

「ああ、しるえっとじんは、なぜか、ひるひなかしか、かつどうできないの。そのかわり、わたしたちは、よるよなかしか、うごけないけどね」

「ゆいいつ、そうぐうするとすれば」とキラキラ人A。「あけがたと、たそがれの、わずかなじかんだけ。だから、わたしたちは、よるのよなかに、ぶきがりにゆくの。もちろん、とらっぷがくさるほどしかけてあるから、たいへんだけど」

「ジャングルには攻め入って来ないんですかあ？」

「こちらも、とらっぷでたいこうしているわ。あけがたとたそがれだけでは、せんそうがおわらないくらいに」

……私達の機関銃、拳銃、手榴弾は、誰かがプレゼントしてくれたものだ。そしてその誰かとは、時刻からしてシルエット人の可能性が高いが、キラキラ人でも特段、不思議ではない。私達が山頂校舎に入るのは、誰でも事前に読める、いわば定石だからだ。

「……話をもどしますが」と紗英。「誘拐された夏子と冴子の二人は、このままだと」

「じかんがたてばたつほど、しっけつしのかのうせいが、たかまる」

「なら、市街地へ奪還にむかわないと。でも」

「市街地には既に、響子たちが陣取っているわよね～」

「しっています。

　そして、かくじつに、しるえっとじんと、せっしょくしているでしょう」

「だとしたら」と塩狩さん。「騙されてしまっているか、捕まってしまっているか……」

「だから、みんな」とキラキラ人A。「わたしたちといっしょに、たたかってほしいの。

あのひとたちは、じぶんたちのことしか、かんがえていない。ころすひつようなんてないけれど、じゆうにさせておくのは、わたしたちのいのちに、ちょっけつするりすくなの。このしまを、でるほうほうは、あのひとたちしか、しらないけれど、ぎゃくにいえば、あなたたちのなかまをたすけて、あのひとたちをほりょにできたら、みちがひらける」

「先輩方、どうして私達のこと、そんなに心配してくれるんですかあ？」

「……わたしたちのことは、どうでもいい。

　あなたたちに、おなじおもいを、させたくないからよ」

「まさに私達の利益のために」

「ごうまんだけど、けつろんてきには、そうよ」

「武器は、充分ですかあ？」

「たとえばきしゅうをするなら、じゅうぶんすぎる。
しょうめんからの、しょうもうせんは、とてもできない」

「同盟するとすると、先輩方九人＋ホルン四人で一三人。シルエット人は七人でほぼ半数ですけど、トランペット五人が懐柔されていたとすればあ、一気に一二人でほぼ拮抗。敵は一二人で、神出鬼没、市街地のゲリラ戦をやるつもりでしょうし、奇襲はかなり困難な作戦になっちゃいますね～」

「ですが詩丘先輩」と塩狩さん。「時間を置けば置くほど、救出作戦の意味がなくなってしまいます」

「先輩方、先輩方は具体的にいつ、奇襲しようとお考えですかあ？」

「わたしたちは、まだまだしばらくいきてゆける。だって、しるえっとじんのめあては、あたらしくきたあなたたち、じゅうさんにんだもの。
だからそれはすずな、あなたたちしだいよ」

「トランペット五人の安全はぁ、保障していただけるんですよね？」

「もちろんよ。わたしたちは、まだ、ひどうなじんたいじっけんを、しなくてもいいだんかいにいるのだもの」

……私は、利他的な動機を公然と口にする輩を信用しない。まして、このキラキラ人の発言には、私の感覚からすると、絶対に理解できない奇妙な点がある。感染症とやらの説明も、どこか奥歯に物が挟まった感じだ。

けれど。

どうやらこの島の筆頭勢力であるキラキラ人を敵に回すのは、愚かなこと。そして、キラキラ人を利用してトランペット五人の『救出』『解放』に成功したなら。トランペットがシルエット人に踊らされていたお莫迦さんだと、理解させることができたなら。必ず元の世界に帰る予定の私としては、響子には部費の配分を増額させることができるし、何よりも、あの生意気な佳純に頭を下げさせ、スライドグリスやロータリーバルブオイル一年分を上納させた上、『ごめんなさいホルン様』と言わせることができるだろう。音楽室の唾床での土下座は、慈悲深いホルンの情けで、勘弁してやるけど。

それは、痛快だ。

「それなら解りましたあ。これからパートで話し合って、よくよく考えますねえ」

「鈴菜、だけど――」

「――紗英、市街地の偵察が、絶対に必要よね。

それに、一三人対一二人より、一七人対一二人にしたいと思わない？」

「一七人……鈴菜、鈴菜はひょっとして、クラと同盟を」

「ふふん。知っているでしょ。キレた友梨は、莫迦にできないわよお」

IX

私は、ビーチから泳ぎ始めた。苗原(なえはら)さんが一緒だ。

今朝、クラリネットは二班に分かれた。中島＝苗原、棗(なつめ)＝波越である。おシマさんは、偵察(ていさつ)がてら、ジャングルへ食糧調達にむかっている。私と苗原さんが遠泳をすることになったのは、単純に、菜花子と波越さんより泳ぎが得意だという、それだけの理由。そして何故、クラリネット側から遠泳班を出すことにしたかと言えば、ビーチに厳然(げんぜん)と存在している謎——灯台を調べるために他ならない。おシマさんは言ったのだ。立派な灯台だけれど、ただそれだけ。光りもしなければ、そもそも入口が無い。だから塔型のオブジェと一緒だと——三〇年間のサヴァイヴァルの間、当然、おシマさんだって疑問を持ち、遠泳をしたり舟を出したりして、灯台をその眼で確認している。私達だって、そんな、ヒトにとってほとんど無限の時間をビーチで過ごしていれば、ひときわ異彩(いさい)を放っているあの灯台を、幾度か調べる気になるだろう。だから、おシマさんの調査結果を疑うつもりは全然なかった。ただ、おシマさんは、こうも付け加えたのだ——

　変な落書きがあるだけよ。絶望的な気分になるような

そして、なんだか莫迦(ばか)にされている気もしたというおシマさんは、それを書き写してもこなければ、内容をしっかり憶(おぼ)えてもいないという。ここで、新入りの私達が俄然(がぜん)、

興味をいだき始めたのは言うまでもない。またおシマさんは、落書きを調べるなんて無駄で無意味でムカつくだけと確信してはいたけれど、自分自身、遭難者三〇年のベテランだから、私達の、何でもやってみたいという気持ちは当然、理解してくれた。かくて私達は、おシマさんのシェルターの貴重なポリ袋とバスタオルを借り、制服から下着まで一切とバスタオル・筆記具をポリ袋に入れ密閉し、ポニテの根元から髪をぐるぐる巻いたり、マーチングのときみたいに髪をお団子にして、ポリ袋を適宜な所に縛った。そしてビーチの最も灯台に近い地点から、心その他の準備ができたらしい苗原さんは自信あふれる躯を、私は先輩としてかなり自信を喪失する躯をそれぞれさらしながら、瑠璃色の海へと洋画っぽく裸で泳ぎ始めた——という訳である。ちなみに、おシマさんはもちろん手製の、カヌーともボートともいえる舟をオススメしてくれたのだが、そこそこ泳げる人間だと、海の誘惑には諍い難いものがある。しかも、ベタ凪ぎ。私は海が好きな上に、凪いだ海の音が大好きでもある。

——さすがに一年三六五日吹奏楽部だから、泳ぐなんて久しぶりだ。

そうはいっても一年三六五日吹奏楽部だから、マラソン、遠泳といった有酸素運動は得意である。

二㎞というと、五〇ｍ×四〇本の計算になるが、クロールで猛ダッシュするわけではない。遠浅だから五〇〇ｍほどは危険がない。急ぎの用事もない。ポリ袋はヘルパーになる。平泳ぎでちんたら波に漂いながら、疲れれば背泳ぎの姿勢になって空と睨めっこし、ぷかぷか浮くのに飽きたならまた灯台を目指せばいい。結論として私達は、太陽の傾きがかなり変わった頃、灯台にタッチできた。

この灯台そのものは、まるで海が生やした樹のようにいきなり海面から出現していて、脚を休める部分がなかった。もちろん基部はあるのだが、その白い壁に、取っ掛かりがまるでないのだ。だがさいわい、周囲はちょっとした岩場になっており、なめらかで大きな巨岩が、天然のプールサイドというか、足場というか浮島になっている。人ふたりが躯を拭いて、また制服を纏うには充分すぎるひろさがあった。

「やっぱり二㎞みたいですね、中島先輩」

「そ、そうだね。体感的に三㎞は行ってないね」

……身長一五一㎝だし、幼児体型も悲しい。ルックスの自己評価は四〇点だし。さすがに一年三六五日吹奏楽部でも、なんというか、躯のメリハリには無関係みたいですね。苗原さんに軽く殺意を憶えた気もするけど、私のセールスポイント、ほっぺたの触り心地だけは勝っているはずだと自分を無理矢理納得させ、平らな岩を伝いながら、さっそく白亜の灯台を調べ始めた。その外周を。といって、あのおシマさんが出入口を見逃すとは思えないし、そんなものがあるなら、外周をひと撫でした時点で、私達にも発見できるはず。だから、大きな期待はしていなかったけど――

「とても大きな灯台ですね」

「私達の校舎くらいはあるね」

「おシマさんが『塔』と言った理由が解りました」

「もし、灯台としての機能があるのなら、内側は空洞というか、階段とかがあるよね。そう仮定すると、内側はとても広い。直径がとても長い。もちろん円周も長い」

「ロールプレイングゲーム的なサイズですよね……」

「天辺にラスボスがいたりね」

「やっぱりおシマさん、連れて来るんでしたね、あはは」

「まってナエ。ここ、何か彫ってある」

……それは、平らな岩からすぐにアクセスできる距離にあった。方角的には、まさに私達が出発したビーチを直視している形。灯台の白亜の壁に、深く、深く文字の群れが刻みこまれている。執拗なほど、深く。色は無い。漆塗りみたいに、塗料が彫りに流しこまれている訳ではない。だから、遠目には真っ白だ。双眼鏡があったとしても、ビーチにいながら文字を読むのは、まず不可能だろう。これを読むには、二㎞の海を越えてくるしかない。そして灯台の外壁をきちんと調べなければ、文字が彫ってあることすら発見できはしない。しかし、色を着けていないということは、風雪で文字が消えたりしないということ。そして執拗に深々と彫ってあるということは、誰かがいつか、そう、この白亜の壁が恐ろしく侵蝕されメッセージが消えてしまうまでに読むことを期待している――ということだろう。問題は、それが光族でも影族でも、ましておシマさんでもないということだ。光族・影族の悪戯にしては効果が不明だし、そもそも彼女等の根拠地は、ジャングルと市街地である。二㎞も離れた海上の悪戯（いたずら）を、誰に読ませようというのか。他方で、この島の謎に関わるメッセージだというのならもっと不思議だ。光族・影族が、そんな重要なものを他人に開示するはずがない。必ず独占するはず。心憶え（こころおぼえ）のメモだというなら灯台に刻むことはありえない。現におシマさんが発見し、読んでいるから。けれど、三〇年この島で暮らしているおシマさんが言うのだ――この島には『光族』『影族』『おシマさん＋私達』の三種族しかいない、と。

その誰も刻むはずのない文字というのは、いったい……

「ナエ、筆記具」

「はい、中島先輩」

「しかしナエ、これはまた……」

「まさかここまで泳いできて、クイズ、だとは……」

それは彫刻であり、文字の彫刻であり、したがって文章の彫刻だった。複数行にまたがっている。日本語で書いて（刻んで）くれているのは嬉しかったが、すぐに意味が理解できる、という意味では、悲しむべきともいえた。成程（なるほど）、『絶望的な気分になる』。読み終えて思った。一〇年二〇年あれば、暇（ひま）を持て余すだろう。だから光族か影族のお茶目（ちゃめ）な誰かが、嫌がらせ半分で刻んだのかも知れない。

「ムカつくけど、菜花子（なかこ）たちの意見も聴いてみないと。一言一句（いちごんいっく）、間違えずに書き写して」

「はい、行の折返し地点にも注意して、確実にそのまま筆写します、先輩」

……刻まれていたままに、その文章を書き記そう。

ビーチには、裏切者ユダを処刑するための絞首台と、カシウスを処刑するためのバニヤンツリーと、ブルータスを処刑するためのアメリカネムがある

まず、絞首台の前に立ち、バニヤンツリーに向かって歩数を数えながら真っ直ぐ歩け

バニヤンツリーにぶつかったなら、直角に右へと曲がり、その歩数とおなじ歩数だけ歩いたら、そこに第一の杭を打て

絞首台にもどり、今度はアメリカネムに向かって歩数を数えながら真っ直ぐ歩けアメリカネムにぶつかったら、直角に左へと曲がり、その歩数とおなじ歩数だけ歩いたら、そこに第二の杭を打て

第一の杭と第二の杭の中間点に、求めるものが、眠っている

「バニヤンツリー……いわゆる菩提樹ね」

「中島先輩、ほら、ビーチに見えます。むかって右側」

「あっ、かなり大きいね。ここからもよく分かる」

「ビーチ名物、椰子の林からは、ぐっと迫り出してますよね。かなり砂浜に近い」

「だから、特定しやすくもある……アメリカネム、って樹は初耳だけど」

「絶対だとは言えませんが、今度はむかって左側、ビーチの市街地よりの奴です」

「ナエ知っているの？」

「あ、いえ全然。でも、バニヤンツリーほど迫り出している樹は、ビーチにあれしかありませんから」

「……むかって右側にバニヤンツリー。左側にアメリカネム。確かにここからだとよく分かる。あの二本の樹は、椰子の林からあきらかに突出している」

「しかも、遠目で観察するかぎり、他には椰子の木があるだけです」

「あの二本の樹だけが、ビーチで、特殊ということね……だけど、さすがに絞首台は、ビーチじゅう捜索しても発見できないと思うわ。物騒だし、私達が探索したときすぐに発見できたはずよ。ビーチは見透しが利くから」

「それはそうですね。そんなものがあったら、最初の島めぐりで見つけてますよね」

「でもすべてが出鱈目という訳じゃない……」

第一目標K、第二目標B、第三目標Aのうち、BAは確実に存在しているし、しかもわざとらしい存在感にあふれているから」

やはり、嫌がらせなのだろうか。灯台から見れば、いやビーチでよくよく観察しても、B（バニヤンツリー）とA（アメリカネム）がいわば特異な点になることは解る。だからこそ、このクイズに挑戦しようという気にもなる。しかし、私が嫌がらせだと考えた理由はふたつ。第一、この絶海の孤島で求めるものとは何なのか。まさか海賊の秘宝でも原子力発電所でもあるまい。シェイクスピア全集などと言われては泣くに泣けない。私達はこの島から出たいんであって、この島に求めるもの、しかも砂浜に幾年も幾年も隠しておける様な、そんな期待の品はひとつもない。

「求めるもの、ねえ。それは失われた日常そのものだよ」

「中島先輩、私、ひょっとしたら人生で初めて、親と一緒に食事したいと思っているかも知れません」

「ああ、ナエのお家、お母さん看護師さんで共働きなんだよね」

「考えてみたら、確実に一週間以上、会話してないです。いえ、会っていないのかも」

「私、ちょっと恥ずかしいけど、オムライス大好きだから、母親のオムライス食べたいな」

「『求めるもの』が中央線特快だったら私、泣いちゃいます先輩」

「私も一緒に号泣するけど、それだと三鷹で乗り換えだね」

「あっ吉祥寺停まらない」

……そして、これを嫌がらせだと判断した理由の第二。

もし私達も一〇年二〇年を生き残らなければならないのなら、どうせ時間の殺し方に苦しむだけだ。だからこのクイズに乗ってもいい。だが、常識で考えてこれは誇張なく『無理難題』としか言い様がない。何故か。説明するまでもないが、第一目標K（絞首台）が発見できないからである。すべての出発点が目標Kである以上、目標B・目標Aが餌として垂れ下がっていても動きようが無いし、動き始めようが無い。こんな不可能事のためにビーチで汗だくになるよりは、一〇年後に島が口を開けたとき、たまたま吉南女子の改築工事をやっていること、そしてたまたまショベルカーなどの重機が一緒に墜落してくることを期待した方が、遥かに現実的といえるだろう。それでビーチじゅうを掘りまくるのである。そうして出て来た『求めるもの』が実はショベルカーだったとしたら、そのときこそ、私はこの島への定住を決意する——私は洒落が、しかも壮大な洒落が好きだから。

「……ナエ、おシマさんがどっぷり絶望に浸かっちゃったってことは、つまり」

「やっぱり絞首台なんて無いんですよね……でも中島先輩、どうでしょう？　おシマさんのシェルターは数学者さんのシェルターですから、方眼紙くらいはあると思います。だから、ビーチの地図を作って、目標Bと目標Aの距離と位置をプロットして、いろいろ試してみるっていうのは、アリかなあと」

「希望を砕いちゃって悪いけどナエ、それはヴァーチャルかリアルかの違いだけで、やっていることは『手当たり次第に掘ってみる』のと変わらないよ」

「うーん、そうですよね……でも九〇度とか中間点とか言ってますから、方眼紙で、そうですね、xy座標を設定して、ベクトルを」

「——ナミ、今、何て言った？」

「えっ、あの、その、ベクトルを」

「違う、その前」

「xy座標を設定して……」

私はカミナリの直撃を受けた様に感じた。xy座標。数直線。プラスとマイナス。島に嫌われる者と、愛される者。三種類の『ヒト』。血液量一と血液量二。そして、ああ、私は莫迦だった。私は知っている。このクイズを、いや、その真実さえ知っている。これは悪戯でも暇つぶしでもない。誰のどのような意思かはまだ解らないが、これこそが『求めるもの』——

出口への、鍵だ。

私達にはまだ生き残るチャンスがある。そのために私達は会わなければならない。この絶海の孤島、『第四の種族』に。

「あ、あの、中島先輩?」

「ナエ」

「は、はい」

「ガウス・アルガンの、島よ」

X

――さて。

太陽が出ている内は、ジャングルにいるというα^2の種族（＝シルエット人の敵）を警戒する必要はない。もちろん、シルエット人（α^4）が市街地にトラップを張り巡らせている様に、彼女等もまた、ジャングルにトラップを閊るほど仕掛けているという。そして、それは事実だろう。シルエット人は夜、活動を停止する。寝込みを襲撃されてはひとたまりも無い。α^2の種族にしても同様で、昼、活動を停止するのだから、就寝ちゅうに戦争を始められては一巻の終わりである。したがって、トラップは絶対に必要だし、死活的な意味を有する。現に、ほぼ同盟関係にあるはずのシルエット人ですら、私達トランペットの五人に、『トラップの地図』と『自分たちの砦』はあきらかにしなかった。それも頷ける。何故ならば、私達五人のうち、一人でも裏切り者が出れば、シルエット人七名は、明日の太陽を見ることができなくなるだろうから。そして、これもまた同様の事情から、ホルンの鈴菜たちも、ジャングルにおける『トラップの地図』『α^2種族の砦』は、教えられていないはずだ。

しかし。

差し当たり『トラップのないルート』の地図があれば、島の探索に問題はない。もちろんこれは『トラップのないルートすべて』の地図ではありえない。そんなものがあれば、それは『トラップの地図』と一緒のものになってしまうから。だから正確に言えば、シルエット人が私に提供してくれたのは、『トラップがないと分かっている範囲のルート』だった。無論それで充分。ましてジャングルの一部もカバーしているとなれば、感謝したいほどである。

——響子と佳純（かすみ）、そして香椎（かしい）さんと上郷（かみさと）さんは、シルエット人との作戦会議に基づき、市街地の要塞化（ようさいか）を進めている。私達、現代の女子高生が落ちてきたことで、島のパワーバランスは大きく崩れた。そして、客観的に言って、鈴菜は決して好戦的ではないが、積極策を好む。もしトランペットがシルエット人と同盟を結んだように、ホルン四人がα^2種族と提携したのなら、確実に市街地へ攻めてくるはずだ。そして、α^2種族の目的は、私達トランペット五人の確保と、病院・研究施設の占拠。これを前提とすれば、響子と佳純の頭脳なら、たやすく撃退策（げきたいさく）を考えることができる。『要塞化』というのは、その撃退策のための、市街地の改造だ。シルエット人は撃退ではなく『殲滅（せんめつ）』を強硬に主張したが、そこは響子が絶対に譲（ゆず）らなかった。喧嘩（けんか）離（わか）れしたといっても、ホルン四人は吹（すい）部（ぶ）の仲間。そしてα^2種族がどれだけ危険であったとしても、私達は人殺し集団ではない。襲ってくるというのなら、無力化すればいい——

シルエット人がどう葛藤（かっとう）したかは知らないが、戦争の主役は私達五人であることに鑑（かんが）み、司令官は響子、その命令は絶対とされた。ちなみに『戦争の主役が私達』というのは、ある意味当然だ。α^2種族が合理的な作戦を立てるなら、どう考えても夜襲になり、したがってシルエット人は戦争をするどころか、動くことすらできないからである——

そのような緊急時、偵察に出たいと言った私を、響子は厳しく止めた。要塞化のため人手が必要だ、というのもあるだろうが、既に仮想敵であるα^2種族に危害を加えられることを、心配してくれたのだろう。

『和音、私達はここで戦うのよ。ジャングルがどうあろうと、関係ないわ』

『そうでもない』

『何故？』

『アジトが発見できれば、暗殺できる』

『……無理よ。シルエット人が一〇年間、捜し続けて無理だったのよ？　ましてトラップだってある』

『響子、α^2種族は必ず夜襲してくる。これは解るわよね？』

『もちろん。シルエット人は夜、動けない。戦えるのは私達トランペットの五人だけ。ところがα^2種族は夜、動ける。だから夜戦えるのはα^2種族九人＋ホルン四人の一三人。戦力差から、圧倒的にあちらが有利……たとえ敵地への、夜間攻撃であろうとね。

だから私達は、むしろ夜戦を前提に、この作戦を考えたんじゃない』

『だからこそ、あっちには秘策があるはず。万全の態勢で迎撃する私達を蹴散らす、秘策が』

『そんな秘策なんて』

『絶対にある』

『どうして？』

『鈴菜がいるからよ。鈴菜は必ず、私達の裏を掻いてくる──

響子はあのホルンが、鈴菜の合金ともいえるあのホルン一行が、何の計略もなく夜祭りに来ると本当に思う？』

『それは』

『そして、クラの動き』

『……友梨たち四人ね』

『ホルンと同盟されては著しく不利。ビーチの動静も知る必要がある』

『……解ったわ和音。そうしたら誰か一緒につける』

『無駄。アサルトライフルとナイフ、あと手榴弾を幾つか頂戴。それで私の身は絶対に守れる。けれど、同行者の安全は保障しかねる』

『これ以上の説得は、無駄のようね……』

『必ず帰ってくるわ』

『約束よ』

──こうして私、トランペットの甲斐和音は、パートと市街地を離れて、単独、島を調査しているのだった。そう。私は島を調査しているのであって、実はホルンだろうとクラだろうと、偵察などするつもりは微塵も無かった。もちろん、事のついでに偵察もできればよいけれど、できなくても全然、問題はない。私の本当の目的は、本格的に戦争が始まる前の小康状態のうちに、『惑わしの島』の正体を知ることにあるのだから。

結果的に、響子には嘘を吐いてしまったが、私の仮説がもし正しければ、戦争などと莫迦なことをする理由はなくなる。α^2種族とα^4種族の怨みつらみは残るかも知れないが、それは知ったことではない。私達が家へ帰れればよいのだし、それを妨害するとなればどちらも敵、すぐさま殲滅するだけのことだ。

私はまず、市街地からホワイトウォールを抜けて、牧草地に出た。

正確を期するために方角を数度確認してから、六時の方向へ、またホワイトウォールを通過する。市街地に拠点を持つ私達からしてみれば、当然のことながら、左に市街地、右にジャングルが広がる境界線に出ることになる。

(さて、ここからだわ)

今度は、時間も距離も計測する必要がない。また海岸線をわざわざ歩く必要もない。最初の時は外周約一九・五㎞を約四時間で踏破したけど、ジャングルのトラップにさえ注意しておけば、メインベルトのかなり内側を突破することができる。結論として私は、二時間五分三六秒で、時計回りに島を一周した。

(意外に脚、衰えているわね)

出発地点に帰った私は、ペットボトルのキャップひと口の水を含むと、そのまま回れ右をして、今度は反時計回りに島を周り始めた。繰り返しになるが、出発地点は『市街地』と『ジャングル』の境界線六時のライン。そこから五時、四時、三時……と市街地を過ぎ越し、二時で『ビーチ』と『市街地』の境界線に行き着く。そこから一時、〇時、一一時……と歩き続ければ、島における最後の境界線、一〇時のラインに到着するのだ。

（やはり、ね）

私はしかし一〇時のラインを突破しなかった。そのままメインベルトを離れ、ホワイトウォールを抜けて牧草地へ。そしてそこで回れ右をしてまた一〇時のラインを下りる。一〇時のラインは島の境界線。そして私の眼前には、『ビーチ』と『ジャングル』の境目が、人為的なほどあざやかに、描かれていた。

誰かが見ていれば、精神に異常を来したかと思われるような行動だ。

だが、私は誰にどう思われようと気にしないし、ほぼ確実な予感を――仮説を持っている。だからそのまま反時計回りに『ジャングル』を侵攻し始めた。ジャングルを抜け、市街地を抜け、やがて二時の境界線に至る。そこでも私は、島の幻惑を見た。

（そして、最後に）

二時のラインでホワイトウォールを登り、また回れ右をして二時のラインを下る。そこは当然、『市街地』と『ビーチ』の境界線である。そして再び、反時計回りにビーチを突破し、ジャングルを抜け、六時の境界線に到着すると――

（こういうことになる）

私の脳内には、島の、本当の地図ができあがっていた。

この島には、六の地域がある。実はすべて発見だけはされている。すなわち、

①象牙色の海岸（B）　※BeachのB、以下同様
②翡翠の市街地（C）
③カーキのジャングル（J）
④黒の毒沼（M）
⑤赤の墓地（G）
⑥水色の石切場（S）

の六地域だ。そして私は、まず時計回りに島を一周した上で、それを反時計回りにしたとき、島がどう変貌するかを確認したのだった。その結果をまとめると、こうだ。

甲（時計回り）　J↓B↓C↓J……
乙（反時計回り）　C↓B↓S
丙（反時計回り）　J↓C↓M
丁（反時計回り）　B↓J↓G

これは、私達が激論した内容と完全に一致する。例えば、鈴菜たちホルンは『乙』のコースをたどり、ビーチの左隣にあるはずのジャングルを発見できなかった。私達トランペットは『丙』のコースをたどり、市街地の左隣にあるはずのビーチを発見できなかった。そして友梨たちクラリネットは『丁』のコースをたどったから、ジャングルの左隣にあるはずの市街地を発見できなかった——

ところが。

牧草地から直接、ホワイトウォールを経て下りてゆくと、何の問題もなくビーチ(B)、市街地(C)、ジャングル(J)に行き着く。私達が領土にしたのもまさにこの三地域だし、α^2種族はジャングルを、α^4種族は市街地を根拠地としている。もし、喧嘩（けんか）離（わか）れした三班のどれかが毒沼・墓地・石切場にたどり着いたのなら、領土の変更を求めて、また紛争になっていたはずだ。

(——このことから導かれること)

ビーチ、市街地、ジャングルは、この島の表の顔である。牧草地から下りていったり、時計回りに動くかぎりは、この表の顔BCJしか決して現れない。ところが一定の要件を満たしてしまうと、島は、惑わしの地域MGSを出現させるのだ。

その一定の要件とは。

第一に、メインベルトを反時計回りで移動すること。第二に、各地域の境界線から境界線までを、牧草地へ帰ったり反転したりすることなく、きちんと横断すること。そして第三に、表の顔ＢＣＪのうち二地域を、完全に横断することである。これは、乙・丙・丁の規則から明らかだ。Ｃを完全に横断し、また連続してＢを完全に横断すると、位置からしてＪが出現しなければならないのに、突然、Ｓが出現する。Ｊを完全に横断してＣを完全に横断したとき、位置からしてＢが出現しなければならないのに、忽然とＭが出現するのも一緒の現象だ。Ｂ→Ｊの後、Ｃの代わりにＧが出現することも。

そして、興味深いのは。

表の顔ＢＣＪと、惑わしの顔ＭＧＳが、綺麗な対照関係にあることだ。詳論すると、

象牙のビーチ ⇕ 黒の毒沼
翡翠の市街地 ⇕ 赤の墓地
カーキのジャングル ⇕ 水色の石切場

のように、これらはあざやかなコントラストを成している。まず、反対色の組み合わせだ。白と黒、緑と赤、茶と水色。そして、意味的にも真逆である。命の海と、死の沼。生者の世界と、死者の世界。恵みの森と、不毛な跡地。ここまでくれば、惑わしの顔ＭＧＳとは、実はコインの裏の顔、属性が反対の顔、そう、マイナスの顔と断定していいだろう。

これを整理すると、

i　M（沼）＝－B（海）
ii　G（墓）＝－C（街）
iii　S（石）＝－J（森）

となり、よって、すべての関係を数式化すると、『属性が変わっている』のだから足し算引き算ではなく、掛け算で、

Ⅰ　C×B＝－J
Ⅱ　J×C＝－B
Ⅲ　B×J＝－C

ということになる。すなわちこれは、B、C、J、のタンゴであり、例えば『Cの属性』×『Bの属性』で『－J』が発生することを示しているほか、実は、この島はBCJとMGS、六の地域から成立しているのではなく、

『BCJ』の掛け算の組み合わせが、マイナスの地域を出現させる

ということを示しているのだ。そのルールは極めてシンプルで、『BCJ』から二要素を選んで掛け算をすると、残された一要素がマイナスになって出てくる――というびっくり箱に過ぎない。私達を派手に喧嘩（けんか）させる力はあったが、それだけだ。

いや。

（ほぼ、それだけだ）

というのも。

私達の目的は喧嘩を止めることではない。それは戦略上大切だけれど、最終の目的ではない。最終の目的は、脱出するためこの世界の謎を解くこと。しかしこの段階で私は、まだ、このBCJのタンゴを完全に理解できてはいないのだ。だからびっくり箱は依然、力を発揮していると言わねばならない。そう。私がまだ到底理解できてはいない謎――（ここまでルールに執拗(こだわ)るこの島が、何故、乗法(じょうほう)のルールをあざやかに無視しているのか？）

……だって、そうだろう。

C×B＝−J――それならそれでいい。J×Cも、B×Jも。

しかし、だとしたら。

B×C＝−Jでなければならないはずだ。3×6も6×3も一緒。乗法では、掛ける要素をどう入れ換えようと、あるいは要素がマイナスであろうとプラスであろうと、結論は一切、変わらないはずだ。しかし、この島ではそうはならない。何故そうならないか？　理由はともかく、現象としては明らかだ。『市街地の属性』×『ビーチの属性』が『マイナス・ジャングルの属性』になるのであれば、『ビーチの属性』×『市街地の属性』もまた、『マイナス・ジャングルの属性』にならなければおかしいのに、『ビーチから市街地を経て、ジャングルにゆける』のだから。記号的には、B×C＝J、解はプラスJである。現実世界に即して言えば、時計回りに島を動いたとき、絶対にマイナスの地は出現しないのである。結論として、B×CとC×Bは違うし、J×CとC×Jも、B×JもJ×Bもまた違う。

私は実は文系なので、こうなると、島は数学的なルールで動いているという仮説も、疑いたくなってきた。3×6と6×3が異なるなんて話は、聴いたことがない。

(確か友梨が、数学好きだった。あ、微分積分とか言っていたけど。でも私よりは)

——私は検討を諦め、ホワイトウォールへ進んだ。牧草地から、市街地へ帰るために。

白い靄を抜け、山頂の木造校舎が視野に入ってくる頃。

突然、悲鳴が聴こえた。

(木造校舎の方?)

そんなに遠くはない。私はアサルトライフルを構えながら、なだらかな斜面を駆けた。所詮、半径一㎞の円である。だから木造校舎に急行するよりは、木造校舎のどこに急行すべきなのか判断するのに時間を食ってしまった。それが、致命的な遅れだったのか。

(もう悲鳴は聴こえない)

しかし、あからさまに場違いな音は、聴こえた。

カシャリ、カシャリ。

意外に大きく響くその音は、誰でも直感的に理解できるものだ。すなわち、カメラのシャッター音である——カメラのシャッター音?

「もうやめて!! もういいわ!! それで充分でしょう!?」

声を発してくれて救かった。こちらから位置を教えたくはなかったから。そして声を発したのは、波越さんだ。クラ二年の波越鳴美さん。私は少なくとも彼女が1－10の教室の外側——外窓の外にいるのを知ると、そのまま校舎内に躍りこんで、1－10の内側から、窓ガラスの外の人影に警告した。教室には何故か、真新しいリラの花が数多ある。

「動かないで」

「誰？」

そのまま銃口をむける。

草の上には、四人の人間がいた。いや、これは正確な表現ではなかったかも知れない。そこにいたのは、草の上にしゃがみこんでいる波越さんと、ナイフをかまえるシルエット人と、そして、血塗れになって倒れている女生徒ふたりだったから。私は急ぎ窓を越え、シルエット人と波越さんとの間に入りながら、シルエット人が何かを隠したこと、銃器は持っていないこと、そして——近くで倒れている女生徒が既に絶命していることを、観察した。外頸動脈をあざやかに切断されたらしく、猛烈な勢いで血潮を噴き出した形跡がある。それは、クラの。

「菜花子」

「か、甲斐先輩……ふ、ふたりとも、殺されて……」

「波越さん」

そして私はシルエット人の脚元を見た。真っ黒な影に隠れる様にして、女生徒が、もうひとり倒れている。こちらも既に命は無い。殺害の方法は、もうひとりとまったく同様。そしてシルエット人の純黒の躯には、無数の血飛沫と、べっとりとした血糊があきらかに見てとれた。私はある種の警戒感を持って波越さんを一瞥したが、その制服はほとんど血に汚れてはいない。数瞬、波越さんの性格ならもしかして——とは思ったが、この姿で犯人というのは無理がある。

「説明して」

「そ、そこの、シルエット人が、いきなり」

「誰を」

「な、棗先輩と……久美子、トランペットの」

「シルエット人が、ふたりを、殺したの？」

「そうです!! いきなり……いきなり襲い掛かってきて……私も、もうちょっとで!!」

「何か会話した？」

「まさか、全然です、本当に突然」

私はナイフを離そうとしないシルエット人の眉間を照準した。トランペットはシルエット人と同盟関係にあるが、誰が誰かは、相手の姿形ゆえ識別できないし、そもそも七人すべてを紹介されているわけでもない。だが、こんな変装は誰にもできない。それがシルエット人であることは、一〇〇%間違いの無い事実だった。

「私を知っていますよね？ トランペットの甲斐和音です。そしてあなたの脚元にいるのは、やはりトランペットの上郷久美子。私達はあなた方と同盟関係にある——とばかり思っていましたが？　この事態、説明していただけませんか？

ちなみに私は、人殺しを躊躇しません。響子や佳純とは違います。念の為」

……そのシルエット人は、無言のままで。

「波越さん、あなたたちは何故ここに？」

「な、中島先輩と、相談して、菜摘に……死んでしまった奈良橋さんに、リラを、お供えしようって……それで、赤の墓地から、リラを」

「菜花子と一緒に？」

「は、はい!!　それで、リラを摘んで、1－10の、遺体に……校舎を出たら、突然!!」

成程、あざやかな奇襲だったらしい。菜花子の指は、機関銃の引き金にすら掛かってはいない。代わりに、というわけではないが、菜花子のクラリネットが傍に落ちている。

ふと見れば、波越さんの傍にもまた、クラリネットが転がっていた。

「そのクラは？」

「り、リラをお供えして、一曲、吹こうとして」

「教室の外から？」

「な、なかは、ちょっと……棗先輩も、外からでいいだろうって」

1－10は、この世界で客死してしまった仲間の遺体安置所。そこで花を捧げたが、さすがにこれだけの遺体を前に音楽はできかねたということか。しかし、クラリネットを演奏しようとしていたことで、武器が離れ、結果的に奇襲を受けてしまった。こうなる。

「クラリネットの事情は解った。でもトランペットのクミは何故ここに？」

「わ、分かりません。分かりませんが、ちょうど、校舎に来たんです」

「シルエット人さん、あなたが連れてきたの？」

……無言。

「いつ来たの」

「それも、全然……そのひとが来たとき、久美子はもう、いました」

「クミはあなたたちの領土――市街地にいた。そしてこの情勢。クミが単独行動をするはずがない。響子が許さない。

けれど。

議論は好きじゃない。

最後に質問するわ。回答によっては、命は保障する。

何故ふたりを殺したの？」

その刹那。

背後から響子の声が響いたのは、痛かった。

クミ――――!!

私が引き金を引いたとき、そのシルエット人は既に疾駆していて。

追撃することも、処分することも、たやすくできたが……

状況が分からなくなった。だから、響子まで失うわけにはゆかない。すぐに合流しなければ。私は波越さんをほぼ担いで、響子の声がした方へ歩き始めた。シルエット人の逃走方向と異なっていたのは、さいわいだった——と考えるしかないだろう。


クラリネット三年の菜花子が死に、クラリネットは三人になった。

トランペット二年の上郷さんが死に、トランペットは四人になった。

そして、来たるべき戦争。

この非常事態を受けて、最後のパーリー会談が、行われることとなった。

最大派閥どころか既に最小勢力、戦争すらままならないクラリネットの——そして親友を殺された友梨の必死の懇願がなければ、とても開催できなかったろう。そもそも、もう直接会える状態ではない。開催の段取りを調整するだけで、優に半日は掛かったほどだ。

会談場所は、山頂校舎、1-6。

島の二大勢力を入れずに、友梨=鈴菜=響子の三人で。

生き残った十一人は、誰もが思ったろう。

会談の結果によっては、家に帰るどころか、自分はここで死ぬのだと……

第3章　ハミルトンの島

I

「響子、鈴菜」と私。「まず、来てくれてありがとう」

「それよりも、友梨」と響子。「菜花子のこと……本当に、御免なさい」

「響子が謝ることじゃないよ。菜花子もそれは解っている、と思う」

「吉南女子吹奏楽の三年として」と鈴菜。「菜花子のお葬いを、しなければならないわ」

「鈴菜、これは、とても悲しいことだけど」と私。「クラ、ホルン、ペット。また皆で一緒にやってゆくきっかけになるなら、菜花子の死は、無駄にはならない。それから鈴菜、犠牲になったのは菜花子だけじゃないわ。上郷さんのことが、響子にとってどれだけつらいか、解ってあげないと。私達はおなじ、パートリーダーだから」

「……友梨、本気なの～？」と鈴菜。「私の言うお葬いには、菜花子の仇討ちが入るけど～？」

「菜花子が望まない。たぶん、上郷さんも。それに鈴菜、誰が犯人なのかも解らない」

「誰が犯人なのかはあ、明確すぎるほど明確よ？」

「……でも事情が解らない」

「事情も単純よお」鈴菜は断言した。「少なくともシルエット人は、私達を処分し始めた」

「そんなことはありえないわ」

「悪いけど響子、菜花子殺しと上郷さん殺し。目撃したのは波越さん——中立勢力のクラの波越さんと、まさにそっちの陣営にいる和音でしょお？　これ以上客観的な証言がある？」

「動機が無いわ」

「シルエット人は私達を人体実験の材料としか考えていないわよん」と鈴菜。「モルモットの数が充分なら、それ以外は煮ようが焼こうが勝手気儘でしょ」

「それはα^2種族が主張していることだと思うけれど——」

「——α^2種族？」

「鈴菜たちホルンが行動をともにしている先輩方よ」

「ああ、キラキラ人ね」

「き、キラキラ、成程……そのキラキラ人の先輩方の言うことが事実なら、私達トランペット五人で人体実験をしないのは変じゃない？」

「確かにそれは変だわ」

「だったら鈴菜」

「けれど説明はカンタンよお。可能性はふたつしか無いから。ひとつは響子、あなたたちトランペット四人は騙されている。そしていまひとつは――そうであってほしくないけれど――あなたたちだけの安全は保障される契約を結んだ。

響子たちが騙されているときは、所詮、実験材料には変わりないけど、キラキラ人を襲撃して全滅させるのに利用されているだけ。そして契約が結ばれているときは、トランペット以外の部員が、すべて実験材料として売り飛ばされた。こうなるわよねん」

「……私達が、部長である私が、そんな陰謀に賛成するとでも思っているの？」

「だから私としてはあ、トランペットは騙されているだけだと信じたいけどね」

「私達は騙されてもいないし、仲間を売り飛ばしたりもしていない。

それに鈴菜、あなたクミ殺しを忘れてはいない？　いわば同盟関係にあったトランペットの娘を殺して、シルエット人に何のメリットがあるの？　騙しているにしろ陰謀仲間であるにしろ、計略が破綻してしまうじゃない」

「和音が駆けつけていなければあ、波越さんは殺されていたでしょうね。するとどうなる？　山頂校舎のすぐ傍で三人の遺体が発見される、それだけよお。シルエット人と犯行を結びつけることは、できなかったでしょうね。そしてまさに今、響子が言ったロジックが活きてくるわけ。そう、『上郷さんを殺したのは、同盟者であるシルエット人ではありえない』――一緒の機会の犯行だから犯人はおなじよねえ、三人すべてについて。するると、菜花子殺しも、予定されていた波越さん殺しの犯人もすべて『シルエット人ではありえない』ことになってしまう。

　ならば、さあ、どうなるかしらあ？」

「菜花子＝上郷さん＝波越さんを殺したのは」と私。「クラリネットかホルンである」

「そのとおりよん友梨。しかも、さっき響子が使ったロジックからすればあ、『菜花子と波越さんを殺したのは、パート仲間であるクラリネットではありえない』となる。

　そう。

　これこそがシルエット人の悪辣な謀略」

「鈴菜の結論は、つまり」と私。「菜花子殺しと上郷さん殺しは、ホルンだけを殺人者にでっち上げるために実行された。こういうこと？」

「それしかないわあ。キラキラ人は犯行時間帯である昼間、動けないしね」

「それならどうしてそんなことを」

「カンタンよ友梨。シルエット人はキラキラ人と最終戦争がしたいのだから、騙したにしろ契約したにしろ、絶対にトランペット四人を手駒として確保しておきたい。夜でも動けるトランペットをね。だから、ホルン＝キラキラ人枢軸がいよいよトランペットの上郷さんを殺した、と『確定』すれば、もうトランペットとしては、復讐のため、シルエット人に盲従することになるわよねえ。トランペット＝シルエット人同盟は徹底して強固になる。それがシルエット人の狙いよん。だってこれまで響子はきっと、私達を殺すことまでには、踏み切れなかったでしょうからね」

「鈴菜、私は今でも鈴菜たちを殺すことなんて考えてもいない。それはクミの魂の尊厳に反する」

「それじゃあ市街地を要塞化しているのは何故え？」

「自衛のためよ」

「やっぱりホルン＝キラキラ人枢軸を敵視しているんじゃないの〜」

「……私達には生涯使い切れないだけの武器があるわ。それこそ、キラキラ人のジャングルを焼け野原にできるほどのね。でも私達はそうしない。それは何故だと思う？」

「カンタンなことよお。ジャングルを焼き払えば、トランペット四人の水と食糧が調達できなくなる、それだけ。しかもキラキラ人たちは食事の必要が無いんだから、大したダメージを与えることなんてできないしね」

「鈴菜、よく聴いて。騙されて利用されているのは私達じゃない、あなたたちホルン四人なの」

「それは初耳だわ」

「というのも、人体実験をしているのは、少なくとも他人の命を懸けた人体実験をしているのは、まさにキラキラ人の側だからよ」

「なら私達四人はどうして無事でえ、まして歓待されているの？」

「鈴菜、あなたはキラキラ人とシルエット人が何故、戦争状態にあるか知っている？」

「キラキラ人がこの世界に落ちてきたとき、シルエット人が親切めかして保護をしてえ、そのままキラキラ人を拘束してえ、血液をほしいままに搾り獲ったり、それこそ命に関わる狼藉を働いたから、でしょ？　七〇〇㎖も一、四〇〇㎖も奪ったらしいわねえ」

「違うわ」

「違う、とは？」

「確かにシルエット人は、キラキラ人に実験への協力を求めた。そしてその前提として、実験の趣旨も、それが何故生き残ることにつながるのかも、ぜんぶ説明をした。あなたちホルンは、キラキラ人からその説明を受けているの？」

「――――――」

「ところが、キラキラ人は島で必要な知識、家へ帰るための必要な知識を獲ると、それ以上の友好関係を拒否した。それどころか、保護し、治療をし、乏しい物資を分け与え、あらゆる情報を教えてくれたシルエット人を裏切って、戦争を始めた。シルエット人を鏖殺しにするために」

「響子、それはあ、シルエット人が響子に教えた物語でしょ？」

「それはそのとおりよ鈴菜。だから、もうひとつだけ、教えてもらった物語を伝えるわ。キラキラ人は一〇年を耐えた。新しい実験材料が落ちてくるまで。それは言うまでもなく私達よ。そして、キラキラ人が今必要としている実験材料の数は、ギリギリのラインなら、六人だけでいい」

「なんですってえ？」

「これこそが鈴菜、あなたたちホルン四人の命が保障されている理由。さっき、二人もの娘が殺されてしまうという悲劇はあったけれど、それでもなお、確認できているだけで、ホルン四人、ペット四人、クラ三人の十一人が生き残っている。

ここで、キラキラ人は。

まずあなたたちホルン四人を保険にしている。誘拐された冴子を入れれば五人。もし戦争に負けたとしても、喉から手が出る資源は、どのみち確保できる確率がたかい。こうして保険を掛けておいて、戦争を仕掛け、ペット四人・クラ三人を、あわよくば生け捕りにする。生きていなければ、資源として意味がなくなるそうだから。それはそうよね、遺体でいいのなら、1-10の教室にたくさん安置されているわ――

私達『現代の娘』『ヒトの姿をした娘』を七人も確保できるなら、戦争をする価値は充分にあるし、勝って七人を捕虜にできれば、一〇年間我慢して我慢して我慢し続けた人体実験ができる。ギリギリのラインは超えているし、まだ騙され続けている『保険』が、少なくとも四人いるのだから。

だから鈴菜。

誓ってもいいわ。キラキラ人はあなたたちを騙している。少なくとも、『現代の娘』六人がどうしても必要だと説明していない時点で、あなたたちを対等な同盟者とは見ていない。そしてその人体実験の内容、それは聴かされているんでしょう? さっき鈴菜自身も話していたから」

「……私達の血がほしいみたいね。もっとも、それをほしがっているのは、シルエット人だという話だけれど」

「いいかな、響子、鈴菜？」と私。「キラキラ人もシルエット人も、元々、私達と一緒の姿をしていたんだから、それがああなってしまったということは、人為的な操作をしたんだよ。そして響子と鈴菜の話、それから私がビーチで手に入れた情報からすると、実は、どちらも一緒のことをしているとしか思えない。つまり私達、ううん、私達ヒトの血を資源にして、自分達の姿を変えたってことだよ。具体的には、輸血によって、自分達が希望する状態になったってことだよ」

「友梨、ビーチにも第三者がいるの？」

「うん響子、恐らく最古参、三〇年前組が独りね。ただその輸血をしてはいないから、キラキラ人でもシルエット人でもないし、どちらにも関わらずに、三〇年を生き残ってきた人だけれど」

「それじゃあ、キラキラ人があ、血を搾り獲られたっていうのは……」

「そうだよ鈴菜。シルエット人が、あの姿になるためだったと思う。だから、シルエット人が、キラキラ人で人体実験をしたことは、事実だよ。そもそもシルエット人が市街地を根拠にしているのは、『病院』『研究所』があるから。そしてこれをキラキラ人に占拠されたくないから、だと思う」

「響子、あなたは今の友梨の指摘、どう考えるのよお？」

「否定しないわ鈴菜。だってシルエット人自身、悔やんでいたというか、反省していたもの。それを私達へ正直に告白するくらいに――戦争の引き金となったキラキラ人への人体実験は、命に別条あるものではなかったけれど、シルエット人の利害を第一に考えたものだった、それは恥ずかしいことだったし、独善だったと。私はそれを、『開戦の責任は自分達（シルエット人）にも大いにある』という懺悔だったと解釈したわ」

「……響子、鈴菜」と私。「キラキラ人とシルエット人。輸血は、何のためだったって説明していた？」

「感染症対策だって」と鈴菜。「この島に蔓延する感染症対策のために、とにかくヒトで血清を作らなければならない。そう聴いたわあ」

「たぶん一緒の内容だけど」と響子。「この島は『ミカウイルス』というもので汚染されていて、私達自身も、既に飲食物によって、そう罹患状態『α』になってしまっていると聴いた。それを治癒するために、ヒトの血液が必要だと」

「私達の仲間の遺体は奪われていないし」と私。「キラキラ人は、その治癒あるいは人体実験のために一〇年を耐えた。ということは、繰り返しになるけど第一、死んでしまったヒトの血液は治癒に使えない。そして新しい結論になるけど第二、輸血元は私達ヒトの姿をした者でなければならない――キラキラ人の血も、シルエット人の血も、使えない」

「それは真実か、かなり真実に近いと思うわ」と響子。「だって、キラキラ人の血でも、シルエット人の血でもいいのなら、過去一〇年間で、それこそ大戦争が起こっていても、全然おかしくはないもの。例えばキラキラ人が、超強硬策に出て、シルエット人を無理矢理捕虜にしない理由がない。両陣営が、激しく敵対しながら奇妙な共生を続けてきたというのは、全面戦争のメリットが一切、ないからよ」

「そのパワーバランスがあ」と鈴菜。『現代の娘』多数の出現で、大きく崩れた」

「もちろん私達が落ちてくる時季は、一〇年周期と予測できるのだから、いよいよ戦争が起きる――ということは、キラキラ人もシルエット人も、予想できていたでしょう」

「そこで響子、鈴菜。いちおう中立勢力になっているクラリネットから提案があるの」

「どんなどんな？」

「ホルンはキラキラ人から、そしてトランペットはシルエット人から、それぞれ距離を置いてほしい。それぞれの同盟関係を、いったん、解消してほしい」

「私達トランペット四人が、シルエット人との協働をやめる――ということ？」

「そしてそれは私達ホルン四人が、キラキラ人と手を切る――ということねん」

「お願い、できないかな？」

「でも友梨、そのときは」と響子。「私達は市街地にいられなくなるだろうし、鈴菜たちだって、ジャングルでは暮らせなくなるわよ？」

「ビーチに撤退してくればいいよ。ビーチには最強のサヴァイヴァーがいる。武器の備蓄もあれば、無尽蔵とは言わないけれど電気すら使える。水と食糧の心配もない」

「もしシルエット人か、キラキラ人が、ビーチ攻略作戦を発動しちゃったらどうなるの?」

「鈴菜、どちらの勢力も、本気でビーチ攻略を考えたりはしない」

「何故〜?」

「さっきの結論からだよ。キラキラ人にしろ、シルエット人にしろ、必要なのは、『まだ生きている現代の娘』あるいはその血液——ここで考えてみて? 今、キラキラ人とシルエット人が全面戦争に踏み切ろうとしているのは、『現代の娘』が、味方として確保できているからだよ。キラキラ人はホルン四人を、シルエット人はペット四人を。そしてクラ三人は孤立している。キラキラ人にとっての必要量は『現代の娘』最低六人なんだよね? だから、どういう組み合わせになろうと、派手にドンパチできるんだよ。

もし、これが。

本来そうあるべきだった、『キラキラ人九名』『シルエット人七名』『現代の吉南女子一人+サヴァイヴァー一人』という組み合わせにもどるんだったら、キラキラ人もシルエット人も、絶対にビーチ攻略作戦は実行できない」

「友梨、それはつまり、キラキラ人とシルエット人は絶対に連合しないし」と響子。

「最も戦力に恵まれているのは私達だから、ということ?」

「それもあるけど響子、最大のメリットは、『私達の血がほしいなら、私達を絶対に殺せない』ってことだよ」

「成程……確かに」

「もしビーチにどんどん侵攻されて、戦争としては白旗を上げざるをえなくなっても、『皆で毒薬を飲んで自殺するぞ』って脅せばいいだけ。こちらからノコノコ捕虜になる様な真似をしなければ、キラキラ人もシルエット人も、撤退するしか道はない――どう、鈴菜？」

「戦術的には、反対する理由がないわねえ」

「だったら」

「ただし友梨、戦略的にはまったく別論よぉ」

「……っていうと？」

「第一に。友梨、あなたは菜花子が殺されたこと、どう考えているのかしらあ」

「どうも考えていない。途方も無く悲しい、つらい出来事だと感じている」

「そうねえ、友梨なら自分を殺してそう感じるだけにするでしょうねえ、その合流策が成功するまでは」

「鈴菜、それ一体どういう意味？」

「誰かに誘拐された夏子をのぞけばあ、クラリネットは四人いたわねえ。そして菜花子が殺されてしまった、これも誰かに。残るは三人、友梨＝波越さん＝苗原さん。友梨自身は、恐ろしい自己犠牲の精神で我慢をするとしてえ、波越さんと苗原さんが、はたして黙っているかなあ？」

「まさか鈴菜、ナミとナエが、合流した途端に復讐をするとか考えているんじゃ……」

「当然じゃなーい。そもそもクラリネットはあ、いきなり奈良橋さんをボウガンで射殺されているのよ？　誰かさんに、だけど。これこそがそもそも、私達が分裂する決定打になった。このこと忘れてない？　ここで、おなじ二年の波越さん、苗原さんが、その誰かさんに復讐の炎を燃やしていない——なんてことがもし事実だったらあ、私、悪いけど、そんな冷血動物とは一緒に楽器吹けないわぁ。だって誰かさんは、何故かクラリネットを虐殺するのが大好きなんだものねぇ」

「鈴菜、あなたの品格のために指摘するけど」と響子。「クミのこと忘れないで頂戴」

「もちろん憶えているわよお響子、そして今、響子がちらりと見せた様に、トランペットもまた、上郷さんの復讐を忘れてはいないのよね。ひとりが殺されたトランペットですら、こうなのよ。もちろん、吹奏楽者なら当然のこと。だから、友梨の博愛精神の方が、ちょっと信じられない所でもあるんだけどねえ。まあ、友梨のことは、取り敢えず棚上げしてもいい。

　けれど。

　二年生の跳ね上がり、暴れ馬ともいえる気性の波越さんが、眼の前でクラの先輩を、菜花子を殺されて、自分も間一髪、頸動脈をパカリ斬られそうになって、ああよかった自分は救かった、これからは皆と自衛しながら安全に暮らそう——だなんて考えるかしら？

まさか、まさかよ!!

苗原さんだって変わりないわあ。おなじ二年の奈良橋さんが虐殺されて、今度は優しくて面倒見のよかった菜花子が惨殺されて、ああ自分が殺されずによかった、やっぱり皆と一致団結して生き延びてゆこう――だなんて考える？　私の価値観からすれば、そんな二年はコンクールメンバーから真っ先に外すどころか、すぐに退部願を書かせるわよ」

「鈴菜、それは確かに」と私。「鉄の団結を誇るホルンに比べたら、クラリネットは、その、どちらかといえば緩いけど、私だって吉南女子のパーリーだよ。ナミやナエが復讐なんて莫迦なことを考えているのなら、それは、どんな手段を使っても改めさせる。それに、鈴菜の言っていること、私には解らないわ。

確かにナラが殺されて、菜花子まで殺されて、クラリネットとしてはつらいよ。でも、それがホルンとどう関係するの？　言い難いけど、状況証拠からいって、菜花子を殺したのはシルエット人。少なくとも、そういうことになっている。ナミでもナエでもいいけれど、ふたりがホルン四人に危害を加える動機はちっともない」

「ということはあ、裏から言えばあ、シルエット人とトランペットに対しては危害を加える動機がある、こういうことになるわよね？」

「そ、それはそうだけど、理論的な話に過ぎないよ」

「そうよねえ。理論的には、トランペット＝シルエット人同盟を怨んでいても不思議じゃないわよねえ」

「それは私から説得するわ」と響子。「そもそも私達五人、いえ探索に出ていた和音以外と、殺されてしまったクミ以外の三人は、三人とも、犯行時刻には市街地にいたのだから。シルエット人のことは、百歩譲って容疑を掛けられても仕方が無い。だってウチの和音が目撃しているのだから。けれど、私達トランペット三人には確実なアリバイがある」

「あらあ、初耳だわあ」

「私達は――最初はクミも入れて四人だけれど――朝から市街地の補強工事をしていた。誰もが私の視線のとどく所にいたし、一〇分以上、現場を離れた娘もいないし、食事も一緒にした。三人が共犯で偽証者じゃない、という前提を信じてくれるのなら、トランペットのなかに殺人者はいないわ」

「響子、上郷さんは、いついなくなったの？」

「そうね友梨、もうじき夕方、といった頃。ふと気が付くとクミだけいないから、取り敢えず市街地を調べて、それでも見当たらないから牧草地に上がった。そして最終的に、和音と会った」

「いなくなったのは上郷さんだけ？　佳純と香椎さんは残っていた？」

「確実に残っていた。だから市街地を離れないように言って、彼女等を残して、私だけホワイトウォールを越えたの」

「いいかしらあ？」と鈴菜。「シルエット人は総員七人よねえ？　七人が七人とも、市街地にいたの？」

「それは分からない。朝の段階から分からない。分かる方が変だわ。だって誰もが真っ黒なんですもの。たとえきちんと自己紹介を受けていたとしても、シルエット人を識別することは、本人たち以外には絶対に無理。七人で補強工事をしていたはずだけれど、総員が固まって仕事をしていたわけではないから、七人すべてにアリバイがあるとは、残念だけど言えないわ」

「私、思うんだけどぉ」と鈴菜。「この緊迫(きんぱく)した情勢で——市街地の要塞化(ようさいか)をするほど緊迫した情勢で、上郷さんが単独行動をするはずがない。響子、あなた何か命じたの？」

「まさかよ」

「そして私思うんだけどお、上郷さんが市街地を離れるとすればあ、それは、信頼できる誰かと一緒のときだけよん」

「鈴菜、鈴菜は」と私。「それがシルエット人の誰かだと思っているの？」

「和音(かさね)の証言からしてそうだし、消去法でもそうなるわよねえ。だって『クラ』『ホルン』『キラキラ人』『見知らぬサヴァイヴァー』以外でなければ着いてゆきはしないでしょ？」

「ちょっとまって鈴菜」と響子。「シルエット人は基本、市街地以外に用事は無いわ。

水も食糧もいらないんだから。そしてそもそも私達だって、シルエット人を全面的に信用なんてしていない。だってまだ隠している事が幾つもあるから。だから、トランペットの皆に執拗く警告してあった。シルエット人からのアプローチが個別にあったら、すべて私に報告するようにって——だのにクミが、私に何も教えず、たったひとりでシルエット人と行動するなんて、絶対にありえない。これは断言するわ」

「なら逆に訊くけどぉ、なんで上郷さんは山頂校舎にいたわけえ？」

「それは……」

「そしてトランペットの佳純と香椎さんからすればあ、和音みたいに現場を見ていないわけだからあ、そもそもシルエット人が存在していたかどうかすら、怪しく思っている——少なくとも、怪しく思っていても不思議じゃないわよねえ？」

「私達が和音の証言を疑う理由もまた、ありはしないわよ鈴菜」

「けれど響子、友梨、これよ。

　これこそがホルンとして、友梨のビーチ籠城案に反対する戦略的理由の第二」

「それは鈴菜、どういうこと？」

「再論すると、第一の理由は『クラの怨み』。結果としてアリバイすらハッキリしないんだから、菜花子を殺したのはトランペット＝シルエット人同盟と考えるのが自然。すると、特に波越さんと苗原さんがあ、トランペットと和解だなんて認めるはずがない。うううん、そこはパーリーである友梨のリーダーシップで、無理矢理、我慢を強いてもいい。けれど、誓って言うわあ、トランペット四人とクラリネット三人は、必ず内紛を起こす。そしてそれは、私達生き残り十一人すべてを巻きこんだ、私達自身の最終戦争になる。私はホルンのパーリーとして、戦争責任もなければ攻撃行為もしていないのに、ホルン四人もろともに自滅するような、そんな墓場に直行するのは断乎として拒否します。

そして、改めて、ビーチ籠城案に反対する戦略的理由の第二。

和音は、シルエット人が上郷さん殺害に関係しているのを知っている。そして響子は、私これだけは認めるけど、復讐だとか、私達十一人の最終戦争だとかを絶対に許さない。私は響子が部長としてどれだけ苦労してきたかを知っている。その意味では響子を尊敬しているし、信頼もしている」

「……それこそ初耳だわ。けれど、ありがとう」

「それでも。

クラの波越さんと苗原さんが爆弾であるように、トランペットでは、佳純と香椎さんが爆弾になる。怨みの矛先はあ、シルエット人の関与を目撃していない以上、まず間違いなくホルンにむくでしょうね」

「そんなことは」

「あるわ。この会談の冒頭から私は指摘しているわ」

「シルエット人でないのなら」と私。「クラか、ホルンか、キラキラ人。ところが、クラは仲間を殺されている。キラキラ人は太陽の下では行動できない。だから、上郷さんを殺したのは」

「ホルンだ、となるわよねえ。もちろん邪推もいいところだけれど。それにそもそも、ホルン＝キラキラ人枢軸と、ペット＝シルエット人同盟は、敵対関係にある。もうじき戦争状態に入る。

と、すれば。

『敵の兵力は一人でも削るはずだ』なーんて陳腐な動機をでっち上げて、ホルン犯人説を補強することも、まあ、見透せる話よねえ」

「すると鈴菜」と私。「クラがトランペットと戦争をする気まんまんで、トランペットはホルンと戦争をする気まんまんだから、合流することは絶対にできない――こういうこと？」

「そうよん」

「だから、ビーチ籠城案には、ホルンとして反対すると？」

「そうよん」

「響子はどう？　鈴菜は反対票を入れたけれど、トランペットはどう思う？」

「賛成したいわ」

「なら」

「……でも、できない」

「どうして」

「鈴菜。

友梨の和平案を蹴ったということは、あなた当初の予定を実行するつもりね？」

「そうよん」

「だからできない」

「鈴菜」と私。「その、当初の予定というのは――」

「――市街地の制圧」

「なんですって？　鈴菜本気なの？」

「シルエット人がキラキラ人に、言語道断の人体実験をした。これは事実よねえ響子？」

「シルエット人はそれを深く反省し、懺悔していた。これは説明したことよ」

「そんなシルエット人に、『病院』『研究所』を委ねておくわけにはゆかないわあ」

「だからといって鈴菜、鈴菜たちが」と私。「キラキラ人と一緒に市街地を攻めるの？」

「素直に降伏してくれて、謝罪の意思を示して、市街地を開放して共存共栄する。これなら戦争は回避できるわよん」

「絶対に駄目よ鈴菜」と響子。「忘れたの？　生贄は私達なのよ？『病院』と『研究所』がほしいのは、私達で人体実験をするため。もしキラキラ人が勝ったなら、最低でも、私達のうち六人はモルモットにされてしまうのよ？」

「それはあ、シルエット人の言い分でしょ？」

「なら鈴菜の行動だってキラキラ人の希望でしょう!!」

「キラキラ人は、少なくとも夏子や冴子を誘拐してはいないしね」

「どうしてそんなことが」

「だってえ、夏子を誘拐したのは、響子に友梨、あなたたち二人も目撃したとおりシルエット人でしょ？　ならもう市街地で夏子と会えたのかな？」

「それは」

「それはあ？」

「た、確かに……夏子の安全は保障すると言っていた。だから……」

「だったら冴子も人質でしょ？　部長の響子が逃げられない様にしているのよん」

「きょ、響子、今の話は本当なの？」と私。「シルエット人が、夏子は殺さないって言っていたの？」

「……確実に無事だと。シルエット人の名誉に懸けて保障すると」

「よかった、夏子は生きているんだ、よかった……なら冴子は？」

「それが……冴子については、何も」

「これで決まったわね」と鈴菜。「友梨、会談の機会を設けてくれて、ありがとう。

最後に訊くわ。

ビーチ組のクラリネット三人。この戦争で、どう出るつもり？」

「私達は殺し合いなんて絶対に反対。どちらの陣営にも味方しない」

「完全中立、ということ？」

「万が一のときの自衛はするけど、戦争には参加しない」

「謙遜して言うけどぉ、どちらが勝利しても、その後の立場は苦しくなるわよ？」

「なら言い方を変えるわ、鈴菜。

　私達クラはそれなりの武力を持っているけれど、ホルンの利益を守るため、ペットとは連合しないし、またペットの利益を守るため、ホルンとは連合しない。私達が参加しなければ、一三人対一一人。私達が徹底して中立であることは、どちらの陣営にとってもメリットしかない。あなたたちが戦後処理において私達を苦しめない、とここで誓うというのなら、第三勢力としての不穏な行動は一切、慎むわ」

「あっは、意外にネゴシエイターね友梨。けどホルンとしては理解したわよん。戦力差が逆転しても困るし、クラを匿っている保護者さんは武闘派らしいし、いきなり背を撃たれても面白くない。参戦しないこと即ち功績——よく解った。キラキラ人にも徹底しておく」

「まって鈴菜」と響子。「私達は、また間違えようとしている」

「いいえ響子。ホルン＝キラキラ人枢軸は、ここで、トランペット＝シルエット人同盟に対し、宣戦を布告するわ。

　すなわち、明日の夜。明日の太陽が、沈むとき。

私達は市街地に対して降伏勧告を行った後、攻略戦を開始します。

それじゃあ響子、市街地で会いましょう。

友梨、気が変わったならジャングルに来てね。それじゃあ、おやすみなさーい」

「……御免、響子」と私。「何もできなかった」

「友梨は悪くない」

「鈴菜は強情すぎるよ」

「でも気持ちは解る……だって、私だって思うもの。シルエット人の行動には、怪しい所が多すぎる。誘拐にしたって、殺人にしたって。そう、キラキラ人にした非道い人体実験にしたって。だから、鈴菜がパートの皆を守ろうと、意地になるのもよく解る」

「……それでも、シルエット人の側に着くんだね？　今からでも、私達のビーチに」

「できない。シルエット人の話を疑うにしても、キラキラ人に病院を渡せはしない」

「佳純と香椎さんは、やっぱり……」

「ああ‼　さすが鈴菜よ、痛い所ばかり突いてくる。香椎さんは二年だから、表立って騒ぎはしないけど、佳純は怒り心頭。こちらからジャングルとビーチに攻め入るべきだ――なんて恐ろしいことを公言しているの」

「じゃ、ジャングルはともかくビーチって何ビーチって。クラはペットに危害を加えてはいないよ‼」

「解っている。解っている、けれど……トランペット＝シルエット人同盟の論理からすれば、上郷さんを殺した犯人は『ホルン』か『クラ』しかありえないから」

「クラって、まさかナミを疑っているの、佳純は？」

「殺害の現場にいたのは、そして生き残ったのは、波越さんだけだから……」

「ナミがどうして菜花子を殺すの⁉　まさか、佳純お得意の」

「そう。女の最大派閥・クラリネット内紛論。上郷さんはそれに巻きこまれたんだと」

「お話にならない」

「私も同感よ。けれど、佳純は理屈を食べて生きているから。

だから、これだけは教えてほしいの」

「何を？」

「波越さんの制服。どれくらい血が着いていたのかしら？」

「全然」

「えっ、血飛沫も？」

「うん、全然。実は私も気懸かりで……ううん、ナミが人殺しなんてするわけない。だけど、変に怪我していないかとか、ひょっとしたら犯人の手形とか指跡とか着いていないかとか、ちょっと気に懸かったことがあったから、調べたの。ビーチはシャワー、入れるのね。だから殺人の後、ナミがシャワー使っているときに、セーラー服調べてみた。もちろんスカートもって意味だよ」

「それで、真っ新……は変だけど、異常なし、だったのね」

「ちょうどクリーニングに出した後だったみたい。だから血飛沫だの血痕だのがあれば一目瞭然のはずだけど、血どころか果汁の染みひとつ、ココナツジュースの染みひとつ無かったよ。洗って乾かしたなら……ううん、それなら皺ができるはずだし、どうやっても布地より色調の濃い染みが残るはず。

　ナミの制服には、そんな色調の濃い染みは、一点もなかったよ響子。保証する。あっ、クラリネット、つまり楽器そのものに多少の血飛沫があったけれど、さすがに拭いてあったし、水分に弱い大事な楽器だから、それは当然かな」

「だったら、波越さんが、クミと菜花子を殺したっていうのは」

「無理だよ。外頸動脈をスパア、だもの。それこそクリーニングに出しても、血のシャワーを綺麗にするのは無理。だから、この殺し方をして、唯一平然としていられるのは」

「元々が真っ黒の、シルエット人」

「生態が分からないけれど、洗えばすぐ真っ黒にもどりそうだよね。そして、洗うというなら井戸はある」

「……友梨、クラの娘のこと疑ったりして御免。あと、これ誰のだろう？」

「あっ、リード」

リードは、ほとんどの木管楽器で音を出すための必需品だ。口に当ててるマウスピースに固定する。固定するには、リガチャーという輪状の留め金で、抱きかかえるように締めるのだ。雑に言えば、七cm弱×一cm強の竹べらみたいな外観で、その実態は、乾燥した葦（アシ）を丁寧に削り整えたもの。これを独特の方法で振動させないと、構造上当然だが、『とっても大事にしていても』、『壊れていなくても』出ない音ばかりとなる。他方で、金属製のマウスピースを直接振動させる金管にはまったく必要ないので、木管奏者はこう思う――音を鳴らすだけで三、〇〇〇円弱（十枚入り）を始終（しじゅう）投資させられるのは、地味に痛いなあと。

　いずれにせよそれはB♭クラリネットのリードに違いなく、そしてそれが誰のかも、私にはすぐ分かった。

「それならナミのだよ。帰ってきたとき、リードが外れていたから」

「菜花子の楽器は？」

「波越さんが確保してくれた。菜花子のマウスピースにはリード、着いていたし――このリードは誰が拾ってくれたの？」

「和音（かさね）。殺人現場に残されていたからって。

　私達金管だから解らないけど、リードってそんなに外れるの？」

「金管のマッピほどは外れないと思うよー。ほら、リガチャーの金属ネジで締めるから。金管は差しこむだけだもんね。ただ、当然だけど、リガチャーの締めが弱かったり、ネジが緩（ゆる）んでいれば、あっけなく外れたりもするかな。でもどうして？」

「ううん、ただ……いつ帰れるか分からないから、波越さんのクラリネット、衝撃を受けたりしていなければいいのになって」

「ありがとう、響子」

「あと、これ和音から」

「手紙？」

「数学好きの友梨に、是非、読んでほしいって。意見を聴かせてほしいって」

「そんなに難しい話だと困るけど、あの和音が言うなら、必要なことなんだろうね。解ったよ。今夜、読んでおく」

「最後に、友梨」

「何？」

「……市街地に合流してくれない？　そのためには人数がいるの。殺し合わずに終えたいの」

「私は、響子たちこそがビーチに来るのを待っているよ、ずっと」

「ありがとう友梨……さようなら」

「またすぐ会えるわ」

「そう……そうよね友梨。それまで、元気でね」

II

——翌日、市街地。

白旗を持った軍使の塩狩さんとの交渉は当然、決裂し、ホルン＝キラキラ人枢軸と、ペット＝シルエット人同盟は戦争状態に入った。さすがの鈴菜も考えたようだ。これが渉外の塩狩さんでなく獅子ヶ谷さんだったら、軍使どころか最初のミサイルだったから。

しかし、残念ながら結論に変わりは無い。

太陽はスコールの後、沈んだばかり。

絹糸のような、竪琴のようなソプラノだけが流れている。あれは、和音だ。

「ねえ、シイ」

「はい、神蔵先輩」

「あの和音のテーマソング、曲名知っている？　腐れ縁だけど、今の今まで直接訊いたことが無くて。

齧ったレモンを川に捨てると、総武線各駅のレモン色に被って云々——」

「ああ先輩、私、甲斐先輩に直接訊きましたよ」

「……シイ勇気あるわね。和音があれを歌うのは、異様にテンションが上がっているときなのに」

「そうは全然、見えませんが――」と香椎さん。「――そのままズバリ、檸檬、という曲だそうです。御父様がお好きだとか」

「これだけの劣勢で、あれだけ御機嫌だっていうのも、吹部仲間ながら恐いわ」

「セーラー服と機関銃、って映画があったそうですが、やっぱり御機嫌な感じなんでしょうか」

「それも和音のお父さん世代でないと解らないわ。ううん、もっと上かな」

「そういえば、お婆ちゃんがＤＶＤ、持っていたような気がします。ああ、お婆ちゃん大丈夫かなあ」

「あっそうか。シィは群馬の娘だったね。三鷹台のお婆ちゃんの家に下宿してるんだっけ？」

「はい、二人暮らしなんです。お婆ちゃん戦争の時に生まれた世代なんで、最近めっきり足腰が弱くなって。また古い家だから階段とかお手洗いとかお風呂とか危ないんです。私の神隠しで動転して、変な事故とか起こしていないか、むしろそっちが気懸かりで」

「御婆様、さぞ、御心配でしょうね……」

「あっ、それは、でも、神蔵先輩の御両親も一緒ですから。皆、一緒です。

それに帰りますし絶対」

私は一瞬、言葉に詰まった。私の失踪劇。これを契機に、例えば父親は同僚弁護士との火遊びを止めて、箱入り専業主婦である母親を少しでも顧みるようになるだろうか？

滅多に家に寄り付かないあの人は、破廉恥に母親を侮辱し続けているあの人は、家庭というものを必要としているのか？　気が付いている娘の失踪を、まさか歓迎はしないだろうが、むしろ母親を捨てる絶好の好機と考えはしないだろうか？　離婚の慰謝料にならお全然困っていないのだから――

どんなにイレギュラーで、無理矢理で、心の通わないものであっても。

子は鎹だ。でなければ、東大卒のインテリなどと結婚してしまった、短大卒の御嬢様である母親が哀れ過ぎる。私までが消えたら、母親は、自ら消える覚悟さえ決めかねない。

「そうね、絶対に帰らなければね」と私。「セーラー服で機関銃を使ったとしても」

「タイトル的には、まさに、ぴったりの状況ですね」

「でもシイ、総員に重々、何度も徹底したとおり……」

「絶対に殺さない。特にホルン四人は最悪でも軽傷にとどめる。キラキラ人は脚を止めることを狙う。大丈夫です先輩、皆解っています」

「私達は身を守るため、病院を守るため戦う。武器はそのために使う。私達は、人殺しにはならない。普通の生活に、部活に、あの日常に帰るためには、殺人を犯しては絶対にいけない」

「……ホルンもそう思ってくれているでしょうか？」

「今断言できるのは、鈴菜もまた、絶対に普通の生活に、部活に帰りたいと思っている

――ということよ。そして戦力差。むしろ『殺すまでもない』と考えるでしょうね、あの鈴菜なら」

――当然、私達トランペット四名の同盟者であるシルエット人七名は、動けない。予想される戦闘区域からなるべく遠い安全なところで、眠ってもらっている。戦争のさなかに……と愚痴を言いたくもなるが、シルエット人は夜明けまで熟睡する以外何もできないのだから、こればかりは仕方が無い。だから本来、市街地防衛軍は一一人であるところ、一気に七人が使えなくなって、たったの四人。しかも、最重要施設は『病院』『研究所』であり、軍勢がたったの四人となれば、これらに立て籠もるしか作戦は無い。

――もちろん、これが著しく不利な作戦であることは、私達もシルエット人も理解していた。数的に最も合理的なのは、昼間帯すなわちシルエット人七名が行動できるうちに、一一名でジャングルに侵攻することである。そうすれば、今度は敵方がホルン四人だけになる。言うまでもないが、キラキラ人は太陽が沈むまで熟睡だからだ。この積極策は、シルエット人と佳純が強硬に主張したが、参謀長ともいえる和音が徹底して反対し、司令官とされた私が和音の意見を採用した。その議論の概要は、こうだ。

『和音、あなたの言っていることは全然解らないわ』と佳純。『病院と研究所が陥ちれば、私達の負けなのよ？　そして病院と研究所を四人で守る？　敵は十三人よ？　どれだけ武器があったとして、どれだけ要塞化したとして、一時間保たないわ、絶対。真昼の内にジャングルに侵攻する。私達の勝機は、そこにしかないはずよ』

『ジャングルは』と和音。『トラップの海よ』

『燃料なら幾らでもある。焼き払ってしまえばトラップもジャングルもないわ』

『α^2種族には一〇年もの時間があった。わずか十二時間未満でそのアジトを解明することは、不可能』

『やってみる価値はあるわ。α^4種族の先輩方は、ある程度ジャングルの実態を解明しているし』

『それこそが、鈴菜の狙い』

『何ですって？』

『私達は病院・研究所に縛られる。でも鈴菜たちはそうではない。α^2種族が徹底してアジトに隠れてしまえるのなら、鈴菜たちは安心してジャングルを離れられる。そして、どうするかしら。ジャングルで火祭りをしている私達十一人を尻目に、病院・研究所を押さえるわ。武器も徹底して掻き集めるでしょう』

『……なら、夜まで好きにさせればいい。夜になればたったの四人。どうとでもなる』

『ならないわ』

『何故!?』

『鈴菜はこう言うからよ――病院・研究所を爆破されたくなければ、要求を呑め。そしてその要求は確実に、私達ひとりひとりずつの、武装解除と身柄拘束となる』

『病院を爆破して困るのは私達すべてよ。鈴菜自身も入れてね』

『でもそのチキン・ゲームになったとき、私達は、どうぞ爆破して下さいとは絶対に言えないわ。家に帰りたいかぎりはね』

『病院・研究所守備隊を残して、ジャングルに攻め入ればいい』

『鈴菜たちは四人で来る。守備隊は四人以下では無理。仮に六人を残すとして、ジャングルを攻撃するのは五人になるわね？　それを偵察されて、逆にジャングルで待ち伏せされたら？　四人＋トラップを、五人で攻略するのは不可能。少なくとも夜まで粘られて、今度は逆包囲でしょうね、夜には九人の増援が来るのだから』

『議論をまとめると』と私。『病院・研究所から離れるのは、著しく無謀なようね……』

『それを四人で防衛するのもだけどね、響子。まさか昼間には攻めて来ないんだから』

『佳純のその心配ももっともだわ。和音、和音はだから当然、四人で病院・研究所を守り抜ける作戦を考えているのでしょう？』

『まさか。包囲殲滅あるのみよ』

『え？』

『和音』と佳純。『一三人を四人でどう包囲殲滅するの。包囲殲滅って、数的に敵を圧倒している側の作戦よ？』

『正確じゃないわ。戦力的に敵を圧倒していれば、包囲殲滅は可能』

『だからその戦力が……』

『ここでいう戦力には』と和音。『火力が含まれる』

『確かに武器弾薬は、三日三晩戦い続けてなお余るほどあるけど、私達はヒトだから、一度に使えるのは精々、銃器二挺よ』

『そういう火力ではない』

和音は佳純たちとシルエット人に、その作戦を説明した。それは確かに賭博的だった。けれど、四人しかいないという劣勢と、是が非でも病院・研究所を死守するという目的に鑑みると、それがベストの作戦だと、誰もが納得せざるをえなかった。

だからこそ私達は市街地を要塞化したのだ。

そして、防衛陣地が構築されたとき、実感として理解した。

作戦どおりやれば、一〇〇％勝てる――

――戦争の火蓋は、鈴菜たちが切った。

私達の本陣である病院・研究所と、それへと続く市街地の街路に対して、砲撃が始まったのだ。以下ではただ『病院』と省略するが、この病院は、市街地の中心区域にある。概ね南北に走る、自動車が擦れ違えそうな大きめの街路に面しているが、病院のほぼ正面からは、自動車が一台通れそうなだけの街路が走っており、すなわち西へと道が通じている。これを要するに、病院は、太い街路によって北と南からアクセスでき、かつ、細い街路によって西からアクセスできるという、T字路（┤）の中央に位置しているのである。これを攻略しようとする側は、北・南・西のいずれかからの一点突破もできるし、北南西すべてからの集中攻撃もできる。敵の出方が分からない私達としては、すべての方角について守備を固めなければならないが、どのみち敵が一三人である以上、北・南・西の三方から、四人ずつ程度で侵攻してくるであろうことは読めた。一三人が一点突破するには、街路は狭すぎるからだ。

ここで、私達四人が布陣している場所は、

T字路東中央に位置する病院六階（香椎さん・私）
T字路北西角のアパルトマン六階（和音）
T字路南西角のアパルトマン六階（佳純）

と、極めて密集した地域である。これだけでも、すべての街路に対して、二人の人間が集中砲火《しゅうちゅうほうか》を浴びせることが可能だ。市街地には、鏡が唸《うな》るほどあった。死角が無いように設置すれば、臨機《りんき》に（香椎さん＋和音）が北側へクロス射撃でき、（和音＋佳純）が西側へクロス射撃でき、そして（佳純＋香椎さん）が南側へクロス射撃できることになる。もちろん機関銃でだ。遊軍《ゆうぐん》である私は、それぞれの撃ち漏らしや、弾倉交換《だんそうこうかん》などのリスクをカバーしながら、和音と入念に計画した『最終手段《ラストリゾート》』のタイミングを計ることになる――

どおん。

どおん。

椰子の実ほどの岩が飛んでは落ち、市街地のガラスを窓ごと砕いては、街路に仕掛けられた地雷などのトラップを無力化してゆく。

「神蔵先輩」と香椎さん。「やっぱり来ましたね、投石機」

「和音の読みどおりね。ジャングルで攻城兵器を作るとすれば、これと」

ズドドドドドド!!

パリパリ……

「弩、すなわち大型連射クロスボウしかないわ。けれど——」

「——やっぱり甲斐先輩のおっしゃったとおり」

「石の市街地を破壊するだけの、大型のものは無理だった様ね。まさか六階までとどくことはない」

まずは徹底した砲撃を加えて、守備側の陣地やトラップを無力化する。和音が言っていた地上戦のセオリーだが、さすがにジャングルの資材では、建物を崩すほどのものは準備できなかったらしい。だが、恐らくは投石機も弩も六台以上を動員している。地上に仕掛けたトラップは、あと十五分もすれば、あらかた自爆させられてしまうだろう。

だが、それも計算のうち。

北からのルートにも、南からのルートにも、西からのルートにも用意した、これ見よがしのバリケードである土嚢と木材と石煉瓦の『防壁』——それぞれ三重に用意した『防壁』が健在ならば、それでいい。いや正確に言えば、ヒトがようやく通過できるほどの隙間を残して――投石の間、私達がわざと爆破するその隙間を残して――健在でいてくれれば、それでいい。また、病院目指して侵攻してくるキラキラ人たちは、北でも南でも西でも、『防壁』より内側のすべての建物が、その入口をすべて塗り固められ、木材で塞がれ、ノブも鍵も破壊され、侵入できなくなっていることにも、気付きはしないだろう。気付かれないために、わざと、炬火が病院の入口を赤々と照らし出している。目的地は、ここだと――

「神蔵先輩、北側、キラキラ人が壁を越えてきました!!」

「あなたには和音がついている。対岸のアパルトマンで、和音がやるようにやればいい。でも忘れないで。殺さない。それから」

「敢えて隙を作って、三重の壁を越えさせる――ですね!?」

「そのとおり、頑張って!!」

ぱぱらぱぱぱぱん。

ぱぱぱぱん。

ぱぱらぱぱぱぱん。ぱぱん。

――始まった。

街路に満遍なく投石をし終えた敵は、とうとう防壁を越え、あるいは抜け、この病院へと迫りつつある。私達は、すぐさま特製のサーチライトを投射した。オリーヴランプの光を、市街地に幾らでもある鏡で集束させ、スポットにして発射するのである。この島で最もたやすく入手できる燃料は、オリーヴオイル。これは果実さえあれば、精製の必要すらない。そして古典古代の時代から、オリーヴオイルは、その火力や明るさゆえ、灯台や神殿の照明に用いられてきた。このサーチライトのメリットは言うを俟たない。一、光を発しない鈴菜たちの姿を捕捉できる。二、夜にしか行動できず、だから強い光を浴びないで歳月を経てきたキラキラ人の目潰しをする。特に、キラキラ人対策は覿面だった。

「ああ!!」

「うう!!」

——声を出して眼を庇っている。侵攻速度があきらかに落ち、仮に光から逃れても動きがふらふらする様になる。オリーヴオイルにはまだ活躍してもらわなければならないが、夜行生物の特性を見逃さなかった和音の、先ずは作戦勝ちだ。

そして佳純も和音も香椎さんも私も、一様に機関銃を発射し始める。ほとんどは適当でいい。乱射でいい。キラキラ人については光っているから、脚を狙う。鈴菜たちはこの夜陰、サーチライトでも姿を確認しづらいから、こちらの意図が解らないように猛射すればいいし、こちらの意図に乗ってくれるように誘導すればいい。敵もまた猛烈に弾幕を張ってきたが、私達は六階。まず、見上げる形の射撃は難しい。それにマットレス、リネン、カーテンの類はもとより、調達できた鉄板や石板で、射撃口以外は充分な防御をしているし、したがって灯りもほとんど漏れない。敵の旺盛な射撃は、だから、欧州の街の石壁をぼろぼろ削るだけだった。そして、六階から手榴弾を落とすことは譜面台をたたみながらでもできるが、六階の陣地へ手榴弾を落とすことは、飛行機がなければ著しく困難だろう。

――それでも、彼我の機関銃は、ますます激しい音を夜に響かせている。

こちらの弾幕も、あらぬ方向へ流れるのだ。そこは所詮、女子高生ということだろう。弩はそうそう届かないとはいえ、心理的な牽制としては充分だし、物理的にも、五階程度には当たっている。すなわち油断できるほど低性能ではないということだ。しかも敵は、ジャングルの竹を太く束ねた竹の盾、竹束を上手く使っている。もちろん、ほとんどは機関銃で木っ端微塵にできるが、幾らでも補充される上、真正面からでない銃弾なら、あらぬ方向へ逸らしてしまう。和音に『戦国時代からの手法よ。強度のためにジャングルの泥も入れてくるはず。竹は弾丸を跳弾させやすい。けれど憶えておいて。竹束が機関銃に勝てるのなら、世界各国の軍隊で採用されているはずでしょう？』とレクチャーされていなければ、『たかが竹に!?』と動揺してしまっていたかも知れない――

「シイ、戦況!!」

「甲斐先輩が、キラキラ人をふたり負傷させました!!」

「防壁はどれだけ突破されている？」

「北がもうふたつ。西はひとつ。南は――今、ふたつ突破されたところです」

「佳純、頑張りすぎだわ。西は緩めないと。

シイ、敵のすべての部隊が最後の防壁を越えたら」

「解っています、神蔵先輩。ぜんぶ予定どおりに」

「頼むわよ!!」

ぱぱぱん。

ぱぱらぱぱん。

ぱぱん。ぱぱらぱぱぱぱん。

ぱぱぱぱぱん。

——佳純がふたり、私がひとり、キラキラ人を動けなくした。死んではいないはず。すぐに南側の防壁を確認すると、確認できるすべての人影が、三番目の、最終の防壁を通り抜けたのが分かった。最終の防壁から病院までは一五mない。すぐに西側と北側を確認する。西側の最終防壁の外に人影は無い。火線も無い。そして北側は。

「神蔵先輩、北側、最終防壁突破されました!!」

「信号弾っ」

すぽあん。

香椎さんが六階窓から、夜空目掛けて赤い信号弾を撃ち上げる。

ひと刹那、敵の動きが静止する。私は機関銃を捨て弓矢をかまえた。

ぼっ。

ぼっ。

ぼっ。

佳純が、和音が、香椎さんがそして私が、一斉に火矢を放った。北・南・西、それぞれ三ずつ、総計九の防壁に対して、執拗に何本も、何本も。

──そこまでの必要は、無かった。

それぞれ最初の一矢で、炬火の赤より神秘的で明るい、それでも確実に燃え猛る劫火が、防壁を燃料として夜空に立ち上ったから。いや、それは既に防壁ではなかったし、最初から防壁であったわけでもなかったのだ。バリケードっぽい組み方と外見にしてあったのは偽装。カンタンに突破されるよう、また、投石機の砲撃の必要すらないと思わせるよう、わざと爆破して隙間を作ったのも計略。バリケードの資材にも、その内側にも、あるいはその地面にも地中にも、大量のオリーヴオイルが仕掛けられ、塗布され、貯蔵されていた。そして、オリーヴオイルは、例えばゴマ油より発火しやすいのである──つまり、天麩羅に使うときは、サラダオイルよりよほど注意しなければならないということだ。そして今、病院をとりまく九の防壁いや火の檻は、人の力ではとても鎮火できないほど轟々と立ち塞がっている。

眼下の敵は、私達の作戦を理解したようだ。

……しかし、理解したときは既に遅い。

数多のサーチライトが固定される。ここで和音が機関銃を、スナイパーライフルに持ち換えていたのは言うまでもない。この作戦は、『旺盛な火力で敵を包囲する』ことも主眼だが、『徹底した精密狙撃により敵を無力化する』ことこそ重要である。そしてこれが、佳純の納得した理由でもあった。和音は、既にその精密狙撃の腕を、夜間狙撃も含めて、私達に充分立証してくれていたから。

しゅん。

しゅん。

敵はまばゆいばかりの灯火のなか。三重の火の壁からは脱出することもできない。そして最終の火の壁から病院入口まで一五mないほど。つまり、ここは狭い檻なのだ。和音のスナイパーライフルは、容赦無く鈴菜の、紗英の、獅子ヶ谷さんのそして塩狩さんの機関銃を弾き飛ばし、何とそれぞれの引き金を撃ち砕いた。ましてキラキラ人に対しては、同様の攻撃を加えたあと、丁寧にも負傷を免れていた四人総員の右太腿を撃ち抜いたのである。ここは既に、檻でもなくなった。檻ならまだいい。ここはもう、和音の狩り場なのだ。

（確かに、私達はたった四人。一三人を一度に制圧するには、これしかなかった……けど、これほどとは）

……総員の生殺与奪を握り、私を極限まで戦慄させた情け容赦ない和音は、それでも駅で詩集を売るように、つまりいつものソプラノで、獲物たちに警告を発した。

「無条件降伏、する？」

そのときホルンの獅子ヶ谷さんが竹束を盾に、新たな機関銃を撃った。

和音はその着弾すら確認せずに竹束ごと獅子ヶ谷さんの右肩を穿った。

「あ、あッ!!」

「……次は眉間」

和音はスナイパーライフルを離さないまま、対岸の病院にいる私を見凝めた。そうだ。和音は作戦目的を達成した。彼女の任務は、終わった。あとは私の仕事――私は声を張り上げる。

「私達は殺戮を望まないわ、鈴菜!!

もしあなたたちに、まだ私達とやり直す気持ちがあるのなら、無条件降伏して。もちろん武装解除と、しばらくの身柄拘束はさせてもらう。けれど、吉南女子吹奏楽部部長の名誉に懸けて、あなたたちを辱めることも、あなたたちに復讐をすることも、考えてはいない。だからもし、無条件降伏をするというのなら、すべての武器を火の壁の先へ捨てて、素手で、ひとりずつ和音の身体検査を受けて頂戴」

「響子ーぉ」

「鈴菜……聴こえている？」

「よぉく聴こえているわぁ」

「なら返事を、回答をして」

「もし、もしょ～響子。

これだけの戦傷者を出した私達があ、いっさい犠牲を払っていないあなたたちなどに、無条件降伏なんか絶対にしない――と、今ここで断言したら？」

「私は鈴菜を信じているけど、もし、もしそんな事態になっても、結論はあまり変わらない。私達はあなたたちの武装解除をし、身柄を拘束する。その際、必ず抵抗することが予想されるのだから、獅子ヶ谷さん以上の苦痛は、覚悟してもらわなければならない。さいわい、ここは病院でもある」

「響子」

「……何」

「あなたは調整型の部長。物事を話し合いで解決しようとする。そして人情家だわあ。あなたたちに銃弾を浴びせた私達を、そう、和音ならすぐ殺せるというのに、まだ説得の対象だと考えている――

つまりそれが、敗因よ」

「何ですって？」

眼下の鈴菜は空を見上げた。

私も釣られて空を見上げた。

どんよりと曇っている。いや、雲が激しく渦巻き、うねり、濁流となっている。

「キラキラ人は夜にしか動けない。つまり、スコールには会えない――自然にはね。シルエット人は昼を生きる。だから、スコールに恵まれる――まるで当然のようにね。

だからあ、知らなかった。少なくとも説明をしなかった。

もし知っていたならば、和音がこんな敗北をする理由がないからよ。さ～あ、もう解ったでしょ？」

……数滴、落ちてきた雫は。

たちまちスコールの激流となり、オリーヴの劫火をすべて、あっけなく消し去った。

「雨……!?」

(響子ぉ、あなたは説得などする前に)

鈴菜の声はスコールの轟音に隠れて。もちろん、その姿も。いや、敵のすべての姿が激しすぎる驟雨のカーテンで掻き消えてしまっている。

(私達を無力化すべきだった。

もちろん、多少、引き延ばしも試みさせてもらったわよん)

「スコールを、予想していたというの!?」

(やっぱりね――

響子、この特殊な孤島では、人為的にスコールを呼ぶことができるのよ。派手派手しく火を焚き続けていればね。まして、あなたたちが火力を使ってくることは解っていた。まさか、私達が術策も無く猪突猛進していると思っていたの？　さらにまさか、私達が本気で、要塞化された病院を攻め落とすつもりだなんて考えていたの？)

「神蔵先輩、防壁の火が、ぜんぶ……それに鈴菜先輩たちは、撤退してゆきます!!」

スコールの濃密なカーテンで、既に敵の動きは視認できない。サーチライトも、霧に照射しているみたいなもの。それでも、香椎さんの言うとおりだ。かつての火の檻には、もう誰もいない。十三人の集団が、病院前を離れ、街路の奥へ奥へと撤退してゆくのが解る。投石機や弩を放棄して、負傷したキラキラ人たちを即席の車両に乗せ、この戦場から、まるで何かを恐れるように急いで脱出してゆくのが解る。

……どういうこと？

このままでは、戦闘では、私達の勝利だ。

ホルン＝キラキラ人枢軸は、総力を挙げて攻城戦に臨んだのに、少なくとも十人の負傷者を出して、一矢も報いず敗走するというのか？　それにどんな意味があるのか？　消耗戦というのなら、例えば明日の夜また仕掛けてくるというのなら、キラキラ人九名を戦えなくした私達が、圧倒的に有利ではないか？　鈴菜はいったい、何を考えて……

（響子ぉ）

「鈴菜っ」

（私達もまた、火を使うわあ。そしてこれで、チェックメイト）

……その刹那。

モォ〜〜〜〜〜〜!!

モォ〜〜〜〜〜〜!!

闇夜に、驟雨にこだまする猛牛の怒った声。南側から石畳を驀進してくる足音。何頭いるのか。四、五頭ではあるまい。そして、微かに見える炎の鞭。猛牛の動きに連動して、まるで弾丸みたいに街路を素っ飛んでくる……牛の尻尾に、そしてそこに結んだ藁束や枯枝に、油で火を着けたのか。当然牛は激怒して暴走を始める。いや暴走ではない。怒り狂った、そうα属性の牛は、島の悪意に導かれて誰を狙うか。シルエット人は断言していた。この島が最も攻撃的になるのは、α^4属性の者に対してだと――鈴菜の作戦を見破った和音が、機関銃で猛烈な弾幕を張る。だが既に猛牛の群れは、いや猛牛軍団は、私達の病院などには目もくれず、街路を北側に猛進していった。

（……負けだ）

私達は病院とアパルトマンの六階に布陣している。

当然、攻め落とされては困るから、内部は要塞化している。それでよかったのだ、ついさっきまでは。私達が地面に下りた時点で、三倍以上の敵に殲滅されてしまうのだから。しかしそれは、すなわち、私達がこの六階からすぐさま街路に下りる術が――市街地に下りる術が何も無いことを、意味している。鈴菜の言葉は虚勢でもハッタリでもなかったのだ。病院への集中攻撃は、いってみれば壮大な陽動であり偽装。病院と真面目に攻城戦をやるつもりなど、最初からありはしなかった。鈴菜の狙いは、私達を病院へ釘付けにして、建物の高層階に貼り付け、防御陣地だけは確実に壊滅させつつ、ターゲットは私達トランペット四人であると、確信させることにあったのだ。そしてそれは見事に成功した。私達は、戦術的には勝った。だが戦略的には、大敗北を喫しつつある。そしてその現在進行形は、確実に、あと一〇分もしない内に、過去形となるだろう。

『私達トランペット＝シルエット人同盟最大の弱点を、戦闘区域からできるだけ遠ざけておく』。その方針が間違っていたとは思わない。ただ、鈴菜の方が徹底していただけだ――戦争においては、敵の最大の弱点を、最大の戦力で叩きつぶす。

（……負けだ）

島の意思に忠実なαの属性を持つ猛牛たちは、鈴菜たちに火を着けられ、怒り狂い、しかしαの属性を持つ鈴菜たちには襲い掛からずに、この島で最も憎悪すべき存在の下へ、ひたすらに疾駆するだろう。そのアジトの扉を破り、トラップを意に介さず、憤然と攻撃を始めるだろう。もちろん、猛牛に攻撃されるリスクがそこそこあるα^2種族（キラキラ人）は、作戦どおり安全な場所に撤退しているだろうし、まったくリスクのないα種族（鈴菜たち）は、アジトが発見でき、また確認でき次第、キラキラ人のため、猛牛を処分してしまうはずだ。そしてそのアジトにいるのは誰か。夜にはまったく身動きできない、まるで人形のような、α^4種族であるシルエット人七名――

（けれど、戦闘には十三人総員が参加していた。絶対に。

なら焚き火と牛は、いったい誰が……）

「響子」対岸のアパルトマンから、和音が言った。「ビーチに撤退すべき。今すぐ」

「和音の判断は正しい。けれどそれはできない」

「……自殺行為ね。この島には捕虜に関するジュネーヴ条約の適用はないみたいよ？」

「鈴菜たちはシルエット人を捕獲する。そして私達に病院の開城を要求する――裸城になってしまった病院の開城を。そう、さもなくばシルエット人をひとりずつ殺してゆく、と言いながら」

「少なくとも、キラキラ人はそれをするでしょうね」

「だから私達は残る。私達も捕虜になる。

鈴菜の理性に訴えれば、キラキラ人の無茶を止められるかも知れない。少なくとも、シルエット人を見殺しにすることはできない」

「私達四人が殺されても？」

「鈴菜がキラキラ人さえ説得できれば、ホルンに私達を殺す理由が無い。それにビーチへ逃亡したら、クラリネットを巻きこんでしまうことになる。そう、敗者は必ず戦争責任を追及されるわ。なら、本当に中立だったクラリネットに累を及ぼすことは、絶対にできない」

——私達の眼下の街路へ、シルエット人七名の躯と、そして緊縛された夏子が積み上げられてゆくのに、それから一〇分を要しなかった。

Ⅲ

——朝日が上った。

最後のパーリリー会談が決裂してしまったからには、今晩、戦争になるだろう。そしてまだ誰も、ここビーチへは合流して来ない。やはり、ホルン＝キラキラ人枢軸が、トランペット＝シルエット人同盟の所へ攻めこむ形になるのだろうか。和音の不思議な戦闘力。鈴菜のたくましい謀略力。戦力差の問題もあるし、どちらが勝つのか全然解らない。

（そして、どちらが勝ったとしても、私達現代の吉南女子吹部にとっては、終わりでしかない）

考えてみれば、私達が、キラキラ人とシルエット人との諍いに加担する必要なんて全然ない。すべては、私達が喧嘩離れして、それぞれの領土などを決めてしまったことが原因だ。だから、ジャングルを領土にしたホルンはキラキラ人と同盟し、市街地を領土にしたトランペットはシルエット人と同盟してしまった。それは、そのテリトリーで生き残るための必然だったけれど、逆に言えば情報も資源もインフラも彼女等に依存することになり、したがって、お互いに敵視し、嫌悪せざるをえなくなった。

（けれど鈴菜は何故、しなくてもいい宣戦布告なんかしたんだろう？　それどころか、わざわざ攻撃開始時刻まで喋って）

「中島先輩、どうかされましたか？」

「あ、ううんナエ、ちょっと考え事」

苗原さんと私は、おシマさんのシェルターをちょうど出た所だった。眼前には、今日も嘆息の出るような瑠璃色の海が広がる。おシマさんと波越さんは、偵察を兼ねた食糧の調達のためジャングルへ出撃して行ったが、おシマさんの腕からすれば、すぐまたビーチで会えるかも知れない。三〇年を島で暮らしたおシマさんは、たとえ家族が倍以上になろうと、ジャングルで一時間以上を費やす必要がないから——

苗原さんと私は、したがって二人で、椰子の林を出た。象牙色の砂浜が太陽にまばゆい。まばゆい輝きがセーラー服に染みこむ。

「あの、先輩、私達はこれから漁をするんですか？」

「あはは、違うけど、まあ似た様なものかな」

「というと」

「宝探し」

「えっ」

「ナエ、書き写してくれたよね、あの灯台の、嫌らしいクイズ」

「そ、それじゃあ中島先輩には、あれが解けたんですか？」

「それはまだ、解らない。だから実演してみたいの。ナエ、協力して」

「それはもちろんですけど……ひとつ、いいでしょうか」

「何？」

「あのクイズというか碑文は、解けないと思います」

「どうして？」

「だって、出発点が分かりませんから。ええと、あれは確か、メモによると……

ビーチには、裏切者ユダを処刑するための絞首台と、カシウスを処刑するためのバニヤンツリーと、ブルータスを処刑するためのアメリカネムがある

まず、絞首台の前に立ち、バニヤンツリーに向かって歩数を数えながら真っ直ぐ歩け

バニヤンツリーにぶつかったなら、直角に右へと曲がり、その歩数とおなじ歩数だけ歩いたら、そこに第一の杭を打て

絞首台にもどり、今度はアメリカネムに向かって歩数を数えながら真っ直ぐ歩け

アメリカネムにぶつかったら、直角に左へと曲がり、その歩数とおなじ歩数だけ歩いたら、そこに第二の杭を打て

第一の杭と第二の杭の中間点に、求めるものが、眠っている

という話でした。だから、すべての出発点は、『ユダの絞首台』です。でも、このビーチに絞首台なんてありません。それは、おシマさんにも確認したとおりです」

「そうね。おシマさん、教えてくれたわね。自分は三〇年間このビーチで暮らしているけど、絞首台なんてお目に掛かったことがないと。灯台の落書きを読んでから特に入念に捜したけど、その残骸にすら、出会ったことがないと」

「ですから、この幅二km、島の概ね三分の一を占めるビーチエリアのどこに『ユダの絞首台』があるのか……あるいはあったのか、絶対に特定できません。ということは、バ

ニヤンツリーとアメリカネムがどれだけあからさまに目立っていても、全然ヒントにはなりません」

「さて、ここで。私達は今おシマさんのシェルターを出て、真北に進み、椰子の林を出たね？」

「は、はあ」

「じゃあナエ、ナエの誕生日は？」

「た、誕生日ですか？　十二月六日ですけど……」

「それじゃあスタート。真北に一二歩、真東に六歩」

「ええ⁉」

「いいからいいから。十二月だから真北に一二歩——」

「——六日だから真東に六歩。これでいいですか？」

「次に、ナエの彼氏の誕生日が必要ね」

「あのう、中島先輩、私の彼氏は、この島とも灯台とも全然関係ないと」

「あっやっぱり彼氏いるんだー‼　ナエってやるときゃやる娘だって思っていたけどねー‼」

「いや、それはそのっ、何というか、言葉の綾で……」

「先輩命令」

「……九月二十八日です」

「では続行して、真北に九歩、真西に二八歩――」

「――歩きましたね」

「そして私の誕生日が十一月十日だから、さらに真北に一一歩、真東に一〇歩」

「そうしますと、次は当然、先輩の彼氏の誕生日になりますね？」

「私、彼氏いないから」

「先輩に対して本当に失礼なんですけど、怒っていいですか？」

「ナエったら短気ね。じゃあ大妥協して、私が片思いしている井の頭高校の男子の誕生日で許して。すなわち八月二十日よ。だから真北に八歩、今度は真西に二〇歩になる」

――苗原さんは疑問を口にする気もなくなったのか、唖然とした顔のまま、ビーチをテクテク歩く私に着いてくる。そして、私達はそのポイントに到着した。すなわち、最初に椰子の林からビーチに出た地点から真北に四〇歩、真西に三二歩のポイントである。真東に一六歩、真西に四八歩動いているから、最終的には西寄りになるわけだ。

私達は海に背をむけ、椰子の林を顧った。

かなり海側に――北側に移動しているから、海を背にしたとき右手にそびえるバニヤンツリーと、同様に左手にそびえるアメリカネムが、実によく確認できる。そして私は、手にしていた三脚の譜面台を開くと、今いるこのポイントにクッと突き立てた。三脚をいちおう埋めたが、そんなに潮風はないから倒れる心配はない。苗原さんは、ここでも瞳を白黒させて。

「な、中島先輩。その譜面台は」

「ユダの絞首台」

「ええっ⁉」

「さてナエ、ナエの苦悩は解決されたわ。『ユダの絞首台』さえ特定できたのなら、もうこれはパズルでも謎々でも何でもない、ただの肉体労働だから。

　さて、杭を打ちにゆきましょう」

「で、ですが先輩……これじゃあまるでデタラ、いえ、先輩の御趣味というか」

「まあまあ。コンクールでも宝探しでも結果がすべてよ。さあ状況開始‼」

　私達は灯台が教えてくれたとおり、譜面台のポイントから、右手のバニヤンツリーへ歩数を数えながら直進した。すぐ直角に右折して、再び一緒の歩数を歩く。私はそこにまた譜面台を立てた。これが『第一の杭』となる。さて、テクテク『ユダの絞首台』に帰り（帰り方は適当でいいはずだ）、今度は左手にあるアメリカネムへ歩数を数えながら直進した。すぐ直角に左折して、再び一緒の歩数を歩く。私はやはりそこに譜面台を立てた。これが『第二の杭』となる。これで二本の杭は立った。私達は『第一の杭』の譜面台と、『第二の杭』の譜面台との間の歩数を数え、それを二度計測すると、ちょうど半分の位置まで引き返した。これで、灯台の指示はすべて守ったことになる。私は二本用意していたおシマさんのスコップを一本、苗原さんに手渡した。

「さあナエ、掘るわよ」

「……はい、先輩」

抵抗は無駄だと解ったのか、諦めの極致にあるのか、苗原さんは黙々と砂浜を掘り始めた。椰子の林に突入するかと思っていたが、灯台が示したポイントは、ビーチの砂浜がまだ椰子の林に変わらないあたりである。砂は重く、掘った傍から崩れるので、体力勝負みたいな様相を呈してきたけれど、くどいようだが吹奏楽は体育会系文化部である。私達はここに一〇mの竪穴を掘れと言われれば、聴こえないように不平不満を言うだろうが、絶対にやりとげるだけの根性がある。ましてさいわいなことに、一〇mどころか三mも掘り下げない内に、ふたりのスコップは、カチン、という金属音を奏でた。思わず顔を見あわせる私達。

「先輩、これは‼」

「天国の門、かもね」

私達は竪穴の底に下り立った。畳一枚もない四角いスペースのなかに、どん、と丸い金属盤が嵌めこまれている。御丁寧に把手のついた丸いハンドルをぐるぐる回すと、がちゃん、と音がして、丸い金属盤がとん、と貝の様に、しかしわずかに、口を開いた。

懐中電灯を使いつつ、石煉瓦でできた地下道を歩いてゆく。丸い金属盤は、潜水艦の入口のような蓋で、下への竪穴には、ホッチキスの針状の、コの字型の単純な階段が続いていた。それを垂直に下り切ると、水平に延々と続く地下道が現れた――という訳だ。

進んでゆくことについて、私達に恐怖も躊躇もなかった。何故ならば、その地下道がたぶん北に直進していることは直感的に理解できたし、懐中電灯の光がとどかないほど長距離、ということから、この地下道が二㎞前後であることもまた、充分予測できたからである。この島は、閉じた世界。海岸線から二㎞の地点で、空間が終わっている。そして私達がこの島の謎を――少なくとも『出口の開き方の謎』を解いてはいない以上、海岸線から二㎞より先に脱出できることなどありえない。ならば、終着点は二㎞前後先である。そして北に二㎞前後先、といえば、もうゴール自身が絶叫しているも同然――灯台だ。

絶対に侵入できなかった灯台の入口こそ『求めるもの』。

そしてそれは、灯台自身の『求めるもの』でもあるに違いない。そうでなければ、わざわざ灯台を調べに来た人間に、灯台へのアクセスの仕方を教えたりしないだろう。

そして、石煉瓦の地下通路が終わったとき――

「中島先輩、あとは、螺旋階段になっています」

「ということは、とうとう、あの灯台に着いたということね」

「ですが……」

「そうだね」

螺旋階段が上へ延びているのは予想できたことだけど、まさか、さらに地下へと続いている部分まであるなんて、思いもしなかった。しかし何故、地下に？　常識的には、下には海しかないはずだけど。

「二手に分かれますか？」

「ううん、リスクが大きいし、落書きの主はたぶん、上だと思う」

「と、おっしゃいますと？」

「ここまで誘い出しておいて、応接室より地下倉庫を見ろってのは、性格が悪すぎる」

私達は地下通路から、ぐるぐる回る螺旋階段を登り始める。中途までは水面下だったからなのか、構造がよく分からなかったが、かなりの高さを踏破してみると、やはりあの灯台に間違いないと確信できた。何故ならば、中途から、外壁が上に対してゆっくりと狭まり始めたからである。しかし、やっぱりかなりの大きさだ。螺旋の円周が半端じゃない。螺旋階段は、外壁に貼りつく様に大きな円弧を描き続け、その内側は——上っている私達のつねに右手側は、どっしりとした石煉瓦の塔になっている。それは当然、円錐に近い形になっているわけだが、塔の内側に教室が入っていると言われても、吃驚はしない太さだった。

「あっ、先輩」

気を遣ってくれていたのか、それともこの発見に気が急いていたのか、私より先行していた苗原さんが、いきなり脚を止めた。そしてその理由は、私にもすぐに理解できた。

「扉、だね……」

それは、恐らく灯台の中腹よりやや上の地点だったろう。螺旋階段の右手、灯台の芯を成している石煉瓦の塔に、突然、扉が現れたのだ。西欧の塔や教会にありそうな、上がアーチになっている、いわば鐘型の金属扉。両開きで、たくましい鋲まで打ってある。

「先輩、私、先に入ります」

「ナエ、気負わなくても大丈夫。これが罠なら、私達はもう何度も死んでいる」

私はぐっと体重を掛けながら、両開きの金属扉を押してゆく——

——不思議な、光。

瞳が馴れるまで時間が掛かった。そもそも、そんなに明るくない。あまりにもささやかな教会を思わせるそのスペースは、最も奥の壁から発する、青い燐光のようなもので、ぼんやりと照らし出されていた。闇に閉ざされている部分も多いが、それはあまり問題にはならない。何故ならば、この聖堂の主はまさに私達の真っ正面、最も奥の壁にいたからだし、あまりにも特殊なそれ以外、ここに重要なものは無さそうだったから。

カプセル？

ヒトの脳のごとく複雑に入り組んだ巨大な管の塊に、ヒト一人分の細いカプセルが吊られている。そのカプセルの下にもまた蜘蛛の巣の迷路みたいな管が入り混じり、床を侵蝕するかのように無数にうねっている。そうした、機械とも生物とも言い難い、ヌメヌメしているけれど冷徹な『無機物の神経網』『無機物の肉塊』に挟まれて、その青い燐光を発するカプセルが、ひっそりとたたずんでいた。カプセルは、肉塊や神経網と接しているところでそれに埋もれ、あるいはそれに接続しているが、ガラスの様に透明ではある。青い光は、カプセルを満たしている液体とも霧ともつかないものが発しているようだ。そして、ここで大切なのは、カプセルそのものではない。

カプセルのなかの、ヒトだ。

それは、少年だった。いや、少年と青年の境目にいるような、若い男子だった。優しく下ろした黒髪が自然にくしゃついていて、砕けすぎない悪戯っぽさを感じさせる。肌は白く——少なくとも肌自慢の私より白く、大きな瞳は不思議だけれど説得力のあるすみれ色。すらっとした鼻梁といい、それだけで女の子を殺せそうな唇のラインといい、恐ろしいほどの美少年といっていい。しかし、苗原さんも私も、思わず赤面せざるをえなかった。悠然と微笑んでいるこの美少年くんは、何と全裸だったのである。まあ、液体とも霧ともつかないものが青い光を、そう蛍のような可憐さで発し続けているから、その、まあ、直視してもあまり危険ではないのだが、彼氏がいて以下省略の苗原さんは別論、私には刺激が強すぎる……どうして裸なの……

そんな私の物思いを意にも介さず、高校生っぽいその少年は言った。

「こんにちは」

「こ、こんにちは」と私。「御邪魔します」

「ようこそ。僕はカケル」

「わ、私は中島友梨」

「苗原南友佳です」

「解けたんだね」

「実は小さい頃」と私。「数学の読み物で読んで、知っていたから」

「でも、この四〇年で、君達が初めてのお客さんだよ」

「……カケル君は四〇年、ここにいるの？」

「ここに来たのが、四〇年前だからね」

「じゃあ、おシマさんの一〇年前に、もう？」

「そう。だから君達のいうシルエット人の二〇年前、キラキラ人の三〇年前にね」

「島のこと、よく知っているのね」と私。「その不思議な装置から出て、観察したりしているの？」

「ううん」

「そこを離れないで、島のことが分かるの？」

「うん」

「どうやって」

「……これは僕自身のことだから」カケル君は不思議な躊躇をした。「まあ、詳しく喋っても島は怒らないだろう。

僕は、君達の瞳を借りることができるんだ。ここは、島の力が最も弱……いや、そうじゃない、ええと……要は僕のような異物の力が最も働く辺境だから。例えば今朝は、海岸の朝靄（あさもや）がとても強かった。こんなときは、そうだね、例えば結合関係さえ失われてしまった世界までもが最接近するほどに、ね。

さすがにキラキラ人とシルエット人は、僕からは離れすぎていて、瞳を借りるのは難しいけれど」

「離れすぎている？」

「ある意味において、僕といちばん親和性があるのは、ヒトの姿を維持している君達だから」

「それじゃあ、カケル君も」と苗原さん。「その、ヒトなんですか？」

「もちろん」

「ここで何を？」

「ガイドを」

「ガイド？」

「君達が、元の世界へ帰るためのガイドをしているんだ。けれど、お客さんは一人も来なかった――たった今まで」

「カケル君は帰る方法を知っているの!?」

「友梨さん、だったっけ？

そう、僕は知っている。だからこそ、あの謎掛けも書いた」

「そこから出ないのに？」

「あれは、入る前に刻んだ。そのときにはもう、この姿になる決意ができていたからね。そして島も、怒るだけの理由を発見できなかった、あの文章では」

「ならどうやって帰れるの、元の世界に!?」

「君にはもう、解けているんじゃないのかな?」

「教えて」

「それはできない」

「あなたガイドなんでしょ」

「僕は島と契約をした。島が僕の存在を容赦する代わりに、僕は島にも、島のヒトにも干渉をしない。この姿になることで知った、島の秘密を明かすこともしない——それがルールだ。ただし」

「ただし?」

「島にいるヒトが考えていることの真偽を伝えることは、ルール上、禁止されてはいない」

「……私達が出した答えが正解かどうかは教えられる、ということね?」

「まさしくそのとおり。クローズド・クエスチョンには答えられる。僕から正解を教えることは、あきらかなルール違反になるけどね」

「島とそんな取引ができるだなんて、カケル君は島にとって特別な存在なのね?」

「イエス」

「あなたを自由にさせると、島としてはとても困るのね？」

「イエス」

「解ったわ、カケル君、あなたは数直線の下にいるヒトね？」

「そう――鋭いね」

「だからあなたはその巨大な装置を離れられない。ひょっとしたら、それはあなただけでなく、島も一緒になって作ったのかも知れないわね」

「それは質問？」

「あなたは破局を回避するためその装置を作った。島もそれを手伝った」

「イエス」

「カケル君は、帰るつもりがないのね？」

「そうだね……僕は、元の世界へは帰らない。何故ならこの島を怨むから」

「それは何故？」

「……僕の恋人のような人を、もう、作りたくはないから」

「一緒に落ちてきたの？」

「そう」

「ここで、亡くなったのね」

「そう――

だから僕はこの島で、この島を照らす灯台になろうと考えた。それが理由だよ。

でも友梨さん、僕のことより、君達のことだ。

それこそ破局は近いんじゃないかな？

「中島先輩、キラキラ人とシルエット人の——ホルンとトランペットの戦争が」

「そうねナエ、時間は無駄にできない。

カケル君、ここは、ガウス・アルガンの島ね？」

「イエス」

「この島には、四種類の属性を持つヒトが存在しうる」

「イエス」

「私達は今、数直線の上にいる」

「イエス」

「キラキラ人は左、シルエット人は右にいる」

「イエス」

「数直線の下にいるカケル君は、本来、この島には存在できない。だからその装置がいるし、そこから出ることも二度とできない」

「イエス、そしてノー」

「ならええと……島と一緒に滅ぶ気が無ければ、そこから出ることは二度とできない」

「それならイエス」

「私達はこの島に囚（とら）われるまで、数直線の右にいた」

「イエス」

「私達は、シルエット人にならなければならない」

「イエス」

「そのためには、二七〇度の回転をしなければならない」

「イエス」

「ただし、一八〇度の回転を試みてはならない」

「それは決定不可能だよ」

「そうね、質問を変えるわ。私達が一八〇度の回転をすると、カケル君が引き起こしそうになった破局を迎えることになる」

「イエス」

「そしてカケル君、あなたは私達の瞳を借りて、私がここまでは正解するであろうことを、既に予期していた」

「……イエス」

「問題は、ここからだわ。シルエット人でなければ、私達の世界へ帰ることはできない」

「イエス」

「でも、シルエット人になるだけでは、私達の世界へ帰ることはできない」

「イエス」

「シルエット人が私達の世界へ帰るためには、私達の属性と一緒に、島の属性を、数直線の右にする必要がある」

「ノー」

「うーん、なら……私達は、シルエット人になった上で、さらに、数直線の右になる区域へと、自ら移動する必要がある」

「それならイエス」

「私達の世界に帰る上で、目指すべきは、プラスの1である」

「イエス」

「ABO型は関係がある？」

「ノー」

「どうしてなの」

「クローズドな質問じゃないよ、それ」

「だって理由は解らないもの……

ええと、私達が数直線の上に出た時点で、ABO型とは違う法則が働く」

「イエス」

「シルエット人とキラキラ人についても、ABO型の制約を受けない」

「イエス」

「ただし、この島の四つの型の制約は受ける」

「イエス、そしてノー」

「……命や躯に危険を及ぼしたくないのなら、この島の四つの型の制約に縛られる」

「イエス」

「それは、四種類の属性に対応する型である」

「イエス」

「この島が『象牙のビーチ』『翡翠の街』『カーキのジャングル』で成立していることには、必然性がある」

「イエス」

「その必然性のうち最も重要なのは、頭文字である」

「それはすごいな、イエスだよ」

「この島では、乗法の交換関係が成立しないことがある」

「ノー」

「カケル君厳しいわね……ええと、この島の三区域を乗法の要素『象牙』『翡翠』『カーキ』としたとき、二要素以上で乗法を行っても、交換関係が成立しないことがある」

「小難しい表現だけど、まあ、イエス」

「この島は、ハミルトンの島でもある」

「まさしくイエス」

「すると、あなた偽名を使っているわね？」

「そうだね」

かける君。すなわち乗法。それもヒントというわけだ。

「……でも、これ以上は解らないわ。考えられるルートだって幾つかあるし、もし正解のルートを選択したとしても、そのとき私達が何をすればいいのか、全然解らないから」

「ノー」

「えっ」

「僕は契約違反の、過剰なお喋りをしてしまったかも知れないよ。どうやら、島は気付かなかったみたいだけどね」

「答えをもう教えてくれている、ってこと？」

「マサカ。僕ハ島トノ契約ヲ破ラナイヨ」

私達は爆笑してしまった。こんなときなのに。そう、きっとカケル君はうっかり喋ってしまったのだ。自分から、正解を。だけど島の眼もあるし、これ以上、危ない橋は渡れないってことだろう。でも、それだけでも感謝すべきだ。苗原さんと一緒でよかった。ふたりなら、カケル君との会話を最初から顧ることだって、不可能じゃない。

「あ、あの、カケル君」中島先輩すみません、と苗原さん。「私からも質問、いい？」

「イエス——じゃないか、これは僕の気持ちのことなんで。もちろん、よろこんで」

「菜摘を、奈良橋菜摘を殺したのは——そして棗先輩を殺したのは、シルエット人？」

「難しい質問だね。ある意味においてイエスだし、ある意味においてノーになる」

「なら言い方を変えます。菜摘と棗先輩を直接殺した、そう、実行犯は誰ですか？」

「島の秘密じゃないから、ハッキリ答えたいけど……ごめん、回答は一緒になる。

それはシルエット人でもあるし、シルエット人ではない」

「言葉の定義の問題とかですか？　あっ、それとも二人のことを一緒に訊いているから？」

「ちょっとまって、ナエ」と私。「カケル君、今、島にはキラキラ人が九人いる？」

「イエス」

「そしてシルエット人は七人？」

「ノー」

「数直線の右にいるのが、この世界のシルエット人なのね？」

「イエス」

「ありがとうカケル君、私、解った気がする」

「こちらこそありがとう……

僕の口からは、君達の仲間の問題は、あきらかにしたくない」

「ですが中島先輩、せっかく——菜摘のことが、棗先輩のことが!!」

「ナエ、私に考えがあるわ。それに今いちばん大切なのは、元の世界に帰ることよ。ナエの心配は解る。私が何とかする。だから、今はナラのこと、我慢して。私も菜花子のこと、我慢する。お願いよ、ナエ」

苗原さんは綺麗な睫を震わせて、涙を零しそうだったが、言葉をぐっと飲みこむと、しっかり頷いてくれた。そうだ。今説明はできないけれど、犯人捜しは絶対に脱出の妨げになる。特に、私の出した解答が正しいのなら――その犯人は断じて許せないが、罰を受けさせるのは、私達の世界に帰ってからでもできることだ。いや、元の世界にしか警察も刑務所も無い。この世界に島流しのままにしちゃう、というのは、それはそれでとても魅力的なアイデアだけど――

「カケル君、ありがとう。私達の質問は、取り敢えず終わったわ。

たぶん、あなたと私達は、これからも一緒に行動できはしないけど……

また来てもいい？」

「大歓迎さ。といっても友梨さん、君にはもう、僕は必要ない気がするよ」

「カケル君はこれからも灯台として、私達みたいな迷子を導くの？」

「そんな偉そうなものでもないけれど、お客さん候補は一〇年置きに落ちてくるからね」

「それも、吉南女子の校舎ごと、でしょ？　それはどうしてなの？」

「島の秘密は、僕からは答えられないよ」

「吉南女子の特定の場所と、この島が、何故かつながっているということ？」

「イエス」

「それは、島の意思？」

「ノー」

「でもこの島は、あきらかに、数直線の上に属する島よね？」

「イエス」

「それが、私達の、数直線の右の世界に遊離している」

「イエス」

「それも、こんな半径五㎞くらいの狭い姿で。自分の世界と切り離されて。それでも、頑なに自分の属性を守りながら」

「……イエス」

「きっと、帰りたいんでしょうね。私達と一緒で」

「イエス……この孤島の名は、虚」

Ⅳ

――夜明けまでは、まだ遠い。

私達ホルン＝キラキラ人枢軸は、この戦争に圧勝した。

人形のように、泥のように微塵も動かないシルエット人七名は、病院前の石畳の街路に、薪みたく積み上げられている。キラキラ人が決めた役割分担で、キラキラ人が響子たちを牽制している内に、私達がアジトから運んでくることになっていたのだ。私達に拒否する理由はなかった。何故なら、シルエット人の抵抗など一切予想されず、したがって、その運搬は、より安全な行為だったから。ヒトをモノの様に積み上げる、ということには違和感と反感を憶えたが、キラキラ人は何故かそれに執拗った。私達が強いて反対しなかったのは、やはり、銃火を直接まじえた戦争をしたその敵だから、だったのかも知れない。

そして、病院とその対岸のアパルトマンに布陣していた響子たちトランペット四人は、クラの夏子——初日にシルエット人が誘拐していった夏子と、捕虜であるシルエット人の身の安全のため、既に無条件降伏をして、武器を捨て街路まで下りて来ている。私達は、一切の拘束をしないでその夏子を連れてきたが、キラキラ人は、彼女の胴をぐるぐる巻きに緊縛した上、後ろ手錠の様に両手まで動かなくしてしまった。ペット四人もまた、たちまち身動きできないように拘束されてしまったのは、いうまでもない。

他方で、シルエット人七名は、一切の緊縛をされなかった。私達はそれを頼まれなかったし、キラキラ人は、まるで感染症でも忌避するかの様に、シルエット人には触れようと、いや、一定距離以上に近づこうとしなかったのである。まあ、どのみち、緊縛することに意味はない。それはそうだろう。少なくとも払暁までは、シルエット人が昏睡のような眠りから覚めることはありえないし、逆に払暁になったら、キラキラ人の門限が直前に迫る。そして繰り返すが、夜明けまでは、まだ遠い。私はキラキラ人に対して

——当時の吉南女子吹部で部長をしていたリーダーに対して、語り掛けた。

「作戦は、大成功でしたね〜」

「すずなの、けいりゃくの、おかげよ。

もっとも、はじめからうしをつかえばよかったんじゃない？」

「敵の命綱である火計と防御陣地。これが叩きつぶされた絶望にこそ、勝因を求めるべき。戦争の最終の真実は奇策などでなく、戦闘意志の破砕と陣取り合戦ですものね——

九人の誰もがお怪我をしてしまったけれど、大丈夫ですかあ？」

「あなたがたの、とらんぺっとの、おともだちは、えんりょをしたようよ。いずれも、けいしょうですんでいる。うごけないほどのけがではないし、もちろん、いのちにしょうはない」

「病院は占拠できたし、私達の血を狙うシルエット人は確保できたし。誘拐されていた夏子もどうやら無事みたいだし——」

「——鈴菜!!」とその夏子。「あなた、どうしてこんなことを!?」

「シルエット人は、あなたを、いえ私達を誘拐して、その血を搾り獲るつもりだったのよん。それこそ死んでもいい程度に。大丈夫だった？　非道いこと、されなかった？」

「されるわけないでしょう!!

鈴菜、鈴菜は恐ろしい勘違いをしている。シルエット人はもう、ヒトの血なんて必要としてはいないのに」

「夏子、あなたすっかり騙されているわあ。シルエット人は感染症の、マイナス属性の最終段階にあるのよ。それを治療するために、血清を作るために、私達ヒトの姿を残したグループの血液が必要なの。

私達はね、トランペットの四人も含めて、あなたたちを救いに来たのよん」

「マイナス属性？　治療？　血清？

……鈴菜、あなたはいったい何を言っているの？

私達の血を必要としているのはシルエット人なんかじゃない。シルエット人はマイナス属性でもなければ誰の血も必要としてはいない。だってもう、シルエット人は望む状態にあるのだから。α^4の属性こそ目指すべき属性、それ以上は何もする必要が無いの。それに、血が必要なのは血清なんかのためじゃなくって」

がん。

キラキラ人のひとりが機関銃で夏子を殴りつける。その勢いにさすがの私も唖然として。

「やめて!!　夏子は拉致されて騙されていただけよ。やり過ぎだわ。真実を教えればそれですむ。それに響子たち四人だって、こんな縛めをする必要なんかない。響子たちを利用していた傀儡師は、せっかく一網打尽にできたんだから、改心するまではしっかり監禁する必要がある。けれど、それ以外は――シルエット人以外はそもそも仲間よ。きちんと真実を説明して、これからは共存共栄をしてゆくべきだし、最初からそういう話だったでしょ？」

「すずな、しるえっとじんは、かいしんなどしない。そして、じゅうねんまえ、わたしたちをりようして、じぶんたちだけ、このせかいからのがれられるじょうたいに、まんまとなりおおせた。わたしたちは、あのひれつなこういを、ぜったいに、ゆるすことができない。だから――

ありがとう、すずな。

わたしたちは、このふくしゅうのきかいを、じゅうねんかん、まちこがれていた。わたしたちは、もう、こいつらにふれることすら、できなかったから。こいつらには、すずな、あなたたちしか、ふれることができないの。おそいかかりたくても、なぐりたくても、くびをしめたくても、なにもできない――わずかなじかん、きかんじゅうや、しゅりゅうだんで、とおくから、こうげきすることしか。おたがい、じゅうねんかんで、おみとおしの、こどもだましのとらっぷを、しかけておくことしか。

そのくやしさ。その、くつじょく。

そうしたのが、もともと、こいつらだという、いきどおりと、ぞうお。そのじゅうねん。きゅうせいしゅとなる、あなたたちがくるまでの、そのじゅうねん。それがどれだけ、つらく、くるしく、ながかったか。

こんやこそ、そのせいさんと、しゅくせいのよるよ。あなたたちには、かんしゃしてもかんしゃしきれないわ」

「この世界から逃れられる状態……？　シルエット人って、このマイナスの世界に侵蝕され尽くした、瀕死の種族じゃあなかったの？」

「鈴菜……」

「響子？」

「あなたは、あなた自身が考えた作戦の意味を、もっと検討すべきだった」

「……どういうこと？」

「シルエット人が、この島に最も忌み嫌われている存在であるのなら。この島が、最も排除したい存在であるというのなら」

「あははは、そのとおりよ、すずな。それは、このしまのぞくせいから、もっとも、とおいそんざいである、ということでしょう？　かんたんなことよ。このしまから、だっしゅつするのに、しまのぞくせいにちかいそんざいと、しまのぞくせいからとおいそんざい。どちらが、でぐちによりちかい？　どちらがでぐちをくぐれるの？　そうよ、もっともとおい、もっともきらわれた、もっともはいせきされるそんざい、それこそが、てんごくのもんにいちばんちかい。

だから、ゆるせなかった。ぜったいに、ゆるせなかった」

キラキラ人たちは、軽傷とはいえ脚を引きずりながら、そして、絶対にシルエット人に触れないようにしながら、何と本拠地・ジャングルで精製した獣油を、積み重なったシルエット人に注ぎ、塗り、重ねてゆく。シルエット人たちは微動だにしない。その微動だにしない無抵抗の人間に対し、あまりにもあっさりと、炬火の炎が投じられた。たちまち燃え上がるシルエット人七名――

「そ、そんなあ!!　敵は無抵抗なのよっ!?」

キラキラ人は誰もが無言のまま。ただ、微笑んでいる。その蜉蝣のような薄い蛍火で、顔をハッキリと認識することはできないけれど。小刻みに震える肩、堪えきれずに歪む唇。微笑んでいるのだ。七人を火刑に処することができて、微笑んでいるのだ。

ア……アア……

オオ……

ウウ……ウアア……

シルエット人の意識は恢復していない。だが、処刑の劫火はその断末魔の苦悶を、そう、無意識のうちに上げさせるには、充分すぎたようだ。生きながら焼かれてゆく肉の、ヒトの肉の恐ろしい匂い。それに被さる、シルエット人たちの悲鳴にならない絶望の吐息。炎はそれを糧にしたのか、いよいよ夜空に轟々と燃え上がってゆく。

キラキラ人がヒトなら、シルエット人もやはりヒトだ。そして人間である以上、もはやシルエット人が救かる術はありえない。この絶望の孤島で、絶望の二〇年間を過ごした吉南女子の大先輩たちは、絶望の紅蓮のなかで、その四〇年弱の生涯を終えたのだ。元の世界に帰ることなく、しかも、おなじ吉南女子吹奏楽部の後輩に焼き尽くされて。そして、この大量殺戮という結果を招いてしまったのは、疑いようも無く、シルエット人をターゲットにして捕虜にするという作戦を立てた、この私なのだ……

「……どうして、ここまで」と私。「狂っているわ。恥を知りなさいよっ‼」

「きのうきょう、やってきた、あなたごときに‼」機関銃が下腹部を殴り、さらに額を打った。思わず街路の石を舐める私。「わたしたちの、このくやしさの、なにがわかるっていうの⁉ このあくまどもは、なんにもしらなかったわたしたちに、いきるすべと、せかいのひみつをおしえた。わたしたちは、せんぱいたちのあいじょうに、こころからかんしゃした。

だってそうでしょう⁉

おなじ、きちなんじょし、すいそうがくの、ちすじなのよ⁉ わたしたちが、もうもくてきに、このせんぱいたちをしんらいしたのも、とうぜんだった。けれど、このあくまども、きちくどもはなにをした⁉ じぶんたちが、かえりたいばかりに、かんじんのりゆうは、ひたかくしにかくして、わたしたちのちをうばった。それも、ちしりょうにせまるほどの、たいりょうのちをね‼

そして、このからだに、なりおおせた。せかいから、のがれられる、このぷらすのからだに――

そして、わたしたちは⁉

いのちにかかわる、こうけんをした、このわたしたちは⁉

まいなすのこのすがたのままで、すてられたわ。

しかも、けんきゅうせいかや、けんきゅうしせつや、びょういんまでおさえられて。わたしたちが、どれだけ、たすけてくれるよう、ぷらすになれるよう、あいがんしたとおもう!? けどそのたびに、しがいちの、ありあまるぶきで、けちらされたわ……じゃんぐるにおいやられた、わたしたちは、ちかった。ぜったいにこのあくまどもを、もとのせかいにかえしはしない。いいえ、ぜったいに、このあくまどもを、ぜつめつさせてみせると。

どう、すずな。

こうはいのいきちをすすり、ようがすんだら、じゃんぐるへすて、じぶんたちだけが、たすかろうとする——それこそが、くるっているんじゃないの!? こいつらのだれが、はじをしっているというの!?」

「……解らないわ全っ然。どうしてキラキラ人とシルエット人は協力しないの？ ヒトの血液が鍵だというのなら、キラキラ人もシルエット人もヒトであることに変わりはないでしょ？ 何故そうまでお互いを怨み、排除し、忌み嫌うのよお？」

「鈴菜、それは、無理なのよ……」

「……響子？」

「シルエット人の血液は、既にプラス属性に変貌している。キラキラ人の血液は、マイナス属性。島から最も排除されるのはプラス属性。だから、目指すべきはプラス属性。けれど……もう解るでしょう？」

「キラキラ人のマイナスに、シルエット人のプラスをどう掛け合わせた所で、マイナス？」

「そう、シルエット人がただ血液を提供したって、何の意味も無い……

シルエット人が恐ろしい自己犠牲で、プラスであることを自ら止めないかぎりは。そしてそれをしなかったのは、エゴからでもあるし、さらに襲撃が激しくなるのを回避するためでもあった。だってそれは、『自ら獲物になる』ということでもあるのだから。

――鈴菜。

私が知った情報の断片を整理すると、こういうことになる。

シルエット人が自分達をプラス属性にした方法。それは、マイナス属性の血液七〇〇㎖×二単位を、輸血することだった。ここで、二単位というのは、別人の――つまり『ふたりの個人』の血液でなければならなかったらしい。少なくとも、シルエット人が考案し、実行し、成功できた唯一の手段が、これだった。

これは、実際に血液を提供した……させられたキラキラ人も当然、熟知している。そしてキラキラ人がこうまでシルエット人を憎悪する理由となったのは」

「そうか、響子。一、四〇〇㎖ともなれば、私達の血液量四、〇〇〇㎖の三分の一を」

「そう、超えてしまう……三分の一を超えれば失血死のリスクは飛躍的に高まる。もしこれが三単位二、一〇〇㎖だったら、確実に死ぬわ。二分の一が分水嶺だから」

「だから、たとえキラキラ人が九人いたとしても」

「必要な単位は九人×二単位で、一八単位。キラキラ人自身が自分達ひとりずつから二単位採るとしても、恐ろしいリスクとなる。もし『仲間を誰も犠牲にしない』『敵と同じ姿になるのは皆同時』という方針だったとしたら、絶対に一八単位は確保できない」

「時間を置けば。一単位採って輸血し、新たな造血のあと、もう一単位採って輸血すれば」

「駄目なの。シルエット人が唯一成功した例は、七〇〇㎖二単位の同時輸血」

「だったら、この血液問題に解はないじゃないの」

「……鈴菜。その結論をあなたに理解させることが、このキラキラ人さんたちの狙いだったようよ。すなわち、今、ここまで私に駄弁を許してくれた理由でもある」

——その刹那。

キラキラ人九名は、私達ホルン四人を街路に組み伏せた。たちまちトランペットの捕虜四人同様に固く緊縛され、手も後ろに回されたまま、モノのように石畳に転がされる。

いや、もはや『捕虜同様に』などではない。ホルン＝キラキラ人枢軸は崩壊した。というか、最初からそんなものは私達の頭にしか存在しなかったのだ。私達は徹頭徹尾、『捕虜そのもの』だった。

「すずな、あなたには、かんしゃするといったわね。そう、せいさんと、しゅくせいのよるは、おわりをつげた。これからは、いっしょに、みらいをかんがえるあさ」

「よく言うわねえ。あなたたちキラキラ人は、少なくとも夏子がシルエット人に保護されていることを知っていた。そして、あまりにも脳天気で愚かだった私達と同盟する演技をして、ホルン四人を確保した。これで五人。そしてシルエット人に復讐をはたした暁には、トランペット四人が捕虜にできる。これで九人。

できすぎた数字じゃない？

だってあなたたちキラキラ人の総数は、まさに九人なんだものね」

「わたしたちは、すずな、あのあくまいじょうに、あくらつではない。そして、すでにじょうきょうは、じゅうねんまえといっしょ——きらきらじんと、ひとのすがたをしたものが、まさにどうすう。

わたしたちは、ほんとうに、あんしんしたわ。

あなたたちのかずが、へってしまえば、いやでも、だれかをころさなければならないものね」

確かにそうだ。私達の数が必要以上に減れば。生き残った私達の誰かは、二単位でなく三単位、血液を奪われることになるから。

「一、四〇〇㎖を奪うなら、どのみち殺すも同然じゃない」

「わたしたちは、じゅうねんまえ、それをされていきのこったわ」

「そしてこの一〇年間、シルエット人と闘争をしながらひたすら待望した。新しい娘が、いえ、違うわね。新しい血袋が空から落ちてくるのを」

「まさしく、そのとおりよ。ほんとうに、どきどきしたわ。だってそうでしょう。わたしたちは、さんちょうこうしゃの、したいに、てをださなかった。もう、そのりゆうは、わかるわね？　したいのけつえきでは、まったく、いみがないからよ。それは、しるえっとじんが、じっけんで、あきらかにしている。そのいみにおいて、あなたたちのあんぜんとへいおんを、いちばんねがっていたのは、わたしたちともいえるわね」

「御冗談が過ぎるわよお。あなたたちキラキラ人が最終的に望んでいた保険は六人じゃないの。血液の必要量は七〇〇ml×二単位×九人分。生きるか死ぬかの瀬戸際まで搾り尽くすなら、分水嶺の二分の一まで頑張るとして、私達ひとり二ℓ——七〇〇ml×三単位は確保できる。三単位採れるんなら、六人で充分」

「ひていはしないわ。でも、またじゅうねんをまちたくないから、そんなぎりぎりのかけは、したくなかった。げんに、りそうてきにも、くにんをかくほできている。

　そして、あなたたちも、また、じゅうねんをまつことになるわ。そのころには、わたしたちのきぼうとぜつぼう、わたしたちのいまのきもちが、わかるようになっているでしょう。そして、あなたたちもきっと、わたしたちとおなじことを、するはずよ」

「それは解らないわあ、その時になってみないとね。確かに私は聖人君子じゃないわ。こうやって、あなたたちの薄汚い謀略に乗せられて、まんまと仲間割れして、殺し合いまでする様なエゴイストだもの——少なくとも私は確実にそう。今や絆を失った、私達もたぶんそう。先々の見えない、マヌケたエゴイスト……

　だから、マヌケにも一〇年後にあなたたちの道を行く確率だって少なくない。

けれど。

私達は、自分達の謀略のために――その娘たちを内紛させ分裂させるために、人殺しなんて絶対にしないわよーだ。あっかんべー」

「ひとごろし？」

「だってそうでしょ。

私達が最終的に分裂してしまったのは、クラリネットの奈良橋さん殺し――あのボウガンでのいきなり虐殺をめぐる疑心暗鬼からなんだもの。あれは夜だったし、この期に及んで、その犯人が解らないお莫迦さんがいるわけないでしょーが」

「あははは」

「ここ笑う所？」

「そうおもいたかったら、どうぞそうおもって。いまのわたしたちにとっては、もう、どうでもいいこと」

「ならひとつだけ、どうでもよくない、確実な予言をしてあげるわ」

「……よげん？」

「一〇年後も、あなたたちキラキラ人は、この孤島にいるということよん」

「…………」

「あっは、図星ねえ。

どれだけ血液を奪い獲って、プラス属性になり、今度はあなたたちがシルエット人に変貌したとしても、それでどうなるの？　プラス属性のシルエット人は、島から排斥される存在だったんでしょ？　そこまでは望みどおりだったんでしょ？

それで、どうなったあ？

また一〇年間、あなたたちキラキラ人と戦争をして暮らすことになっただけ。

そう。

一〇年の歳月を掛けても、どれだけ脱出に適した属性になったとしても、二〇年の知識経験と研究成果を有するシルエット人が、この島を脱出することはなかった。いいえ、脱出できなかったのよ。そしてあなたのその態度。あなたたちはキラキラ人とシルエット人の謎を解いても、この島の全貌はまったく理解できてはいないし、ましてこの閉じた世界からどうやって元の世界に帰るのかなんて、想像すらできてはいないはず。そうでしょ？　ざまーみさらせ」

ぱあん。

キラキラ人のリーダーは、私の頰を思いっ切り張った。首がごきりと鳴るほどに。唇から血が流れてゆく。だがそれは憤怒、激情というより、一〇年熟成された苦悶であり、また絶望だった。もっともそれは、これから私達が幾らでも追体験できるものなのだが。

「さあ、よるはもう、みじかいわ。これからは、わたしたちが、しがいちのあるじ。あなたたちも、ひるのうちは、ゆっくり、きゅうそくしてちょうだい。

……あすのよるには、ひょっとしたら、ちをながしすぎてしまうかも、しれないから。

あははは」

（響子）

（鈴菜？）

（私を許さないで。でもホルンの三人は、許してあげて。この先何があろうとも、吉南女子吹部の仲間として、もう一度やり直させてあげて。その代わり私は、何をしてでも必ず八人を逃がしてみせる。

この戦争であれだけ響子を苦しめた私の言葉よ。誓って約束は守る）

（莫迦っ）

（……響子？）

（退部届の無い退部は認めない。そして退部届は音楽室で出してもらうのが習わし。鈴菜のどうしようもないバカでマヌケで自分勝手で解らず屋な不始末については、学校へ帰ってから処分する。それまで、吉南女子吹部を逃げるなんて、部長の私が許さない）

（私はもう、部員じゃあ）

（そろそろ私の命令を聴いてくれてもいいんじゃないの!! 私がこれまでどれだけ我慢してきたと思ってるのよ。いい？ もう戦争も退部も死ぬことも絶対に許さない。私達は一緒じゃないと何もできないって、もう学習してくれていてもいい頃でしょう!?）

（う、うん……はい、部長）

その刹那。

——圧倒的で強烈な光が、病院前の街路を照らし出した。

V

病院へ通じる、西への街路。

響子たちが構築した三重防壁の、若干、手前。

私達は街路両側のアパルトマンに侵入していた。防壁以前の建物は閉鎖されてはいなかったし、トラップがあってもおシマさんが解除できる。偵察も充分にしてあった。そして占領した建物に、私達は、コンクリ校舎から運んできたスポットライトを設置したのだ。狙いはもちろん、病院前街路である。『スポットライトだけではオブジェ』——響子がいつか言っていたとおりだが、おシマさんと合流してからは違う。おシマさんのシェルターには、自家発電装置があるのだ。

おシマさん、苗原(なえはら)さん、波越(なみこし)さん、私。

つまり、島の残存勢力。

——おシマさんは、キラキラ人＝わるもんがどのような手段を講じても戦争に勝つことを予測していた。おシマさんは、キラキラ人が出現してから一〇年、彼女等がどれだけ悪辣(あくらつ)なことをしてきたか、嫌になるほど知っていたから——だから、シルエット人＝いいもんが勝てば、私達に脅威はないシナリオとなる。したがってより悪いシナリオを想定して、対キラキラ人戦闘を準備していたというわけだ。ビーチから機材を運んだり、私達のコンクリ校舎を捜索したり、市街地から武器を掻き集めてきたり――四人しかいないし、目立ってもいけない。仕事は腐るほどあるし、時間の余裕もあまりない。誰もが自分の判断で、あっちへこっちへそっちへ、ほとんどバラバラに動きながら、おシマさんの作戦に必要な準備を、大童で整えたのだった。やっと戦闘準備ができたのは、実に戦争の最終段階、あの猛牛たちが疾駆していたあたりである。

スポットライトは、定期演奏会のときに舞台を照らす光量があるものだ。体育館でいえばギャラリー、すなわち二階のキャットウォーク部分に設置するあれ。一、〇〇〇W標準のものに七五〇Wの電球を加え、しかも、それを三機設置している。蛍光灯なら、八〇W～一〇〇Wで八畳部屋が充分明るくなると言えば、どれだけの光量かは解るだろう。移動させた自家発電機がどれだけ保つかは未知数だったけれど、私達の作戦では、まさか五分、光り続けてくれる必要はない。そもそも五分も戦闘が続けば私達の負けだ。私達は四人。むろん襲撃当初は、解放された味方も計算には入れられない。また、圧倒的な戦力不足から、スポットライトの点灯は、おシマさんが急造してくれたタイマーに頼むしかない。おシマさんなら大丈夫、と信頼してはいたが、機械も楽器もいざというときに故障するもの。私は、そして恐らく苗原さんも波越さんも、ハラハラしながらその瞬間を待った。

――カッ!!

一、七五〇Wのスポットライトが三機、あざやかにアインザッツを揃えて、西側から病院前街路を照らし出す。時間どおり。響子や鈴菜たちを捕虜にし、お喋りで油断していたキラキラ人の瞳は確実につぶれた。一〇秒、二〇秒では恢復しないだろう。夜を生きるキラキラ人は悲しいほど強い光に弱い。これはきっと、響子たちも戦術に組み入れていたはずだ。

間髪を容れず!!

病院三階から放射される催涙ガス。おシマさんだ。シェルターに幾つかある消火器を改造して、唐辛子のカプサイシンをアルコールで溶かしたものを詰めている。そういうと単純だが、効果は絶大。たった一秒、噴射されただけで咳と洟と涙が止まらなくなり、顔などの露出部分は当然、服の下でも、皮膚や粘膜が焼けつくようにヒリヒリと痛むから。実に三、四〇分は、真っ当な行動ができなくなるほどだ。私は、実はその効果のほどを実験してみたのだが、確かに一秒の噴射で涙がぼろぼろ止まらなくなり、眼を開いているどころか直進することもできず、とにかく服のまま水浴びして火傷みたいな苦痛をどうにかしたいと七転八倒したものだ。おシマさんがドラム缶に真水を入れておいてくれたので、それに首ごと顔を突っこんで、顔面だけは痛みに耐えることができたが、しかし下着の下までガンガンにビリビリくるとは……

おシマさんは消火器催涙ガスを出し惜しみせず、確実にキラキラ人を狙って三本分たっぷり噴射をした。響子たち九人も悶絶しているだろうがこれは仕方ない。すぐさまおシマさんはゴーグルとマスクを装着の上、両手にくの字形のククリナイフを持つと、何とそのまま街路に飛び下りる——

どん。

もうもうと立ち籠める催涙ガス。容赦なく街路を照らし出すスポットライト。大混乱に陥ったキラキラ人は機関銃を乱射し始めるが、最大の弱味は、響子たち捕虜九人を殺せないことだ。計算上、最低ラインが『六人確保』なのだから、三人までは殺せるといっても、一〇年の悲願である響子たちをむざむざ『死体』にしてしまっては、これまでのすべての謀略が水の泡。機関銃の射線は、どうしても上擦らざるをえない。もちろんワンマンアーミー・おシマさんは低い姿勢でククリナイフを操り、唐辛子成分のコロイドのなか、敵の首を裂き、腸を出させ、あるいは袈裟懸けにし、たちどころに四人のキラキラ人を無力化した。もちろん、響子たちが戦争でキラキラ人を負傷させていたのも大きい。

やがて。

キラキラ人が病院前から撤退し始める。その際にもひとりがククリナイフの餌食となった。残り四人。だが、この絶好の機会を逃すわけにはゆかない。彼女等にジャングルへの道を開いてしまっては、今度はこちらが暗殺の危機に脅えることになるだろう。ところが、キラキラ人にとっては不幸にして、そして私達にとっては幸運にして、彼女等の躯は自ら光を発している。死のコロイドから逃亡して、あるいは北へ、あるいは南へ、そしてあるいは西へと疾駆してくるにつれ、催涙ガスとスポットライトからは遠ざかることができるが、それは同時に、逃げてくる蛍火をこちらが確実に捕捉できることを意味するのだ。病院前街路はT字路。逃げるなら三方向。そして斬り込み隊長・おシマさん以外に、私達は三人いる。偶然の要素も大きいけれど、戦闘の諸条件がこちらに味方してくれるということはあるし、そうした運気こそが、乾坤一擲の勝負では大切だ。私達はそれを吹奏楽で学んでいる。

すなわち今、苗原さんは北に、波越さんは西に、そして私はジャングルに近い南に、それぞれ布陣を終えていた。私の陣地に接近――逃亡してくるのは、キラキラ人ふたり。だが、私も機関銃は撃てない。矢も放てない。催涙ガスとスポットライトで病院前の視界が利かない以上、響子や鈴菜たち九人の命を危険にさらすことは、その可能性がどんなに小さかったとしても、できない。それは苗原さんも、波越さんも一緒だ。だから、ひと工夫した。

　ぱん、ぱん、ぱぱん、ぱぱぱぱん!!

すさまじい閃光とともに、特製爆竹が弾ける。引き続き、眼はつぶれていてもらわなくては困るのだ。連続的に爆発する爆竹には、おシマさんのシェルターにあったマグネシウムリボンのマグネシウムが装着してある。マグネシウムが閃光を発して燃えるのはよく知られたことだ。しかも、工夫すればストロボのフラッシュみたいにできる。キラキラ人たちは機関銃を撃ってきたが、射線はもうデタラメ。しかも閃光は数瞬なので、彼女等の蛍火を見失うことはない。これで彼女等が反転すればおシマさんの餌食。もしそのまま脚元も見えず直進してくれば――

ぐちゃっ!!

悲しいほどコミカルな粘着音がして、ふたりのキラキラ人が街路に倒れこむ。立ち上がろうとして、ぐちゃっ。反転しようとして、ぐちゃっ――トラップが威力を発揮した。地雷でも設置できれば別論だったが、さすがに病院前を占拠したキラキラ人に察知されず、地雷を敷設したり落とし穴を掘ったりすることはできない（そもそも石畳だ）。静粛性があり、街路いっぱいに仕掛けられ、しかも、いったん捕らえればかなり動きを封じることができる罠――作戦会議で『とりもち』を提案したのは、やはりおシマさんだった。実際に、これで野鳥を捕獲したりしているという。私は『とりもち』自体を知らなかったので、作るところから見せてもらい、その効果のほども体験した。吃驚だった。腐らせたヤマグルマの樹皮を臼で潰して揉んで団子にする、それだけ。チョコレートの水飴みたいなものができあがる――もっとも、おシマさんは素材と薬品でさらに改良をしているそうだが、そこまで教えてもらわなくても、効果の絶大さは充分わかった。この、色合いも実に都合のよい兵器は、粘着性も抜群で、少量でもあの敏捷な猫がよく引っ掛かるらしいし、もちろん大量にすれば人間も難しくない。そしておシマさんは、この『とりもち』を一斗缶に一〇缶もストックしていた。すべて快く提供してくれたのはいうまでもない。そして、それをキラキラ人たちは見事に踏んでくれたが、永遠に粘着させておく必要はない。しばらくのあいだ、ベアトラップ同様の効果を発揮してくれればそれで勝ち――

さく。

さく。

もがいていたキラキラ人ふたりは、暗殺者おシマさんに喉笛を裂かれて事切れた。

「友梨っぺ」

「おシマさん」

「九人、終わったわ」

「……嫌なこと、全部押しつけてしまって、御免なさい」

「わるもんは、アタシにとっても脅威だったわ。変な言い方だけど、ジャングルから誘き出してくれて、しかも九人を一箇所に集めてくれて、感謝したいくらいよ。この一〇年、特に母親が殺されてからの六年は、どうにか全滅させてやろうと狙っていたくらいだから……そう、いつも復讐の機会を、狙っていた……

……御免、嘘。違うの。そんな決意、カンタンにはできない。この島では。

アタシは確かに、母親の復讐が、したかった。それはそうよ。犯人がわるもんだってことは、解っていたから。けれど、できなかった。島に囚われ、病にさせられ、ヒトとしての姿すら失って、それでもひたすらに家へ帰りたい女子高生を殺戮するなんて……たとえ、それが母親の仇でも……だからもし、こんなきっかけが、こんな戦争がなかったら、また一〇年二〇年、悩み続けたかも知れないわ。おなじ流刑者、おなじ漂流者として、とても難しい問題だったから……

　でも。

　きっかけはきっかけ、決意は決意。

　この世界の不始末は、この世界でつける。

アタシはそう決意したし、だからそれでいい。やっと自分の役割が解ったんだもの。

そう。これはアタシでなければ駄目だった。

だってあなたたちは、元いた世界に帰るんでしょう？

まさか、人殺しとして帰りたかった？」

「でも、おシマさんがその分、人殺しに」

「そう、アタシは人殺し。自分が生き残るためには誰でも殺すわ。これまでも、そしてこれからも。だから友梨っぺ」

「はい」

「アタシに殺されない内に、はやく自分の世界に帰るの。いいもん、いいもんは全滅した。わるもんも全滅した。残るはアタシと、あなたたち十二人。なら……もう解ったでしょう？」

「はい、私達自身もそうでした。

　ヒトは、あまりにもカンタンにヒトを憎めます」

「そうならないうちに、それぞれが決めた世界へ、帰りましょう」

そのとき、響子、鈴菜たち九人の仲間がやってきて。

「あなたが、友梨の言っていたおシマさんですね？」と響子。「おシマさんは、私達の命の恩人です。どれだけ感謝しても、感謝しきれません。おシマさんがいなかったら、私達は明日、殺されていました」

「あなたが部長さんの、響子ちゃんね？」

「はい、おシマさん、神蔵響子です」

「そしてあなたがホルンの」

「はい、詩丘鈴菜ですう」

「そして友梨っぺが、クラリネットのリーダーさん」

「はい」

ぱん。

ぱん。

ぱん。

強烈なビンタが、私達パートリーダー三人の右頬を打った。それは大人のビンタだった。

「響子ちゃん、意味、解るわね？」

「はい。

私達が莫迦な分裂なんてしな」

「はいもういいわ、握手!!」

「えっ」

「響子、鈴菜、友梨。三人で握手!!」

私達は、おシマさんに言われるまま手を重ね合った。けれど、おシマさんの言葉を超えて、固く、痛いほど固く手を握り締めた。そしてお互いを抱き寄せて泣いた。号泣した。そしてそのまま、おシマさんの頑強な胸板にそろって飛び込んだ。

「つらかったわね、友梨っぺ」

「は、はい」

「解けた？」

「と、解けました」

「ならもうじき、お別れね――ふたつ、お願いがあるの。両親の眼鏡の事とは、別に」

「なんでも」

「どうやったら帰れるのか、教えて頂戴」

「えっ、じゃあ、おシマさんも」

「ううん、アタシはここに残る。ここでしか、もう生きられないから。

けれど、また一〇年後、吉南女子の生徒が落ちてくる、かも知れない。そのときに、その娘たちがすぐお家に帰れるよう、どうにか手助けをしたいの。そして、それはヒトの口伝でなければならない。書いたもの、刻んだものだと、島が奪い去るリスクがあるから。

　そして。

　その娘たちをすぐに帰さなければいけないその理由は……

「もう、言う必要はないわね」

「解りました、おシマさん」

「もうひとつ。あなたたちは、吹奏楽部員よね？」

「あ、はい、もちろんです」

「だったら、出発する前に、アタシにプレゼントをひとつ、頂戴」

VI

　それから。

　私達、生き残り十二人は、市街地のビーチ寄りで暮らし始めた。

　ベッドはあるし、雨露はしのげるし、おシマさんのシェルターも遠くない。もちろん、もうジャングルに危険はないから、果物もカンタンに手に入る。

　その、生き残り。

　クラリネットが、私＝夏子＝波越さん＝苗原さん。

　ホルンが、鈴菜＝紗英＝獅子ヶ谷さん＝塩狩さん。

トランペットが、響子＝佳純＝和音＝香椎さん。

……この孤島に墜落してきた時は、各パート八人ずつの、二十四人だった。それが、半分にまで減ってしまったことになる。確かにキラキラ人に騙されたことや、シルエット人の、恐らくは警戒心からくる秘密主義に惑わされてしまったことは大きいけれど、まさかの三分裂などしなければ、こんな結果にはならなかったろう。おシマさんにビンタされたその痛みは、生涯、忘れないに違いない。

その私達は、キラキラ人になった。

今、私達十二人は、蜉蝣のような姿をし、蛍火を発している。もちろん、理由がある。

この孤島の名は、虚。

――ここは、様々なヒトが嘘を吐き、様々なヒトが誤解をしてきた様な、『マイナスの島』ではないのだ。したがって、プラスとマイナスが対立する島というわけでもない。ここは、『ガウス・アルガンの島』。そしてガウスもアルガンも、複素数・複素平面を発見した数学者。したがって『ガウス・アルガンの島』というのは、複素平面の島だと考えなければならない。

ここで、複素平面とは何か。

私達の世界は、数直線の右側の、しかも0より大きい世界だ。そしてその反対側には、数直線の左側の世界が既に考案され、実用化されている。カンタンにいえば、『実数』の世界は、0を中心とした、左右へ無限に延びてゆく一本の数直線で（すべてヒトの都合、便宜（べんぎ）ではあるけれど）表現することができる。この一本の数直線が、『実数の軸』すなわち『実軸（じつじく）』だ。ちなみに『実数』は、√を使わなければ表現できない数や、三一兆四、一五九億桁（けた）をコンピュータで計算してもなお正体のつかめない円周率π等々の、いわゆる無理数を含むから、この一本の数直線＝実軸は、ヒトがふつうイメージできる、大小のある数なら、それらをすべて含むことになる。

ところが。

これは数学の時間でやるのだが、ヒトは、大小も個数も長さも、まったくイメージすることができない数字すら発見してしまった。『虚数（きょすう）』である。日本語では虚数というけれど、例えば英語でもフランス語でも『想像上の数』(imaginary numbers,nombres imaginaires）と言われるとおり、これはまったく実軸・実数に反映されない、ヒトの頭のなかにだけ存在できる数である。こういうと、『マイナス五だって想像でしかない』と反論されるかも知れない。確かにそうだ。私達がこの島で何度も議論したように、現実世界に『マイナス五個の林檎（りんご）』は存在しえないから。けれど、個数が分かるから計算には使えるし、『マイナス五㎝』なら長さも分かるし、『マイナス七とマイナス九』の大小はすぐに理解できる。そういう意味では、現実に存在するものだと割り切ってしまったとしても、それはそれで問題ないだろう。だからこそ『実数』であり、だからこそヒトが発明した『実軸』に必ずプロットできるのである。

けれど。

『二乗してマイナス一になる数』だけは、絶対にプロットすることができない。これは、人類の計算のルールを、ぶっちぎりで超越してしまっているから。『マイナス×マイナス』は、絶対にプラスになるのだ。いや、人類はそう決めたのだ。だから、実軸上の実数は、たとえマイナス$\sqrt{2}$であろうとマイナスπであろうと、二乗すれば必ずプラスになる。ここではマイナスの例だけを出したけど、二乗するということは、自分自身をそのまま掛けるわけで、したがって（プラス×プラス）か（マイナス×マイナス）のどちらかでしかないから、正の数でも結論は変わらない。

ところが。

存在しないものでも、考えてしまおう、創り出してしまおうというのが人間の、とりわけ数学者の恐ろしい所である。そう、無いなら決めればいいのだ。実数のなかに、二乗してマイナス一になる数がひとつも存在しないのなら、新たに産み出せばいい。それが数学的に便利なら、実数でなくても、実軸にプロットできなくても、全然問題ないはずだ。こうして、あの有名なオイラーが集大成したのが虚数単位『i』である。私達、凡人にはこの『i』の大きさも長さも解らないが、このルールだけは、どうにか理解できる——

iを二乗すると、マイナス一になる

すなわち『i×iは、マイナス一である』。本題に関係ないので詳しくは言わないけれど、これは、オイラー以前の囂々たる非難にもかかわらず、オイラーの超天才的な計算能力と、それに基づく数学的偉業(いぎょう)によって(オイラーはこのiによって、『世界で最も美しい』等式を残した)、やがて圧倒的な讃辞(さんじ)とともに受け容れられ、数学界に定着した。

しかし。

人々の過去の非難にも、理由はあった。『見えない』から。iの理屈は解っても、実軸にプロットできない以上、本当の数字とは呼べないから。あのデカルトさえ、虚数を非難するためにこそ『想像上の数(ノンブル・イマジネール)』という名前をプレゼントしたくらいだ(それがそのまま、本当の名前になってしまったのは、デカルトにとって皮肉なことだ)。成程(なるほど)iは数学的に有用である。けれどそのiはどこにある？　iの大きさは？　iと実数はどう関係する？　数学者にとってはカンタンな問題も、凡人にとっては、生涯を費(つい)やしても解らない難問となるのだ。

ここで。

数学史上に、オイラーとともに燦然(さんぜん)とその名を残す大天才、ガウスが登場する。ガウスにとって、実軸にプロットできないことなど、まったく問題ではなかった。むしろ、『実軸のどこにも存在できない』ことこそが、ミステリ的に言うなら最大の伏線になったのである。そう、例えば、吉南女子(きちなんじょし)の音楽室のどこにも存在しない——絶対に存在しないものは、どこにある？　コロンブスの卵。『吉南女子の音楽室以外の場所』である。言い換えれば、こういうことだ。『実軸のどこにもないものは、実軸の外にある』。

実軸の外とはどこか？

実軸の外とは、実軸の上と下である。

このガウスの着想は、やはり、数学史上の大偉業だった。iはどこにある？　実軸の上と下に。実軸の上と下とは？　実軸と垂直に交わる数直線である‼

かくて、人類の数直線はふたつになった。『実軸』と『虚軸』である。実軸は、誰もが知っているように、左右に広がる数直線であり、中央に0を置く――これは数学的真理とかではなく、それが人類にとって便利だからだけど。そして右から整数だけ言えば一、二、三、四……と無限に続き、左から整数だけ言えばマイナス一、マイナス二、マイナス三、マイナス四……と無限に続く。ならば、虚軸は？　そう、虚軸とはすなわち、実軸中央の0で実軸と垂直に交わる『タテの』数直線なのだ。そして0から上の、整数の虚数単位だけ言えばi、$2i$、$3i$、$4i$……と無限に上昇してゆき、0から下は$-i$・$-2i$・$-3i$・$-4i$……と無限に下降してゆく。

虚軸の発見によって、数直線は一次元から二次元に進化した。ただの横棒が、縦棒と組み合わさることによって、面としての広がりを持つようになったのだ。これは、数学的に極めて実用的で実際的なもの。何故か？『見える』『イメージできる』から。虚軸に沿った、例えば$9i$が数直線に――正確にはタテの数直線にプロットできるのはもとより、あるいはこんなことすら、できるようになってしまう。

$8+6i$はどこにある？　$4-9i$はどこにある？

前者は、『実軸プラス八、虚軸プラス六』の座標によって眼に見える。もちろん後者は、『実軸プラス四、虚軸マイナス九』の座標によってプロットできる。しかも、こうすることによって、詳しく言う余裕がないけど、こうした組み合わせの数の、四則演算(しそくえんざん)までがカンタンにできるようになったのである。例えば、$(1+i)\times(3+2i)$がすぐにできるのだ。

そして。

ようやくここまで来たが。

このような、実数と虚数が組み合わさった数を『複素数(ふくそすう)』と呼び、実軸と虚軸によって表される平面を『複素平面(ふくそへいめん)』と呼ぶこととされたのだ。複素数、というのは、あの素数とは関係なく、『複数の』『要素でできた』『数』を意味する日本語であり（英語では、コンプレックス・ナンバー）、その複素数を表す平面だから、複素平面（コンプレックス・プレイン）となる。

……私自身、微分積分以外は苦手なので、説明が長くなってしまったけれど、これがつまり『複素平面』。では何故この複素平面がこの孤島『ガウス・アルガンの島』とつながるか――だけど、これは、そのものズバリだ。実は複素平面のことを『ガウス平面』とも呼ぶのである。これはもちろん、大天才ガウスの偉業を讃(たた)えての呼び方。では『アルガン』とは？　実は、複素平面のアイデアは、ガウス以外の数学者によっても発見されており、フランスのアルガンもまた、発見者のひとりだった。だからフランスでは、複素平面のことを未だに『アルガン平面』と呼んでいる。『ガウス・アルガンの島』とは、おシマさんのお母さんの遺言だけれど、お母さんは、『ガウスの島』だけでは限定が足りないとお考えになったんじゃないだろうか。ガウスは複素平面に限らず、それこそ数学のあらゆる分野で金字塔（きんじとう）を打ち立て続けた巨人だから。ガウスの島、だけでは、この島の謎を端的（たんてき）に示すことは、確かにできない。ただ、アルガンはフランス以外ではマイナーだから、数学者だったというおシマさんのお母さんにとっては自明でも、私達凡人にとっては、残念ながら、直接的なヒントにはならなかった。私について言えば、決定的なヒントとなったのは、カケル君の灯台のあの落書きである——

——それでは。

この孤島が複素平面の島、というのは、どういう意味か。

もちろん、この孤島が地理的に複素平面だということではない。これは、すぐに解る。確かに島は意味ありげな地勢をしているけれど、四分割されているわけではないし、実軸・虚軸に当たるものも存在しないから。だから地理的に、複素平面なのではない。これは、属性の問題なのだ。

これまで、私達のいる世界がプラスで、この島の世界がマイナスだという仮説が何度も立てられてきた。でもこれはおかしい。私達のいる世界をプラスの世界、私達の属性も当然プラスだと考えると、私達がこの島に落ちてきたとき、激しいリアクションか、ハッキリした変化がなければおかしい。それは対消滅（ついしょうめつ）でも、シンプルな消滅でも、外見の激変でも、透明化でも何でもいいけど、数直線の左側では『存在できない』プラスの要素が、数直線の右側から跳躍してきた時の激しいリアクションだ。マイナスがプラスの正反対で、マイナスとプラスが打ち消しあうのなら、ただですむはずがない。しかし実際に、私達には、劇的な変化が何も起こらなかった。

　ここで、初日の、野生動物の襲撃のことを考える。

　私達は牛に、蜂に、そして大蛇に襲われた。こちらから何もしてはいないのに、まるで免疫反応のように。しかも、ある時点を境に、その免疫反応はまったく発生しなくなったのだ。例えば牛は、急に優しくなっている。そしておシマさんは、いいもん＝シルエット人と、わるもん＝キラキラ人は、『どっちもこの島に嫌われている』と断言した。すると、シルエット人とキラキラ人は、いずれも島にとって病原体で在り続けていて、私達ヒトの姿を維持したグループは、そうではないことになる。では、私達は何をしたのか？　私達が病原体でなくなったある時点とは？

　井戸水を飲み、林檎を食べたときだ。

　この島に墜落してきたとき、狩りができる装備を持っている人は、そうはいないだろう。水は、ペットボトルくらい持っているかも知れないけど、尽きるのは時間の問題。特に水の問題は、死活的である。だから島は、わざわざ用意した。これも免疫反応であり、私達からすれば罠なのだ。水を飲み林檎を食べたとき、私達の属性が変わるから。どう変わるのか？　そう、島と一緒の属性に変わるのだ。だから、ヒトの姿を維持したグループは、もう島に嫌われることがない。島の要素になってしまったのだから、外見も変わらない。そして、ここももう一度重要なのだが、私達にはやはり、激しいリアクションもハッキリした変化も起こってはいないのだ。プラスの私達が、水と林檎によってマイナスになったということは、だから、ありえない。水と林檎ではマイナスになどならないのだ。そして、その水と林檎は、島が自分といわば同化させるために用意したものなのだから、水と林檎でマイナスにならないということは、島の属性がマイナスでないことの、何よりの証拠である。

あとは、この島に存在する四種類の種族のことを考えればいい。おシマさんと私達は、外見もヒトだし、島に嫌われてはいないし、食事もするし、昼も夜も行動の制約がないので、同一種族だと断定できる。島にいるのは――いたのは、こうした種族（仮に、そのまま人）と、シルエット人と、キラキラ人と、カケル君。そして、最初におシマさんに御飯（ごはん）をいっぱい食べさせてもらったとき、『血液によって、そのまま人はキラキラ人に変わり、またキラキラ人はシルエット人に変わる』と教わった。駄目押しで、初日、大蛇襲撃のあと、シルエット人が救出に来てくれたとき。あのときそれが『救出』だと解っていれば――と激しく後悔するけれど、それはともかく。シルエット人は、血に濡れた私の手を、絶対に握ろうとしなかった。それは激しすぎる拒否反応だった。血液によって自らの属性を変えてきたシルエット人は、しかし、もう他者の血液を必要としていないどころか、触れることすら絶対にしたがらないのである。自分の属性を、もはや一切変えたくない種族とは？

　プラスの種族である。

　影でできた人間、生理的に恐怖感を呼ぶあの純黒のシルエット人こそが、実は、現実世界に帰ればふつうの姿に見えるはず（私達が仮にそのまま人として現実世界に帰れば、絶対に、ヒトの姿には見えないに違いない）。シルエット人は、数直線の右側にいる、現実世界の人間なのだ。最も、私達の世界に近いから――異界に近いからこそ、最も島に忌み嫌われていたのだ。

　では、キラキラ人はどうか？　やはりおシマさんが重大証言をしている。いいもんといいもんとわるもんは不倶戴天の敵で、一〇年、戦争をしていると。しかし、直接衝突してドンパチできるわけじゃない、絶対に直接接触しようとしないと。殺してやろうというほどの敵に、直接接触をしない理由とは？　近接戦闘に持ちこまないなんて、ふつう、想定できない。だとしたら、直接接触できないルールがあるのだ。どんな？　光と影。夜と昼。そう、正反対なのだ。シルエット人がプラス属性の種族なら、キラキラ人はマイナス属性の種族。そして、既に言ったけど、プラスとマイナスは打ち消しあう。だから、対消滅するかどうかは別論として、激しい憎悪を圧倒的に上回るデメリットと恐怖が、プラスとマイナスの直接接触にはあるに違いない。それを理解していたからこそ、シルエット人とキラキラ人の戦争は、遠距離からの銃撃戦とかになり、だから一〇年戦っても、決着もつかなければ戦死者も少なかった……

ここまでで。

シルエット人はプラス、キラキラ人はマイナスということが解った。

実軸の右側の住人がシルエット人であり、実軸の左側の住人がキラキラ人である。

そして、この孤島はガウス・アルガンの島。残るは虚軸。上側がi属性、下側がマイナスi属性である。そして分類されていないのは私達『そのまま人』と、カケル君（ちなみに容姿からしても、私達とカケル君がおなじ数直線に乗っていることは理解できる）。では、どちらがi属性で、どちらがマイナスi属性なのか？

これは、理論的には決定できない。どちらだと仮定しても、矛盾はないから。だからあのとき灯台で、カケル君に教えてもらったのだ。私達がi属性の種族であり、カケル君がマイナスi属性の種族であると――それで私のパズルのピースは、埋まった。結局、このガウス・アルガンの島にいるのは

A. プラス属性の種族（シルエット人、最初の私達）　実軸右側
B. i属性の種族（私達、おシマさん、島と島のモノすべて）　虚軸上側
C. マイナス属性の種族（キラキラ人）　実軸左側
D. マイナスi属性の種族（カケル君）　虚軸下側

ということになる（別図参照）。そう、まさにカケル君が言ったとおり。

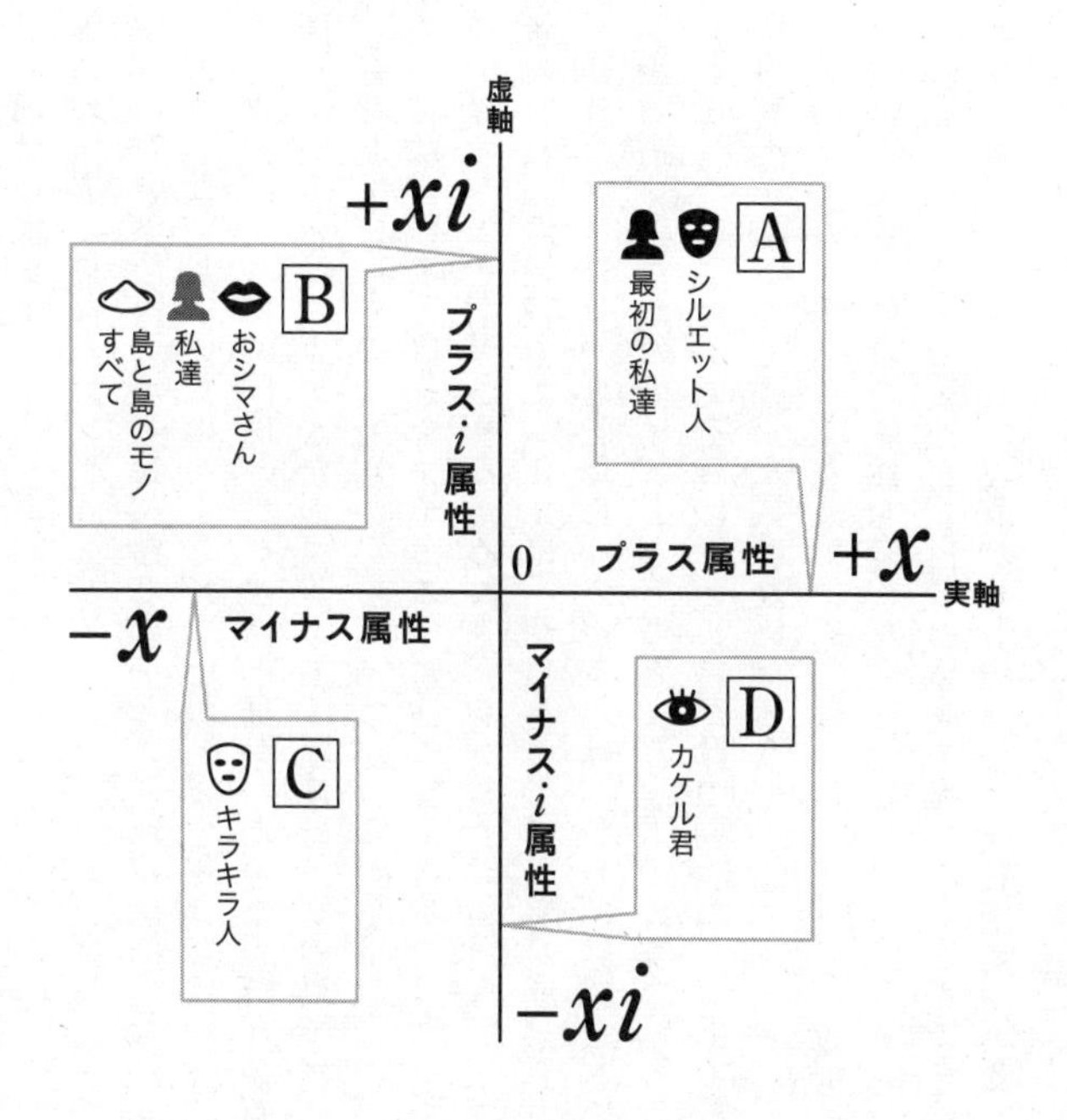
虚軸
$+xi$
A
シルエット人
最初の私達
B
おシマさん
私達
島と島のモノすべて
プラス・i属性
0
プラス属性
$+x$
実軸
$-x$
マイナス属性
マイナス・i属性
C
キラキラ人
D
カケル君
$-xi$

この孤島の名は、虚——

これは虚数の世界の島なのだ。

ここでまず、プラスとマイナスは接触しないし、すれば破滅的な結果となりうる。それを試した人はいないし、いたのかもしれないが、まず生きてはいない。ところがiとマイナスiもまた、まったく同様。カケル君と島が、あの不思議な装置でカケル君を世界から隔離しているのは、カケル君のマイナスi属性は、この島では、絶対に許されるものでも、存在していいものでもないからである。ここからは想像だが、恋人を島に殺されたカケル君は、わざと自分をマイナスi属性に変えたのではないだろうか。あわよくば、この世界すべてを消滅させるために——しかしカケル君も島も存在し続けているから、両者のいわば最終戦争については、何らかの形で妥協が成立し、講和条約が結ばれたのかも知れない。ひょっとしたら、カケル君は、いわば自殺をして世界を滅ぼすより、やがて来る遭難者たちのガイドとなることで、恋人のような犠牲者を減らす道を選択したのかも知れない。だが、それはカケル君だけの物語だし、あの飄々とした態度からして、自ら真実を語ることは、永久にないだろう。

ここで。

今、カケル君はわざと自分の属性を変えた、と想像した。

そう。この島では、自分の属性を、自分の意思で変えることができる。いや、それこそがシルエット人とキラキラ人の闘争の理由だった。何故、属性が変わるのか。それは、虚実ともども、様々に説明されてきたけれど、島の実態が解ってしまえば、既に難しい謎ではない。やはり、病原体である。属性変化は、血液を媒介して行われるが、血液の力というよりは、そこに侵入した病原体の力によるもの、と考えるべきだ。細菌かも知れないが、取り敢えずウイルスとしておこう。それを仮に『iウイルス』と呼ぶ。

私達は、くどいようだが、墜落してきたときプラス属性の種族だった。それが、井戸水と林檎によって『iウイルス』に感染する。島が最も望む属性だ。私達はi属性の種族になった。そして、既におシマさんから教わっていた様に、i属性の種族は、自分達だけの血のやりとりで、キラキラ人——マイナス属性の種族になることができる。これは、どういうことか。カンタンなこと。iに感染した血液×iに感染した血液で、i^2の血液となり、すなわちマイナス一の血液となり、キラキラ人になる。それだけだ。

ならそのキラキラ人が、シルエット人になるとはどういうことか。キラキラ人はマイナス一。シルエット人はプラス一。そしてウイルスは『iウイルス』である。これも、カンタンだ。iは二乗してマイナス一になる数。ならば、キラキラ人は、『iウイルス』を二単位、掛け合わせたものを輸血すればよいのである。そうすれば自分達のマイナス一と、『iウイルス』が二乗されたマイナス一で、プラスになることができる。

ここで、やや重要なのは、例えば響子の血液だけを二単位輸血されても、それは『iウイルス』のままだから、意味がないこと。例えば響子と鈴菜の血液——つまり、異なる個人の血液をカクテルすれば、どうやら『iウイルス』の性質は二乗されるらしい。

そして、もう少し重要なのは、キラキラ人がシルエット人に変わろうとするとき、

$$(-1)\times i\times i=1$$

というルートを採用してはならず、必ず

$$(-1)\times i^2=1$$

というルートをたどらなければならないということだ。言い換えれば、キラキラ人がまず響子の血液をもらい、次いで、鈴菜の血液をもらうというパターンは絶対に駄目だ、ということ。何故か、は説明するまでもない。この例だと、響子の血液をもらった時点でマイナスi属性となり、すなわちカケル君の仲間となり、世界ごと消滅しかねないからだ。自殺が目的でないのなら、響子と鈴菜の血液は同時に、一気に輸血されなければならない。

さらに、もっと重要度が上がるのは、『必要なのはiに感染した、iの属性の血液である』こと。これは、キラキラ人にとって、死活的な問題となる。何故ならば、自分達がキラキラ人になったとき、実は、『iの血液を持つ者は、島に誰ひとりいなくなる』から。言うまでもないが、キラキラ人の血液はマイナス属性、シルエット人の血液はプ

ラス属性。『iウイルス』を使って、自らそうしたのだから当然だ。だがこうなると、キラキラ人はシルエット人になりたいのに、どう足掻(あが)いても『iの血液』を入手できない。でもそれはシルエット人を含め、この島のどこにも存在しない。だから、一〇年を耐えなければならなかった。これから落ちてくる女子高生たちだけが、これから『iウイルス』に感染して、これから『iの血液を持つ』ことになるからだ――ただ、仮に、シルエット人が自らあの井戸水を飲んだとすれば、恐らく再びi属性の、ヒトの姿をした『そのまま人』に回帰したと考えられる。そうすれば、i属性の血液は再び出現する。実際には、シルエット人はそんな賭博(とばく)を拒否し、キラキラ人はその冷酷(れいこく)さに激怒したのだろう。

最後に、激しく重要なこと。属性を変えるために必要な血液量は、一単位七〇〇mℓ。ところが、キラキラ人↓シルエット人、と虚軸を素(す)っ飛(と)ばそうとするときには二単位一四〇〇mℓ（別々の個人七〇〇mℓずつ×二単位）が必要となる。敵の姿、敵の属性になるのだから一度に、皆(みんな)が。この島の摂理(せつり)とはいえ、これは微妙な、嫌らしい数字。私は、響子と、このことについて愚痴(ぐち)ったものだ。

『これが献血程度の四〇〇mℓだったら響子、何の問題もなかったのにね』

『そうね、友梨……二単位が必要なときでも、八〇〇mℓ。失血死はまず回避できる。危険水準の、総血液量の三分の一を遥(はる)かに下回るのだから』

『いちばん最初。一〇年前の接触のとき。シルエット人はどうして、キラキラ人に本当のことを説明して、協力を求めなかったんだろう？』
『それはたぶん、私達だってできないわ。死ぬかも知れない量の血液をくれ、だなんて。
それも誰ひとり例外なく、皆(みんな)が出してくれ、だなんて』
『シルエット人は、一〇年間で、iウイルスの秘密をほぼ解明していたんだよね？』
『どういうルールかは、理解していたみたいよ』
『そして一〇年前、女子高生が落ちてくるまでは、自分達はキラキラの状態だった』
『そうね』
『そこが解らないよ。
マイナスからプラスに一八〇度飛ぶことはあまりにカンタンなのに……騙(だま)すような、
しかもひどく危険なこと、しなくてもよかったのに……どうしてi^2のルートを求めたん
だろう？
　女子高生たちを利用しなくても、自分達、仲間内だけでだって、解決できたはず』
『シルエット人たちは、回転にこだわってしまったんじゃないかしら。きっと、ガウス
平面が見え過ぎたのね。自分達の血だけで一八〇度飛ぶよりは、この世界の、回転の規
則にしたがった方が安全だ――そう考えたのかも知れない。それに、エゴもあったんだ
と思う。自分達が犠牲にならずにすむのなら、他人の血液ですむのなら、と。
　シルエット人は実際、懇切丁寧(こんせつていねい)に、この島で生きてゆく術(すべ)をキラキラ人に教えた。そ
の段階では、シルエット人は、キラキラ人の導き手、いいえ、神様といってよかった。

神がヒトをどう扱うか……神がヒトに、代償を求めることが是か非か……

そして考えてみて。私達だって、ひとつには『地図の描き方』なんて下らないことで激論して分裂した。救かりたいばかりにね。シルエット人にも、そうした危機や葛藤があったのかも知れない。そして分裂を避けるために――すなわち逆に少数派へ転落してしまうことを避けるために、その危機や葛藤を、強硬論で乗り越えたのかも知れない。他人の血を使った、回転論によって』

そう。

『iウイルス』の本質とは、すなわち反時計回りの回転なのだ。

すなわち――

複素平面を頭に描いてほしい。
①プラス一にiを掛ければ、iになる。このとき、実軸の一は、九〇度左に回転して、虚軸のiに変わることになる。②今度はこのiにまたiを掛ければ、マイナス一になる。虚軸からまた九〇度左に回転したわけだ。③そしてマイナス一にまたまたiを掛ければ、マイナスiになる。実軸からもう一度、九〇度左に回転した。④最後に、マイナスiにiを掛ければ、プラス一になる。最後の計算で、再び九〇度左に回転して、とうとう最初の位置に帰ってきた（別図参照）。さらにいえば、この掛け算の結果である

$1 \to i \to -1 \to -i \to 1$

というのは、実のところ、

$1 \to i\ (i^1) \to -1\ (i^2) \to -i\ (i^3) \to 1\ (i^4)$

であり、1にiを掛け続けるということは、複素平面上で左回転し続けるということなのだ。これを、私達に置き換えてみれば、

女子高生（1）→そのまま人（i^1）→キラキラ人（i^2）→カケル君（i^3）→シルエット人（i^4）

ということになる。だから、プラス属性であるシルエット人になろうと思うなら、『iウイルス』を掛け続けなければならない、という考え方につながってしまうのだ……

『響子、キラキラ人は、iウイルスのこと、シルエット人ほど知らなかったんだね？』

『まさにそれが、悲劇の原因よ。血を奪われたということも、奪われた量も、被害者だから当然分かっている。そして、ふたつの種族が出会ったとき、シルエット人はまだキラキラの状態だったのだから、それが自分達の血液で変貌（へんぼう）したということ、しかもこの世界から最も嫌われる存在に生まれ変わったということも、すぐ分かる』

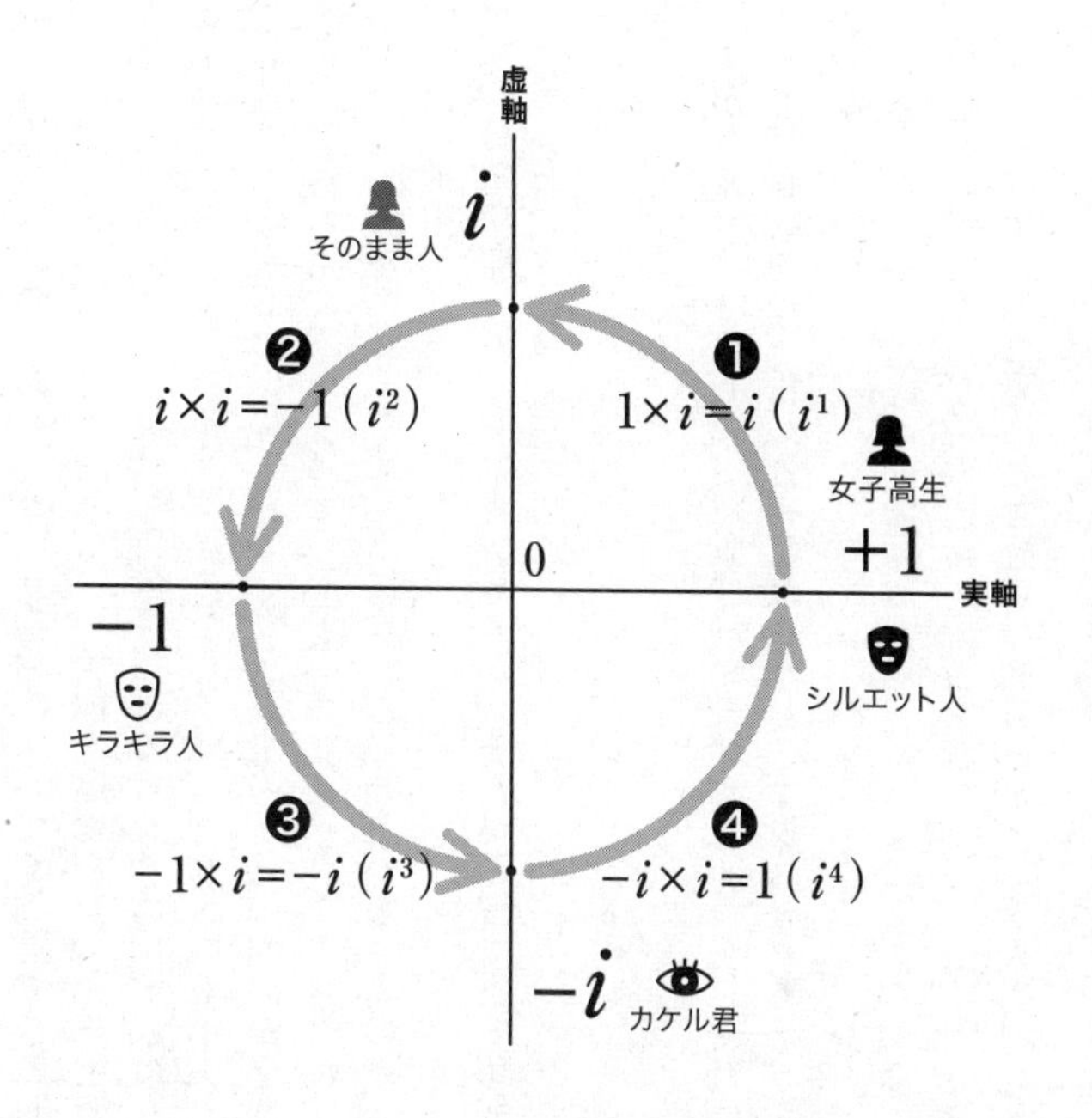
虚軸
実軸
0
i
そのまま人
❶
1×i=i（i¹）
女子高生
+1
❷
i×i=−1（i²）
−1
キラキラ人
❸
−1×i=−i（i³）
❹
−i×i=1（i⁴）
シルエット人
−i
カケル君

『それが脱出方法のひとつである、という結論には、すぐ到達できるね』

『女神のように優しかったシルエット人が、手段を選ばなかったほどだものね。だからキラキラ人は一〇年を耐えた。実は、自分達だけでもシルエット人になれるということを、知らなかったから。プラス属性になるためには、どうしても――そう、シルエット人がかつて非道なことをした様に、新しい女子高生の、iの血液が必要だと信じて疑わなかったから。もちろん、そのシルエット人ですら、『キラキラ人だけでもシルエット人になれる』ことを実際に試して成功してはいないのだから、このキラキラ人の誤解というか確信には、理由があるけれど』

『ここで当然、戦争状態にあるシルエット人が、それが誤解である可能性を説明することもなかった』

『そう。シルエット人としては、キラキラ人に、シルエット化してもらっては困るでしょうから』

『キラキラ人がシルエット化して、行動原理が一緒になったら、それこそ敵グループを全滅させるまで、徹底的に、殺し合っただろうね。プラスとプラス。もう直接殺し合うことに何の危険もない』

『いずれにしろ、キラキラ人は、私達の血が欲しかった』と私。『だから私達を騙し、あるいは陰謀をくわだてた。私達の内紛・分裂を誘うため、こっそり墜落当初から武器を使えるようにし、生理的に恐怖感を感じさせるシルエット人と対立するよう仕組んだほか、島を探検できるようにした。武器が無ければ動けなかったでしょうから……そして奈良橋さんを暗殺して、私達を異常心理に追いこんだ。菜花子(なかこ)と上郷(かみさと)さん殺しについては、未だに謎だけれど、キラキラ人が関与していると言われても、もう誰も否定しないよね』

『友梨、ありえない仮定ではあるけれど』と響子。『もし、もしよ。私達が井戸水を飲まず、林檎を食べなかったとしたら。この島のくれるものを一切、飲食しなかったら。私達は i ウイルスに感染することなく、もともとの、プラス属性のままでいられた。それはすなわち』

『私達の血液は i の血液ではないから（1の状態）、キラキラ人にとって何のメリットもない。だから、キラキラ人の獲物(えもの)となることも、理屈としては、なかった――無理矢理飲食をさせられて、あるいは騙(だま)されて飲食して、i ウイルスに感染させられてしまうということは、想像できなくもないけれど』

『でも一切飲食をしないなんて、机上(きじょう)の空論だけどね、友梨。島を脱出するまで、つまり帰る方法を発見するまで、何も島のものを口にしないなんてこと、できるはずないから』

『ううん、響子、実はそうでもないんじゃないかな』

『えっどうして？』

『私達は落ちてきたときプラス属性。そして、この孤島では、プラス属性のものはシルエット化すると考えていい。私達はシルエット人の例しか知らないけれど。でもそれは道理。だってこの虚数の島においては、プラス属性のモノは（マイナス属性も、マイナス*i*属性もそうだけれど）存在すら認められないモノなんだから。だからキラキラ人もシルエット人も、ヒトでありながら、違うモノに変わってしまった。言ってみれば、島から疎外された鬼子だよ。

でも、だとしたら。

私達が、そう例えば五日――いやこの島短気だから、もっと短いかも知れないけど、島のくれるものを一切飲み食いしなかったら。きっとそのまま、シルエット人になっていたと思うよ。属性、一緒なんだもの。そしてシルエット人になったなら、飲食の必要はない。シルエット人もキラキラ人も、飲食せずに生きてゆけていた。そして飲食しなかったなら、*i*ウイルスに感染して、属性が変わる心配もない』

『そういえば友梨、最初にシルエット人と出会ったとき、確か『二晩三晩モスレバ』って発言があったわね。だから三日でシルエット化するとして、落ちてきた女子高生→シルエット人という変化には、一定のタイムラグがあるみたいだけど、それは何故？』

『カンタンだよ。それなりの時間を与えて、どうにか島のモノを飲食させるため。シルエット人になられては、この島が困るから。だからこの島は必死で飲み食いさせようとするし、そのための猶予期間を、三日は与えるということじゃないかな。逆に言えば、そのあいだは、完全にシルエット人のルールが適用されるわけでもないし、外見も、じわりじわりと濃くなってゆく感じだと思う』
『そっか、そうだよね友梨。この島の意志はきっとそうする。でも私達女子高生は』
『燃費が悪いから、我慢できない。きっとそれもこの島、絶対計算に入れてるね』
……いずれにせよ、これが『ガウス・アルガンの島』の意味であり、この島の謎解きのひとつだ。

Ⅶ

「ええと、ぜんぶで三十一小節だから、一小節から六小節で、ホルンとクラ。クラはオブリガートで動く。七小節のアウフタクトのスケールが来て、そこから十二小節まで、うーん――ペット三人＝ホルン二人＝クラ二人。残りの五人がハーモニーでしょ。十三小節からトランペットとクラで主旋律。二十一小節でクラがトゥッティになって、二十五小節のアウフタクトでスケール。そこからメロディックに動くパートと、ハーモニーの支えで……

　ううん、違うな。

　もっとパートごとに、主旋律と副旋律が、呼び掛けあう様な……」

「コンコン、友梨、入るわよ」

「うん、えーと、ああ和音（かさね）だね」

——私が使っているアパルトマンの一室に入ってきたのは、トランペットの甲斐和音だった。戦争が終わり、おシマさんにビンタされて、そして私達がキラキラの状態に変わったのが一週間前。そう、蜉蝣のように透明で、ぼんやり蛍火を発しているだけだから、最初のうちは誰が誰なのか、正直、区別できなかったくらいだ。そうはいっても、高校生としての暮らしで最も顔突き合わせている吹奏楽部の仲間だし、残念だけど数も多くない。背丈や輪郭、髪型や仕草を思い出せば、見凝めるまでもなく、それが誰なのかを知ることはできた。ただシルエット化すれば、お互いの識別は、もうちょっと難しいかも知れない。

「友梨いま忙しい？」

「ううん、まだまだ時間はあるから」

「ホルン四人の輸血、終わった」

「……結果は？」

「良好。蛍光は消えたし、透明度が落ちてきた」

「血液型は無関係だったのね？」

「友梨の情報どおりよ」

「ホルン、どんな感じ？」

「現在の所、薄いアイスコーヒーのような色」

「じゃあ、特に問題がなければ」

「じき影になる。そして、次はクラ四人」

「解った。すぐに集めて病院にゆくよ」

——一週間前、私達はレバー、アサリ、シジミ、ほうれん草、小松菜、チーズ、生卵、バナナ等々を食べまくってから、輸血を始めた。私は牛乳が実は苦手なのだが、おシマさんにがぶ飲みさせられたのは、言うまでもない。

もちろん、この『輸血』とは、生き残り十二人総員が、この島の一単位七〇〇㎖を献血した、その血の輸血である。現実世界では七〇〇㎖の献血だなんて認められないけれど、他に選択肢がない以上、ある程度のリスクは仕方が無い。この、皆が一単位（当然、総計一二単位）提供した血液は、iウイルスに感染している以上、iの属性の血液である。これを自分にもどしても無意味なので、必ず、誰か他の娘の血液を、自分に輸血してもらうというわけだ。病院にはその施設・設備があるし、自家発電装置があるのは、この物語で何度も明らかになっている。だからこそ戦争の原因にもなったのだ。

さて、そうすると、もう説明したとおり、（iの血液）×（iの血液）がマイナス一の血液となり、数直線の左側の血となり、私達はキラキラ人に変わる。私達十二人だけで、致命的なリスクを回避しながら、キラキラ化することができるのだ。もっともこれは、シルエット人と、かつてのキラキラ人が、既に体験し実証してくれていたことでもある。『そのまま人』が『キラキラ人』になることは、全然、難しくない。

そして、次の段階だ。

シルエット人はその昔、さらに『i^2の血液』を輸血することによって、マイナス一の属性から、一気にプラス一の属性に飛んだ。ここで、『i^2の血液』とは、かつての『キラキラ人Aのiの血液七〇〇㎖』×『キラキラ人Bのiの血液七〇〇㎖』のことである。シルエット人にしてみれば、一、四〇〇㎖の血液を輸血されたことになり、キラキラ人にしてみれば、総員がそれだけの血液を奪われたことになる。シルエット人がこの方法、すなわち

自分達（－１）×落ちてきた女子高生ＡＢの血液（i^2＝－１）＝＋１

という、キラキラ人が人体実験というのも無理はない非道い手段を採った理由はハッキリしないけれど、今の私達はこの方法を使うことができないし、また実は、使う必要もない。使うことができない、というのは、この方法だと、『そのまま人』（i）の私がシルエット人になるためには、例えば

①鈴菜の血液七〇〇㎖輸血（i）でi^2になり

②響子の血液七〇〇㎖輸血（i）＋和音の血液七〇〇㎖輸血（i）でi^4になる

ことが必要になるが、これは絶対に不可能である。何故か。この例で言えば、鈴菜も響

子も和音も、私のためのみならず、皆のために、『そのまま人』の段階で、実に三単位二、一〇〇mℓの血液を供出しなければならないからだ。具体的には、右の①②を使うと

①+Aさんのため②+Bさんのため②

の三単位である。iの血液を持っているのは、『そのまま人』だけなのだから。ひとたびキラキラ人になったりシルエット人になったりすれば、もう、その血液は使えない。だから、この例で言う鈴菜＝響子＝和音は、自分達も含めて皆をシルエット人にしたいと考えるなら、総血液量4ℓの半分以上を、『そのまま人』であるうちに献血しておかなければならなくなる。そして半分以上を失えば、まず失血死。もちろん、充分な時間を掛けて、何度かに分けて採取するという手はあるのかも知れない。しかし、ここは絶海の孤島。さいわいにも医療器具はどうにかなるとして、採取した大量の血液を、安全なまま、また成分を維持したまま、保存しておく術が無い。おシマさんだけが冷蔵庫を持っているが、iウイルスの実態がよく分からない以上、『これまで成功している方法』を最優先にしなければ危険だし、そこに『週単位で冷蔵保存しておいた血液を使用する』という実例は、ない。

それに。

シルエット人の方法を真似する必要など、実はないのだ。もっとシンプルに考えて

キラキラ人の血液（i^2）×キラキラ人の血液（i^2）＝（－1）×（－1）＝＋1

なのだし、キラキラ人の血液は一単位でi^2なのだから（何とも掛け合わせる必要がない）、『そのまま人』の私がシルエット人になるためには、例えば

①そのまま人・鈴菜の血液七〇〇㎖輸血（i）でi^2になり
②キラキラ人・響子の血液七〇〇㎖輸血（i^2）でi^4になる

だけでよい。このケースだと、採取されなければならない血液量は、

Ⅰ　そのまま人の段階で、総員が一単位七〇〇㎖ずつ
Ⅱ　キラキラ人になった段階で、総員が一単位七〇〇㎖ずつ

でしかない。絶対安全・ノーリスクとは言えないが、二、一〇〇㎖を搾り獲らなければならない方法に比べれば、ほとんど問題は無い、と断言していいだろう。

そこで私達は、『そのまま人』でいられる間に、すなわち飲食ができる間に、造血作用のある食べ物をたらふく食い溜めして、まずはキラキラ人になったというわけだ。い

ったん『そのまま人』以外になってしまったならば、飲食の必要がない、つまり飲食による影響を受けない躯(からだ)になってしまうから——そして、キラキラ人になってから、さらに安全のため、一週間の期間を置いた。献血とかだと、一回の提供から一箇月弱は置くべきだとされているはずだけど、さすがに誰もが元の世界に帰りたい。シルエット人になるまで、四週間もの期間を耐えることは、できなかった。

　そして今、和音は、キラキラ・ホルン四人への輸血が終わったことを、告げに来たのである。次は私達、クラリネット四人。そして最後に、トランペット四人となる。また、和音の観察結果を聴くかぎり、この方法によって、キラキラ・ホルン四人は、確実にシルエット・ホルン四人に変化しつつあるようだ。

「トランペットは、明日になるかな？」

「輸血機器の数が少ない」と和音。「七〇〇㎖なら五時間は掛けたいしね」

「急ぎたいけど、まあいいかな。だってこの島にはもう、知能を持った脅威はいないし。島が私達を嫌う様になっているから、野生動物とかには警戒が必要だけど」

「……友梨(ゆり)」

「どうしたの和音？」

「三つ、相談がある」

「いいけど、そんなに改まって？」

「これは相談でもあり、疑問でもある。友梨が答えをくれるなら、すぐに安心できる」

「……言ってみて」

「第一の疑問。夏子は発見された。冴子(さえこ)は発見されていない。これが疑問」

「……夏子はシルエット人に誘拐(ゆうかい)、というか、結果的には保護されていたから、夏子については疑問が無いよね。現実に今、生きているわけだし。本人からも聴いたけど、シルエット人、かなり丁寧(ていねい)に扱ってくれていたらしい。

でも、冴子は……」

「おシマさんと私達が」と和音。「キラキラ人のアジトを急襲したときも」

「そう、発見できなかった……死体すらも」

キラキラ人が滅んだ後、ジャングルの掃討作戦(そうとうさくせん)が行われ、無数のトラップが解除された上、幾つかあったアジトがすべて捜索された。それによって、食糧供給地帯であるジャングルの安全は確保されたし、キラキラ人はやはり総員九人で、やはり全滅していたということが確実になったけれど……

誘拐されたはずの、あの文学少女、テナーサックスの志築(しづき)冴子は、発見されなかった。

「トランペットはシルエット人と一緒だったよね？　冴子のこと、何か言ってた？」

「結論は、否(いな)」と和音。「そもそも、最後まで市街地のアジトは教えてくれなかったしね」

「信頼して、なかったのかな」

「信頼していたとしても、私達には教えなかったと思う」

「何故？」

「吸血鬼と一緒だもの。アジトはシルエット人の棺同然。身動きひとつできない状態で、キラキラ人の襲撃を受けたら全滅する。私達を信頼していたとしても、情報が漏れるリスクは絶対に避けたはず」

「夏子のことは、どう説明していたの？」

「危害を加えるメリットが無い。絶対安全な場所に匿ってある。ただし、そこから解放することはできない。何故ならば」

「あっそうか。シルエット人は、棺を守ってくれる『そのまま人』が欲しかったんだ」

「その管理人に、たったひとりだけ保護に成功した夏子が選ばれた」

「だから夏子は、あの猛牛作戦のとき、シルエット人と一緒に捕虜になったのね」

「と、いうことは友梨」

「やっぱり、冴子は、シルエット人に保護されたわけじゃや、なかった」

「そして、おシマさんには冴子を誘拐する動機が無い」

「なら和音、誘拐犯は、キラキラ人しかいないよ」

「でも、生きている姿も遺体も発見できない」

「うーん、残念だけど……それこそ血液の人体実験とか、あるいは情報を獲るための拷問とか、非道いことをされて、そのまま……」

「キラキラ人のうち、ひとりは、捕虜にしておくべきだったわね」

「キラキラ人と一緒にいた、鈴菜たちホルンは何か言ってなかった？」

「私達ペットと一緒よ。アジトは知らされていなかったし、そもそも鈴菜たちは、シルエット人こそ悪魔だと思っていた。冴子を誘拐したのも、シルエット人だと確信していた」

「そうか、和音、それならそもそもキラキラ人には確認しないね、冴子のこと」

「よって現在の所、どうしようもない——

だから友梨が何か知っていないかと思って、訊いたの」

「生きていれば、絶対に合流できるよ」

「そうね。なら第二の疑問。

友梨がさっき言った猛牛作戦。私達の敗因となった、鈴菜の見事な戦術だけれど、理解できない点がある」

「っていうと？」

「私達は病院前で戦っていた。だから分かる。戦闘には、彼我のすべてが参加していた。すなわちホルン＝キラキラ人枢軸十三人と、トランペット四人が。これは絶対に確実。でも、猛牛作戦のことを考えると、私には解決できない謎が残る」

「すなわち？」

「ホルン＝キラキラ人枢軸は、牛を怒らせるため、その尻尾に油を含ませた藁束や枯木を縛りつけ、火を着け、暴走させ驀進させた」

「島の野生動物が最も忌み嫌う、プラス属性のシルエット人を発見するために、だね」

「誰が火を着けたの？」

「えっ」

「この作戦は、ホルン＝キラキラ人枢軸のためのもの。しかし、その枢軸の誰もが戦闘に参加していた。この枢軸十三人の誰であろうと、牛に火を着けることは不可能」

「そ、そう言われてみれば……」

「友梨、確認だけど、それはクラではないのよね？」

「確認だから怒らないけど、和音、そんなことするんだったら救出作戦はやらないよ」

「合理的だわ。そしてそれはシルエット人でもなければ、夏子でもない」

「蠟燭とかを使ったら、時限発火装置ができるけど？」

「そうね、露天でなければスコールも無視できる。けれど友梨、あのタイミングは疑いなく人為的なものよ？」

「……作戦を立てた鈴菜はどう言っているの？」

「キラキラ人が請け負ってくれたから全然知らないわあ、とのこと」

「まって和音。理屈で考えよう。まず、シルエット人とキラキラ人ではありえない」

「そうね。シルエット人が動けないというのを別論としても、いずれもが、この島に嫌われている異物。火を着けるも何も、牛を自由にした時点で自分達が襲われてしまう」

「だから、火を着けられるのは、i属性の『そのまま人』でしかありえない」

「けれど友梨、あなたたちクラでもないし、同様の理由でおシマさんでもないし、アジトを襲われる立場だった夏子でもない。そうすると」

「……誰もいなくなった」

「そして、第三の疑問。

クラの菜花子とペットのクミを殺したのは誰？」

「目撃されているのはシルエット人だし、ウチのナミが犯行の一部始終を見ているし、そして和音、シルエット人がまさにナイフを持っていたの、和音自身が確認しているよね？」

「すると常識的には、シルエット人七名の内の誰か、ということになる。けれど」

「けれど？」

「動機が無い。

クミはトランペット＝シルエット人同盟の貴重な戦力。だってトランペットは、五人しかいなかったのだから。それをまた四人に減らすことに、合理的な理由は無い」

「言いたくないけど、クラの人数を減らすのが目的だったのかも知れないよ」と私。

「中立勢力が邪魔になったのかも。けどその現場を、たまたまペットの上郷さんに目撃されて――」

「それはないわ」と和音。「クラを襲撃するのに、単独行動はありえない」

「けどビーチそのものの襲撃じゃないもの。何故か知らないけど、現場は山頂校舎だよ？」

「確かにおシマさんの恐ろしさを、シルエット人は知っている。だからビーチは襲撃しない。けれど、山頂校舎にだって、おシマさんが護衛についてこないとは断定できないはず。やはり単独行動による暗殺説には、無理がある」

「それがシルエット人だったことは、間違いないんだね和音？」

「確実」

「そのとき上郷さんやシルエット人は、単独行動できたの？　動静というか行動というか、ぶっちゃけアリバイというか」

「できた。ちょうどキラキラ人の襲撃に備えて、市街地を要塞化する土木作業中だったから」

「なら、シルエット人のひとりとか、上郷さんが、誰にも気付かれずに山頂校舎へゆくことは、難しくはなかった」

「全然」と和音。「けれど、クミがそんなことをする理由が無い」

「シルエット人に誘導されれば、よく解らない事情だとは思っても、同行するんじゃない？」

「……認める」

「だったら」

「でも殺される理由が無い」

「それを言うなら、菜花子が殺される理由も、ナミが殺され掛けた理由もないよ」

「友梨、どうして、クラとペットがターゲットになったのかしら？」

「鈴菜がいつか言っていたよ。もしシルエット人の姿が目撃されていなかったら。ペットは当然、上郷さん殺しをホルンの仕業だと思うし、同一機会・同一犯人なんだから、クラもまたホルンを激しく怨むって。だから、結果論としては、ホルン＝キラキラ人枢軸を孤立させ、中立勢力のクラまでも、トランペット＝シルエット人同盟に押しやることになるって。

だからこれは、ホルン＝キラキラ人枢軸の孤立化を狙った、シルエット人自身による、いわば自作自演だって」

「説得的だわ」

「あらら。認めちゃうの？」

「友梨、実はね」と和音。「私が呈示した三つの疑問というのは、ひとつの解答に収斂してしまうの。というのも――」

――和音の説明は、五分以上続いたろうか。

それは私を吃驚させるのに充分だったけれど、しかし、私自身によるトレース、私自身による検証に、徹底的に耐えるものでもあった。そしてふたりの検討が終わったとき、私は、どうして和音が私に相談を持ち掛けたのか、その理由を知ったのだ。和音は証拠が欲しかった。自分の仮説を補強してくれる証拠が。そして私は、いや私だから、和音が望むその証拠の半分は、呈示することができた。これは、私が頭がいいとか鋭いとか、そうした理由からじゃない。和音は、私にそういうものを期待してはいない。悲しいことだが……金管奏者の和音が木管奏者の私に期待したこと、それは。

「ありがとう、友梨」

「でもあと半分は、全然解らないよ」

「また相談に来る。友梨たちはそろそろ病院の時間よ」

「……ねえ和音」

「何？」

「和音はどうしてそんなに強いの？　和音がいなければ、私達とても生き残れなかったよ」

「私の父親、陸自でレンジャーやってたの。私も一緒に、フル装備で一〇km行進とか、しているし」

「そ、それはまた」

すさまじい。ミス吉祥寺女子高生がミリタリー系女子だったとは。サバイバルゲームとかやっているのかな。

「あっ、和音、これトランペットの楽譜。それからこれ、ホルンの楽譜。それぞれ四本でスコア、書いてみたから。皆に配って。出発の朝が本番」

「……ひょっとして、私と話しながら書いていたのは、この楽譜？」

「うん。急がなきゃいけないし。私、楽典（がくてん）、嫌いじゃないから」

「激しく尊敬するわ」

「和音に言われたら、本望だね」

やがて私はシルエット人になるべく、クラリネットのメンバーを招集した。

Ⅷ

――出発の朝。

シルエットになった私達は、幻想的な朝靄（あさもや）がただようビーチに並んでいた。

ホルン四人と、トランペット四人の姿は靄（もや）で瞳（め）に見えない。けれど、ビーチにあふれる緊張した空気で、十二人総員がスタンバったのは確実に分かった。

吹奏楽は、一日練習を休んだら、元の水準にもどすまで三日は掛かる。

吹奏楽者なら耳に胼胝（タコ）ができるくらい叩きこまれているいわば鉄則だ。

だから、今の私達にどれだけの演奏ができるかは、解らない。

ただ、これだけは解る。

私達は『いま、ここ』での最高の演奏をすることなく、この島を離れることはない、
絶対に――

――時間だ。

クラリネット四人は、楽器をかまえた。

ここで空気が変わったのもまた、吹奏楽者なら分かるはず。ホルンも、ペットも。

私は指揮者として楽器をややオーバーアクションで持ち上げる——

クラリネットが、まず始めた。

シロホンの様に二小節、音を刻んでゆく。必ず音楽のバトンが渡ることを、信じて。

すると。

ビーチの遠くから、ホルンのふくよかな旋律が響いてきた。何て綺麗なユニゾン。

それを受けて、私達がまた旋律で答える。

私達の旋律が終わるか終わらないかのところで、透み切ったホルンのグリッサンドが。

天に翔ける!!

あれは鈴菜だ。本気の鈴菜にしか、できない。

そして。

ビーチのまた反対側から。

トランペットが優しいメロディをたっぷりと歌い、クラリネットがそれに被さってゆく。この歌い方は、響子だ。やがてクラリネットの歌が、響子の可憐なメロディをつつみ終えると、ホルンが美しい和音で私達を支えつつ大きなうねりとなり、曲を前へ前へと、上へ上へと広げていってくれる——クレッシェンド、クレッシェンド——

フォルテシモ!!

トランペットのファンファーレ‼

前奏となる主題が、たからかにビーチを染めてゆく。クラの刻み。ホルンの和音。

ファンファーレが、威風堂々と音を下げてゆき——

——とうとう、クラリネットが旋律を歌い始めた。

ゆったりと。優しく。静かに。でも、万感の思いをこめて。私と波越さんが歌を。夏子と苗原さんがメロディックな伴奏を。

ホルンがぐっと抑えた和音で、旋律を自由に羽ばたかせてくれる。そしてそれがわずかに盛り上がったところで、トランペットが旋律の歌を受け継いだ。ファンファーレとは全然違う、繊細なメゾピアノで。それでいて、こののびやかさ。クラリネットが時折、その旋律に絡みながら、トランペットの艶に、甘いけれど清冽な彩りを添えてゆく。

トランペットとクラリネットは、そしてバトンをホルンに渡した。

旋律で表に出たホルンは、どこまでもやわらかく、そして豊潤な音色をたっぷり響かせる。鈴菜と獅子ヶ谷さんの歌を、紗英と塩狩さんのハーモニーが、とろけるほど、ふくよかで荘厳にしている。ホルンは一枚岩。旋律と和音の最上の絡み方は、鈴菜のパートにしかできないだろう。金管の威風と木管の優美が、啞然とするレベルで深い、深い歌になっている。クラリネットはそれを下支えするように、音を刻んでゆく。

トランペットが、何かを呼び起こすように鳴り——

ホルンのハーモニーと、クラリネットのハーモニーが、ゆっくりとシンクロしてゆく。

そしてトランペットが、鋭いアクセントで伴奏を引き締めたとき。

フォルテシモ!!

トランペットが主役になって、たからかに、たからかに旋律を歌い上げる。ユニゾンで、トゥッティで歌い上げる。決意のようにあざやかで、少年のように澄んでいる。この壮麗なたくましさは、響子たちの独擅場だ。そしてその背後をあざやかに動く、今度は圧倒的に鋭いホルンの副旋律!!　トランペットの歌をまったく邪魔せずに、綺麗に裏を動きながら、歌をいっそう歌にするため、たくましく咆哮している。思わず口ずさんでしまいそうなほどに。まるで波が入れ代わり立ち代わり浮かんでは消え浮かんでは消えるように、トランペットの輝かしい光が、ホルンの雄壮な影と、戦慄するほど美しいコントラストを成している。この『影の輝き』も鈴菜ならではのものだ。

そして、ディミヌエンド。旋律とともにホルンが消え。

ややメランコリックに、クラリネットの歌。遠くでホルンの和音。

トランペットのソロ。響子がなめらかに、悠然と歌い上げる。

それに答えて鈴菜のホルンが遠雷のように鳴ると。

フォルテで──

今度はホルンがさっきの主旋律になり、光になった。副旋律に回ったのは、クラリネット。トランペットが伴奏を入れる。

そして、フォルテシモ!!

このとき。

ビーチの朝靄(あさもや)に分散していた三つのパートは、三方向から進行していた歩みを終え、ひとつのバンドに生まれ変わった。楽器を演奏するお互いの姿が、瞳(め)に映るようになる。そしてそれは、ますます、すべての楽器、すべての音、すべての人を聴きながら、クライマックスにむけて音を響かせることになる。

今。

トランペット、ホルン、クラリネットは渾然(こんぜん)となって、主旋律と副旋律と伴奏は渾然となって、ひとつの歌を——ひとつの曲を歌い上げている。今度は響子でも、鈴菜でも、まして私でもない。歌を歌っているのは、私達だ。私達は、この刹那(せつな)のために吹奏楽をやっている。

その私達は、この曲のクライマックスを吹きながら、列を整えて海を背にし、おシマさんの座っている椰子林(やしばやし)に正対した。白い朝靄を散らしてゆくように、あざやかな海の朝日が上る。楽器の金銀に、新しい太陽が意味を与えてゆく。

——そして、朝靄は晴れ。

曲は響子のロングトーンだけを残して、ディミヌエンドしていった。

それは、私へのバトン。

私は列から出、おシマさんのいる方角に対して、クラリネットを吹き始める。

トランペットが、かつて、たからかに吹いたこの曲の主旋律。

それをソロで、しっかりと。

しっかりと……

……指が、こんなに動かない。クラリネットの、私が。

死んでしまった仲間達。あまりにも愚かな分裂。とうとう殺し合いまでして。

涙が。

最初から、この気持ちだったなら。せめてすぐ、この気持ちを思い出せていれば。

私は吹いた。

瞳がにじんで、何も見えない。でも解った。響子たちも、鈴菜たちも泣いているということが。泣くぐらいだったら、最初から解り合っていれば。その努力をしていれば。解り合うという道を選び、絶対にそこから外れないかぎり、たとえどれだけ時間が掛かっても、ゴールには着けるはずなのだから。まして、私達は吹奏楽者だったのに。

それが、私達の失敗。

だから、繰り返さない。諦めなければ、いつかきっと、解り合える。それはいつかきっと、本当のその人に、出会えるということだ。

だから、私はこの旋律を、吹き終えた。

いつかきっと出会う　ぼくらをのせて……

──私が吹き終えたとき。

ホルンが、クラが、トランペットが、最後のファンファーレをユニゾンした。

そのフェルマータは、ビーチと海に、不思議なほど響き渡っていった。

「おシマさん、行きます。ありがとうございました。

御両親の眼鏡は、必ず御実家のお墓にお供えします、必ず」

「本当は、寂しいわ」

「なら一緒に!!」

「駄目。また友梨っぺみたいな莫迦な娘が落ちてきて、きっと大戦争をやらかすから」

「……解りました。そのときは、正しい道を教えてやってください」

「あなたたちがくれた、素敵な音楽を支えに生きてゆくわ、ここで」

「おシマさん、もし、もしこんなことが二度と起こらないって解ったら。もう二度と、
誰も墜落してこないって解ったら。

元の世界に、帰って来てくれますか?」

「私はもう、ババアのオカマよ」

「おシマさんが私達にしてくれたこと、今度は、私達がおシマさんにします。おシマさんが元の世界で暮らせるように、何だってお手伝いします。それでも駄目ですか?」

「……そうね。

生きてさえいれば……いつか、たぶん」

「いいえ、いつかきっと、出会いましょう。約束ですよ？」

「こいつぅ、物好きね。いいわ、いつかきっと。約束するわ」

IX

おシマさんと別れた私達は、いよいよ、元の世界への帰途に就いた。

誰もが今はシルエット人の姿で、ちょっと気を付けて観察しないと、すぐには誰が誰だか解らない。もっとも、吹奏楽者どうしというのは異様に深いつきあいだ。ちょっと観察すれば、髪型、躯のライン、仕草、そしてもちろん声調で、そのシルエット人が誰かを識別することは、極端に難しくはない。もちろんキラキラ人の時よりは、遥かに難しいが――

私達はシルエット人には、なれた。

けれど。

シルエット人が二〇年を掛けても元の世界へは帰れなかった様に、血液のiウイルスによって自分の属性を$i^4=1$にするだけでは、この島に囚われたままだ。だから、この島の残された謎、この惑わしの島の謎を、解かなければならない。

私はビーチの中央あたりから、ジャングルを目指して歩き始めた。総勢、クラリネット四人、ホルン四人、トランペット四人の十二人である。荷物や楽器を持ってくるかどうかは、それぞれの判断に委ねた。私物の楽器を使っている娘もいるし、私物は鞄一個だけという娘もいる。私が想像するかぎり、ハードなサヴァイヴァル劇にはならないはずだし、仮に躯ひとつで七転八倒しなければならないその時は、そこで捨てればいいだけだ。

私の左隣には鈴菜が、右隣には響子が歩いている。その響子が訊いた。

「島を一周するだけ？」

「そうだよ響子」

「それなら私達、誰もがやっていると思うけど……ねえ鈴菜？」

「そうよねえ、各パートごとにやって、それこそが大失敗につながっちゃったのよねえ」

「ただ一周するだけじゃ駄目なの。この島の法則を使って、一周しなければいけない」

「この島の法則ってなあに？」

「鈴菜、それは和音に感謝すべき。和音が、徹底的に、この島の惑わしを数式化してくれたから。それで私、解ったの。ぜんぶ和音のおかげ」

「そういえば」と響子。「戦争の前、和音、ひとりで島を偵察に出掛けていたけど……」

「本当は和音が説明してくれれば嬉しいんだけど」と私。「和音、軍人さんで、必要以上のことは喋らないから、私が説明するわ。

この島には、六つの地域があったよね？　クラとホルンとペットで、奇しくも全部、発見できてはいたんだけど、

①象牙の海岸（B）
②翡翠の市街地（C）
③カーキのジャングル（J）
④黒の毒沼（M）
⑤赤の墓地（G）
⑥水色の石切場（S）

の六つの地域が。さらに和音は、この島の惑わしがどう出現するのか、そのパターンを解明しようとしたの。時計回りに一周したり、反時計回りに一周したりしてね。すると、こうなった。

甲（時計回り）　J→B→C→J……
乙（反時計回り）　C→B→S
丙（反時計回り）　J→C→M
丁（反時計回り）　B→J→G

そして和音はまず、時計回りに一周するかぎり（二周でも三周でもいいんだけど）、この島の惑わしは出現しないことを発見した。すなわちそのときは、この島のいわば優しい顔、表の顔である『ジャングル』（J）、『ビーチ』（B）、『市街地』（C）しか出現しないのよ、時計回りを守るかぎりね。

島が変貌するのは、だから、反時計回りを試みたとき。そのときは、厳しい顔、裏の顔である『石切場』（S）、『毒沼』（M）、『墓地』（G）が、一定の規則で、出現することになる。一定の規則というのは、今、乙丙丁で示した規則。この島では、不思議なことに、市街地からビーチを経由すると石切場に至り（乙）、ジャングルから市街地を経由すると毒沼に至り（丙）、ビーチからジャングルを経由すると墓場に至る（丁）。

和音はさらに、この変貌は、『それぞれの地域を完全に横断したとき』＝『それぞれの地域の境界線から境界線までを完全に横断したとき』に発生する――ということも解明してくれた」

「そうすると、例えば」と鈴菜。「市街地の中央から、ビーチを経由しても、石切場には到着しない、そこには普通にジャングルがあるだけだ、こういうことになるのねん」

「まさしくそうなの。それは例えば、ジャングルの中央から、市街地を経由しても、毒沼には到着せず、普通にビーチと遭遇するのと一緒。これは、とても重要なことだった。

特に、iウイルスの謎が解明されつつあったときには」

「どうして？　地理的な問題と、血液のiウイルスとが、どう関係するのぉ？」

「属性なのよ」

「あっ！」鈴菜は正直に吃驚(びっくり)した。「まさかしてひょっとして、それぞれの地域にも、属性があるのね⁉」

「鈴菜、正解」と私。「ジャングル、市街地、ビーチ――すべての地域が、自分自身の属性を持っている。そしてそれは、その地域に侵入したり滞在したりするだけでは、ヒトに一切、影響を与えることがない。なら、どういうときに、ヒトに影響を与えるかというと」

「その地域に完全に染(そ)まったとき」と響子。「すなわち、境界線から境界線まできっちり歩いたときね。比喩的(ひゆてき)には、その地域の広がりを脚(あし)で制覇(せいは)したとき――と言えるかも知れない。スタートからゴールまで、絶え間なく」

「響子の言うとおり。例えば、市街地の片方の境界線から、もう片方の境界線まで歩けば、スタートからゴールまでを制覇したことになり、踏破(とうは)したヒトには『市街地』の属性が、島から与えられる」

「そしてえ、乙（C↓B↓S）、丙（J↓C↓M）、丁（B↓J↓G）の惑(まど)わしが出現するのは、例えば乙のケースだったら、『市街地の境界線をスタートし、市街地のもうひとつの境界線を越え』（市街地属性獲得）、『ビーチの境界線をスタートし、ビーチのもうひとつの境界線を越えた』（ビーチ属性獲得）ときだけになる、こういうことねん」

「実際に歩くときは」と響子。「市街地とビーチの境界線は重なっているのだから、鈴菜の様には意識しないけれど、厳密に表現すれば、まさに鈴菜のいう行為を行っていることになる。そして今の例だと、市街地属性＝C属性とビーチ属性＝B属性とが獲得されたのだから、Sが出現する」

「地域の属性論と、惑わしの出現法則は解ったけれどぉ、まだこの島の謎解きには遠いわね～」

「和音もそう思ってくれた。そして、さらに検討を深めてくれた。結果、さらに重要なことを見出してくれたのよ。

考えてみて。

表の顔BCJと、惑わしの顔MGSは、綺麗な対照関係にある。だって

象牙のビーチ ⇕ 黒の毒沼
翡翠の市街地 ⇕ 赤の墓地
カーキのジャングル ⇕ 水色の石切場

っていうのは、まず『反対色の組み合わせ』だし、『意味的にも真逆な組み合わせ』だから」

「海と沼、市街と墓地、森と石地は」と響子。「『生と死』で真逆、ということ？」

「うん、そう考えるのが自然だと私も思った。色から考えても、和音の理論は正しいと思った。だから和音の、次の結論にも賛成した」

「次の結論って？」

「それは鈴菜、表の顔と裏の顔——例えばビーチと毒沼はコインの表裏だということ。言い換えれば、ビーチをプラスとすれば、毒沼はそのマイナス、すなわち『マイナス・ビーチ』であるということ」

「するとお、墓場は『マイナス・市街地』、石切場は『マイナス・ジャングル』になるわねえ」

「そうなる。そしてそれを数式的に整理すると、

i　M（沼）＝－B（海）
ii　G（墓）＝－C（街）
iii　S（石）＝－J（森）

となるよね。だから、これまでに出た数式と組み合わせると、

Ⅰ　C×B＝－J
Ⅱ　J×C＝－B
Ⅲ　B×J＝－C

という風に表現できる」

「友梨、どうして掛け算だと断定するの？」と響子。「足し算でも、理論的にはおかしくない」

「これは直感的な結論なんだけど」と私。カケル君のことは語らない。「例えばC属性とB属性を組み合わせる、重ね合わせるんだから、足し算というより掛け算だと思う。それに、市街地属性とビーチ属性を足し算したら、やっぱり直感的だけど、プラスの作用が働くはず。この島、意地悪だから、ありえないとは思うけど、『ビーチリゾート』『フィットネスクラブ』『マリンスポーツ施設』ができてもおかしくない。少なくとも、『石切場』にはならないと思う」

「成程」と響子。「確かにそうね、この島なら」

「属性が重ね塗りされる、ということは」と鈴菜。「掛け算に近いと思うわあ」

「けど、ちょっと待って友梨――」と響子。「――おかしいわ」

「さすが響子。そう、おかしいの」

「ちょっとお、ふたりだけで何、解り合ってるのよお、反省しなさいよお」

「あなたが反省しなさいよ。私達を殺す気満々だった癖して。あの時のあなたの顔!!」

「あなたたちこそちゃっかりすっかり眉間まで撃ち抜くつもりだったでしょーが!!」

「響子、鈴菜!!　その話はもう駄目、絶対に駄目!!

それを言うなら可愛い牛に火を着けるだなんて、私だって激怒しているんだから」

「……それはあ、ちょっと、ツボが違うんじゃない？」

「とにかく鈴菜、おかしいっていうのは、こういうことだよ。

島が変貌するのは、左回りに動くときだけで、右回りに動いても、惑わしの地域は出てこない。これは大前提だったよね？」

「あの和音が調べたことだものねえ」

「そうすると、この数式は変なんだよ。だって

Ⅰ　C×B＝－J
Ⅱ　J×C＝－B
Ⅲ　B×J＝－C

だっていうことが、まず間違いなく確定するのに、右回りのケースを考えると、これは

Ⅰ、B×C＝J
Ⅱ、C×J＝B
Ⅲ、J×B＝C

と表現されるし、それが間違いなく真実。とすると」

「あっ」鈴菜は再び正直に吃驚した。「B×Cと、C×Bが違うじゃん!!」

「おかしいでしょ？」

「おかしい、おかしい」

「数学的にこんなこと、発生すると思う？」

「ありえないわよ。私文系だけど、掛け算の交換法則くらいは知っているのよお」

「でも、これが、私にとって決定的な大ヒントになったんだよ？」

「えっ」

「友梨、それは私にも解らないわ、全然」

「このままでは、解りにくいかも知れない。でも、ちょっとだけ書き方を変えてみれば、解りやすくなる。

ここで、この島に普通存在する地域は『象牙色のビーチ』『翡翠の市街地』『カーキのジャングル』だよね？　文系の鈴菜、これを英訳すると？」

「どこか挑戦的ねえ、でもいいわ、ホルンの名誉が懸かっているから。それぞれ

ivory beach
jade city
khaki jungle

でしょー?」

「最初から気付かなきゃいけなかったんだよ。どうしてわざわざ『翡翠』なんて特異なものを使っているのか。それを考えると、この島は意地悪だとばかりは断定できない。たとえそれが、異物にはさっさと退去してほしいという願望から出た、そう世界づくりだとしても」

「翡翠、にどういう意味があるというの?」

「意味があるのはjadeだよ響子。そしてもっと言えば、意味があるのはjだけ」

「jだけ?」

「島が必要としたのは、頭文字i、j、kだけ。だからこれを使って数式を書き換えると、

Ⅰ　$j \times i = -k$　$(ji = -k)$
Ⅱ　$k \times j = -i$　$(kj = -i)$
Ⅲ　$i \times k = -j$　$(ik = -j)$
Ⅰ’　$i \times j = k$　$(ij = k)$
Ⅱ’　$j \times k = i$　$(jk = i)$
Ⅲ’　$k \times i = j$　$(ki = j)$

となる。どう響子？　見えた？」

　響子はたっぷり八拍は置いた。そして見事な腹式呼吸で、感嘆（かんたん）した様なあきれた様な、とにかく唖然（あぜん）としたフォルテを響かせた。

「クオータニオン……!!

　だから、ああまさか、この島は!!」

「そう」と私。「ハミルトンの島、でもあった」

「くおーたにおん？」と鈴菜。「はみるとん？」

「理系で、数学が嫌いじゃない人でないと、すぐにはピンと来ないと思う。私だって難しい議論はできないけど、この孤島の名は虚（きょ）——だからここはまず、虚数単位iの島。でも実は、虚数の世界には、iだけの世界をぶっちぎりで超越した世界がある。そのひとつが、四元数（クオータニオン）の世界。そしてこの島は、その四元数（しげんすう）の世界でもあった」

「四元数ぅ？　ひょっとしてまさかして、虚数が四つある世界？」

「ううん鈴菜、思い出して。虚数単位iの世界であっても、それは実は、例えば（5＋$2i$）みたいに、実数と組み合わさった世界だった。そしてこのガウス・アルガンの島というのは、複素平面の島。複素平面の島ということは、すなわち複素数——実数と組み合わさった虚数の島、複素数（コンプレックス・ナンバー）の島ということ」

「虚数単位iの世界は」と響子。「実は二元数の世界、二つの数字の世界、ということね？」

「響子、まさしく。だから、四元数の世界だと、虚数単位は——専門的には『基底（きてい）』というらしいけれど、三つになる」

「あっ、それがまさかしてもしかして、ikj？」

「うん鈴菜。四元数の世界だと、もちろん虚数単位iは二乗してマイナス一になるんだけど、左回り順で残りのk、jも、実は二乗してマイナス一になる。そういう世界。ここまでを数式にすれば、

$$i^2 = k^2 = j^2 = -1$$

となる。これは四元数の世界の最も基本となるものだし、直感的に理解できるよね？」

響子と鈴菜が大きく頷（うなず）いた。しかし鈴菜は、すぐにその人差指を、ホルニストらしい

唇に当てながら訊く。

「ぜんぶ一緒の働きをするんだからあ、kとjを導入する必要がどこにあるの?」

「この四元数というのを発見したのは、アイルランドの、数学の大天才にして超ヘボ詩人だったハミルトンという人なんだけど、この人が数学史に名を残したのは、まさにそのkとjの働きを——ううん、kとjを導入したときのikjの働きを解明したからなんだよ。それはもう、さっきの数式を考えてもらえれば解るんだけど、

$(ji=-k)$、$(kj=-i)$、$(ik=-j)$、$(ij=k)$、$(jk=i)$、$(ki=j)$

でしょう? $j \times i$と$i \times j$が違う。他の組み合わせもみんなそう。このikjの掛け算では、交換法則が成立しない。だって例えば、この不思議な世界では、例えばよ、二×三はプラス六になるのに、三×二はマイナス六になる、みたいな法則で支配されているんだもの。そうすると、iとkとjはいずれも二乗するとマイナス一になる、虚数単位といっていい性質を持ちながら、少なくともikjが掛け算で組み合わさると、『真っ当な数字』じゃなくなるし、『真っ当な演算』ができなくなるんだよ。ハミルトンは、第二のニュートンとまで呼ばれた天才だったけど、この『異常な演算』の謎を解明するのに、なんと十年以上掛かった」

「フェルマーの最終定理を証明したワイルズにも、夢のお告げがあったというけれど」

と響子。「確かハミルトン卿にも、橋のお告げがあったのよね。数学って、不思議ね」

「悩んで悩んで、散歩しているときも悩んで、ブルーム橋というところに差し掛かったとき。突然、ハミルトンの頭にi・j・kの正体が浮かんだ。i・j・kの『真っ当な演算』が閃いたんだよ。交換法則が成立しなくても、真っ当な演算はできる——自分でも吃驚して、なんとその橋の上に、神様が閃かせてくれたその演算の数式を、ナイフで刻みつけたんだ」

「数学者って、散歩するときにナイフを欠かさないのかしらねえ、銃刀法違反よねえ」

「鈴菜、そこはまあ、アイルランドだから。とにかくそのハミルトンが発見した『四元数の基本式』というのが

$$i^2 = j^2 = k^2 = ijk = -1$$

というもので、これは、すごかった。どれくらいすごかったといって、誰も理解できないほどすごかった。もちろん生前に発表したけれど、ほとんど無視されてそのままハミルトン死んじゃった」

「それじゃあすごくないわよお」

「でも現代の三次元ＣＧは、この基本式を前提としなければ成立しないんだよ。三次元ＣＧを自由自在に回転させることができるのは、極論すれば、ハミルトンのおかげ」

ようとして、一気に四次元に行ってしまったというくらい、すごいの」

「ガウス平面は二次元だったけど、ハミルトンの四元数はそれを三次元に——進化させ

「えっそうなの!!」

「でも友梨ぃ」と鈴菜。「この基本式だと、交換法則のこと、何も解らないんだけどぉ」

「二項ずつの数式は憶えているよね?

$(ji = -k)$、$(kj = -i)$、$(ik = -j)$、$(ij = k)$、$(jk = i)$、$(ki = j)$

っていう奴。これを組み合わせると、例えば基本式の ijk は、確かに

$ijk = ij \times k = k \times k = k^2 = -1$

になるから、基本式は正しい。あっ、交換してはいけないけど、項の順序を守れば組み合わせられるから。そしてもうひとつ。kij で確かめよう。これも

$kij = ki \times j = j \times j = j^2 = -1$

となって、やっぱり基本式は正しい」

「全然、交換してないじゃーん」

「鈴菜、これからするから。そうしたら最初の例を使って、$i \cdot j k$の順序を交換してしまって――そうだね、シンプルに引っ繰り返して$k \cdot j \cdot i$にしてしまおう。交換法則が成立するなら、これは最初の解と一緒の、マイナス一になるはずだよね？　じゃあ計算してみると、

$$kji = kj \times i = -i \times i = -i^2 = 1 \cdots\cdots \text{式 I}$$

となり――」

「あっ、入れ換えたらマイナス一にならないわあ!!」

「――二番目の例（$k \cdot i \cdot j$）もシンプルに引っ繰り返して$j \cdot i k$にしてしまい、計算すると

$$jik = ji \times k = -k \times k = -k^2 = 1$$

となってしまう。やっぱり、交換法則は成立しない」

「それでも、基本式の発見によって」と響子。「$i \cdot j k$の四元数は、数学的に処理できるようになった。四元数の演算の整合性が、確保されることとなった。

そして友梨、その演算の整合性というのは、まさに」

「このハミルトンの島の、惑わしの整合性——ううん、もう惑わしじゃない、変貌の規則性。私達は、ガウス・アルガンの島の規則性を使って、私達自身の属性をプラスに変えた。次は、ハミルトンの島の規則性を使って、島の地域の、あるいは島の出口の属性を、プラスに変えなければならない。プラスの属性を持った人間が、プラスの属性を持った門を越えることで、私達は数直線の右の世界、すなわちプラスの世界へ帰ることができる。

そう考えなければ。

この島がガウス・アルガンの規則性、ハミルトンの規則性をわざわざ用意している理由が説明できないから。

この孤島の名は虚。iウイルスに感染しているi属性以外のモノを嫌い、攻撃し、排斥する。それは、自分の虚数の世界と整合性がとれないから。異物だから。そして異物を排斥するというのなら、出口を用意しておくのがベスト。だから、あまりに規則的な、あまりに人為的な世界を創り出し、あまりに数学的なルールによって、脱出方法をも準備していた。そのためのヒントは、例えば島の姿が変貌することや、シルエット人・キラキラ人が生まれうることで、島としては充分に教えてくれている」

「そうすると友梨ぃ、この島の三地域は象牙色の海岸i、翡翠の市街地j、カーキのジャングルkで成り立っているのだからあ、ハミルトンの基本式を使って、この組み合わせがプラスになるように、三地域を踏破してゆけばいいわけね？」

「――なんてこと!!」と響子。「だったら、単純に島を左回りに一周しただけで、もう正解だった」

「どーしてよ響子？」

「どうしてもこうしても。iとkとjの三つの組み合わせで、その積がプラスになるのは

ikj　jik　kji

しかありえない。そしてこれらはいずれも、島を左回りするということよ。逆に、島を右回りしてしまえば、それは

ijk　jki　kij

のいずれかとなり、絶対にマイナスとなるから。

――でも、おかしいわ。

私達は、もう島を左回りに一周している。それなのに何の発見もできなかった。クラもホルンも、トランペットも」

「それはたぶん、『単純に島を左回りに一周しただけ』だから」
「だって友梨、それでプラスになるはずよ」
「そうじゃない。例えばさっきの式Iだったら、その意味するところは、本当は
（ジャングル）×（市街地）×（ビーチ）＝
{（ジャングル）×（市街地）}×（ビーチ）＝
（マイナス・ビーチ）×（ビーチ）＝$-i \times i = +1$
なんだから、ジャングル↓市街地↓ビーチ、これが正解になる。とすると、毒沼が出現した時点で、『一周』せずに、今度はホワイトウォールを越えて、牧草地に帰って、再び出現したビーチを横断する。これで初めて、$k \cdot j \cdot i = 1$になる」
「成程（なるほど）」と響子。「裏の顔が出てしまっている以上、そのままでは駄目で、必ず表の顔をすべて、通過しなければならないのね。この例で言えば、わざわざビーチを、もう一度出現させる必要がある。それなら解るわ。そんな動き方、私達はしていないし、まず誰もしないもの」
「でも友梨」と鈴菜。「最終的に三地域の積がプラス一になるのは、三パターンあるわよ？　私達、ジャングルの境界線から出発したからあ、友梨が正解だと考えているのはカーキ↓翡翠↓象牙、の$k \cdot j \cdot i$だと思うけれど（確かにプラス一になるわね）、どうし

て$k.j.i$なの？　$i.k.j$と$j.i.k$はどうして採用しなかったの？」

「……最後に、象牙色の海岸$.i$に行きたかったの」

「どうしてえ？」

……私はカケル君のことを、誰にも説明してはいなかった。苗原(なえはら)さんにも固く口止めしたほどだ。その合理的な説明は、できる。私達は道に迷った。私達の道は分裂し、殺し合いにまでなった。そしてカケル君の属性は、まさにこの世界の反物質ともいえるマイナスiである。あの厳重な装置によって隔離(かくり)されてはいるけれど、人の力でそれを破壊できないという保証はない。そしてもし、脱出作戦が失敗したら。私達は再び絶望に陥(おちい)るだろう。そしてその絶望が、この世界ごとの自殺へと直結しない保証もまた、ない。カケル君は、理論的には、このプラスiの世界を滅亡させうる最終兵器なのだ。本当のところは試してみないと分からないし、絶対に試すわけにはゆかないけれど。ともあれ、絶海の孤島の遭難者(そうなんしゃ)すべてに、核兵器のスイッチを配ってまわるのは、愚か以前に不道徳である。

　ただ。

　私には非合理的な動機もあった。それは……

　それはとてもとても、個人的なことだ。だから喋(しゃべ)らなかった。喋るつもりもない。

「友梨ぃ、どうしたの？」

「あ、ううん、ちょっと疲れているのかも。

ええと、$k \cdot j \cdot i$を採用して、終点をビーチにした理由だよね、鈴菜？

それは、灯台があるから」

「灯台？」

「ジャングルと市街地には、それがない。ううん、それぞれの領海には、何もない。

でもビーチは違う。ビーチだけに灯台があり、しかもその灯台には、たとえ泳いで行ったとしても、内側にアクセスすることができない。そして、この島は意地悪だけれど無意味なことはしない。開かない灯台があるとすれば、それを開く方法が絶対にあるはずだし、開かなくしてあるということは、開いたときに新しい展開があるということ」

「——あまり合理的な推測ではないけれど」と響子。「島の謎を解いた友梨の確信なら、従うわ」

「ありがとう、響子」

——いつしか、私達は市街地を越えていた。ジャングルの境界線二本をいずれも突破しているから、これでジャングルの属性k、市街地の属性jを獲得したことになる。そして響子が言ったとおり、私達は左回りをしているから、島の変貌（へんぼう）が起こる。すなわち$k \times j$で、マイナスiとなり、眼前に存在しているはずのビーチ（i）は、黒い毒沼（マイナスi）として、島の三分の一に広がっているのだ。

「$k \cdot j \cdot i$の掛け算を完成させるためには」と響子。「ここを突破してはならないわけね？」

「そう。私達はこの毒沼のマイナス・i属性を既に獲得している（k・j）。あとはカンタン。牧草地に帰れば島の惑わしは消える。必ずビーチが現れる。そして私達がそれを横断してビーチ属性iを獲得したそのとき、k・j・iは完成する。

すなわち、最終的な解であるプラス一が獲られる、はず」

私達がホワイトウォールを越え、またそれを下りたとき。

眼前に、毒沼ではなく、太陽の恵みと命にあふれた象牙色のビーチが広がった。

そして。

私達がその境界線から境界線までを踏破したとき。

すなわち私達が必要な属性k・j・iすべてを獲得したとき。

みんなの属性が、プラス一となり——

——海に注がれた視線の先で、灯台は、唖然とするほど神秘的に変容しつつあった。

X

「見て、あれ!!」

誰かがフォルテシシモで絶叫する。その声と視線の先には、カケル君の灯台があった。

それだけじゃない。灯台の塔の上からは、灯台が光を発するべき所からは、なんと、虹色の霧が流れ始めている。それは、パステルのように優しくやわらかな霧だったけれど、まるで羽衣みたいに灯台の周りをたなびき、舞い、そして空に上って、ヴィヴィッドなオーロラになっていった。いや、その舞踏はいまでも続いている。慎ましくしとやかな、灯台の虹色の霧。空へゆっくりと翔け上がるうちに、それは、北極にいるのかと見紛うほど絢爛な、神様のカーテンに生まれ変わってゆくのだ。

空も。

空も高貴な濃紺に染まってゆく――

そしてその高貴な夜空からは。

ひとり。

またひとり。

ギリシア＝ローマの彫刻を思わせる、美しくも神々しい女性が。

ゆっくりと頭を下にして、優美な両腕で地上を求めるようにして、キラキラと下りてくる。その肌は、濡れるように艶やかな白磁を思わせる。

天女。

女神。

そのヒトでないものは、やがて七人になり、灯台の塔の上を、見守るように撫でるように、そして導くように浮かび、ただよっている。

七人の、女神――

（カケル君の言ったとおりだ）

私はみんなを誘導して駆けた。変化はもう、始まっている。いつか苗原さんと掘った、灯台へ通じる地下通路の入口は、椰子の葉でカンタンに隠してあるだけだ。これは純粋に物理的な存在だから、必ずここにある。島には隠せないはずだが、隠せるとして、隠すメリットは島には無い。私達は邪魔者なのだから――丸い金属盤、潜水艦の入口のような蓋を開け、ホッチキスの針状の、コの字型の取手しかない階段を、みんなで垂直に下りてゆく。クラとトランペットは、楽器ごと下りられないことはないが、やや大きいホルンは苦しい。と思うと、鈴菜はキラキラ人から確保していたのか、頑丈なロープで四人分の楽器を下まで吊り降ろしてしまう。そして、みんなの私物の類も見捨てないのが、また鈴菜らしかった。

垂直に下りた後は、二㎞の水平な地下道であり、既に危険がないことは分かっている。私と苗原さんは積極的に先頭に立ち、みんなの不安を解消しながら灯台への道を駆けた。

(中島先輩っ)

(どうしたの、ナエ?)

(中島先輩はどうやって、地下道への入口の謎、解いたんですか? あのクイズ!!)

(聴けば下らないことよ?)

(だってどう考えてもおかしいですもん。私、あれから気になって気になって――)

(証明は、自分でする?)

(え?)

(口で説明すると、あまりにガックリだから、せめて証明はやってほしいの。それなら吃驚するから)

(……解りました、証明は自分でします)

(あれ、実はどこでもいいの)

(はい？)

(ユダの絞首台の位置なんて、いらないの。スタート地点Sが分からなくても、あのクイズの動きを複素平面で表現すれば、Sはどこでもいいってことが解る。だから絞首台の座標・複素数Sを、複素平面の好きな所に置いて証明スタート)

(じゃあ、どこからスタートしてもいいんですか⁉
なら私の彼氏の誕生日とか、いったい)

(だから言ったでしょ？ 口で説明すると、あまりにガックリだって——ほらナエ、言っている内に、あの螺旋階段よ)

(あっ、でも先輩、下への階段が‼)

……これは、予想外だった。

灯台内部の螺旋階段は、かつて苗原さんと確認したとおり、地下と地上と、両方に延びていた。実際に地下へは下りていないが、階段が続いていたことは二人とも確認している。だからこそ、二手に分かれて探索しようという話にもなったのだけど……

「友梨、地下は激流のようね」と響子。「どんどん水が迫り上がってくるわ」

「すごい勢いよん」と鈴菜。

「渦巻みたいになって、どむどむ溢れてくる」

「タイムリミットかも知れない。友梨、もう上へゆくしかない」

「それに上には、お迎えが来ているみたいよお」

仕方なく私達は螺旋階段を駆け上がった。段差が低いから、この立派な灯台を登り切るには時間が掛かる。とにかく駆けて、駆けて——

中腹よりやや上の地点に、あの金属扉。両開きの金属扉。

カケル君は死ぬことがない。いや死なない。この世界の法則を外れている存在だから。またこの扉を開ければ、カケル君に会える。島の秘密でないことだったら、幾らでもお喋りできる。そう。私が苗原さんにも黙って、もう一度ここを訪れたときの様に——

けど。

私はその扉を無視して灯台の頂上を目指した。

そうだ。

私はもう、カケル君から、大切なものをもらっているから……

（……さようなら、カケル君）

そして。

とうとう。

私達は灯台の終着点にゆきついた。

塔の頂上。

そこはもう、部屋ではなかった。

上下を挟まれただけの、露天の空間に近い。わずかに石煉瓦の柱が数本、支柱の役割を果たしているが、灯台室ホールには窓もなく、柵もなく、まして外壁もありはしない。縁のすぐ外はまさに空。ローファーが気紛れにすべったなら、コンクリートの強度となった海面に叩きつけられて、まず救からないことは確実だった。

そして、巨大な鏡。

私の背丈より大きい、あざやかな芸術品。

虹色の霧はここから発しているのだ。そして周囲を見れば、既に空は夜そのもの。虹色の霧から生まれる、ぞっとするほど美しいオーロラが私達すべてを唖然とさせるなか、あの巨大な七人の女神が入れ代わり立ち代わり灯台室をのぞいている。その腕や手の動き、指の使い方は、あきらかに私達を歓迎し、私達を導こうとしていた。私達を攫うような仕草もする。そう、灯台は終着駅、異世界への出口だ。カケル君が言っていた。灯台は、この島の力が最も弱いところだと。カケル君（マイナスi）の様な異物の力が最も働くところだと。

それはすなわち、プラスの世界の力ですら、最も働く世界であるということ――

だから彼女達も迎えに来た。

私達が、終着点にゆきついたと知ったから。

そして。

虹色の霧を発していた巨大な鏡は、今、いさぎよく晴れ渡り、ほんのひと刹那、私達のシルエット人としての姿を映し出したかと思うと、それをたちまち、本来の姿に——キラキラともシルエットとも違う、何の変哲もない女子高生の姿に変えた。といっても、飽くまで鏡のなかだけで、だけど。やはり、私達を呼んでいるのか。

——ぽちゃん。

不思議な、水の音。

ふと見れば鏡に、水滴による波紋が立っている。それは、女子高生としての私達の姿を悪戯のように歪めると、じわり、じわりと街の様なものを浮かべ始めた。学校の様なものも。それは、見紛えようもなく——

吉祥寺だわ!!

吉南女子よ!!

ほら、アトレにキラリナにパルコ、それにコピス!!

サンロードにダイヤ街!!

ジブリ美術館に——井の頭公園だわ!!

灯台室に、絶叫ともいえる歓声が響いた。そして巨大な鏡は、いよいよその金属面を水面のようにして、ゆっくりと波打っては私達の世界を映し、そして、鏡の姿を維持したままで、じわり、じわりと水を左右に割ってゆく——あたかも、入口の様に。

やがて。

鏡のその奥には、七人の女神と一緒の美しい手が、私達サイズではあるけれど、映り始めた。そのしっとりとした手招き。温かさを感じる。私達を欲しているということも。

「友梨」と響子。「入れって、ことね」

「確かに、呼んでいる。導いている」

「では吉南女子吹奏楽部の十二人、これから家に帰るわよ!!

二人ずつ鏡に入る。準備して」

はい、部長!!

この島で最高となるユニゾンとアクセントで皆(みんな)が答える——

しかし、二小節を置いて。

それとはあまりに対照的な声が響いた。メゾピアノで、しかし確実に、しかも冷徹(れいてつ)に。

「まだよ、響子」

「和音(かさね)?」

「ここには十三人いること、気付かなかった?」

「何ですって!?」

「島で私達を追跡し、灯台への通路で私達に紛(まぎ)れこんだ。シルエット人の姿だから、誰も気付かなかった。それが最初からの狙いだった——

そうでしょう、冴子(さえこ)?」

がちゃり。

そのシルエット人は、吉南女子のバッグから機関銃を採り出すと、私達をそれで威嚇(いかく)しながら、巨大な鏡の前に陣取(じんど)った。

「冴子?」と鈴菜。「冴子なのぉ?」

「元気そうで何よりだわ、鈴菜、そして生き残った皆(みんな)」

……テナーサックスの志築(しづき)冴子。ホルンと一緒だった志築冴子。作家当確(とうかく)の志築冴子。誘拐(ゆうかい)されたクラの夏子に次いで、その姿を消した志築冴子。

あの状態ではそれは拉致(らち)、そして誰もがそれをシルエット人の仕業(しわざ)だと思っていたけど、考えてみれば、シルエット人が私達の身柄を求めたのは保護のため、キラキラ人に血液を奪われないそのためである。そして夏子がシルエット人のアジトから発見されている以上、冴子が発見されなかったのは、確かに奇妙なことではあった。キラキラ人に拉致され殺されてしまった――というのが、公約数的な意見ではあったけれど。

「冴子――」と響子。「――あなた、今まで何をしていたの。いったいどこにいたの。何故、ずっと黙って隠れていたの」

「あっははは、響子、何故だと思う?」

「みんな退(さ)がって」トランペットの女房役、佳純(かすみ)が鋭く警告した。「冴子はもう、仲間じゃないわ」

「あら佳純、それどういうこと？」

「あなたは私達を、鏖殺しにして元の世界に帰る——こういうことよ」

「……佳純、吉南女子吹部いちの理論派なら、当然その理由が説明できるのよね？」

「あなたがシルエット人の姿をしているのはおかしい。それだけで充分よ」

「佳純は頭がいいからそれだけでお見透しでも、御見物はそうじゃないようよ？」

「別に御立派な演説の必要はないわ。この島でシルエット人になるのは血液がプラス属性のヒト。私達生き残り十二人は、井戸水と林檎でiウイルスに感染してしまったから、自分達の血液七〇〇㎖×二単位で、シルエット人にならなければならなかった。

いいえ。

シルエット人にも、どらなければならなかった。

この島のくれるものを飲食しなければ、私達はそのまま、シルエット人になれたのよ。だって血液は最初からプラス属性なんだもの。そして事実として、この島で輸血ができるのは市街地だけ。私達はそれぞれ二単位ずつしか採血してはいないから、あなたがもし輸血を必要とする躯であるのならば、あなたがシルエット人になる術は絶対にない」

「おシマさんが、協力してくれたとすれば？　あのシェルターには輸血設備があるかもよ？」

「ありえない。

　七〇〇㎖×二単位は、異なる個人から提供を受けなければ意味がない。おシマさんが七〇〇㎖×二単位を仮に提供してくれたとして、それは単なるi属性の血液に過ぎない。必要なのは二人の血を掛け合わせたi^2属性の血液。おシマさんの協力なんてあるはずがないけれど、あったとして、あなたがなれるのはキラキラ人だけよ（$i \rightarrow i^2$）」

「でも私は現に、シルエット人よねえ？」

「何の謎も無いわ。あなたは井戸水も林檎も、島がくれるものも一切飲食しなかった。だから自然に、女子高生の姿からシルエット人になった。それだけのことじゃないの」

「私は誘拐されているはずよ？」

「自作自演。狂言。だって現象としては、あなたの悲鳴があっただけなのだから」

「そうなんだ。なら私は何故、そんな芝居めいたことをするの？」

「解答はシンプル——ただ自分だけが、生き残るためよ」

「この世界について、何の知識も無く？　それはあまりに無謀じゃない？」

「それなら指摘するけど、あなた、独り芝居の悲鳴で『影が』って言っていたわね？」

「……………」

「そして狂言の時間帯は夜。夜と言えば？　キラキラ人の時間よ。だからあなたが『影』、すなわち昼しか動けないシルエット人に誘拐されるはずがない。にもかかわらず、あなたはそんな悲鳴を上げた。

　どんな効果があった？

私達はまだ世界の謎を知らない。キラキラ人とシルエット人の生態も知らない。そこへそんな悲鳴が上がれば、あなたはシルエット人に拉致されたと確信する。そしてシルエット人への敵意と警戒心を強める――

誰が喜ぶ？

そう、キラキラ人よ。

あなたが、ありえない嘘っぱちの悲鳴を発した。この事実だけで、既にあなたとキラキラ人との間で同盟関係が成立していたことは導き出せる」

「そんな」と響子。「冴子がもう、あのときキラキラ人と」

「それ以前――そもそもコンクリ校舎を三年生六人で捜索した時から様子が変だったけどね。何かブツブツ言ってて。

いずれにしろその同盟によって、あなたはこの世界についての知識を獲る。キラキラ人は、私達に関する様々な情報と、シルエット人の姿をした仲間を獲る――これは双方にとって極めて有意義だわ。だってそうでしょう？　キラキラ人が必要としていたのは、最低で六人、せいぜい七、八人の女生徒だけなのよ。殺す前提で血液を搾り獲るのだから、その数でいい。だから鏖殺しは必要ない。だから冴子ひとりなど、見逃してもいい。一緒に元の世界へ帰ることにしても問題はない。しかも、冴子はシルエット人なのだから、スパイとして市街地へ潜入させることすらできる。キラキラ人は、絶対に昼間、スパイ活動ができない。それが可能な仲間は是非とも欲しい。

そして。

冴子が完全にシルエット人になってしまうまでには、それなりのタイムラグがある。私は今の今まで、私達を決定的に分裂させた『奈良橋さん殺し』の犯人――いきなりボウガンでクラの奈良橋さんを虐殺したその犯人は、当然、夜を歩くキラキラ人だと思っていた。私達を決裂させるための謀略だものね。けれど、奈良橋さんが殺されてしまったタイミングを考えれば、実行犯は、まだシルエット人に変化し終えていなかった冴子＝『まだ夜歩けるスパイの冴子』と考えても、一切、矛盾は出ないわ。

どう冴子？　これがサックス＝キラキラ人同盟の全貌よ」

「冴子」と私。「ウチの奈良橋さんを……ナラを殺したのは、冴子なの？」

「本当はね友梨、あなたを射抜くつもりだったの」

「……どうして⁉」

「フフフ、さあ、どうしてかしらね」

「……ナラを殺したこと、どう考えているの？」

「あなたの身代わりになってしまって、本当にお気の毒だと考えているわ。だって私、後輩思いだもの」

「本当に……本当に裏切られた思いだわ、冴子」

「友梨、無駄。もうこの女の言葉こそ虚無よ」と佳純。「私達の尊厳を侮辱するだけの虚無」

「だとしても、これだけは教えて頂戴、佳純」と冴子。「すると私は生き残りたいがために、キラキラ人と同盟したわけね？」

「正確に言えば違うわね。あなたは当然、吹部（すいぶ）のうち自分が生き残るために、この同盟を締結したのだけれど、特にシルエット人もキラキラ人も滅んだ今、何故ひとりだけ生き残りたかったのか――という疑問は残る」

「冴子」ホルンの女房役、紗英（さえ）がぽつりと言った。「あなた、まさか」

「紗英、まさか何？　是非、意見を聴かせてほしいわ。佳純はもう限界のようだから」

「そうね、私には解らない」と佳純。「動機はロジックじゃないから」

「……その孤島の名は、虚（きょ）」

「紗英？」

「佳純、小説を書く人間にとって、こんなに不思議で、こんなに魅惑（みわく）される舞台はないわ」と紗英。「まして、キラキラ人から世界の謎を説明された後なら――そう、冴子の夢は、小説家になること。しかも、あの横溝賞にもう投稿して、二次選考まで通過しているくらい。次の作品、少なくともその次の作品での受賞は、確実との評判よね？　けれどそれは、きっと、プレッシャーでもある。ある意味、つらいわよね。傑作を投稿するのが当然の前提になっているのだから。冴子は、才能が有り余るばっかりに、成功する絶対の義務を、負ってしまったのよ。

だからこの絶好の島を舞台にした小説を――その孤島の名は虚を――書きたかった」

「ちょっと紗英ぇ」と鈴菜。「それが自分だけ生き残りプランと、どう関係するのよ」

「鈴菜、解らない？　私達もまた、この島の謎と実態を知ってしまったのよ？　鈴菜は小説なんか書かないと思うけど、TVとかなら喜んで出そうだし、佳純は理知的だからドキュメンタリーを書くかも知れない。ううん、私達の誰もが、この島のことを発表して周知してしまう可能性がある。だから」

「冴子……!!」と響子。「あなたはそんなことで、私達仲間を売ったの⁉」

「そんなことかどうかは他人様が決めることじゃないわ!!　人の生き方はそれぞれ。知った風なこと言わないで頂戴!!」

がががががっ。

冴子は機関銃を天井にむけて撃った。それはどこまでも狂気の音がした。

「それにしても意外だわ和音」と冴子。「あなたが私を即座に殺さなかったなんて」

「私は友梨と一緒に、結論を出したから」

「へえ、どんな？」

「冴子も帰りたい。私達も帰りたい」と私。「なら、すべては帰ってからのこと。冴子の罪も、冴子の悪も。だから冴子が正直に名乗り出るのなら――ううん、正直に名乗り出るまでは、仲間は撃たないでおこうと決めた。もちろん私は凡人だから、冴子の側にそんな想像を絶する動機があるとまでは、思ってもみなかった。それは大きいけれど。

冴子が隠れて罪を犯すことにどんな動機があったとしても、これ以上、仲間がこの島で死ぬべきじゃないと思ったの。それだけは、私達の絶対の正義だと思ったの。

……ナラのことを聴いて、その絶対の正義が誤ることもあるって、思い知ったけれど。でも私達は少なくとも、道を誤ってはいない。道に迷っているのは冴子、あなたよ。けどまだ引き返せる。私達は、まだやり直せるの。だからそんな自分を貶めるような言葉を紡ぐのを止めて、これからのこと」

「そんなメロドラマ!! その結果が今こうなって、さあどう思うの？」

「何も思わない。ただ呼び掛ける。一緒に帰ろう。すべてはそれからでいいじゃない。解って冴子、お願いよ。もし冴子が小説を書きたいっていうのなら、私達はそれを絶対に」

「もういいわ友梨、御伽噺すぎて、小説のプロットにもなりはしない――いずれにせよ、あなたたちは帰れない。この世界で暮らしてゆくことも認めない」

「どうして」

「どうして、ですって響子？ カンタンなことじゃない。あなたたちをこの孤島で生かしておけば、やがてまた島の地域の属性を使い、必要なら血液の属性をいじって元の世界に帰ろうとする。そしてそれは、既に難しいことじゃない。謎というならすべて解かれてしまっているのだから。でも私としては、誰ひとり、絶対に、この孤島から生還させるわけにはゆかないの。こんなシンプルなこと、本当に解らない？」

「なら私達をどうするの」

「選ばせてあげるわ部長。私は慈悲深いから。この灯台から直接海水浴を楽しみにゆくか、躯じゅうに銃弾で穴を開けられてボロ雑巾みたいになるか、そのいずれかをね」

「あなた、死ねというのね、仲間に？」

「……そうやって、ウチの菜花子と」と私。「トランペットの上郷さんを殺した」

「どう考えてくれても結構だわ、友梨。どうせ私の言葉だけが真実になるのだから」

「──それ、実は違うのよん、友梨」

「鈴菜？」

「言い難いけどぉ、黙っていられる状況じゃないから……」

「菜花子たちを殺したのは──和音があの現場で目撃したシルエット人、すなわち冴子じゃない、っていうの？」

「……うん」

「じゃあ誰なの」

「クラの、波越さんよ」

「ナミ⁉」

私は波越さんの姿を求めた。シルエット人だからすぐには分からない。けれど、髪型と体型で波越さんを特定したとき、彼女がもう冴子の隣にいて、しかも拳銃を既に翳していることが分かった。

「私は帰ります」

「中島先輩」と波越さん。「私は帰ります」

「ナミ、あなた——」

「動かないで。これがオートマチックだということは、分かりますよね？　すなわち十一人でこの距離なら、確実に殺せてお釣りが来るということです」

「鈴菜、でもそれはありえないわ。だってナミはあのとき全然返り血を浴びていない」

「友梨、けどそれはありえるのよ。

ほら、キラキラ人もシルエット人も死んでしまって、私達がまた一緒に暮らし始めたとき。私、和音にいろいろ聴いたの。だってえ、どうしても気になったから。

いったい、いったい牛の尻尾に火を着けたのは誰かってこと。

理論的にはあ、クラ三人＋おシマさんのいずれかしか考えられないじゃない？

でも、友梨も苗原さんも、そして波越さんも黙っている。

ここで。

派手に戦争した私が言うのも恥ずかしいんだけど、牛の尻尾に火を着けたのは、ホルン＝キラキラ人枢軸の味方よねえ？　だから、その黙っている誰かさんは、実はキラキラ人のスパイなのよ。まさに冴子がそうであったようにね。

すると。

あと、キラキラ人のメリットになる事件って、何があったかしら？

——そう、菜花子と上郷さん殺しよん。

シルエット人が殺人現場で目撃されたおかげで、菜花子を殺され、波越さんをも殺され掛けた――と思ったクラリネットは、まさかトランペット＝シルエット人同盟へは合流しない。それに、上郷さんを殺せたから、トランペットの戦力を減らすこともできたのよ。しかも、トランペットの和音がシルエット人を目撃しているんだから、響子たちの間に、どうしてもシルエット人への疑惑が湧いてしまう――実にキラキラ人らしい謀略よね。これが当時、キラキラ人の謀略だと断定できなかったのは、キラキラ人がシルエット人を動かすことができないから。双方とも不倶戴天の敵で、まさかスパイになるなんてこと、ありえないから。

でも、もう事情は変わったわよね？

殺人現場で目撃されたシルエット人というのは、確実に冴子。

これはすぐ証明できるわ。すなわち、和音が聴いた『カメラのシャッター音』。私達以外だと、この世界へ最後に墜落してきたのはキラキラ人で、それは一〇年前のことよね？　ここで、カメラの電池が一〇年保つなんて話、聴いたことがないわ。でもそのカメラは動いている。撮影しているわけだから、正常に動作している。だったら、そのカメラはキラキラ人のものでもなければ、ましてシルエット人のものでも、おシマさんのものでもありえない。じゃあ誰の？　私達のよ。墜落してきた現代の女子高生のもの。携帯かスマホか、デジカメか――

だけど。

おシマさん、シルエット人、キラキラ人が『ひとりで』現代の電子機器、使えると思う？　無理よぉ。せめて使える誰かと一緒にいて、教えてもらいながらやってみる、これなら解るわ。でも、目撃されたシルエット人は単独行動をしていたし、同盟者だった響子たちが事前に教えたというのならそれが証言されていないことは絶対に変。にもかかわらず、そのシルエット人は平然と電子機器を使っていた――

すると、そのシルエット人は、すなわち現代の女子高生であり、またすなわち冴子になりまあす。

ところが、ここで。

冴子は既にシルエット人。夜は絶対に行動できない。牛の尻尾に火は着けられない。だとしたら。

キラキラ人のスパイというのは、もうひとり、いたのでありました。ちゃんちゃん。キラキラ人の思考方法からすれば自然よねえ。シルエット人のスパイもしたいし、私達『そのまま人』のスパイもしたい。けれど『そのまま人』は昼夜ともに動く。だったら、『そのまま人』のなかに、新たなスパイを獲得しちゃえばいい」

「……鈴菜は、それがナミだったたっていうの？」

「いみじくも冴子自身が教えてくれているわよん。本当はボウガンで友梨を射殺したかったって。それは何故？　既にクラリネットには、スパイが確保できているから。邪魔なパートリーダーである友梨さえ死んでくれれば、クラリネットを使ったいろんな謀略が可能になるわよねえ。そうでしょお冴子？

そして。

菜花子と上郷さん殺し。

たぶんこれ、キラキラ人からのミッションだったんでしょうね。冴子はクラとペットをひとりずつ、殺す必要があった。でも、私達は三地域に分裂していて、シルエット人が出現してもおかしくないのは、基本的に市街地だけ。ペットの様子は分かるし、冴子はシルエット人だからペットの上郷さんは幾らでも騙せるけど、クラの様子は分からない。まして、ワンマンアーミーおシマさんのいるビーチへ侵入することは、危険極まるわよねえ。すると、菜花子が誘き出されるはずがない――

おなじクラの仲間に、リラの献花だの遺体のお葬いだので、動かされなければね」

「……そこまでは、じゃあいいよ」と私。「でも冴子が……私達を裏切った冴子が殺したって考えても、おかしくないじゃない。どうしてナミが殺したって断言できるの？」

「カンタンなクイズ。殺人現場がありました。AさんとBさんが生き残っていました。Aさんは写真を撮っていました。さて、殺人者はどちらでしょう？」

「決定的じゃないよ。携帯やスマホなら、写真撮りながらでも首くらい斬れるよ」

「無理があると思うけど……ならもうひとつだけクイズ。重要なイベントがありました。AさんとBさんがいました。Aさんは写真を撮っていました。さて、主役はどちらでしょう？」

「返り血の問題があるよ‼」

「吉南女子の制服は腐るほどあるわあ。あまり血に汚れていないものもね。そう、山頂校舎の1‐10ならば。盗まれても剝がれても、もう持ち主が苦情を言えない形で」

「ナミが着換えたっていうの？」

「正確に言えば、自分も着換えたし、遺体も着換えさせた。だって、裸の遺体があったら変だから」

「――証拠は？」

「プリーツスカート」

「えっ」

「私、夏子にレクチャーしてもらって初めて知ったんだけど、クラの唾って、基本的にそのまま下に――スカートに落ちるのねえ。私達金管とはまた違うから、ちょっと衝撃的だったんだけど。だからあ、名門・吉南女子吹部でコンクール・メンバーに選ばれるほどの娘が、プリーツスカートにそのスポットを作っていないなんて、御伽噺よねえ。だのにもし、染みひとつ無いなんて証言が出たとすれば、それは、クラリネット奏者本人のスカートじゃないってことよん。

以上、証拠でした」

「な、ナミは凶器を持っていなかった」

「波越さんのクラリネットからは、リードが外れていたんでしょ？」

「リード？」

「そう、私、これも夏子にレクチャーしてもらったんだけど、リードって約七cm×約一cmの葦(アシ)べらだよねえ？　これを金属製の、リガチャーという輪留(わど)めでネジ締めて固定する。ところがあ、ここからがすごい化学反応なんだけど、おシマさんのシェルターには、昔ながらの、両刃(りょうば)の、長方形のガッチリした剃刀(かみそり)があるのよねえ？　これがそれなりに大きかったら――ううん、長かったら？　あるいはリガチャーに留められるよう工夫したら？　クラリネットのマウスピース側を刀にできるよねえ？　いにしえの女番長(おんなばんちょう)が、焼きを入れたい相手をザクザク斬るための武器に使ってた、っていうくらいなんだから。十円玉を挟(はさ)んで二枚使えば、縫(ぬ)うこともできない傷をつけることができた、っていうくらいなんだから」

「……ナミ」

「はい、中島先輩」

「鈴菜の言ったこと、本当なの」

「……はい」

「菜花子と上郷さんを、ナミが、殺したの？」

「そうです」

「どうしてよ!?」

「私は、キラキラ人のスパイでしたから」

「そんなことをしたって、冴子はどのみちナミを殺す……ナミほど鋭かったらそれも解ったはずよ!!」

「違うわあ友梨」と鈴菜。「冴子は、ナミは連れて帰る」

「どうして……? 作家になる夢のために、この島の情報、独占したいんでしょ?」

「友梨、人はどうして写真を撮(と)ると思う?」

「……残しておきたいから」

「つまり、証拠化よね?」

「あっ」そんな。「まさか」

「冴子の悪辣(あくらつ)さには、頭が下がりっぱなしよ、げっぷ」

「あらら。トランペットを全滅させようとした、鈴菜に言われたくはないけれど?」

「冴子、あなたは」と私。「ナミが菜花子と上郷さんを殺すところの写真を——ううん、『殺したということが確実に解る』ような写真を複数枚、撮った。それはナミを黙らせるため。たとえ一緒に帰ったとしても、その人間がこの島について永遠に口をつぐむなら、冴子の障害にはならない。そして永遠に口をつぐませるためには、その人間の絶対的な弱味、絶対的な罪を知ればいい。それを証拠にしておけばいい。

だからあなたはナミに殺人をさせて、その記念写真を撮った。そうして保険を掛けた上で、あなたとナミだけが元の世界へ帰れるように」

「最後に、ひとつだけ私に解らないのはねえ」と鈴菜。「波越さんだったら、そう普段の波越さんだったら、冴子の言うがままの契約は結ばないし、隙を見て寝首を掻いてやろう——くらいのことは考えたと思うのよねえ。それが自分で殺人はするわ、その証拠写真なり記念写真まで撮らせてやるわ、っていうのは、私の波越さん像からは、大きく逸脱するんだけどなあ」

「結構な言われ様ですね、詩丘先輩」

「あなた先輩を先輩とも思わない人だもんねえ」

「やめて鈴菜。やめて、ナミ」

「友梨」

「夏子？」

「私には解る。どうして、ナミが菜花子と上郷さんを、ううん、菜花子を殺したのか。それは友梨自身が教えてくれたことじゃない。ナミは最近、菜花子のこと……」

「永澤先輩っ」

「いいえ、言わせてもらうわ。

　ナミ、あなたは菜花子の音楽を、菜花子のクラリネットを嫉妬」

「やめて夏子!!　もうやめて!!」

「友梨……」

「……ナミ」

「はい、中島先輩」

「最後に訊くわ。あなたは、キラキラ人のスパイとして、誰でもいいからクラリネットを一人、殺すつもりだった。結果、残酷な方法で菜花子を虐殺した。これでいい？」

「……おっしゃるとおりです、先輩」

言葉にすることだけが、すべてじゃない。

もちろん波越さんは許せない。菜花子の側に、殺される理由はひとつも無かった。ただ、絶望を感じながら、その絶望を冴子に利用されながら菜花子を殺した波越さん——これ以上彼女を、プライドをズタズタにする形で辱めることは、菜花子はおろか、誰もしあわせにしないことだ。私達がここで冴子に殺されるとするなら、なおのこと。そして何より、自分のちっぽけで哀れでみじめなプライドが人殺しにまで行き着いてしまったことに、波越さんがダメージを受けていないとは、とても思えなかった。冴子は帰る。波越さんは帰る。冴子のことは知らない。私の理解を超越しているから。けれど波越さんは、たとえ家へ帰っても、生涯、心はこの島に縛りつけられたままだろう。波越さんは帰ろうとして、この島に、家の鍵を捨ててしまったのだ。

だからここで、もう、言葉にする必要はない。

「さて、クライマックスの謎解きが見事、終わったところで!!」

冴子は巨大な鏡の前へ最接近した。波越さんがそれに続く。ふたりのシルエットが、大きな鏡面の中心を塞ぐ形になった。冴子はまるで鏡を独り占めしたいかの様に、背を密着させながら、機関銃を持った両肘をいっぱいに引きながら、つまり鏡に精一杯触れながら、私達を威嚇する。

「選択の時間が来たようよ。ここから海に飛びこむというのなら、これから一〇数える内に実行して。もちろんこの灯台室に残ったメンバーは——フフフッ、一一カウント目には誰も生きていないけどね。

　そして。

　人間の尊厳は、自己決定にあるというわ。

　私に自分の運命を左右されたくないのなら、人生の最後くらいは、自ら決断したという尊厳を誇りに、新しい世界へ飛び立ってみては？　あっははは、あははは」

「冴子」

「友梨、私はカウントを始めたいの」

「あなたは、この世界で何も学ばなかった」

「……狂ったの？」

「キラキラ人。シルエット人。黒い毒沼。青い石切場。赤い墓場。

　この孤島では、外見を信用してはいけない。真実の姿は、外見ではない所に求めなければならない。だからあなたは結局、何も学習してはいない」

「負け惜しみなのか、錯乱なのか……いいわ、いきなりルールを変えるのも嫌だけど、あなただけはカウント0で脳漿をぶちまけて死んでよね……

　って嫌っ、何、何よこれ!?」

鏡から。

巨大な鏡から無数の手が延びる。

金属面を水面にしていた鏡から。

かつて遠くに――奥の方に映っていた、あの七人の女神と一緒の美しい手がいよいよ外界に突き出された。温かさを感じさせていたはずの、しっとりとした手。その外見はそのままだが、勢いと力と無理矢理さは、まるで性格が豹変したみたいだ。数も数え切れない。そしてその無数の手は、躯を鏡に密着させていた冴子と、それに倣ってしまった波越さんを、我武者羅につかみ、離さない。顔、肩、腕、胸、脇、腰、太腿、脛、足首――いや、もう全身といっていい。冴子と波越さんの全身が、白磁のような美しい手にしかし猛獣のように襲い掛かられている。もう逃げるどころか身動きすら、いや呼吸すらままならないのではないか。

「なっ……何よ、これ……どういう、こと……何で、こんな、ことを……」

冴子の声も、既に言葉というか、よく解らない吠え声になってしまっている。顔面まで数多の手に襲われ、塞がれ、鷲づかみにされているのだから無理もない。他方で、波越さんは放心したかのように声も発しなければ、抵抗もしない。

いや、抵抗しても、無駄だった。

機関銃も拳銃も、腕が動かせない以上意味はない。

それに、よほど強い力で襲われているのか、それらすら既に手離さざるをえない。

そして。

冴子と波越さんを完全に我が物とした無数の手は、とうとう、ふたりを自分達が出てきた所へ——灯台の巨大な鏡のなかへと、有無を言わさず引きずりこみ始める。

　そんな
　どこなの
　これはなんなの

冴子の絶望的な絶叫が響いたとき、もう冴子は顔以外を鏡に飲みこまれ、波越さんは胸から上以外を鏡のなかへ埋めつつあった。

シルエットとシルエットでは、あるけれど。

私と波越さんの瞳が合う。

「ナミ!!」

波越さんは。

大きく首を振ったあと、しゃくり上げる様に顔を幾度も上下させ、私の瞳を見続けた。

「夏子!!　ナミのクラ、はやく!!」

「クラリネット……どうするの!?」

「いいからはやく!!」

私は夏子から波越さんのクラリネットケースを奪いとると、お腹の底から声を出した。

「ナミ、手を出して、胸で受けて!!」

「あり……と……ます」

恐らく必死の、絶望的な力で波越さんは右手を鏡から抜いた。私は彼女のセーラースカーフ目掛けてクラリネットケースを投げる。それなりに大きいケースは彼女の胸にどんと当たり、彼女は右腕でそれをしっかり抱き締めた。そこで力が尽きた様に、一気に鏡面へと沈んでゆく。

「ナミ!!」

そして冴子は。

デスマスクの様に顔だけを出している。もう、時間の問題だ。

「わた……小説、横溝しょ……読んでもら……んなはずは!!」

「冴子、御免」私はすごく残酷な気持ちになった。「実は出口じゃないって、知ってた」

「友梨!! ぜった……ころ……から!!」

冴子のフォルテシシモは。

その唇が鏡面に沈んだ刹那、いきなりの終止線に断ち切られた様にすべて消えた。

嘘のような、静けさ。

絶句していた十一人を、しかし一喝したのは響子だった。

「ここから離れる!!」

　はい、部長!!

　私達は鏡から、無数の手から、そして今や救出者でないことが解った七人の女神から、ひたすら、ぶっちぎりで、とにかく遁走し始めた。逃げ行く先は、灯台室の下──螺旋階段の下しかない。でも、また虚の孤島に帰ってどうなるというのか。私は確かに扉を開いた。しかしそれは、悪い予測のとおり、私達のいた世界への出口ではなかった……

　段差は低い。

　つまり、階段は終わりがない様に続いている。

「友梨──」響子は駆け下りながら。「──出口じゃないって、どういうこと?」

「あの七人の女神も、鏡面の手も、優しく私達を歓迎していた。手招きしていた。保護したがっていた。この島でそんなことをするモノは、お為ごかしの林檎だとか井戸の水だとか、私達を欲しがっている存在である以上に、私達を罠に掛けようとするモノだよ。だって響子考えてみて。私達はプラスの存在。プラスの世界が、その使者でも女神でも天女でもいいけれど、私達を喉から手が出るほど欲しがるなんておかしいよ。プラスの世界には、プラスの存在が腐るほどあるんだから。プラスの存在を死ぬほど渇望するのは、少なくとも、プラスの世界じゃない。私達のいた元の世界ではありえない──とにかく、ムチャクチャ胡散臭い」

「冴子に言ったとおり、最初から解っていたの?」

「まさかだよ!! 最初から解っていたらあんな鏡に近づかない!!」

私も駆け下りながら一気に喋(しゃべ)り倒した。そうだ。最初は気づかなかった。私も冴子と一緒。あの鏡こそが出口だと確信していた。

でも。

七人の女神を見ているうちに、カケル君が教えてくれたこと、カケル君が口をすべらせてしまったことを、思い出したのだ。だから、私が『正解じゃない』ってことを知ったのは、まさに灯台室、まさに現場でのことだった。そのカケル君の失言。島の秘密のひとつ――

海岸の朝靄(あさもや)がとても強い朝は、結合関係さえ失われてしまった世界が最接近する
私が朝靄の日を出発の日にしたのは、実は『朝靄のなかで、おシマさんに観せるマーチングをやりたかったから』で、それだけ。『朝靄のなかで動き始めて、太陽の光で締めるというのがカッコいいと思ったから』で、それだけ。あと人数の少なさを演出でカバーできる気象だったから、それだけ。

それが、カケル君の教えてくれた条件と、たまたま被(かぶ)ってしまったのだ――

「あの鏡のなかは友梨」と響子。「どこなの。どんな世界だというの」

「憶測(おくそく)一二〇%だけど」と私。「オクトニオンの世界」

「オクトニオン？」

「友梨」和音(かさね)の息は全然切れない。「八元数の世界ね」

「そ、そうだよ和音」

「ええっ」と鈴菜。「ここが確か、ハミルトンの四元数の島だよねえ？　八元数なんてものまであるの～？」

「うん鈴菜、ある。そしてあの七人の女神は、おそらく、オクトニオンの世界の基底（きてい）」

「八元数だからあ、八人じゃないの？」

「実数が加わるから。この四元数の島だって、基底はi、j、kだったでしょ？」

「そうしたら、実数の他に、七の数字っていうか、基本的な因子があるわけ～？」

「まさしくそのとおり」と私。「和音、何だったっけ？」

「i、j、k、l、il、jl、kl」

「やっぱり交換関係が成り立たないの～？」

「そう」と和音。「そしてもっと恐ろしい」

「恐ろしい？」

「結合関係すら成り立たない」

「ケツゴウカンケイってなあに？」

「御免（ごめん）ね和音」駆け下りながら謝るのは、ホルンの紗英。「こんな鈴菜で」

「交換関係が成立しないと、2×3と3×2が異なる」和音は無頓着（むとんちゃく）だ。「結合関係が成り立たないと、（2×3）×4と、2×（3×4）まで異なる」

「どれを優先して組み合わせるかで～、結果まで違ってしまうのね？」

「もし冴子と波越さんが八元数・八次元の世界へ行ってしまったのなら」と和音。「恐らく死ぬまで、その世界の謎と格闘できる。なにせ九九の表が四八〇は存在するような世界だもの」

「でも、この世界は私達を排斥しようとしていたじゃない？　八元数の世界は違うのかしらあ？」

「例えば鈴菜は、プラス属性のままこの世界へ吹き飛ばされたこと、思い出して」

「あっそうかあ……」

この世界だって、一〇年置きにプラスの女子高生を補充しているわね」

「この世界がそれをするのは」と私。「異物とのバランスをとるため、かも知れない。異物と戦争をさせたいから、かも知れない。いずれにしろ、もし八元数の世界に飛ばされてしまった先客が、そう『異物』が既にいるとしたら、それは……それは想像を絶するレベルの彷徨い人、だろうね」

「ねえみんな、それはそれとして!!」やっぱりというか、佳純が爆発した。「私達はオクトニオンの世界にはゆかない。けれどクオータニオンの孤島にも帰らない。だったらどうすればいいの？　私達の世界への出口はどこにあるの？」

誰もが言葉を失った。まるで、顧問が突然指揮棒を下ろしたまま黙りこくってしまったあのキツい沈黙のように――

しかし。

救世主は、いた。

「下よっ」

「紗英⁉」

鈴菜が器用にも、階段を駆け下りながら飛び上がる。紗英は続ける。

「どんどん下りて、あの地下への階段までゆくの‼」

「紗英ぇ、とうとう入水自殺(じゅすいじさつ)したくなってしまったのね〜しくしく」

「そんなわけないでしょ。鈴菜はもう。

思い出して。

私達はどうやってこの世界に来たの？

校舎ごと墜落して来たんでしょう？

そして私達が墜落する直前、校舎のなかで、教室のなかで何が起こった？」

「机が椅子が譜面台が――」と私。「――様々なモノが、浮かび上がった」

「そう、ありえない物理現象が発生したのよ。

そしてそれは、モノが上へ移動する加速度がつく物理現象だった」

「あっ、そういえば」と私。「虚数時間なんてものがあるとすれば、加速にマイナス符号が付くって聴いたことがある。林檎(りんご)が『上へ落ちる』ようになるって。まして時計の加速度も、変だった」

「だから友梨、私達の校舎はマイナスの加速によって、浮いたのよ。そして浮かなければ墜落するはずがないし、逆に、私達は校舎が地面に沈没する様子なんか見てはいない。下に加速したということは、だから、ありえない。

校舎は、浮かび上がった。

そして、この世界に着いた。

なら、この世界は校舎が浮かび上がった先にある。

だってそうでしょう？　ハミルトンの島は四次元。灯台から遥か上のどこかは、八次元。私達の世界は、どう考えても上には無いわ」

「でも紗英、そうしたら、校舎が浮かび上がった先は、宇宙空間でないとおかしいよ」

「それは友梨、プラスの世界にい続けたらの話でしょう？」

「あ、そうか!!」

「まとめると。

この孤島は、物理的には、私達の世界の上にある。

ただし、性質的に、数直線をどこかで跳躍してしまっているから、私達の世界の上のどこかで消えた。正確には、私達の世界から消え、正の虚軸の世界に出現した。そして、墜落した。

しかし私達は、既に、性質的に、正の実軸の世界へ帰る準備ができている。

だとすれば」

「物理的に、この世界の下へゆけばいい」と私。「そうか、だからあの螺旋階段を」

「地下へ地下へと、下りる」

「やっぱり入水自殺じゃん」

「ホルンはいつも一枚岩よ、鈴菜」

「うっ、自殺は、ちょっと」

「友梨」と響子。「出口がこの灯台であることに間違いはないわね？」

「灯台室は違ったけど、出口がこの灯台のどこかってことなら、絶対に間違いない」

カケル君が教えてくれた。ここは、島の力が最も弱い場所。現に、八元数の世界も開いている。

——そして私達は、とうとう灯台の地下通路のレベルまでもどってきた。すなわち、
しかし。

上へ続く螺旋階段と、下へ続く螺旋階段とに分かれる階だ。

既に地下へ続く螺旋階段は、跡形もなかった。

いや、確実に存在はするのだろう。激流と渦巻で何も見えないだけだ……

……けれど。

その激流と渦巻は、決して螺旋階段から上の水準までは上がって来ない。濁流の勢いからして、既に灯台の中腹くらいまで浸水していてもおかしくないのに、絶対に階段以上へは上がって来ない。しかも、匂いで分かる。これは海水じゃない。この孤島をとりまく海とは違う所から溢れくる水だ。違う所——

「クラ!!」と私。「夏子、ナエ。私と一緒に響子に従う。いいわね？」

「ホルン!!」と鈴菜。「紗英が自殺するんなら仕方ないわあ。ショウコ、しおりん、紗英だけを死なせはしない。私もろとも響子に続く。いいわね？」

「ペット!!」トランペットに号令したのは、しかし響子でなく、佳純だった。「和音（かさね）、シイ。私と一緒に、パートリーダーに命を預ける。いいわね？」

そしてこのとき。

タイミング的には、すごく、すごく不思議だけれど。奇跡みたいだけれど。

アタック。コア。リリース。

全ての返事が、三十二分音符ひとつの狂いもなく、音色（おんしょく）と音形（おんけい）をそろえて響き渡った。

響子の瞳に、ほんのちょっとだけ、キラリと輝くカケラが見える。ほんのちょっとだけ。でも響子は、それを雫（しずく）にはさせなかった。断じて、させなかった。そして言った。

「……家へ、帰るわよ」

はい、部長!!

響子は激流の螺旋階段へと、いや、轟々（ごうごう）たる渦巻のなかへと身を躍（おど）らせた。

鈴菜が続く。私が続く。すぐに誰もが続いたはずだ。

圧倒的な水。

吸いこまれる。

でも、下りている。
溺（おぼ）れているのかも解らないまま、私は意識を失っていった。

終章

「私達、もうじき出発するわ」

「嬉しかったよ、君に会えて。今のは何て曲？」

「チャイコフスキーの『弦楽四重奏曲第一番ニ長調』、第二楽章から。七分五三秒の編曲」

「違うよ」

「えっ？」

「七分五三秒の、奇跡だった。本当に、クラリネットが好きなんだね。

これでまた、生きてゆける。この灯台で。友梨のこころ、もらったから」

「私と一緒には、ゆけないの？」

「……ノー」

「その躯（からだ）では、出られないから？」

「イエス、そしてノー」

「カケル君の気持ちだけ、答えて」

「僕は、この島にとどまるよ。

ヒトは道に迷う。だから、たとえ一本の案山子でも、僕はそれを救う側でありたい。この島で惑うヒトがいるのなら、僕自身の意志として、ここで永遠を生きてゆきたい」

「もしそのカプセルから出られて、もし私が一緒に来てほしいと泣いたら？」

「友梨を抱き締めて、元の世界へ帰って、二度と離さないよ」

「……ありがとう。嘘でも」

「嘘じゃないよ」

「いいの。カケル君の恋人さんには敵わないって、解っているから」

「……君には未来がある。百合子が生きられなかった、未来が」

「名前、似てる、私に」

「そうだね」

「私、私……」

私だけこの島にとどまっても。ずっとこの灯台で、生きても。ううん、そのカプセルの中だって」

「だからさ。だから案山子が必要なんだ」

「え」

「御両親。学校。そして親友。それが友梨の目指すべき道だよ」

「解っている癖に、ひどい……私、カケル君のことが」

「それは違う」

「違う!? 何がどう違うっていうの!?」

「友梨は、僕に恋したんじゃ、ないからさ」

「それなら私は……」

僕は希望」

「キボウ」

「未来への希望。

そう、友梨は自分の未来への希望を、僕に見たんだ。それだけのことさ」

「そんな。カケル君はヒトだよ。確かに私は、カケル君に希望をもらったけど」

「それは、家に帰れるという希望。僕は友梨のいちばん望むものをあげた。そのことと、僕が友梨のいちばん望むものかどうかは、まったく別の話なんだ」

「解らない……解らないけど、結論は一緒ね。だって私は、ここにいても仕方が無い」

「案山子は確かに道を教え、ヒトを導くことができる。だからといって、生涯、案山子に物を尋ねて生きてゆくヒトはいない。そんなヒトがいたら、道を教えた案山子がそれを喜ぶと思うかい？」

「……私に、旅立ってほしい？」

「イエス」

「意地悪。あなたの気持ちについての質問なのに」

「ねえ友梨」

「ん？」

「友梨、鈴菜、響子。君達は道に迷った。皆のために良かれと信じて、殺し合う道を歩き始めた。それは、どうしてだと思う？」

「島の惑わし、キラキラ人……」

ううん、違うわ。私達が勘違いをしたからよ」

「どんな？」

「自分の道だけが正しいという勘違い。他の道とは一緒にならないという勘違い」

「どうしてそれが、勘違いだったと思うんだい？」

「誰もが正解だったからよ。そして、最後には道がひとつになったからでもある」

「もし友梨が、鈴菜が、響子が。

最後にはすべての道がひとつになると、信じることができていたなら？」

「……質問に対する答えにはなっていないかも知れないけど」

「かまわない」

「最初から一緒の道をゆくわ」

「それも答えだ。

けれど、ヒトは道に迷う。最初から一緒の道をゆけることは、実は滅多にない。そして友梨には未来がある。その未来において、また鈴菜や響子や、あるいはもっと大切なヒトと、違う道をゆくことになってしまうかも知れない。そして最後まで、その道が重なることは、無いかも知れない。そう、シルエット人とキラキラ人の道が、とうとう、絶滅まで重なることが無かった様に――

タネが解ってしまえば。

こんな単純な仕掛けの島においてさえ、ヒトは殺し合えてしまうんだ。

これから友梨が帰るのは、もっともっと複雑で、もっともっと残酷な世界――

――案山子は最後に訊きたい。ここから帰るのは、友梨たちが初めてだから。そして僕は、ここで永劫をガイドとして生きるから。

ヒトは何故、道に迷うんだろう？　そしてどうやったら、また一緒の道に帰れる？」

「私ひとりの意見でいいの？　いちおう、十七歳女子高生だよ？」

「もちろんさ」

「――心のなかの、顔を忘れてしまうからよ。だから心のなかに顔をまた描ければ、必ず一緒の道に帰れるわ」

「哲学的だね」

「だってそうだもの。私達がビーチで暮らす道を、おシマさんと生きてゆく道を選んだとき、私のなかに鈴菜も響子もいなかった。他のパートの娘は、誰もいなかった。そのとき彼女達の声は、絶対に聴こえない。だから彼女達と対話することもできない。鈴菜の解り合う心、呼び掛けあう心っていうのは、イメージよ。もし自分のなかに、鈴菜の顔を、響子の顔を強くイメージすることができたなら。そして彼女達と、彼女達の言葉をイメージしながら対話することができたなら。

　それは必ず自分の世界を、自分の道を変えることができるわ。だってヒトがいちばん強く現れるのは、物理的な場所のどこでもない、自分の心のなかだもの。

　そのヒトの強いイメージを持って、その発する強い言葉を、自分の心で紡げるなら。それは現実に対話していることと全然変わらない。そして自分自身が、私が、その対話に開かれているかぎり、鈴菜の道であろうと響子の道であろうと、その道を全否定してしまうことなんか絶対にできない。

　心のなかの鈴菜が、響子が、絶対に私を変えてゆく。

　そして私が、変わった私が、一緒にゆこうとする気持ちを諦めないかぎり、道は必ず一緒になる。だって歩いているんだもの。一緒のものを目指して、歩いているんだもの。対話し続けること、解り合おうとすることを止めないかぎり、その道は絶対に鈴菜の、響子の道と一緒になる。それは三日で重なるかも知れない。三十年かかるかも知れない。でも絶対に一緒になる。そう信じて歩き続ければ、絶対に道は一緒になるわ。

　私はそれを、この島で学んだ」

「……さようならの、時間だね」

「本当に意地悪」

「えっ？」

「私に言葉にさせて、私に決意させた。現実の世界を、未来を、生きてゆくと」

「もし、そうだとしたら――

僕の顔も、忘れないでほしい。友梨の心の、話し相手にしてやってほしい。ずっと」

「イエス、そしてイエス」

「あっは、やられた」

「……行くわ、かけるという名を選んだ男の子。ほんとうにありがとう」

「さようなら、友梨」

「さようなら、片思いの人」


……ここは。

ここは、どこ？

私は寝ている。バタリと倒れ伏して。

瞳が開けられない。ずっと強く、つぶっていたみたい。

手が動く。

掌と指とで、自分の周りを触ってみる。

芝生？

濡れた芝生。

私は思わず瞳を大きく開けた。芝生。緑の芝生。朝露（あさつゆ）のようなもので濡れている。そして、このミルク色の霧。五ｍ先くらいまでしか見えない。

跳（は）ね起きる。

牧草地？　あの、山頂校舎のある牧草地？　だとしたらここは……まさか……

「うーん」

牧歌的な声を上げて鈴菜が起きた。私は隣に倒れたままの響子を必死で揺すぶって。

「響子、響子‼」

「……あ、友梨……私達は、灯台で……

それから？　ここはどこ？」

「それが、響子」言葉にするのも恐ろしいけど。「どうやら、その……あの半径一㎞の、牧草地」

その刹那（せつな）。

あまりにも突然に。

吹奏楽のフォルテシモが響いた。これは。この華麗でノリノリで盛り上がるこれは。

アンコール曲の定番ちゅうの定番。

「ホルンのパーリーに黙って」と鈴菜。『オーメンズ・オブ・ラブ』をやろうなんて、いい度胸（どきょう）してんじゃないのよお」

「えっ、鈴菜、ここはいったい」

「ここは吉南女子。正門前の芝生広場」

「ええっ!! ど、どうしてそれが」

「鈴菜はね」と紗英。「ここを朝寝と昼寝と夕寝の縄張りにしているから」

「じゃあ紗英」と響子。「私達、帰って来たの?」

「そうみたいね。そして本館・教員棟の時計がうっすら見えるわ。朝の八時一〇分なり。何月何日なのかは、サッパリ分からないけど」

「そうか」と私。「時間の流れすら分からないもんね」

「とにかく!! 部長不在のままで!!」と佳純。「しかも朝練から合奏やろうだなんて、いい根性だわ」

「いい根性よ。『オーメンズ』はホルンのためにあるようなものよ」

「鈴菜、鈴菜」と夏子。「とりあえずそんなこと、訊いてないから」

「推測するに」と和音。「音楽室が吹き飛んだから、昇降口前のロータリーで朝練の野練をしている。そんなところね」

「孤島の十一人、ちゃんといる?」

私達はまだ倒れている娘の分も答えた。

はい、部長!!

「友梨、鈴菜」と響子。「これからどうするか、解っているわね?」

私達は大きく頷いた。

取り敢えず、締める。
この瞬間、面倒くさいことを全部忘れて、私達は音楽のところへ大きく駆け出した

――――――――終幕(カーテンフォール)

あとがき

本書は、二〇一四年九月三〇日に上梓（じょうし）した単行本『その孤島の名は、虚（きょ）』の文庫版です。

さて作家にとっては、どの作品も我が子ですから、それぞれに愛着があるもの。

ただ本書は……この子は私にとって、一種独特な存在ではあります。

その理由は複数ありますが、うち最大のものは、『専業作家として初めて書いたから』。


私は二〇年弱、警察官／警察官僚をやっていました。

そこには無論、他のあらゆる職業人の方のように、よろこびもかなしみもありました。

そして私の場合、故郷の一〇万都市を出て上京するまでの幼年期が一八年間でしたから、警察官としてのその二〇年弱の人生は、よろこび、かなしみといった経験をするに加え、新たな後天的本能を形成するに充分な歳月といえるでしょう。


ここで、警察官というのは、実務法律家です。警察官僚というならもっとそうです。

よって、私のなかで後天的に形成された本能は、実務法律家のものともいえます。

これは、文章にも表れます。極めて顕著に表れます。例えば定義から入ること。総論から入ること。偏執的であること。網羅的であること。私の小説が総じて『頭が重い』――世界設定が長く事件発生が遅いのは、そうした、実務法律家としての後天的本能によるところ極めて大です。また総じて『口数が多い』――事象であれ心情であれ過度に説明的で饒舌なのも、論点の定め忘れは許されないという強迫観念のあらわれでしょう。

とまれ、二〇一四年、私は警察官の職を辞しました。

さいわい、各級の上司・上官、はたまた人事課長にも幾度か御慰留いただけたほどの円満な別離ではありましたが――私小心者ですので、まさか不祥事を起こして懲戒処分を食らって叩き出されたとかいう華麗なる事情はありません――逆にそうなると、『これまで自分の人生そのものを鍛えてくれた職場を、さしたる恩返しもすることなく足蹴にして出てきた』と、こういうことにもなる訳です。

ゆえに当時の私は、そこにかなりセンチメンタルな罪悪感と、それからくるメランコリックな気負いを、強く感じました。

メランコリックな気負い――というのは、『こうなったからには、筆一本で生きぬいてみせる必要がある』『こうと決めたからには、これまでの自分ではいられない』『身勝手をつらぬいたからには、恩に恥じない生き方をしなければ』といった気負いです。ここで、何故それがメランコリックなのかは多言を要しません。当時の私には、作家としての力量と実績が圧倒的に少なかったからです。ちなみに今は……どうなんでしょう？（笑）

そのような、読者の方にとっては実にどうでもよい物語をバックグラウンドに、専業作家として初めて書いた小説が本書です。

そして、『このままの自分ではいられない』のですから、変わる決意をしました。
どう変わるか？

頭が重く、口数が多い本能を抑えて、作家としての生涯のテーマだけを追ってみる。
偏執的・網羅的な足し算掛け算の癖を抑えて、お客様の想像力を信じた引き算をしてみる。

――それが本書を執筆していたとき、私が私に課した鎖です。

〈ヒトは解り合うことができるのか？〉

その私生涯のテーマを、できうるかぎり率直に、赤裸々に。
ただの小説家として。

――そのようにして本書は生まれました。ちなみに右は初言いで、誰にも言ったことがありません（刊行当時の『野性時代』さんのインタビューでも語っていません）。ここに残しておくのがよいと思い、書き留めました。

ところがどうして。

右の内容で終われればまあ、キレイだったのですが……

約六年ぶりに本人が本書を読んでみますと、あら吃驚、もう唖然とするほど、いや恐怖するほど饒舌に、重奏的に物語っちゃってますね。気負いが観念放逸みたいになっちゃってます。ペラペラとよく喋るもんだ、このひと（いやもう他人ですからね、六年前の自分なんて）。

読んでいるうちに赤面が止まらなくなって、全面改稿を考えたのですが、ただ……

恥も外聞もなく私生涯のテーマを追求しているその傲慢さは、作家ならではです。

そこだけは気に入りました。だから文章がいじれなくなりました。

読者の方はどうお感じになるのでしょうか？

恐ろしくも楽しみにも思いつつ、担当の山崎貴之さんによる素晴らしいコーディネイトにこころから感謝し、かなり雑駁ではありますが、私のあとがきとします。

古野まほろ

解説

竹内　薫（サイエンス作家）

この解説から読み始めてしまった（少数の）読者のみなさん、どうか、本文を読み尽くしてから、この解説に戻ってきてください。ミステリー小説のネタバレほど不条理なことはありませんので。

で、解説だ。

この本を読んでいる間じゅう、ジョルジュ・デ・キリコとアンリ・ルソーの絵柄が私の脳を占拠していた。なぜか。

キリコとルソーの絵柄は、一言でいえば非現実的だ。その現実との乖離が作品にインパクトを与えているのだ。それと同じで、本書は、私にとって、現実からの乖離が頭にガツンと来るような作品であった。

本書は吉南女子吹奏楽部の面々が主人公で、作品のいたるところに音楽が登場する。終章で主人公の友梨がカケルの前で奏でたチャイコフスキーの弦楽四重奏曲第一番ニ長調第二楽章は、たまたま、私の好きな音楽である。

そもそも、音楽は数学ときわめて相性がよい。私の知っている音楽家の多くは驚くほど数学が得意だ。一見、芸術に属する音楽と理学・工学に属する数学とでは、真逆のような気がするが、もちろん音楽は数学そのものだ。

たとえば、ジャズでよくお目にかかるii—V—Iというヴォイシングは、具体的にはDm9-G13-Cmaj9だったり、B♭m9-E♭13-A♭maj9だったりするわけだが、そのパターンはii—V—Iとして抽象化できるわけで、音楽家は、自由自在に音の階段を上り下りする。物理的には異なる振動数の音ではあるが、相対的には同じ音なわけで、まさに相対性理論のローレンツ変換と同じ意味を持っている。

この作品が音楽と数学をモチーフとして練り上げられていることは、作品の構造として美しい。

われわれはよく小説を読むときに「自然なプロット」などという表現を使うが、数学的なプロットは、畢竟（ひっきょう）、不自然なプロットである。人間にとって「自然」とは「感情」を意味することが多い。そのため、感情の対極にある「論理」の世界は、人間社会においては不自然極まる存在なのだ。

私の周囲には何人もの数学屋がいるが、彼らの多くは、論理の世界の住人であり、感情の世界が苦手だ。かくいう私も、よく妻の主張することが理解できずに頭が「?・?・?」だらけになることがある。

たとえば、経営する会社に応募してきた人を採用したいと妻が言う。なぜだと訊（たず）ねると「よい人だから」と答える。私は事業収入と、その人の月給とを冷徹な天秤にかけ、「赤字になるから今は採用できない。売上シミュレーションからすれば、半年後なら可能かもしれない」と答える。妻は「こんなよい人、半年も待ってくれないわ。なんでいつも計算ばかりしているの？」と怒り心頭だ。だが、赤字になって銀行に借金を申し込みに行き、煩雑な書類にハンコを押すのは私なのである。計算とはすなわち論理という基礎の上に建つ堅固な楼閣であり、「よい人だから」という、論理的に真偽すら判断できない理由で雇用を増やせば、会社は倒産する。私は正確には物理屋であるが、数学屋の端くれでもあるので、論理を理解しない妻とは、ことごとく、意見が対立する。まあ、最終的に、「妻の言うことを聞かなければ妻の機嫌は永遠に直らず、ストレスがたまり、寿命も短くなる」という論理的な計算により、毎回、私は妻に折れるのであるが。

本書は、そんな数学屋（あるいは数学愛好家）にとって、すこぶる心地よい空間だ。虚の島の形もそうだが、構造そのものが心地よい。題名からして、「ああ、虚数が出てくるんだな」とワクワクするし、ガウス・アルガン平面のところでアルガンの逸話が出てくればフムフムと頷くし、ハミルトンと来れば「お次はクオータニオンかな」と作者の意図を先読みしたかのような優越感に浸ることもできる。

本書は、中学生から高校生くらいで、いまだガウス・アルガン平面もクオータニオンもよく知らない若い数学屋が、いちばん楽しめるのかもしれない。論理的で勘のいい彼ら・彼女らは、さらりと解説されている数学が、プロットより大切な宝物かもしれない。老境に達しつつある、私のような数学屋にとっては、「虚数、クオータニオンと来たら、お次はオクトニオンしかないよな」という予想が、最終局面で（当然のことながら）当たるので、勝手な、してやったり感が大きい。

読者の中には、クオータニオンとか虚数時間とか、絵空事としか思えない、という人もいるだろう。しかし、作者も書いているように、クオータニオンは、3DCGが登場するゲームのプログラミングでは、あたりまえのように使われているし、「車椅子のニュートン」と形容された故スティーヴン・ホーキング博士の十八番は虚数時間の宇宙論だったわけで、物理屋・数学屋にとって、充分にありうる設定である。

それにしても、「二十四の瞳」ならぬ、二十四名の女子高生たちが、いきなり大蛇に呑み込まれ、引きちぎられ、あげくの果てには分裂して銃撃戦に発展するというプロットは、私のようなノンフィクション系作家には、とても想像がつかない。

だってそうでしょう。いくら虚の島が特殊環境で、しかもウイルスに感染してしまったとはいえ、同じ部活の仲間たちと平気で殺し合うなんて、まさかの展開としかいいようがない。

数学的な仕掛けは読めても、ストーリー展開が全く読めない。そのアンバランスさが幸いして、この作品は、まるで片腕倒立のようなギリギリの危うさを保ちながら、作品として成立している。

ところで、本書を読みながら、新型コロナウイルスが蔓延している世界の現状に思いを馳せざるを得なかった（この解説を書いているのは2020年5月であり、まさに緊急事態宣言のまっただ中だ）。

いま人類は、本書の設定のごとく、いまだ正体が摑めないウイルスのせいで、孤立してしまっている。日に日に死亡者の数も増え、われわれはみな、極度の緊張の中にいる。いつ日常に戻れるか、誰も予測がつかない中、われわれは、このウイルスの謎を解き、闘い続けるしかない。

コロナウイルスは、いわゆる、普通にゴロゴロいる風邪のウイルスである。たしかにSARSやMERSという「予兆」はあったものの、日本、欧米各国は、どこか対岸の火事のような目でコロナウイルスを見ていた感がある。今回のCovid-19のせいで、しかし、世界は地獄絵と化した。

数学的世界観が強いという意味で、もちろん、本書の設定はCovid-19の世界とは異なる。だが、ある日突然、不条理な世界へ飛ばされ、人々が憎み合い、生死を賭けて戦わなくてはいけないという状況設定は、まさに、今のわれわれが置かれたシチュエーションそのものであり、まるで予言の書でも読んでいるかのような錯覚に陥った。

作者の次回作では、是非、オクトニオンの世界に飛ばされた冴子とナミの殺人コンビの活躍を読んでみたいものだ。いや、さすがに掛け算の演算表が大きすぎて、商業出版にはそぐわないか（笑）

すばらしき数学世界と奇想天外なプロットが融合した佳い作品を読み終え、ああ、こりゃあしばらく、お腹が一杯だ――。

本書は、二〇一四年九月に小社より刊行された単行本を加筆修正のうえ、文庫化したものです。

その孤島(ことう)の名(な)は、虚(きよ)

古野(ふるの)まほろ

令和２年 ６月25日　初版発行

発行者●郡司 聡

発行●株式会社KADOKAWA
〒102-8177　東京都千代田区富士見2-13-3
電話　0570-002-301（ナビダイヤル）

角川文庫 22208

印刷所●旭印刷株式会社
製本所●株式会社ビルディング・ブックセンター

表紙画●和田三造

●お問い合わせ
https://www.kadokawa.co.jp/（「お問い合わせ」へお進みください）
※内容によっては、お答えできない場合があります。
※サポートは日本国内のみとさせていただきます。
※Japanese text only

ISBN 978-4-04-109129-6　C0193

JASRAC 出 2003208-001

◇◇◇